KAMPENWAND
VERLAG

ISBN: 978-3986600419
© 2022 Kampenwand Verlag
Raiffeisenstr. 4 · D-83377 Vachendorf
www.kampenwand-verlag.de

Versand & Vertrieb durch Nova MD GmbH
www.novamd.de · bestellung@novamd.de · +49 (0) 861 166 17 27

Text: Rebekah Stoke
Lektorat/Korrektorat: Youndercover Autorenservice, Lilian R. Franke
Umschlaggestaltung: Franziska Buhl
Bilder: Shutterstock / Elovich, Shutterstock / Policas, Shutterstock / Africa Studio, Shutterstock /
Ralph L Diaz, Shutterstock / Milano M
Satz: Buch-Werkstatt GmbH, Bad Aibling
Druck: CUSTOM PRINTING
Wał Miedzeszynski 217, 04-987 Warszawa, Polen

REBEKAH STOKE

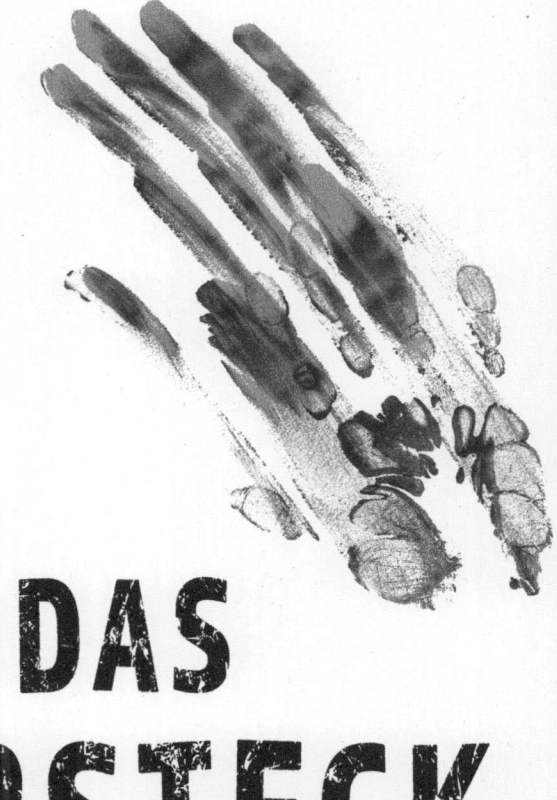

DAS
VERSTECK

Versteck (das):
(geheimer, unbekannter) Ort,
an dem man jemanden oder etwas
verstecken kann.
Oder sich selbst …

Prolog

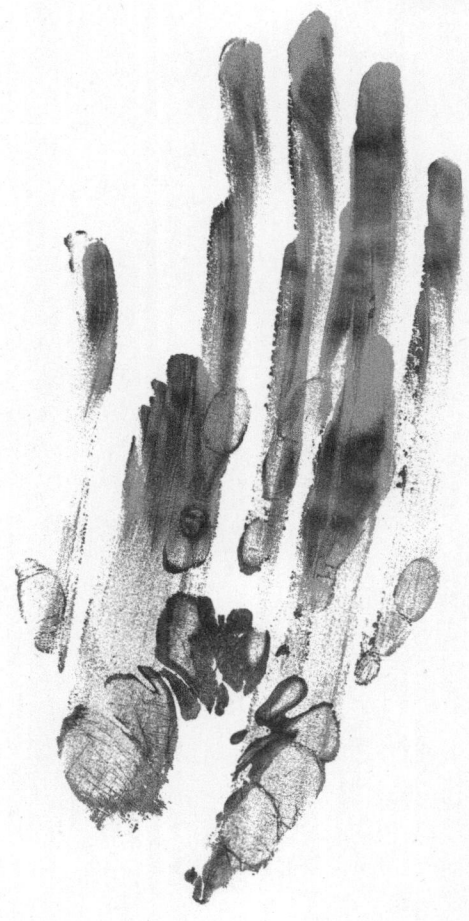

Prolog

THIBODAUX, LOUISIANA
Juli 2019

Die junge Frau war schön.

Und vor allem klug. Sie hatte gewusst, dass ihm das besonders an ihr gefiel.

Er mochte kluge Frauen.

Sie war 27 Jahre alt, aus Beaumont in Texas, und Jahrgangsbeste an der dortigen High School. In Houston studierte sie Medizin, hatte sich auf Psychologie spezialisiert und würde darin ihre Doktorarbeit schreiben.

Aber nur, wenn sie das hier überleben würde …

Jeder Atemzug schmerzte. Ihre Lunge rebellierte, aus ihrem Mund kamen japsende Laute. Sie konnte nicht leiser sein, weil ein fester Schlag sie auf dem Rücken getroffen hatte. Seitdem hatte sie Probleme, überhaupt Luft zu bekommen. Doch da er sich seine Hand durch den Faustschlag verletzt hatte, hatte sie fliehen können. Sie war aus dem Haus im Wald gerannt und durchkämmte nun das unwegsame Gebiet der sumpfigen Moorlandschaft bei Thibodaux in Louisiana.

Die Nacht war klar. Den Mond konnte sie wegen der dichten Baumkronen jedoch kaum sehen.

Dornen von laubarmen Sträuchern schnitten ihr in die Haut, bohrten sich teilweise tief ins Fleisch. Die junge Frau konnte nichts erkennen, lediglich ihrem Gehör folgen, meinte, einen Wagen zu hören.

11

Ja, irgendwo musste ein Wagen sein!

Immer wieder blieb sie stehen, drehte sich im Kreis, um ihn zu orten, hatte in der Dunkelheit irgendwann die Orientierung verloren. War es noch weit bis zur Straße? Wo war dieser Wagen?

Ihr Körper zitterte, denn viel hatte sie in dieser Nacht nicht an. Rote Unterwäsche, die ihr nicht gehörte, die sie nur trug, weil er die an ihr liebte. Bei dem Gedanken daran, dass er sie so leicht bekleidet gesehen hatte, wurde ihr schlecht, und Tränen schossen ihr in die Augen. Doch zum Heulen blieb keine Zeit. Sie musste weg. Weg von diesem Irren!

Oh, dabei hatte sie ihm doch so vertraut! Diesem gut aussehenden Mann, der sie hergebracht hatte. Der charmant und aufmerksam war, der meinte, sie bräuchte sich wegen der Abgeschiedenheit keine Sorgen zu machen. Sie würde hier in aller Ruhe ihre Doktorarbeit schreiben können, und niemand würde sie dabei stören. Genau deswegen hatte sie begonnen, diesen Ort zu lieben: einsam, verlassen, nur die Natur. Sie hatte schon schlimmere Orte in der dunklen Zeit ihres Lebens gesehen und hatte vor diesem keine Angst gehabt – bis sie verstanden hatte, was das Haus *wirklich* war. Und warum er sie nun verfolgte …

Sie stolperte über das Geäst auf dem Boden, fiel in moorige Erde. Alles war nass und rutschig, sodass ihre Hände kaum einen Halt fanden. Wimmernd versuchte sie, der Enge und Gefangenschaft des Waldes zu entkommen, doch es gelang ihr nicht. Das Geräusch des Wagens war nun verstummt, stattdessen hörte sie das Knacken von Ästen und Zweigen.

Er ist hier.

Er wird dich nicht gehen lassen.

Weil du es gesehen hast.

»Bitte, bitte nicht«, winselte die junge Frau, weil sie *spürte*, dass er in ihrer Nähe war. Ein letztes Mal versuchte sie, aufzustehen, und hielt sich am Stamm eines umgefallenen Baumes fest. Im nächsten Moment schrie sie laut auf, weil eine Hand sie an der Schulter packte. Sie wollte über den Baumstamm krabbeln, doch das war nicht im Sinne des Monsters.

Als er sie zu sich umdrehte, grob und wütend, und sie trotz der Dunkelheit seine Augen erkennen konnte, fragte sie sich, ob jemals eine gute Psychologin aus ihr geworden wäre. Sie hatte im Gefängnis mit Straftätern arbeiten wollen, war aber nicht in der Lage, einen vermeintlichen Mörder zu erkennen, wenn sie ihm direkt gegenüberstand und ihm so nah kam, wie es vor ein paar Tagen passiert war, als sie sein Geheimnis noch nicht gekannt hatte.

Er hatte sie losgelassen und hockte sich nun vor sie, während sie im Moor am Baumstamm lag. »Bitte lass mich am Leben«, flehte sie und spürte, dass ihr Körper sich verkrampfte.

Seine Faust traf sie mitten ins Gesicht. Dann noch einmal gegen das Kinn. Die junge Frau schmeckte Blut, konnte ihr rechtes Auge nicht mehr vollständig öffnen. Irgendetwas Hartes war in ihrem Mund, vielleicht ein Zahn. Doch das Schlimmste war der Schmerz in ihrer Nase.

Sie hatte Angst. Nicht die Angst, zu sterben, sondern die Angst, wie sie sterben würde. Sie hoffte, er würde einen Stein nehmen und es kurz machen, sodass sie nicht leiden musste.

Da sie so wütend auf sich selbst war, starrte sie ihm ein letztes Mal in die Augen und hoffte, dass er ihren Blick niemals vergessen würde.

»Ich wollte es nicht«, sagte er röhrend. Wie sehr hatte sie seine Stimme einmal gemocht, diesen Mann angehimmelt und sich vielleicht sogar ein bisschen in ihn verliebt. »Aber du bist selbst schuld.«

Sie konnte nichts antworten, eine Welle des Schmerzens fuhr durch ihren Körper. Das Letzte, woran sie dachte, als er die Hände um ihren Hals legte, waren ihre vier Geschwister, die Farm von Mom und Dad zu Hause und an den idiotischen Wunsch, Tag für Tag mit Menschen wie ihm verbringen zu wollen.

Wäre sie lieber Kindergärtnerin geworden.

Doch halt, das hier war kein Mensch, das war ein Monster.

»Warum?«, krächzte sie, und es war das letzte Wort, das sie sprechen würde.

Das Monster lächelte. »Weil du das Versteck gesehen hast.«

Dann wurde es dunkel um sie.

Gary Dawson liebte es, zu angeln. Es war nicht nur ein Hobby, sondern auch der Versuch, die Schatten seiner Vergangenheit zu vergessen. Seit seiner Pensionierung fuhr er jeden Morgen gegen zehn mit seinem Truck raus Richtung Houma, auf der Ladefläche sein Hocker, ein Eimer, zwei Angeln, einen Korb mit Ködern und verschiedenen Haken, auf dem Beifahrersitz ein Sandwich und ein Bier.

In der Nähe der alten Fork-Eisenbahnbrücke stieg er aus, rückte die Hosenträger gerade und stapfte in Gummistiefeln auf ein Nebenbecken des Lafourche Bayou zu.

Er war im Nirgendwo, um ihn herum nicht mehr als weite Felder und Wiesen, und mittendrin die Sumpflandschaft mit seinen Nebenarmen und Becken des Bayous. Keine Menschenseele. Nur die Stimmen der Kröten und Frösche und den unzähligen Grillen, die sich im hohen Gras und am Ufer niedergelassen hatten. Selbst auf dem Wasser, einem mit einer grün-braunen Lache bedeckten, langsam fließenden Gewässer, tobte das Leben. Immer wieder entstanden kleine Kreise auf der Oberfläche – Fliegen, Wasserspinnen, der Lebensraum für Millionen von Insekten.

Gary liebte diese Ruhe am Bayou. Er warf seine Angel aus, ließ sich auf dem Hocker nieder und griff nach Sandwich und Bier.

Er würde Stunden hierbleiben.

Wie jeden Tag.

Er sog den Geruch nach modrigem Wasser und Fisch ein, nach Sommer und Hitze. Gemischt wurde das mit dem Geruch von irgendetwas Totem, wahrscheinlich ein Kadaver, irgendwo am Ufer. Das war nicht ungewöhnlich, stank nur ziemlich, weil es in der Hitze vor sich hin gehrte. 38 Grad würden heute neben dem Gewitter am Abend erwartet werden.

Doch ihn störte das nicht. Er hatte alles, was er zu seinem Glück im Ruhestand brauchte: den Bayou und seine Angel.

Gerade, als er einen Deckel aus Pappe auf seine Bierdose klemmte und das Cap über die Augen ziehen wollte, um ein kleines Vormittagsnickerchen zu machen, biss etwas an.

Gary stand auf und holte die Angel ein. Seine Gummistiefel rutschten im feuchten Gras den mittelsteilen Hang zum Ufer hinab. Er verlor den Halt, ließ die Angel los und landete auf seinem Hintern. Er rollte sich zur Seite und verzog schmerzhaft das Gesicht. Doch aus diesem Blickwinkel entdeckte er etwas unterhalb des Kanalrohres, ein paar Meter rechts von ihm. Frisches, klares Wasser floss aus dem Rohr.

Darunter lag etwas Großes, Wachsfarbenes, was aussah wie eine Schaufensterpuppe.

Gary runzelte die Stirn und wusste, dass das der Ort sein musste, woher der Gestank kam, weil Tausende von Fliegen ihre Kreise darum herum zogen.

Er rappelte sich auf. Der Fisch an seiner Angel zappelte am Haken, doch zum ersten Mal war Gary das egal. Er musste wissen, was dort am Ufer schwamm, obwohl er nicht lange darüber nachdenken musste. Ein seltsames Gefühl hatte sich in seinem Körper breitgemacht, sein Magen fühlte sich mulmig an.

Vorsichtig setzte er einen Schritt vor den anderen. Als er auf Höhe des Rohres ankam, spähte er über das hohe Gras ans Ufer.

Ja, es war wirklich eine Leiche.

Gary schlug die Hand vor den Mund, schaute kurz weg und schloss die Augen, während in seinem Kopf der Gedanke an seine Tochter aufkam, die sich hoffentlich gesund und munter in Seattle aufhielt. Panische Angst befiel ihn, obwohl es nicht Grace sein konnte.

Doch wenn man etwas Schreckliches hörte oder entdeckte, dachte man sofort an diejenigen, die man am meisten liebte, und hoffte, dass bei ihnen alles in Ordnung war.

Gary sah noch einmal zu der Leiche: Die Fliegen gaben ab und zu das Gesicht der hübschen jungen Frau frei, schwarze Haare, helle Haut.

Bei Gott, zum Glück, es war nicht Grace. Mit diesem Gedanken stapfte Gary durch das hohe Gras vom Ufer des Bayous zurück zu seinem Truck, um die Polizei zu alarmieren.

»Hallo Rob, hier ist Gary Dawson«, sagte er am Mobiltelefon, weil in Thibodaux jeder jeden kannte und Gary selbst einmal bei der Polizei gearbeitet hatte. Er war froh, nicht mehr derjenige zu sein, der nun die Eltern informieren musste. »Ich befinde mich südlich der Stadt, Ecke County River, Ecke Lafourche auf Höhe der Fork-Eisenbahnbrücke, und ich habe …« Gary hatte viel gesehen, viel schlimme Dinge, und er hatte gehofft, dass der Bayou ihm dabei helfen würde, diese Bilder zu verarbeiten oder gar zu vergessen. »Schick' wen her, ich habe … im Bayou die Leiche einer jungen Frau gefunden.« Übelkeit machte sich in seinem Magen breit. »Und ich denke … dass es Mord war.«

Er legte auf, hielt sich am Wagen fest und starrte rüber zum Bayou. »Armes Ding«, flüsterte er, dachte an seine eigene Tochter und daran, dass er den Kerl, der sie vermutlich ermordet und dann in dem Sumpf entsorgt hatte, ohne mit der Wimper zu zucken getötet hätte.

Aber es war nicht Grace.

Das, was er gefunden hatte, war die »weggeworfene« Leiche von Becky Harris.

Kapitel 1

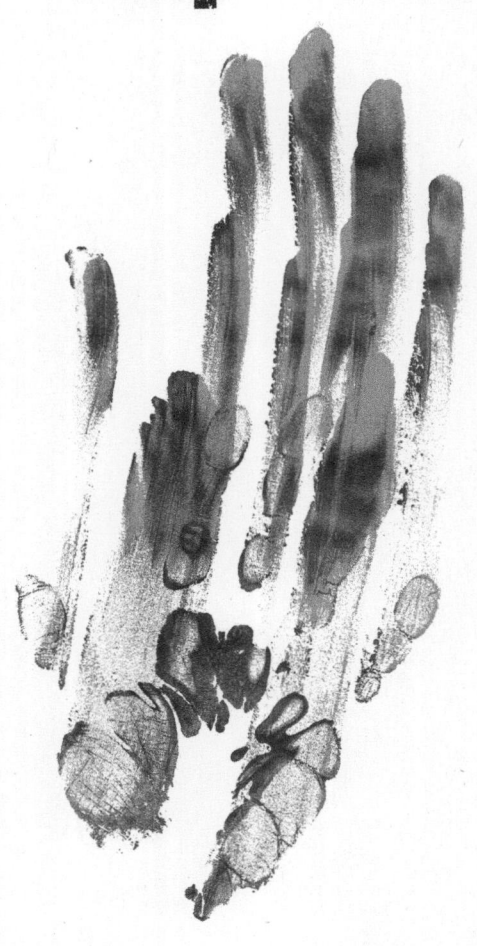

Kapitel 1

1

NEW YORK CITY
September 2019

Es war Samstag.

Der Tag ihrer ersten Lesung in New York City.

Das erste Mal, dass sie einen Fuß in die Metropole setzte. Ihr war heiß, und die Luft in der U-Bahn stickig. Da sie sich weigerte, die Haltestangen zu berühren, um sich an ihnen festzuhalten, schaukelte sie an der Wand gelehnt hin und her und war schon zweimal gegen die dicke Afroamerikanerin gestoßen, die mit ihren drei Kindern unterwegs war.

»Entschuldigung«, sagte Audrey, die nun zum dritten Mal gegen sie rempelte, als der Zug eine Vollbremsung machte und an der berühmten Grand Central Station hielt.

New York City.

Sie hatte das Gefühl, schreien zu müssen. Konnte das Glück, das sie empfand, kaum fassen, war gleichzeitig aber auch nervös und aufgeregt vor dieser ersten richtig großen Lesung.

Menschenmassen drängten durch die Tür, und es dauerte eine Weile, bis Audrey unter ihnen zu der großen Halle kam, die sie nur von Bildern und aus dem Fernsehen kannte. Sie blieb überwältigt stehen, ignorierte die schimpfenden Menschen hinter ihr, die hektisch ausscherten und an ihr vorbeiliefen. Sie alle waren im Stress, waren den Anblick gewöhnt, der für sie so unglaublich war. Das Deckengemälde hoch über ihr, die Treppe, die sie aus etlichen Filmen kannte, die Opal-Uhr …

Sie hätte Stunden an diesem Bahnhof verweilen können, doch dass sie keine Zeit hatte, sich wie eine Touristin die Sehenswürdigkeiten

New Yorks anzuschauen, verriet ihr Smartphone, das in diesem Moment klingelte. Sie kramte es aus ihrer Handtasche, die neu war, genauso wie die Jeans, das Shirt, der Blazer und die Schuhe – alles an ihr war neu.

»Hallo?«

»Audrey, wo bist du? Ich warte seit zehn Minuten!« Das war Melissa vom Verlag.

Hektisch sah Audrey sich in der Halle um. »Ich bin in zwei Minuten da!«

Sie steckte das Telefon weg und klapperte auf ihren hohen Schuhen, die sie nicht gewohnt war, Richtung Ausgang zur 42th Street. Sie kam aus den verglasten Türen heraus. Etliche Leute standen um den Eingang herum, telefonierten, rauchten, quatschen. Autos jagten über die Straße, Lärm kam von jeder Seite. Es war dunkel. Dunkel, obwohl es ein wunderschöner Spätsommertag war und die Sonne schien.

Audrey lugte nach oben. Wolkenkratzer links, rechts, vor und hinter ihr verdunkelten die Straße, doch ehe die Reizüberflutung sie eingenommen hatte, zog jemand an ihrem Arm.

Melissa. »Siebzehn Minuten zu spät. Warum wolltest du auch mit dem Zug kommen?«

Weil ich es erleben wollte.

Endlich mal raus. Endlich mal ein Stück Freiheit. Allein.

Audrey setzte einen entschuldigenden Blick auf. »Tut mir leid, aber ich musste mir das einfach mal antun … Es hat gestunken, es war wahnsinnig voll, jemand hat uns ein Ständchen mit dem Saxofon gespielt, und ich hatte eine Stunde Zugfahrt lang Zeit, um alles in mich aufzunehmen.«

»Herzlichen Glückwunsch. Wenn du das täglich erleben müsstest, hättest du freiwillig das Taxi gewählt. Hey, TAXI!« Melissa winkte das nächstbeste herbei. Sie war New Yorkerin, bewegte sich flink und gewitzt durch die Menschenmassen, während Audrey alles daran setzte, ja ihre Tasche festzuhalten.

»Ich finde miefende Menschen und das Gefühl, eingequetscht wie eine Sardine durch die Gegend zu fahren, auch fantastisch, aber jetzt müssen wir uns echt beeilen.« Sie hielt Audrey die Tür zur Rückbank des Taxis auf. »Einteigen!«

Im Taxi war es eiskalt, der Lärm verschwand augenblicklich. Audrey richtete ihr Haar und holte ihr Mobiltelefon noch mal hervor, weil eine Nachricht von Travis kam: *Ich denke an dich! Viel Glück!*

»Bist du schon aufgeregt?«, fragte Melissa.

Audrey holte tief Luft. »Aufgeregt ist gar kein Ausdruck.«

Ihre erste richtig große Lesung. Organisiert vom Verlag, in einem großen Buchladen mitten in Manhattan. Ein Moment in ihrem Leben, von dem sie niemals geglaubt hätte, dass er einmal kommen würde.

»Sollen wir noch mal alles durchgehen?«

»Nein«, sagte Audrey und schaute aus dem Fenster. Diese Menschenmassen. Die Lichter. Die Autos. Der Smog. Die hohen Häuser.

»Ich lasse es auf mich zukommen.«

Alles so anders als zu Hause.

Aufregend anders.

Der Buchladen war überfüllt. Er lag direkt in der 46th Street, zwischen Häuserschluchten, einer Baustelle und den bunten Werbetafeln des Times Square. Vor dem Buchladen stand ein Schild mit ihrem Foto und dem Cover ihres Thrillers. Der Schriftzug, der über dem Plakat prangte, lautete: Audrey Leester liest live aus »Das Verlies«.

Im Inneren des Ladens hingen Plakate mit ihrem Buch und dazu die Kritiken verschiedener Magazine und Zeitschriften: »Platz 3 der NEW YORK TIMES – Audrey Leester, Das Verlies.«

Sie war überfordert, als sie den Laden betrat und von einem Mann im Anzug sofort nach hinten geführt wurde. Hinter den Kulissen bekam sie von den Mitarbeitern des Ladens einen Kaffee angeboten, Snacks standen für sie bereit, als wäre sie ein hochkarätiger Gast. Doch Audrey verneinte dankend, hatte plötzlich das Gefühl, alles rasch hinter sich bringen zu wollen. Als man sie eine Minute in Ruhe ließ, schaute sie auf die Fotos in ihrem Smartphone, sah das

Gesicht ihres Mannes und ihres Sohnes, bevor sie sich wieder den Menschen hinter dem Vorhang zuwandte. Sie saßen vor dem Tisch, an dem sie gleich sitzen und aus ihrem Debüt lesen würde, das so erfolgreich geworden war.

»Bereit?«, fragte Melissa ebenfalls nervös. Dann trat sie gemeinsam mit ihr und Mr. und Mrs. Buckingham, den Besitzern der Buchhandlung, vor den Vorhang.

Grelles Scheinwerferlicht blendete Audrey. Sie wurde gefeiert von den Menschen, die an diesem Tag nur ihretwegen hergekommen waren. Als sie sich setzte und vor ihr das Buch lag, in dem Melissa für sie etliche Seiten und Zeilen markiert hatte, glaubte sie, ersticken zu müssen.

Was, wenn ich gar nicht gut bin?

Doch dann las sie einfach. Wort für Wort und Zeile für Zeile. Gab sich Mühe, wollte den Lesern, die vor ihr standen, schließlich das Buch später verkaufen und versuchte gleichzeitig, sie auszublenden.

Dachte an Travis und an Ben und erinnerte sich, wie sie diese Zeilen, die sie nun vorlas, geschrieben hatte, während Ben krank geworden und sie mit ihm zu Hause geblieben war.

Mit der Zeit wurde es immer besser. Das Publikum war toll, so viele Leute hingen an ihren Lippen. Der Gedanke an ihre Lieben zu Hause verschwand.

Sie war hier.

Sie musste gut sein!

Schließlich begann es, Spaß zu machen, und sie genoss es sogar, ein kleines bisschen im Rampenlicht zu stehen.

Die Lesung war beendet, die Leser und Gäste stellten Fragen, Fragen, die sie schon tausendmal gehört und beantwortet hatte.

Die Nervosität legte sich, das Glück überwog und mischte sich mit dem Gefühl, dass das alles zu Ende sein würde, wenn sie nicht in der Lage wäre …

»Mrs. Leester, wann dürfen wir etwas Neues von Ihnen erwarten?«

Sie schluckte. Die Frage kam von der Presse. Audrey starrte zu Melissa, die ihr bedeutete, dass sie schnell antworten sollte.

»Schon sehr bald.« Wieder ein Lächeln, plastisch und unecht, weil das die Frage war, die sie nicht beantworten konnte. Doch zum Glück schien es dem Reporter zu genügen.

Da die Frage sie aus der Bahn geworfen hatte, waren die Zweifel zurück, als die Fragerunde beendet war und die Signierstunde begann.

»Für Stacey bitte. Sie sind eine großartige Autorin, schreiben Sie bitte weiter so!«

»Es ist das beste Buch, was ich je gelesen habe!«

»Ich habe es bereits dreimal gelesen, und jedes Mal zittere ich mit ihm mit! Schreiben Sie bitte ganz schnell ein neues Buch, das ich dann wieder dreimal lesen werde!«

»Für meine Mutter, sie heißt Clara. Mein Gott, das Buch hat mich umgehauen. Wie kommen Sie nur dazu, so fesselnd zu schreiben?«

»Mögen Sie New York?«

Audrey sah auf.

Vor ihr stand ein Mann etwa in ihrem Alter. Braunes, kurzes Haar, eine Lederjacke, ein Basecap. Er blätterte in ihrem Buch, als sie gerade ihre Unterschrift in das Buch der Kundin vor ihm setzte. Als sie fertig war, hielt sie es der Frau hin und lächelte. »Vielen Dank!« Dann richtete sie ihren Blick wieder auf den Mann.

»Ich kenne New York nicht, ich bin zum ersten Mal hier.«

»Sie müssen sich unbedingt das Ufer des East Rivers ansehen. Drüben, in Long Island.«

Audrey blickte hinter ihn, keiner stand mehr in der Schlange. Sie hatte so viele Bücher signiert, dass ihr die Hand wehtat, sicherlich hatte Melissa später die genaue Zahl für sie. Melissa wusste immer alles.

»Greenpoint ist auch gut, aber … von Long Island aus ist die Sicht besser. Als Autorin ist das bestimmt wichtig, oder?« Er legte das Buch auf den Stapel zurück, sah ihr in die Augen und verzog keine Miene.

»Nun …«, begann sie, wusste aber nicht genau, was sie antworten sollte. Der Mann wirkte traurig, verschlossen, geheimnisvoll.

»Ich meine, die Umgebung. Können Sie überall schreiben?«

Er hatte etwas an sich, was sie reizte. »Natürlich nicht.« Sie schüttelte den Kopf. Dass ein Mann sie mit etwas reizen konnte, dafür war sie viel zu alt! War verheiratet, hatte ein Kind. »Ich habe allerdings keine Zeit, mir die Stadt anzusehen, weil ich bald wieder fahre.«

»Das ist schade.«

Moment mal. *Zu alt?* »Kommen Sie aus New York?«, fragte sie den Mann.

»Nein, um Himmels Willen. Weiß nicht, wer sich das freiwillig antun möchte«, sagte er. »Ich komme aus Thibodaux. Louisiana. Das Gegenteil von New York.«

»Oh!«, rief sie aus. »Und weit weg.«

»Meine Frau liebt New York. Ich habe ihr im Central Park den Heiratsantrag gemacht.«

Audrey legte die Arme auf dem Tisch ab. Die zwanglose Unterhaltung tat ihr in diesem Augenblick gut, auch wenn die Tatsache, dass er ebenfalls verheiratet war, ihr aus irgendeinem Grund einen Stich versetzte. »Oh, wirklich … wie schön.« Sie wollte von der Frau ablenken. »Mal so für ein Wochenende finde ich es hier unglaublich aufregend. Ich bin allein hier und genieße es sehr.« Wieso erzählte sie ihm das? »Zum Schreiben brauche ich allerdings einen ruhigen Ort.«

»Waren Sie schon mal dort?«

»In Louisiana? Nein, leider nicht.« Travis mochte es nicht, zu fliegen. Er hatte dann immer Schwierigkeiten mit seinen Ohren, und Urlaub hatten sie höchstens mal in dem Ort gemacht, in dem seine Eltern lebten – also knapp 100 Kilometer von zu Hause entfernt.

»Dann kennen Sie den Geruch nicht.«

»Den Geruch?«, fragte sie verdutzt.

»Ja, wenn der Zucker geerntet wird. Der ist atemberaubend. Stellen Sie sich eine Straße vor, so lang, dass Sie das Ende nicht erkennen können. Sie hören nicht mehr als das Zirpen der Grillen und das entfernte Geräusch der Erntemaschinen. Sie fahren mit dem Fahrrad und haben permanent diesen Geruch in der Nase, und … irgendwann, da … mischt er sich mit dem Geruch der Sümpfe. Wenn es geregnet hat. Wenn Dampf von der Wasseroberfläche steigt, wenn es nach nicht mehr als Natur und Regen und Wald riecht. Und … dem Zuckerrohr.«

Audrey musste lachen. »Ich denke, das wäre der perfekte Ort zum Schreiben.«

»Sie sind doch schon fertig.« Er wies auf die Bücher.

»Ich habe das Buch vor gut zwei Jahren geschrieben. Vor ein paar Monaten wurde es veröffentlicht, und es lief wirklich sehr gut. Aber ... es wird Zeit für ein neues Buch, nur ...«

Das geht ihn alles nichts an. Das hier geht über normalen Smalltalk mit einem Fan hinaus. Vielleicht ist er von der Presse. Wird vielleicht einen unangenehmen Artikel über dich schreiben.

»... es wird nichts?«

Audrey versuchte, in seinen Augen zu lesen, was er mit seinem Dialog bezweckte. Er war kein Journalist, kein verdeckter Reporter, der sie schlecht machen wollte. Dessen war sie sich sicher. Er war einfach ein sehr ruhiger, in sich gekehrter Mann.

»Ich tue mich schwer, sagen wir es mal so.« Das einmal auszusprechen, tat so gut. Denn das hatte sie noch niemandem anvertraut. Warum sie das aber gerade ihm offenbarte und nicht Melissa, Travis oder ihrer Mutter, wusste sie in diesem Moment selbst nicht.

Das war der Grund für dieses beklemmende Gefühl in ihrem Magen auf der Herfahrt.

Dieses: *Es ist vielleicht das letzte Mal, denn ein zweites Buch wirst du vielleicht nicht hinbekommen.*

One-Hit-Wonder.

Glücksgriff.

»Nennt man so was nicht eine Schreibblockade?« Er klopfte auf den halbhohen Bücherturm. »Ich kenne mich nicht aus. Ich will das Buch auch nicht kaufen, entschuldigen Sie.«

Sie war nicht böse, musste sogar grinsen. »Nehme ich Ihnen nicht übel.«

»Ich bin nur zufällig hier vorbeigekommen, aber wenn Sie die Blockade loswerden wollen, habe ich vielleicht etwas für Sie.«

Sie starrte auf die Visitenkarte, die er ihr auf den Tisch legte. In schwarzer Schnörkelschrift stand da:

Villa Winston

Mitch Winston

Thibodaux, Louisiana

Darunter standen eine Telefonnummer und die genaue Adresse.

»Was ist das?«, wollte sie wissen.

»Das ist der Ort, an dem Sie schreiben können. Ich vermiete es an Touristen. Eine alte Stadtvilla mit viel Charme. Sie können sie sich bei Street View von innen und außen ansehen.«

Sie nahm die Karte an sich, entdeckte dann zwei junge Frauen mit Büchern in den Händen hinter ihm. »Danke ...«

»... Brandon.« Er streckte ihr die Hand entgegen. »Ach, und ... natürlich nehme ich ein Buch.« Er zog eines der Bücher aus dem Stapel, und als er es ihr zum Signieren gab, lächelte er sie an.

»Vielen Dank, also ...«, ihr Herz klopfte, und sie hoffte, sich jetzt nicht zu verschreiben, »*Für Brandon. Danke für den kurzen Ausflug zu den Zuckerrohrfeldern und Sümpfen des Südens. Audrey Leester.*« Sie lächelte und gab ihm das Buch zurück.

Er fuhr über den Deckel und nickte anerkennend. »Danke. Was muss ich jetzt sagen? Auf Wiedersehen und Hals und Beinbruch? Alles Gute? Weiter so?« Brandon streckte die Hand aus.

»Weiter so klingt gut.« Sie nahm sie entgegen und lachte verlegen. »Ja, denn das würde mir wirklich weiterhelfen.«

Er ließ sie nicht los. »Und noch was: Auf Wiedersehen!«

Da war etwas. Irgendetwas reizte sie. Etwas Aufregendes, etwas Gefährliches, weil sie einen Mann intensiv anschaute, der nicht ihrer war. »Wir sehen uns.«

Lange ließ er den Blick nicht von ihr, während er sich aus dem Geschäft bewegte und sie ihm nachschaute.

Es war der einzige Mensch an diesem Tag, der ihr noch auf der Rückfahrt in Erinnerung blieb.

Er war kein trauriger Mann.

Das war er nie gewesen.

Dr. Meyer hatte mal gesagt, dass er empathielos und sozial schwach wäre, doch das hatte Brandon ihm nicht abgenommen. Ach, so einiges hatte er dem Mann nicht abgenommen.

Die Stimme des Doktors dröhnte noch immer ständig in seinem Kopf. Dabei war er nur wegen der Pillen bei ihm gewesen. Die waren richtig gut gewesen, und er hatte endlich weniger Kopfschmerzen gehabt.

Er spielte mit seiner Medikamentendose, ließ die blassgrünen Pillen von vorn nach hinten rutschen und lehnte sich in seinem Truck zurück, den Wagen, den er so verdammt liebte, weil er so was wie ein Teil von ihm geworden war. Er war alt, und dennoch hatte er ihn nach New York gebracht, um sich nur ein einziges Mal diese Stadt ansehen zu können, die Sarah so geliebt hatte.

Er tat das nur für sie.

Weil er *Sarah* so verdammt liebte.

Er war heute Morgen angekommen, nach einer 37-Stunden-Fahrt. Er hatte in Louisville in einem Motel übernachtet, den Rest der Strecke ein paar Red Bull getrunken und davon schlimmes Herzrasen bekommen.

Einmal war er von den Cops angehalten worden.

»Führerschein, bitte.«

Er hatte gewusst, was die beiden über ihn gedacht hatten, als sie ihn mitten in der Nacht auf dem Highway angehalten und in die Augen des völlig übernächtigten, verrückten Mannes gesehen hatten.

»Gute Weiterfahrt.«

Es war idiotisch, herzufahren, und er hatte keinen Grund dafür gehabt, eine solche Autofahrt auf sich zu nehmen. Doch er fand, dass er es ihr schuldig war. Er hatte ein paar Stunden nach seiner

Ankunft im Auto auf einer Einbuchtung einer Baustelle geschlafen und dann im absoluten Parkverbot geparkt, als er die Carnegie Hall, das Rockefeller Center und danach den Central Park besucht hatte. Auf dem Rückweg war er an diesem Buchladen vorbeigekommen, in dem Audrey Leester aus ihrem Buch gelesen hatte.

Er kannte sie nicht.

Er hatte sie noch nie gesehen.

Doch in ihren Augen hatte er etwas lesen können, was er schon so oft in den Augen von Frauen gelesen hatte: *Hilfe!*

Er war hineingegangen, hatte sie dort sitzen sehen, lächelnd, obwohl sie in Wahrheit unsicher gewesen war. Sie hatte sich unwohl gefühlt, kam nicht von hier. Die große Stadt – das alles war ihr zu viel gewesen. *Panik.*

Er hatte sie beobachtet. Sie war zwischendurch zur Toilette gegangen, hatte sich wahrscheinlich übergeben, denn als sie wiedergekommen war, war ihr Gesicht bleich gewesen. Sie sah gut aus, doch in ihr hatte eine Unbehaglichkeit gesteckt, die niemand gesehen hatte – außer ihm.

Sie alle hatten in der Frau mit den langen, braunen Haaren und den schicken Klamotten die taffe Bestsellerautorin einer mörderischen Geschichte gesehen.

Er aber hatte den Menschen in ihr gesehen. Die Zerbrechlichkeit. Die Hilflosigkeit. Der Schrei nach jemandem, der sie an die Hand nahm und ihr Schutz gab.

Als er sich hinten an die Schlange gestellt hatte, hatte er gewusst, dass es eben doch einen Grund gab, nach New York zu kommen.

Als er den Buchladen verlassen hatte und zum Truck zurückgegangen war, stand der nicht mehr da. Kein Wunder, sieben Stunden hatte er im Parkverbot gestanden. Ein Polizist hatte ihm geholfen, seinen Wagen wiederzufinden, eine unglaublich teure und unnötige Angelegenheit, doch das war es ihm wert gewesen.

Und jetzt, Stunden später, saß er im Truck, an der Ausfahrt eines Abschleppdienstes in Soho, und starrte auf die Visitenkarten, von denen er eine an Audrey Leester gegeben hatte.

Villa Winston.

Sie lagen in einem Stapel von etwa zehn Karten im Zwischenfach der beiden Vordersitze, der Name Mitch Winston brannte in seinen Augen.

Er schaute auf die Bank neben sich, der Kindersitz war leer. So ein Maxi-Cosi, ein richtig guter Sitz, nichts Gebrauchtes. Sein Sohn hatte etwas Neues bekommen sollen.

»Also, ab nach Hause«, sagte er leise zu sich selbst, als im selben Augenblick ein paar Männer den Hof des Abschleppdienstes verließen und gleichzeitig sein Telefon klingelte.

Josephine.

Er rollte die Augen, dachte eine Weile darüber nach, das Gespräch wegzudrücken. Schließlich nahm er es doch an.

»Hallo?«

»Wo bist du denn?«, fragte sie nervös. Nicht seinetwegen. Nervös war Josephine, die adrette ältere Dame aus Thibodaux, die gut und gern seine Mutter hätte sein können, seit *jenem* Tag immer.

»In New York.«

Da war sie sprachlos. »Ich wollte dich gerade suchen fahren …«

»Verdammt, Josephine, du sollst aufhören, mir hinterher zu spionieren! Bleib’ zu Hause!«

»Dann solltest du wenigstens ans Telefon gehen!«

Er schloss die Augen und rieb sich mit der flachen Hand über die Stirn. »Schon gut, tut mir leid.«

Auch sie beruhigte sich. »Wieso bist du in New York?«

»Sarah liebte New York.«

Ein Seufzen.

Brandon schaute sich um. Einer der Wachmänner des Abschleppdienstes machte die eindeutige Handbewegung, dass er endlich losfahren sollte. »Hör’ mal, ich muss jetzt fahren. Was wolltest du, Josephine?«

»Ich … ich wollte nur nachfragen, ob du was gehört hast.«

»Nein, wie jeden Tag nicht, Josephine«, gab er bedrückt zurück. »Und wenn, dann wärst du die Erste, die es sofort erfahren hätte.«

»Ich fühle mich so unsicher. Hier allein im Haus.«

»Musst du nicht.« Warum auch? Sie wohnte im Herrenhaus einer Plantage mit sieben Angestellten.

»Na ja … ich weiß nicht so recht, was ich anstellen soll …«

Jedes Mal dasselbe. Dieses Gejammere von ihr war unerträglich. Ein Beamter klopfte an seine Fensterscheibe, und er startete den Motor. »Josephine, ich muss jetzt Schluss machen …«

»Warte noch. Gestern waren zwei Detectives hier und haben … sie haben mich noch mal befragt.«

Mit dem Telefon am Ohr fuhr er durch das Tor auf die überfüllte Straße mitten in Chinatown. »Was wollten sie wissen?«

»Noch mal alles. Aber ich konnte nicht reden …« Sie hörte sich schon wieder so an, als würde sie gleich weinen. »Sie haben mich über euch zwei ausgefragt und wollten seinen Bereich des Hauses sehen, und … ach …«

Nun weinte sie. Das Schluchzen machte ihn wahnsinnig. Hinter ihm trat ein Taxi auf die Bremse und hupte wütend.

»Verdammt, Josephine, ich kann nichts tun!« Das kam viel aufgebrachter, als er es beabsichtigt hatte, was zur Folge hatte, dass die ältere Dame am Ende der Leitung verstummte. An der nächsten Ampel besann er sich. »Okay. Noch mal. Ich tue alles, was ich kann! Ich … ich habe mich zerrissen, um ihn zu finden.« Er gestikulierte, während die Ampel noch immer auf Rot stand und er die Hektik und das Gewusel der Stadt außerhalb des Trucks ignorierte. »Ich tue wirklich, was ich kann, Josephine, aber … ich kann es nicht ändern.«

»Du bist meine einzige Hoffnung«, sagte sie nach Luft japsend. »Du kanntest ihn so gut wie niemand anderes, du warst ein Teil von ihm, und er war ein Teil von dir. Ihr wart wie Pech und Schwefel.«

Er stützte den Kopf auf die Hand, war verzweifelt und leer.

Josephines Stimme vibrierte, als sie flüsterte: »Hilf mir, meinen Sohn wiederzufinden.«

Die Ampel sprang auf Grün.

Er drückte das Gespräch weg und fuhr mit quietschenden Rädern geradeaus.

CUMMINGS AVENUE 10, TRENTON, NEW JERSEY

Das Haus, zu dem sie am Abend zurückkehrte, befand sich hinter ein paar Bäumen und einer Mauer, die den Krach des Highways dämpfen sollte. Sofern der Wind nicht ausgerechnet von Südwesten kam, gelang das auch, aber wenn einer der richtig großen Trucks Baumstämme aus Kanada brachte, saßen sie um ein Uhr nachts kerzengerade in ihrem Bett. Travis sagte immer, er hätte sich an das Geräusch der über den Asphalt bretternden Trucks gewöhnt, und Audrey hatte das geglaubt, und doch schreckte sie nachts noch immer ab und zu hoch und verteufelte den Kauf des Hauses.

Zugegeben, sie liebte Trenton, die Stadt, durch die der Delaware River führte, der die Staaten New Jersey und Pennsylvania trennte.

Hier war sie aufgewachsen, und hier hatte sie Travis kennengelernt. Damals hatte er neben seinem Studium in einem Café gejobbt, wo sie mit ihren Freundinnen gesessen hatte. Jahre später hatten Travis und Audrey geheiratet, und wieder ein paar Jahre später war Ben zur Welt gekommen.

Heute, acht Jahre nach seiner Geburt, war sie noch immer hier, in einer Stadt, die schön, aber nicht besonders war, mit einem ganz gewöhnlichen Leben.

Mutter, Vater, Kind.

Ein Haus, fast abbezahlt, weil sie beide schon immer gut verdient hatten.

Damals schon, in der Kosmetik-Firma, bei der Audrey in der Marketing-Abteilung gearbeitet hatte, und noch heute, als Autorin von zu Hause. Sie arbeitete im Keller, dem einzigen Ort, der dafür möglich war – nicht nur wegen des Lärms, sondern auch, weil es nirgendwo einen Platz für ihren Schreibtisch und den durchgesessenen Stuhl aus ihrer Studentenzeit gab. Das Haus war klein, wie gemacht für eine Familie mit einem Kind, und unüblicherweise gab es auch kein Gäste-WC oder gar ein Gästezimmer.

Travis hatte immer gesagt, es reiche doch aus, für »den Anfang«. Nun, dieser »Anfang« war gut zwölf Jahre her.

Sie wollte weg aus Trenton, weg von diesem Haus. Irgendwo ins Grüne, keine Nachbarn. Mit einer umlaufenden Veranda, die sie zu Weihnachten schmücken konnte. Wenn sie jetzt ihre Lichterketten vorne anbrachte, wurde das behagliche Licht von den Mega-Lichterschläuchen der Nachbarn gestört, bunt und blinkend, unruhig und unharmonisch.

Ja, die Nachbarn. Wollte sie morgens ihren Kaffee draußen auf der Bank trinken, kam der Geruch aus der Küche der Smiths neben ihnen innerhalb weniger Sekunden zu ihr herübergeweht. Sie frittierten alles, was sie in die Hände bekamen, und ließen dabei die Fenster weit offen, sodass Audrey jedes Mal schlecht wurde, wenn sie vor die Tür ging.

Auf der anderen Seite wohnte ein einzelner älterer Mann mit seinem Hund Stanley. Stanley bellte alles und jeden an, den Postboten, Vögel oder sich selbst. Er bellte am Tag, er bellte in der Nacht. Es war ein Geräusch, an das Travis sich laut eigener Aussage ebenfalls »schon gewöhnt hatte«.

Seufzend kehrte sie nun am Abend ihrer Lesung in New York zu diesem Haus zurück. Der Taxifahrer hielt direkt vor der Tür, doch sie hatte es nicht eilig, auszusteigen. Schon von Weitem hatte sie gesehen, dass die Smiths mal wieder Besuch hatten, also tummelten sich in dem winzigen Vorgarten, umzäunt mit Resten von Wellblechplatten und Maschendraht, rund fünfzehn Menschen, allesamt rauchend und mit Bier trinkend. Sie würden die Hälfte der Dosen später wieder in ihren Vorgarten werfen.

Sie starrten sie an.

Audrey gab dem Fahrer sein Geld, bevor sie ausstieg und sich den Rufen stellte.

»Hi, Mrs. Bestsellerautorin, wie war der Ausflug in die große Stadt?« Das kam von Ms. Smith, die Audrey in der Menge nicht ausmachen konnte. Es war nicht böse und nicht freundlich gemeint, es war eher ein Du-denkst-bestimmt-du-bist-was-Besseres-Kommentar einer überforderten, ungebildeten Frau, die nichts weiter konnte, als Kinder zu bekommen und ihnen Fastfood zu geben, weil sie es als Kind selbst nicht anders erfahren hatte.

»Toll, danke.« Audrey rang sich ein Lächeln ab und ging die drei Stufen der Veranda hoch, weil Ms. Smith eh nichts mehr sagen würde. Sie interessierte sich nicht für andere, und in diesem Fall tat Audrey es auch nicht.

Sie schloss die Tür auf und trat ins Wohnzimmer. Travis saß auf der Couch vor dem Fernseher. Sie hatte kein anderes Bild erwartet. Wie immer, wenn sie in der letzten Zeit von irgendwo nach Hause gekommen war, spürte sie diesen Groll in sich aufkommen.

Ihr Ehemann schaute sich kurz um, dann wieder zu der Gartensendung über Traumgärten, die im Programm lief. Sie fragte sich, warum er so was schaute. Sie besaßen ein 250 m² großes Grundstück, und da war das Haus nicht abgezogen. Es war unmöglich, daraus etwas zu machen.

»Schalt das doch mal weg!«, murmelte sie und wollte sich sofort dafür entschuldigen, denn sie wollte keine nörgelnde Ehefrau sein. Aber manches ging ihr auf die Nerven.

Travis tat aber wortlos, was sie sagte, und schaltete zu einer Pferde-Dokumentation um.

»Pferde sind nicht meins«, sagte sie und fuhr sich erschöpft über die Stirn.

Aus Protest ließ Travis den Sender an. »Ich liebe Pferde.«

»Du bist als Kind zweimal vom Pferd gefallen, seitdem magst du auch keine Pferde.« Sie hob die Brauen. »Hast du mir erzählt.«

Travis schüttelte grinsend den Kopf und zeigte auf den Fernseher. »Quatsch. Schau, wie majestätisch sie sind. Wir sollten Ben mal Reitstunden nehmen lassen.«

Klar. Reitstunden. Fantastisch.

»Schau dir mal die langen Gesichter an.« Travis bestaunte das Tier im Fernsehen. »Wie stark und laut und elegant sie sind.«

»Ich geh' duschen.«

Endlich löste er sich vom Fernseher. »Wie war's?«

»Gut«, sagte sie müde, zog den Mantel aus und ging durch das Wohnzimmer zur Küche, um nicht mehr reden zu müssen. Außerdem nervte dieses Gewieher im Hintergrund. Auch wenn sie Pferde im Grunde nicht hasste. Vielleicht würde sie irgendwann mal eine Ranch haben, da würde sie gern ein Pferd haben.

»Bring mir 'ne Soda mit, Schatz. Danke!«

Tatsächlich war es schön gewesen in New York, und ehe sie an die Lesung, die vielen Leute oder an ihr Buch zurückdachte, dachte sie an den Mann, der ihr die Karte gegeben hatte.

»Wie viele waren da?«, rief Travis und bewegte sich dabei keinen Zentimeter. Wie denn auch? Er hatte sich eine Rücken- und Fußverletzung zugezogen, als er in einem Restaurant vor vier Wochen die Stufen nicht richtig genommen hatte und sieben Stufen einer engen, gefliesten Treppe hinuntergefallen war. Es hätte deutlich schlimmer ausgehen können. Zu seinem Glück hatte er nur drei Tage im Krankenhaus liegen müssen. Seitdem verbrachte er nun vierundzwanzig Stunden auf dem heimischen Bett oder auf der Couch, oder aber er wurde im Rollstuhl von ihr durch die Gegend geschoben. Seit vier Wochen war er auch nicht mehr bei der Arbeit gewesen – es waren die längsten und nervigsten vier Wochen ihres Lebens gewesen.

»Das habe ich dir doch schon am Telefon gesagt.« Sie wusch sich die Hände unter dem kalten Strahl des Wasserhahns und wischte sie sich an ihrem braunen Lederrock ab, bevor sie die Soda aus dem Kühlschrank holte und wieder ins Wohnzimmer ging. »Es war voll, und es war schön.«

Er nahm die Soda entgegen, und weil er den Pferden zuschaute, die im Fernsehen über eine Wiese heizten, statt zu ihr zu sehen, war ihr klar, dass er nicht wirklich zuhörte.

»Im Ernst«, sagte sie. »Auch wenn es nicht meine Lieblingsstadt ist, war es schön, mal allein zu sein.« Ihr Blick fiel auf die Wäsche, die seit drei Tagen auf dem Wäscheständer trocknete, weil Travis keine

Wäschespinne im Garten aufstellen wollte. Den Grund dafür hatte er ihr nicht nennen können. »Es war nett, mal durch einen Laden zu bummeln … allein und ohne einen Mann, der ständig drängelt.« Sie lächelte und starrte auf ihre Hände.

»Und Ziieeeel!« Travis hob die Faust, als würde das Pferd, auf das er gesetzt hatte, gewonnen haben. »Entschuldige … was?«

»Nichts. Sie haben gefragt, wann ich ein neues Buch rausbringe.«

»Was hast du geantwortet?«

»Dass ich es nicht weiß.«

»Dann leg' dich mal ins Zeug.« Er schaltete den Fernseher aus und trank einen großen Schluck Soda. Mit einem Griff zum Fach unter dem Couchtisch hatte er eine Mappe zur Hand, in der er unzählige Rechnereien verstaute, gekritzelt auf weißem Papier. »Damit wir den jetzigen Lebensstandard erhalten können, müsstest du alle sechs Monate ein neues Buch veröffentlichen.«

»Sechs Monate?« Welchen Standard meinte er? Wohnten sie in einem Schloss?

»Ja, also … ab in den Keller, Süße!« Er lachte, sie nicht. »Die Arztrechnung kam vorhin, ich bin fast aus den Latschen gekippt.«

»*Deine* Arztrechnung.« Sie stand auf und drehte sich stirnrunzelnd zu ihm um. »Moment mal, du bist gelaufen?«

»Ja, zur Tür und zurück.«

Und hast es nicht geschafft, die umgefallene Flasche aufzuheben, die nur zwei Meter neben der Couch liegt und aus der irgendwas Klebriges gelaufen ist.

Audrey hielt die Luft an. Sie wollte sich nicht aufregen. Nicht jetzt, nach so einem schönen Tag. Dann fiel ihr die Visitenkarte ein. Villa Winston. Zirpende Grillen.

Sie hob die Flasche auf und drehte sie in der Hand hin und her. »Wo ist Ben?«

»Das fragst du wirklich?« Travis lachte auf. »Der Junge hat heute kein einziges Mal das Tageslicht gesehen!«

Und darüber lachst du? Hast du es nicht in Erwägung gezogen, ihn raus zum Ballspielen zu schicken, hast dich nicht in den Rollstuhl gesetzt und bist mit ihm in den Garten gegangen?

Sie gab auf. Travis war ein guter Mann. Und sie wusste, dass sie manchmal zu streng mit ihm war, weil sie genervt und unzufrieden war. War es dann fair, es an ihm auszulassen? Doch manchmal brachte er sie auf die Palme.

Nein, da ist noch mehr.

Es gab Dinge, die zwischen ihnen standen.

Sie waren zwei Menschen mit verschiedenen Vorstellungen vom Leben. Sie hatten unterschiedliche Erwartungen und Ziele. Mit zunehmendem Alter kamen sie in die Bredouille, eben diese nicht mehr verwirklichen zu können.

Sie kam in Bredouille.

»Ich hab' dich vermisst«, sagte Travis nun und streckte seine Hand aus. Sie ging zu ihm, weil sie ihn liebte. Weil sie schon dreizehn gemeinsame Jahre teilten. Sie ließ sich neben ihm auf die Couchlehne nieder, und er streichelte ihr Bein. Seine Augen waren ehrlich und treu. Ja, Travis war ein guter Mann.

Sie küsste ihn auf die Stirn. »Ich bin erledigt.«

»Das glaube ich dir. Es ist spät. Ich hätte dich gern gefahren. Ich mag es nicht, wenn du um diese Uhrzeit allein Zug fährst.«

Sie winkte ab. »Ich war nicht allein. Die Bahn war voll.« Sie wies auf sein Bein. »Sieh zu, dass du wieder fit wirst, dann fährst du mich zur nächsten Lesung.«

»Die von deinem neuen Buch.«

Audrey stand auf. »Ja, klar. Das … neue Buch.«

Im Obergeschoss gab es ein paar Meter, die man als Flur bezeichnen konnte. Von dem aus führten Türen in drei Zimmer. Badezimmer, Schlafzimmer und Bens Zimmer.

Sie öffnete die Tür. Blitzschnell zog er die Kopfhörer von seinen Ohren, warf sie versehentlich in den Mülleimer neben seinem Tisch, auf dem ihr alter Computer stand, und sprang auf. Das Zimmer lag in völliger Dunkelheit, nur das helle Flimmern des Bildschirms erhellte den Raum.

»Ben!« Sie schaute auf ihre Armbanduhr. »Es ist zehn!«

»Sorry, Mom, aber … Gilian spielt auch noch!«

Sie ging ins Zimmer und sah auf den Bildschirm. *Super Mario*. »Was deine Tante und dein Onkel Gilian erlauben, ist mir egal. Ich habe dir verboten, nach acht Uhr noch Computer zu spielen. Du bist erst acht Jahre, verdammt!«

»Fast neun! Gilian … «

»Dein Cousin Gilian ist dreizehn Jahre alt!« Sie war so unglaublich wütend. Auf Ben, aber vielmehr auf ihren Mann und auf sich selbst. Sie hätte das Ding verkaufen, ihn auf keinen Fall Ben überlassen sollen.

»Ich kann nicht glauben, dass dein Vater dir das erlaubt hat!«

»Hat er auch nicht.« Ben grinste. »Aber sein ständiges Rufen habe ich nicht mehr ausgehalten. Den ganzen Tag ging er mir auf die Nerven!«

Das geht nicht nur dir so.

»Dabei kann er ganz gut laufen, Mom! Ich hab' ihn gesehen, dreimal war er auf dem Klo, und er hat sogar Pakete angenommen!«

Audrey hob abwehrend die Hand. »Okay, Schluss jetzt. Computer aus. Mach dich bettfertig, in zehn Minuten bin ich bei dir. Und danach muss ich duschen.«

»Okay, Mom!« Ben gehorchte. Sie konnte es ihm ohnehin nicht übelnehmen, dass er sich in sein Zimmer verzogen hatte. Den ganzen Tag über war der Junge allein gewesen – sein Vater war nur anwesend, aber nicht für ihn da gewesen.

Sollte sie ein schlechtes Gewissen haben, weil sie mal einen Tag außer Haus gewesen war?

Sie ließ den Jungen allein, strich sich das wirre Haar aus dem Gesicht und ging zwei Treppen hinunter in den Keller, wo sich ihr Büro befand. Es war kein schönes Büro, aber es war der Ort, an dem sie schreiben konnte. Im Schlafzimmer hatte es nicht funktioniert, wo sie mit dem Laptop auf dem Bett gesessen hatte – schon nach kurzer Zeit hatte ihr der Rücken wehgetan. Sie war in die Küche umgezogen, doch dort hatte sie durch die dünnen Wände das Gekreische der Nachbarskinder und das Bellen von Stanley gehört. Im Keller, während die Waschmaschine neben ihr ihre Arbeit verrichtete, hatte es dann funktioniert. Es war *ihr Ort* geworden. Ohne Tageslicht, dafür mit einem Heizlüfter und ein paar stimmungsvollen Lämpchen.

Ruhe.

Dort war … etwas entstanden.

Sie schaltete das Licht im Keller an. Auf dem Tisch, der einmal der Gartentisch gewesen war, stand ihr Laptop. Sie hatte schon lange nichts mehr geschrieben, viel zu viel war ihr durch den Kopf gegangen. Doch sie musste schreiben, musste ein weiteres Buch rausbringen. Geld musste in die Familienkasse fließen. Die Rechnungen von Krankenhaus, Apotheke und Physiotherapie für Travis kosteten sie momentan ein Vermögen.

Morgen fange ich an.

Sie ging zum Tisch, ließ sich auf dem alten Drehstuhl nieder und starrte die Tasten an.

Nicht eine Idee.

»Du brauchst einen Tapetenwechsel«, hatte ihre Freundin Jodie gesagt. »Du musst mal was Neues sehen!«

Ach, wenn das so einfach wäre.

Louisiana.

Villa Winston.

Sie wühlte die Visitenkarte aus der Rocktasche. Es dauerte nur einen Wimpernschlag, um den Laptop hochzufahren. Sie gab den Namen der Villa bei Google Maps ein und fand sie sofort. Thibodaux, Louisiana, ein kleiner Ort im Süden. Die Villa, ein typisch viktorianischer Bau, stand auf einer großen, saftgrünen Rasenfläche, eine wuchtige Eiche mit Spanischem Moos zierte den Vorgarten. »Villa Winston« war auf einem Schild zu lesen, das auf einer Art Betonpodest stand. Die amerikanische Flagge prangte aus dem Vordach der Veranda heraus.

Es sah aus wie eines dieser kleinen *Bed'n'Breakfast* im Süden. Travis und sie hatten mal einen Roadtrip gemacht und waren in Alabama in zahlreichen solcher Häuser eingekehrt. Das war über zehn Jahre her, heute würde er darauf keine Lust mehr haben.

Sie aber schon.

Sie konnte in die Villa hineinzoomen, sie virtuell besichtigen, fand niedlich eingerichtete Zimmer wie in einem Puppenhaus vor, mit Blumentapeten, Betten und Sitzmöbel mit Volant und gehäkelten Deckchen auf allen Tischen. Sie vergaß die Zeit. Irgendwann hörte sie Travis nach ihr rufen und schaute auf die Uhr. Schon fast elf.

Audrey sprang auf, ging aus dem Keller und rannte die Treppen hoch.

»Wo bist du denn?«, fragte Travis ein wenig vorwurfsvoll. »Ben hat schon dreimal gerufen!«

»Schläft er immer noch nicht?«

»Du wolltest noch mal zu ihm gehen, sagt er.«

Sie sah ihren Mann, der an der Treppe stand und wahrscheinlich sogar selbst hätte hinaufgehen können, mit einem Blick an, der ihn verstummen und zurück auf die Couch humpeln ließ. Hätte sie seinen Anblick noch länger ertragen müssen, wäre sie geplatzt.

»Ich gehe schon.« Sie stieg die Treppe hinauf.

»Und wenn du wieder unten bist, kannst du mir dann ins Bett helfen? Ich bin total müde.«

Sie blieb stehen, atmete tief durch, um nicht auszurasten, und stapfte dann die Stufen weiter nach oben, während sie in Gedanken schon ihren Koffer packte.

4

WINSTON PLANTAGE, THIBODAUX, LOUISIANA

Josephine Winston wohnte auf einem Anwesen am Rande der Stadt Thibodaux. Ihre Plantage war dreißig Hektar groß, der größte Teil davon verpachtet. Mais, Zuckerrohr und Baumwolle wurden dort angebaut.

Mittendrin stand das Herrenhaus, samt seinen zwei Flügeln mit zwölf Säulen gestützt. Im Sommer besichtigten Touristen einen Teil des im 19. Jahrhundert gebauten Hauses.

Natürlich war es viel zu groß für eine Frau, die allein lebte, doch immer noch nicht teuer genug in der Unterhaltung, als dass ihr Geld endlich weniger würde.

Josephine war schon recht alt, schon über 70 und sah aus wie eine der Ladys aus dem *Denver-Clan*. Nun, schließlich führte sie ja auch ein ebensolches Leben.

Glücklich war sie nicht.

Schon lange nicht mehr.

Denn ihrem Leben fehlte ein Sinn. Er fehlte seit dem Tag, an dem ihr Sohn spurlos verschwunden und wie ein tollwütiger Hund durch die Klatsch-Presse geschliffen worden war.

»Mörder!«

»Feigling!«

Ja, die offiziellen Berichte hielten sich mit solchen Wörtern noch zurück, doch in der heutigen Zeit erfuhr Josephine auch aus den Sozialen Medien, wie man sich das Maul über den einen riesigen Fehler ihres Sohnes das Maul zerriss.

Brandon besuchte Josephine, gleich nachdem er aus New York zurückkam, am Montagnachmittag. Es war spät, die Sonne schien wie leuchtendes Gold über das Land und Josephines parkähnliche Anlage. Jahrhundertealte Eichen wuchsen hier vor dem Herrenhaus, am Ende der Allee, in deren Schatten die Ruinen alter Sklavenunterkünfte aus früheren Zeiten standen.

Als Brandon die alten Baracken passierte, dachte er an damals zurück. An Mitch und ihn und wie oft sie sich dort als Kinder versteckt und Schätze gelagert hatten – ein Fernglas, das sie am Ufer des Lafourche-Bayous gefunden hatten, eine Münze, um die sie gestritten hatten, wer sie verkaufen durfte. Später, in ihrer Jugend, hatten sie dort ihre Joints verborgen. Ja, sie waren schon immer gut darin gewesen, etwas zu verstecken.

»Daran erinnern Sie sich wirklich?«, hörte er Dr. Meyers Stimme in seinem Kopf. »Das ist sehr interessant.«

Brandon legte die Hand an den Kopf. Oh, diese Kopfschmerzen! Die Stimme des Mannes nervte, oder waren es die Kopfschmerzen, die ihm zu schaffen machte? Wegen der langen Fahrt nach Hause? Er musste unbedingt etwas trinken.

Er parkte den Wagen vor dem Eingang und stieg aus. Die Luft war feucht und so anders als die in New York. Ihm wurde die Haustür geöffnet, man nickte ihm freundlich zu, jeder der Angestellten begrüßte ihn herzlich. »Willkommen auf der Winston Plantage, Brandon. Schön, dich zu sehen.«

Er war ein gern gesehener Gast. Ein guter Mann. Der beste Freund von Mitch Winston.

»Ist sie gut drauf?«, fragte Brandon Marshall, Josephines persönlicher Butler – ein schwarzer gütiger Mann, auf den zu Hause sieben Kinder und eine tüchtige Ehefrau warteten.

»Es ist okay. Sie hat gelitten, dass du so lange nicht hier warst.«

»Ich war verreist.«

»Wo warst du?«

»Bin nach New York gefahren.«

Marshall, der vor ihm die herrschaftliche Wendeltreppe nach oben ging, drehte sich um. »Gefahren?«

»Kleiner Roadtrip.« Warum auch nicht? Es gab niemanden, der zu Hause auf ihn wartete, niemanden, um den er sich kümmern musste.

Es gab nur ihn und den Wunsch, die Stadt zu sehen, die sie geliebt und niemals zu Gesicht bekommen hatte.

»Ma'am, Brandon ist da«, kündigte Marshall ihn an, als sie oben vor den Zimmern der Hausherrin ankamen.

Sie saß in ihrem Damensalon, auch Teesalon genannt.

Brandon ging hinein.

Fast alle Räume im Haus waren dunkel gestrichen oder tapeziert. Der Damensalon war in dunklem Rot gehalten, doch die Fensterrahmen sowie die dekorativen Leisten an Boden und Decke erstrahlten in Weiß. Am Kamin und über den Türen prangten Geweihe von Wildtieren aus dem Wald, die Bilder an den Wänden zeigten andere Plantagenhäuser und Schiffe auf dem Mississippi. Ganz besonders ins Auge stach Brandon jedes Mal das Bild mit den Sklavenkindern. Sie lachten, tobten, trugen keine Schuhe, eines von ihnen saß auf einer Schaukel, die von einer Eiche herunterhing. Es war ein Gemälde, von dem er nicht wusste, ob es die Wahrheit oder eine Fiktion von damals zeigte.

Josephine stand am Fenster, mit einem blassgrauen Kostüm bekleidet. Dazu trug sie teure Ohrringe. Er hatte sie noch nie ohne Schmuck oder in etwas anderem als einem Kostüm gesehen.

Sie blickte aus dem hohen Fenster auf die Allee, hatte ihn kommen sehen. Jetzt drehte sie sich zu ihm um, setzte ein Lächeln auf, das traurig, aber von etwas gelöst zu sein schien.

»Endlich bist du hier.«

Sie war einsam, genau wie er, und ihre Beziehung war schwierig zu beschreiben. Es war ein Auf und Ab. Insgesamt profitierten sie voneinander, auch wenn es Momente gab, in denen sie einander nicht verstanden.

Sie war die Mutter seines besten Freundes. An den Tagen, an denen sie mehr für ihn sein wollte, war es kompliziert, und sie gingen sich aus dem Weg.

Er ging auf sie zu, ließ sich von ihr in den Arm nehmen, und schließlich streichelte sie seinen Rücken, während er seinen Kopf an ihre Schulter legte. Sie machte dabei Geräusche, so ein »Schschsch«, das jeder von uns aus Kindertagen kennt, und die Spannung in ihm löste sich.

Matt und erschöpft von der Reise sank er in einen der samtbezogenen Stühle und senkte den Blick. Sie wich ihm nicht von der Seite, zog ihren Stuhl zu ihm heran und nahm seine Hand.

Er war der einzige Mensch, der ihren verschwundenen Sohn nicht verteufelte.

»Tut mir leid, dass ich nicht bei dir war«, entschuldigte er sich flüsternd. »Ich musste sie sehen.«

Die Stadt.

»Ich wusste nicht, dass Sarah New York geliebt hat.«

Ein kurzes Lächeln huschte über sein Gesicht. »Das hat niemand gewusst. Es war eines unserer vielen Geheimnisse.«

Sarah.

Josephine ließ seine Hand los und lehnte sich zurück. »Ich habe gestern Charles' Eltern gesehen. Ich war im Wagen, Marshall fuhr mit mir durch die Gegend. Charles' Vater fuhr neben uns, seine Frau saß neben ihm. Wir mussten an einer roten Ampel anhalten. Sie haben mich gesehen. Charles' Mutter sind die Gesichtszüge fast entgleist. Ich konnte sehen, wie sie die Fäuste ballte und wie sie mich … anstarrte, als wäre ich ein Monster.«

»Du bist kein Monster.« Brandon sah zu ihr auf, in die Augen einer Frau, deren Sohn ein Mörder war.

»Aber er«, antwortete sie, doch es klang eher nach einer Frage.

Brandon atmete tief durch. »Es war ein Unfall. Und … ich liebe Mitch genauso wie du … aber … das, was er nach diesem Unfall getan hat, war … Das hat ihn halt zu einem Monster gemacht.« Ein Kloß steckte in seinem Hals. Er stand auf und ging zum Fenster, um ihr seine Tränen nicht zu zeigen. Er steckte die Hand in seine Hosentasche und fühlte das kleine Kirschkernkissen, das er gekauft hatte, als er den Kindersitz besorgt hatte. Die Verkäuferin hatte gemeint, es wäre gut, so etwas zu haben. Es war winzig und half bei Bauchschmerzen bei Babys. Es war nicht einmal so groß wie seine Hand. Blau und grün, und er hatte es bei sich, die ganze Zeit.

Es war für sein Baby. Für das Baby, das sie unter dem Herzen getragen hatte und das nun, genau wie Sarah, nicht mehr da war.

Mörder!

Brandon wischte sich über die Nase und drehte sich um. »Was hast du den Detectives gesagt?«

»Gar nichts. Ich weiß nichts. Sie denken, dass er sich irgendwann melden wird. Waren sie bei dir?«

»Ich war ja nicht da.«

»Vielleicht würde er aber dich als erste Anlaufstelle wählen, um sich zu entschuldigen.«

Dafür, dass er sie getötet hat.

»Entschuldigen? Glaubst du im Ernst, dass es reicht, sich zu entschuldigen?« Brandon winkte ab. »Außerdem brauchen wir darauf nicht zu warten. Dafür ist er zu feige.«

Josephine nickte verständnisvoll und sah zur Tür. »Ich weiß … Ich … Es tut mir so wahnsinnig leid für dich. Ich mag mir gar nicht ausdenken, wie du dich fühlen musst. Sarah und das …« Sie verstummte und legte die Hand an die Brust. »Ich kann immer noch nicht glauben, dass mein Mitch … dafür … Gott, Brandon, es ist noch immer so schwer zu verstehen.«

»Du solltest anfangen, zu begreifen, dass er nach dem, was er getan hat, niemals wiederkommen wird. Er wird gesucht und gehasst. Wenn er schlau ist, hat er das Land verlassen und seinen Namen geändert und taucht sein Leben lang unter.« Er ballte die rechte Hand zur Faust. »Denn Gott bewahre, Josephine, wenn ich ihn in die Hände bekomme, dann …«

»Brandon!«

Die Bilder des Unfalls kamen wieder in ihm hoch, sein Atem ging schnell, doch er nahm sich zusammen,

Josephine griff nach einem Bild von Brandon und Mitch, aufgenommen auf der Plantage vor einigen Jahren. »Ich denke immer daran, dass er jeden Moment zur Tür reinkommen könnte. So wie damals, als er noch jünger war, mit seinen dreckigen Klamotten, weil er mir ganz dringend etwas zeigen wollte.« Sie lächelte sanft. »Oh, Brandon, ich will einfach nicht glauben, dass er tot ist!«

»Das musst du auch nicht. Er wird vielleicht sogar irgendwann wiederkommen, aber … das wird Jahre dauern, denn so lange wird man ihn hier als das sehen, was er ist: ein Monster.«

Sie begann zu schluchzen. Natürlich, für sie war der Verlust eines Sohnes hart. Die Ungewissheit, wo er sich aufhielt und ob er überhaupt noch am Leben war. Die Gewissheit darüber, dass dieser Sohn für den Tod einer jungen Frau verantwortlich war.

»Und du, Brandon … Ich meine, wenn er jemals wiederkommen sollte … bist du dann da, so, wie ihr euch immer geschworen habt? Bist du für ihn da, Brandon?«

Brandon schaute der alten Dame in die Augen, konnte ihren Schmerz und ihren Kummer nachvollziehen, doch musste sie einsehen, dass er Mitch niemals verzeihen könnte. Denn Sarah und das Baby, sein Baby, hatte er geliebt.

»Das kann ich nicht versprechen«, sagte er nur und legte die Hand an die Wange der Frau, als genau in diesem Augenblick sein Mobiltelefon klingelte, das in seinem Rucksack lag. Er schulterte ihn ab und holte das Telefon heraus. Eine unbekannte Nummer.

»Hallo?«

Josephine wischte sich die Tränen weg, schenkte Whiskey in ein Glas und trank es in einem Zug leer, während Brandon ihr dabei zusah.

»Ja, die ist frei. Bleiben Sie lieber länger, damit sich die Anreise lohnt. Ich organisiere Ihnen ein Taxi, das Sie vom Flughafen abholen wird. Vielen Dank!« Brandon beendete das Gespräch und verstaute das Telefon wieder in seinem Rucksack.

»Wer war das?«

»Ein Gast für die Villa. Sie reist morgen hier an.«

»Ich will keine Gäste mehr, Brandon. Nicht nachdem …«

»Psssscht«, machte Brandon und legte den Zeigefinger auf seine Unterlippe. Er wandte sich von Josephine ab, nachdem er ihr einen Kuss auf die Wange gehaucht hatte. Beim Gehen griff sie nach seinem Arm, als wollte sie sich an ihn klammern, ihn hierbehalten, damit er nie wieder ginge.

»Du musst raus, Josephine, du musst mal was anderes sehen. Du kannst nicht den ganzen Tag in deinem Stübchen versauern!«

»Kommst du wieder?«, fragte sie nur.

Seufzend griff er nach dem Türknauf.

Ein neuer Gast.

Josephine begann zu wimmern, so wie immer in letzter Zeit. Vor ihm war ihr das nicht peinlich, schließlich gehörte Brandon zur Familie.

Brandon zeigte ihr nicht, wie sehr ihre Bettelei ihn erdrückte, wie sehr ihre Liebe – zu dem Mann, der auch wie ein Sohn für sie war – ihn innerlich auffraß. »Ich komme, sobald ich kann. Aber nun habe ich mich erst mal um einen Gast zu kümmern …«

5

CUMMINGS AVENUE 10, TRENTON, NEW JERSEY

Den ganzen Sonntag hatte Travis nicht mit ihr reden wollen. Davor hatte er sie mit Fragen bedrängt.

»Wieso willst du allein wegfahren?«

»Wozu brauchst du einen Ort, der so weit weg ist?«

»Warum können wir dich nicht begleiten?«

»Warum?«

Sie hatte ihn zu beschwichtigen versucht, hatte gute Argumente aufgeführt, doch er war wütend und verständnislos gewesen. Sie hatte dabei gelächelt, ihn zwischendurch auch angefleht, sie zu verstehen. Aber als aus ihrem Lächeln ein wütendes Weinen geworden war, hatte er kopfschüttelnd aufgegeben.

Ben hatte nichts gesagt. Mommy würde zwei Wochen wegfahren. Es hatte ihn kaum richtig interessiert.

»Hast du Angst um mich?«, fragte Audrey Travis am Abend, als sie fand, dass der Redestreik, den er nach dem Streit begonnen hatte, endlich enden sollte.

»Natürlich habe ich Angst um dich.« Er zeigte auf seinen Fuß. »Ich kann nicht loslaufen und dir helfen, falls du überfallen wirst.«

»Das Haus liegt in einer Straße, in der es viele Häuser gibt, und ich werde den Ort nicht verlassen – was soll passieren?«

Sie schrieb Psychothriller, oh, überall konnte eine Menge passieren, aber diesen Gedanken musste sie ihm ja nicht unter die Nase reiben.

Sie saßen gemeinsam in der Küche, er im Rollstuhl, sie am Tisch, nachdem sie schweigend zu Abend gegessen hatten und nur Ben es gewesen war, der von seinem Spiel, einem echten Spiel an der frischen Luft, berichtet hatte.

»Ich muss Geld verdienen«, sagte sie, weil es die Wahrheit war.

»Ich muss ein neues Buch schreiben, das hast du selbst gesagt. Ich kann aber nicht schreiben. Nicht hier, nicht jetzt, und ich verzweifle daran ...«

»Deswegen brauchst du nicht in die Prärie zu ziehen.«

»Ich will da ja nicht hinziehen. Ich brauche das ... für mich.« Sie stand auf, wischte sich den Schweiß von der Stirn, der sich gebildet hatte, weil sie erschöpft vom Diskutieren war. Sie würde aber nicht lockerlassen. All die Jahre hatte sie sich hauptsächlich um Ben gekümmert, hatte zu Hause sitzen müssen, während Travis sich mit Arbeitskollegen zum Golfen getroffen hatte. Jetzt war sie in der Reihe.

Außerdem machte sie das nicht zum reinen Vergnügen, sondern um eine Idee zu finden, mit der sie ihre Familie finanzieren konnte.

»Ich habe alles organisiert. Deine Mom wird hier einziehen. Sie freut sich sehr, ihre Jungs mal richtig zu verwöhnen. Sie wird dich auch zu deiner neuen Physiotherapie fahren, wenn die nächste Woche losgeht.«

»Mom? Die werden wir nie wieder los!«

»Doch, denn ich komme wieder, und dann wird sie von allein gehen wollen.« Audreys Verhältnis zu der tyrannischen, rechthaberischen Schwiegermutter war »speziell«.

»Ist zwischen uns alles gut?«, fragte Travis leise, als sie an der Spüle stand und abzuwaschen begann.

»Warum nicht?«

»Ist es nur eine Ausrede, um wegzukommen? Von mir?«

Sie fuhr herum und sah ihn schockiert an. »Glaubst du das?«

Er zuckte mit den Schultern. »Sonst hätte ich es nicht angesprochen, oder?«

Audrey trocknete sich die Hände an einem Geschirrtuch ab. »Ich denke schon.«

Dann herrschte eine Weile Stille.

»Ich hasse es«, sagte er schließlich.

»Was?«

»Ich brauche dich. Ich brauche dich nicht nur für den Moment, wenn ich Treppen steigen muss oder Durst habe.« Er hatte diese Verletzlichkeit in seinen Augen. Und sie wusste, wie jedes Mal in ihrer Beziehung, dass er sie nicht anlog. Das tat er nie. Travis sagte ihr immer die Wahrheit. »Ich brauche dich, weil ich nicht weiß, wie ich ohne dich …«

Sie schluckte, weil er nicht weiterreden konnte, und bekam ein schlechtes Gewissen, von dem sie wusste, dass es nicht seine Absicht war.

Sie liebte Travis.

Sie liebte Ben.

Sie liebte das Haus, das sie eigentlich hasste.

Und sie liebte das Leben hier, weil *sie* hier waren. Ben und Travis.

»Dann mache ich es kurz«, sagte sie und setzte sich auf seinen Schoß. Er verzog schmerzhaft das Gesicht, hielt sie jedoch fest, um sie am Aufstehen zu hindern. »Wenn du möchtest, dass ich bleibe, bleibe ich.«

Er legte seine Stirn an ihre Lippen. »Du solltest fahren«, sagte er dann. »Denn ich liebe dich.«

Kapitel 2

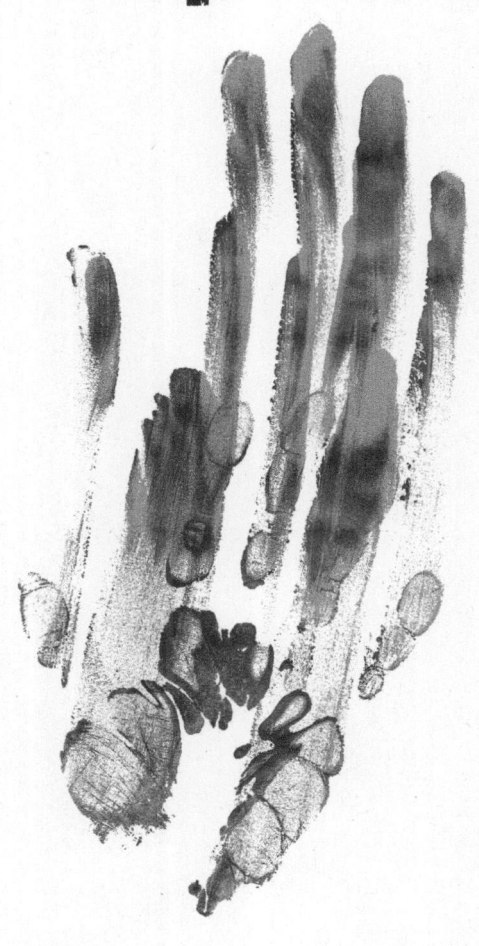

Kapitel 2

1

THIBODAUX, LOUISIANA

Der Flug hatte zwar Verspätung, dennoch genoss Audrey den ersten Tag ihrer Reise. Als sie aus der Airport-Halle in New Orleans trat, fühlte sie sich, als hätte sie die Chance auf ein neues Leben. Wenn auch nur für zwei Wochen, in denen sie sie selbst sein konnte und auf niemanden Rücksicht nehmen musste.

Es war warm, und die Straße, an der sie auf das Taxi wartete, war gesäumt mit Palmen, deren kurze Wedel im seichten Wind hin und her schwangen. Sie setzte ihre Sonnenbrille auf, fächerte sich mit dem Buch, das sie im Flugzeug hatte lesen wollen, aber nicht angerührt hatte, Luft zu. Die Luftfeuchtigkeit war erdrückend, die Hitze schwül.

Und es war so verdammt anders und toll.

Sie schaute auf ihren Koffer hinab, den sie hinter sich herzog, legte dort das Buch ab und zog ihre Strickjacke aus, für die es hier viel zu warm war. Dabei ärgerte sie sich, dass sie die dickeren Socken anhatte.

Der Flug war nicht anstrengend gewesen, es war vielmehr die Nervosität vor etwas Neuem, dass sie sich leicht erschöpft fühlte, als sie noch Minuten dort stand und auf das Taxi wartete. Als es kam, stieg der Fahrer aus, um ihr Gepäck einzuladen und ihr die Tür zu öffnen. Der Mann, ein älterer schwarzer Mann mit grauem Haar und Sportlatschen, warf seinen Zigarettenstummel ins Gras, und beim Grinsen zeigten sich nur wenige Zähne. »Ma'am.« Er hielt ihr die Tür auf, und in Anbetracht der fast zweieinhalbstündigen Fahrt allein mit ihm war ihr schon etwas mulmig zumute. Dennoch stieg sie ein – sie hatte in den U-Bahnen schon ganz andere Typen gesehen.

»Ihr erstes Mal im Süden?«, fragte er während der Fahrt, als er zügig über die Straßen heizte und so zeigte, wie wunderbar er sich hier auskannte.

»Ja«, antwortete sie und kurbelte das Fenster herunter, als sie den Mississippi überquerten, der wie in ihrer Vorstellung als ein riesiger, brauner Strom unter der massiven Brücke zu erkennen war. Schwere Tanker und Güterschiffe zogen über das Wasser, der Horizont darüber war grau, und eines fiel ihr besonders ins Auge: Je weiter sie sich aus der Stadt entfernten, desto grüner und weiter wurde das Land.

Sie passierten Diner an ewig langen Highways, Tankstellen mitten im Nirgendwo, Orte mit Häusern auf Stelzen. Der Taxifahrer erzählte viel über den Hurrikan Katrina vor einigen Jahren, über die Auswirkungen der Verwüstung im ganzen Staat und besonders in New Orleans. Außerhalb der Ortschaften gab es wenig zu sehen, bis auf die weiten Felder und Wiesen, und doch war es faszinierend, weil es so anders war als zu Hause. Nach einer Stunde war ihre Nervosität so gut wie verschwunden, während sie das weite Land und die kleinen Städtchen hinter sich ließen. Ein Zusammenspiel aus Natur und grenzenloser Einsamkeit, gespickt mit den Schönheiten einer viktorianischen und südländischen Architektur.

Sie und Harry, der Taxifahrer, hatten doch viel geplaudert auf dem Weg nach Thibodaux, und als sie den Ort erreichten, fuhr er extra etwas langsamer und nahm ein paar Straßen zu viel, um ihr das Städtchen zu zeigen. Es gab eine Kirche, wie könnte es auch anders sein, weiß, mit einem spitzen Turm und einem Lattenzaun drum herum. Eine Schule, wobei sie das Lachen der Kinder hörte, die gerade das Gebäude verließen. Einen Einkaufsmarkt neben einem Eisenwarenladen, davor ein riesiger Parkplatz. Sie sah Menschen, die auf den Gehwegen stehen blieben, als würden sie nicht oft Besuch bekommen und jeden Eindringling in ihre kleine Welt erst einmal begutachten müssen.

Als sie das große Silo passierten, das hoch oben die Besucher mit »*Welcome to Thibodaux*« begrüßte, spürte sie eine eigenartige Stimmung an diesem Ort, die sie jetzt noch nicht zuordnen konnte. War sie düster oder eben genau deswegen so angenehm, weil nicht jeder hierher gehörte?

Sie fühlte sich in ihr erstes Buch katapultiert, hatte die Stadt, die darin vorkam, genauso wie diese beschreiben wollen – düster und geheimnisvoll. Obwohl sie glaubte, diese Stadt lediglich mit ihren Gedanken dazu zu machen.

Machte ihr dieses Gefühl Angst?

Nein, im Gegenteil. Sie mochte diese Atmosphäre und holte ihr Notizbuch heraus, um erste Gedanken für eine neue Story aufzuschreiben.

Am Ende gelangten sie in die Thomas Jefferson Street, eine mit unzähligen Schlaglöchern bedeckte, mit weiten Vorgärten und Villen gesäumte Straße. Manche neu, manche alt, und mittendrin die *Villa Winston*, die Audrey sofort erkannte.

Harry blieb davor stehen. Er drehte sich zu ihr um und hielt sich an der Kopflehne des Beifahrersitzes fest. »Home, sweet home.«

»Vielen Dank.« Sie kramte nach ihrem Portemonnaie, während ihr der Schweiß von der Stirn lief, worüber sie erschrak. Sie musste furchtbar aussehen und stinken.

»Er hat schon bezahlt, alles gut«, antwortete der Taxifahrer.

Überrascht hielt sie inne. »Er? Brandon?«

»Brandon Petou, ja. Guter Mann, schwerer Schicksalsschlag.«

Sie wollte ihm trotzdem ein Trinkgeld geben und drückte Harry ein paar Dollar in die Hand. »Was ist passiert?«

Harry stieg aus, ohne ihr zu antworten, holte das Gepäck heraus, während Audrey die Tür öffnete und in diesem Moment zum ersten Mal Thibodaux betrat. Ihr fiel das Geräusch der Grillen auf, die in den Büschen zirpten, und das Zwitschern der Vögel in den Bäumen.

»Ich wünsche Ihnen einen angenehmen Aufenthalt. Vielleicht darf ich Sie zum Flughafen fahren, aber ich glaube, dass übernimmt er immer selbst. Ich fahre die Ladys immer her, aber nie zurück.« Harry lachte, schüttelte Audreys Hand und stieg zurück in den Wagen. Mit quietschenden Reifen fuhr er davon und ließ sie etwas ratlos zurück. Nachdem der Wagen außer Sichtweite war, drehte sie sich um und blickte auf die Villa.

Ein wunderschönes Haus mit einer Veranda davor. Im Garten die prächtige Eiche, von der das Spanische Moos hing. Das Schild mit der Aufschrift *Villa Winston*.

Sie ging auf das Haus zu, wollte es nun unbedingt von innen sehen. Gab es einen Schlüssel? Vielleicht unter der Matte? Sollte sie anklopfen? War ihr Vermieter im Haus? Darüber, wie sie reinkommen sollte, hatten sie nicht gesprochen.

Sie betrat die Veranda, klopfte mit dem Messingring gegen die Tür und wich einen Schritt zurück. Keine Reaktion. Ein paar Schritte ging sie über die Veranda, wartete, während ihr Blick auf das Haus rechts von ihr glitt. Im Fenster unter dem Spitzdach stand eine Frau – Audrey glaubte zumindest, dass es eine Frau war – und schüttelte den Kopf.

»Ich fahr die Ladys immer her, aber nie zurück.«

Audrey zuckte zusammen.

Dieser Ort …

Sie fuhr herum, die Stirn in Falten gezogen, als sie in diesem Moment einen Wagen hörte. Vorn an der Straße sah sie Brandon Petou, der die Musik – Blues oder Jazz, das konnte sie immer schlecht unterscheiden –, leiser drehte und die Tür öffnete. Es war ein Truck, blassgelb und in die Jahre gekommen. Der Motor röhrte, als er abgestellt wurde, eine Staubwolke legte sich.

»Hi«, sagte Brandon von Weitem, sah anders aus als bei ihrer ersten Begegnung vor wenigen Tagen. Fröhlicher, besser. Sportlich, Jeans, etwas dreckig, wahrscheinlich von der Arbeit, ein verwaschenes Shirt, die Haare feucht. Er kam auf sie zu und wischte sich beim Gehen die Hände an den Hosen ab.

»Hallo!« Audrey stieg die Treppen der Veranda hinunter, war erfreut, ihn zu sehen. Jemanden zu sehen, den sie kannte, so weit weg von zu Hause.

»Ganz offiziell: Ich bin Brandon.«

»Audrey.« Sie grinste. »Sie haben das Taxi bezahlt …«

»Natürlich. Sie sind mein Gast.« Er gab ihr die Hand, stellte sich mit breiten Beinen, die Hände in die Taschen seiner Jeans gesteckt, neben sie und betrachtete das Haus. »Schön, dass Sie da sind.«

»Ich wüsste gar nicht, was ich tun sollte, wenn Sie nicht gekommen wären«, sagte sie verlegen. »Mit meinem Mobiltelefon habe ich hier kaum Empfang.«

»Im Haus haben Sie einen Telefonanschluss. Und ja, ich begrüße meine Gäste immer persönlich«, sagte er freundlich. Sowieso – er war nicht zu vergleichen mit dem Mann, den sie bei der Lesung kennengelernt hatte. Dennoch war der Reiz noch da. Sie versuchte, den Gedanken zu verwerfen, aber seine Freundlichkeit ließ das nur sehr schwer zu. »Als Sie meinten, Ihr Flug hätte Verspätung, habe ich mich noch mal an die Arbeit gemacht, weshalb ich so aussehe … wie … Na ja, lassen wir das.«

Im Gegensatz zu ihm fühlte sie sich verschwitzt und abgewrackt – und unattraktiv. Sie brauchte dringend eine Dusche und frische Kleidung.

»Ein so wunderschönes Haus«, sagte sie zur Ablenkung und sah sich schon mit ihrem Laptop auf der Veranda sitzen.

»Das Haus … ja …« Er kratzte sich am Kopf. »Leider gibt es da ein kleines Problem.«

»Was?«, fragte sie bestürzt.

»Ich hoffe, Sie sind flexibel?«

»Wieso das?«

»Wasserschaden nach einem Rohrbruch. Am Wochenende, als ich in New York war. Es tut mir so leid.«

Das konnte nicht wahr sein. »Warum haben Sie mir das nicht gesagt?« Sie wollte kein Hotelzimmer bezahlen. Sie wollte hier an diesem Ort sein, den sie magisch und mysteriös fand – der voller Geheimnisse steckte, auch wenn sie nicht ahnte, welche. Er war perfekt für das, was sie vorhatte: einen nächsten großes Thriller zu schreiben.

Wut stieg in ihr auf, und der Gedanke, nicht nach Hause zu wollen, schockierte sie.

»Das war erst vor zwei Tagen und … Ich habe mich selbst an die Reparatur gemacht – ich bin Handwerker –, doch ich bin noch nicht fertig.«

»Und nun?«

»Ich habe eine Alternative, und ich bin mir sicher, dass sie Ihnen gefallen wird.«

»Haben Sie noch 'ne Villa?« Sie würde bleiben. Egal, wie die Alternative aussah.

»Nicht ganz eine Villa. Aber glauben Sie mir … Sie werden es lieben.«

Er hatte etwas in seinem Blick, was ihr gefiel. Nicht auf erotische Weise, aber … es gefiel ihr. Vielleicht war dieser Mann ja genauso geheimnisvoll wie der Ort. »Das würde ich gern sehen.«

»Wir brauchen nur fünf Minuten.«

Sie nickte, weil sie für diese eigenartige Situation keine Worte fand. »Okay.« Sie ging an ihm vorbei, hielt dann vor ihm inne und schaute zu ihm auf.

Er lächelte. Das hatte er auf der Lesung in New York nicht getan, jedenfalls nicht so. Es war ein schönes Lächeln, sanft und männlich, befreit und zufrieden. Es wog sie in Sicherheit, an einem Ort, an dem sie völlig allein und auf sich gestellt war.

»Nach Ihnen«, sagte er und nahm ihr den Koffer ab, wobei sich ihre Finger berührten.

Brandon lud den Koffer auf die Ladefläche des Trucks. Sie wollte auf der Beifahrerseite einsteigen, hielt dann inne, als sie den Kindersitz sah.

Brandon kam um den Truck herum. »Oh, Moment …« Er wuchtete den Sitz heraus und stellte ihn vorsichtig auf die Ladefläche, während sie sich dämlich vorkam. »Jetzt ist Platz.«

Der Truck war wirklich alt. Zement oder Beton, Audrey hatte keine Ahnung davon, klebte an den Polstern und auf dem Armaturenbrett. Überall lag Staub.

»Oh, ich hoffe, es ist okay? Harrys Taxi war sicherlich sauberer.«

Sie winkte ab. »Schon gut!«

Als er einstieg und losfuhr, fiel ihr Blick noch einmal zu dem Fenster des Hauses nebenan. Sie stellte erleichtert fest, dass die Dame, die sie sich vielleicht auch nur eingebildet hatte, nicht mehr da.

SWALL PINES WAY, THIBODAUX, LOUISIANA

Das Haus, zu dem er sie führte, hatte etwas Magisches. Für jeden hätte es wohl ein anderes treffendes Wort gegeben, doch Audrey hatte sich für »magisch« entschieden. Sie benutzte es das erste Mal, als sie die Stadt verlassen und dann südlich Richtung Houma und den Sümpfen gefahren waren. Ein Gebiet, grün und saftig, feucht und moorig. Nur wenige Wege führten durch das Labyrinth aus hohen, moosbewachsenen Bäumen, hier und da kreuzte die Straße einen Wanderweg, auf dem man Menschen wie die Nadel im Heuhaufen suchte. Denn es gab hier nichts, was einem als Ziel dienen dürfte, es sei denn, man suchte die Einsamkeit.

Genau das suchte Audrey Leester aus New Jersey. Was für ein Glück für Brandon.

Sie erreichten den Wald zwischen Thibodaux und Houma. Je weiter man in den Wald fuhr, desto spärlicher wurden die Wohnhäuser. Am Anfang des Waldes gab es noch eine Farm-Siedlung, an dem Sandweg standen nur noch zwei, drei Häuer, nicht mal alle bewohnt. Der unbefestigte Sandweg führte tiefer in den Wald hinein, passierte an einem Nebenarm des Lafourches die Stelle, wo früher mal einige Boote an einem Steg gelegen hatten, von denen heute nur noch Wracks übriggeblieben waren. Am Ufer standen Hütten aus Holz, Überreste einer Cajun-Siedlung aus vergangenen Zeiten.

Der Weg endete auf einer Lichtung, eingebettet zwischen riesigen Bäumen und mannshohen, wildwuchernden Büschen und Sträuchern. Zwischen zwei Eichen, deren Stämme so dick waren, dass man sie nur zu dritt umfassen konnte, und von denen das Spanische Moos wie graublaue Vorhänge fiel, die sich leise im Wind wiegten, stand das alte Farmhaus der Winston-Familie.

Brandon ging es heute wunderbar. Er hatte bei der Arbeit angekündigt, ein paar Überstunden abbummeln zu wollen, um Reparaturen in der Villa vorzunehmen, und hatte dabei nicht einmal gelogen. Nebenbei hatte er Zeit für seinen neuen Gast. Als er mit Audrey Leester nun zu dem anderen Haus fuhr, fiel ihm auf, dass er noch nicht ein einziges Mal Kopfschmerzen gehabt hatte.

Das musste ein Zeichen sein. Eindeutig.

Vielleicht lag es aber auch daran, dass sie so begeistert war – genauso, wie er es von dieser Gegend Tag für Tag aufs Neue war.

»Ein Vorfahre der Winstons hat es bauen lassen, fernab der Plantage, als Rückzugsort. Es heißt, er litt unter Depressionen und suchte einen Ort, an dem er mit den Dämonen seiner Psyche allein sein konnte, um andere vor sich zu schützen«, erklärte er ihr, als sie die Lichtung erreichten.

»Magisch«, sagte Audrey und schaute aus dem Fenster, während Brandon den Wagen vor dem Eingang stoppte. »Das ist also die zweite Immobilie, die Sie vermieten?«

»Das ist eines der Winston-Häuser, ja.«

»Die Häuser der Winstons?«

»Diese Häuser gehören Josephine Winston, der vorletzten, noch lebenden Winston, der ehemaligen Großplantagen-Herrschaften aus dem Süden. Das hier ist das kleinste, aber … wenn du mich fragst, das Schönste.«

Sie wandte ihren Blick nicht vom Fenster ab, was sie nicht wegen der Aussicht tat, sondern weil er gerade nicht förmlich mit ihr geredet hatte und sie aus irgendeinem Grund verlegen war. Da er das hatte kommen sehen, musste Brandon grinsen. »Es ist schön, aber sehr einsam. Ich weiß nicht, ob du vielleicht Angst haben könntest … Möchtest du es dir erst mal ansehen und dann entscheiden, ob du bleibst?«

»Ich bleibe«, kam es sofort von ihr.

Zufrieden stieg Brandon aus. Der süße Duft wild blühender Blumen drang ihm in die Nase, die Melodien zahlreicher Vögel und Insekten erfüllten die Luft. Er schloss für eine Sekunde die Augen.

Zu Hause.

Unter ihm war der Boden feucht, genau wie die Luft. Er ging zur Ladefläche und holte ihr Gepäck heraus, während sie sich zur Veranda aufmachte. Sie betrachtete die Kübel vor der Holztreppe, in denen üppig blühende Hortensien gediehen, und vor dem Haus war ein Farn gepflanzt worden, der nun in Höhe und Breite bis über den Rand des Geländers aus weiß gestrichenem Holz schoss. Unter dem Vordach hingen Ventilatoren, vier an der Zahl.

Sie betraten beide die Veranda. Das Holz knarrte unter ihren Füßen.

»Geht die Veranda einmal ums Haus herum?«, wollte sie wissen, und sie berührte fast ehrfürchtig die Schaukel, die von der Decke hing.

»Nein, hinten gibt es nicht mehr viel, nur unberührte Natur. Aber dort«, er zeigte auf den Bereich rechts neben dem Haus, »gibt es eine gepflasterte, kleine Sitzecke mit einem Tisch und Stühlen. Durch die Baumkronen vor der Sonne geschützt. Dort sitzt du zwischen Blumen und Bienen und kannst dich entspannen … oder schreiben. Der schönste Platz hier auf dem Anwesen.«

»Anwesen«, wiederholte sie und ging mit verschränkten Armen über die Veranda. Er folgte ihrem Blick. Von hier aus sah man weit und breit nur grün, nichts, was dieses schöne Fleckchen Erde störte und verschandelte.

»Das Haus ist renoviert«, erzählte er ihr und fuhr mit den Fingern über den blauen Anstrich der Holzverkleidung. »Neu eingesetzte Sprossen-Fenster. Möchtest du reingehen?«

Ja, an diese Renovierung erinnerte er sich nur zu genau. Das meiste davon hatte er selbst gemacht. Tag und Nacht hatte er hier verbracht und Arbeit für sechs Mann verrichtet. Nur wusste Josephine nichts davon.

»Nachts«, sagte sie und kam näher. »Gibt es hier draußen Licht? Menschen? Laternen?«

»Nichts. Im Haus hast du Licht, das muss reichen.« Er steckte die Hände in die Taschen seiner Hose und wippte auf den Fersen. Es war gut so, denn deswegen war dieser Ort so perfekt. Viele Menschen würden eine Wohnsiedlung mit Häusern bevorzugen, die offenbarten, was in ihnen steckte, und die keinen Charme, keinen Flair hatten, weil sie so normal waren.

Dieses Haus hier war anders, und es verdiente, einzigartig und allein zu stehen.

»Wie gesagt, überlege es dir. Es ist was völlig anderes als die Stadtvilla, und ich hätte sie dir liebend gern gegeben, aber der Wasserschaden ist enorm. Es ist durch den Boden ins Erdgeschoss gelaufen. Ich habe einiges zu tun.«

»Ehrlich gesagt macht es mir nichts aus.«

Er fragte sich, ob sie bluffte, aber wahrscheinlich hatte sie keine Ahnung, wie dunkel und einsam es hier wirklich sein konnte. »Als Frau ist es anders. Wäre ich hier allein, hätte ich kein Problem, aber du ...«

»Vielleicht reizt es mich gerade deswegen«, meinte sie. »Ich war noch nie irgendwo allein. Mein Mann und mein Sohn waren immer dabei. Vielleicht brauche ich das, um herauszufinden, wer und was ich bin. Verstehst du?« Sie sah sich um. »Bin ich die taffe Thriller-Autorin, die einiges abkann, oder eine Pfeife, die Angst vor ihrem eigenen Schatten hat?«

»Ja, um das herauszufinden, ist das sicherlich die beste Chance.« Als er sah, wie sie ihr Mobiltelefon rausholte, hob er beide Hände. »Keine Chance, hier gibt es kein Netz.«

»Bitte?« Jetzt riss sie erschrocken die Augen auf. »Ich brauche Internet für die Recherchen. Und ich muss doch telefonieren können.«

Scheinbar dachte sie nun doch an die Nächte, die hier draußen ziemlich unheimlich werden konnten. Brandon lachte. »Im Haus gibt es einen Internetanschluss. Über Modem. Und ein Festnetztelefon.« Er bewegte sich Richtung Treppe und zeigte auf ein paar Kabel, die über dem Haus und dann hinein in das Nichts des Waldes dahinter spannten. »Bei der Renovierung konnten wir die Infrastruktur ausbauen. Vor ein paar Jahren hatten wir hier nicht einmal Strom und fließend Wasser.«

»Und wenig Gäste wahrscheinlich.«

»Richtig … Aber mit den neuen Möglichkeiten läuft es besser.«

Sie hob die Brauen. »Du solltest mich ins Haus lassen, bevor ich es mir anders überlege.«

Das Haus war ordentlich und sauber, denn Brandon hasste Unordnung und Dreck. Die Küche, offen und ländlich, befand sich rechts. Von dort erstreckte sich bis auf die linke Seite der große Wohnbereich mit einem Sofa und einem Sessel, Fellteppichen auf dem Boden und einem modernen Fernseher. Im hinteren Bereich des Hauses gab es ein kleines Badezimmer, eine Kammer und ein großes Ankleidezimmer. Mittendrin im Haus, raffiniert mit dem großen, steinernen Kamin verbaut, führte eine Wendeltreppe nach oben.

Als sie zur Galerie schaute, trat Brandon neben sie. »Oben ist der Schlafbereich. Zwei Schlafzimmer, ein Bad. Alles etwas kleiner, aber von deinem Zimmer aus hast du einen fantastischen Blick bis zum Bayou – zugegeben mit etwas Fantasie.«

»Hört sich super an.«

Er glaubte ihr sofort. Alle Frauen, die jemals hier gewesen waren, waren beeindruckt gewesen, ob sie diesen Ort nun »der Wahnsinn«, »besonders« oder eben »magisch« fanden.

Sie drehte sich zu ihm um. »Wo wohnst du?«

»In der Nähe«, antwortete er.

»In den Sümpfen?«

»Nein, aber nicht weit davon. Keine Sorge, ganz allein bist du nicht.« Brandon beobachtete, wie Audrey durch die Küche schritt, und musterte ihren Körper. Sie war schlank, sah gut aus. Sie gefiel ihm.

»Und, willst du bleiben?«, fragte er, obwohl er die Antwort kannte.

»Natürlich will ich bleiben.« Sie stand ihm nun gegenüber, ihre Blicke trafen sich. »Wenn ich etwas brauche, wie komme ich von hier weg? Oder wenn ich wirklich Angst habe? Was … wie …?«

»Meine Nummer ist die erste im Telefon. Du brauchst nur einen Knopf zu drücken, und ich bin hier. Wir haben uns um unsere Gäste immer fabelhaft gekümmert, waren sie nun im Stadthaus untergebracht oder hier.«

»Wir?«

Brandon schluckte, packte den Koffer, um ihn ihr nach oben zu tragen und ihr nicht in die Augen sehen zu müssen. »Mein bester Freund und ich.«

Wenig später hatte er alle Fenster geöffnet, um Luft hineinzulassen, hatte ihr frische Bettwäsche auf das Bett gelegt, während sie nach draußen blickte.

»Du hast nicht zu viel versprochen.«

Sie standen in einem der Schlafzimmer im Obergeschoss, gleichzeitig das Dachgeschoss. Das Schlafzimmer war groß und geräumig, hatte ein Fenster mit Blick in den Garten. Sie sah den Truck, die Blumen, den Wald und musste lachen, genau wie er, als er ihr weismachen wollte, zwischen all dem Grün den Lafourche zu sehen. Er trat dabei neben sie, und gemeinsam blickten sie durch das offene Fenster nach draußen. »Irgendwann zeige ich dir mal alles, aber nun leb' dich erst mal ein. Ich habe den Kühlschrank gefüllt, es ist alles da.« Er ging an ihr vorbei zur Treppe, als ihm sein Fehler auffiel.

Sie legte den Kopf schräg. »Obwohl du nicht wusstest, ob ich bleibe?«

»Ich konnte es mir denken«, meinte er. »Ich hab's gesehen.«

»Was?«

»Deinen Wunsch, zu flüchten. Vor deinem Leben, aus dem du mal ausbrechen wolltest, um etwas Neues zu sehen. Ich hab's in deinen Augen gesehen, bei der Lesung in New York.«

»Wir haben uns doch nur ganz kurz gesehen«, bemerkte sie.

»Denkst du nicht, dass eine kurze Zeit manchmal reicht, um jemanden kennenzulernen?«

Ihre Blicke lösten sich nicht voneinander.

»Ich weiß nicht«, sagte sie leise, und er schenkte ihr ein Lächeln, bevor er nach unten ging und sie ihm folgte.

»Wenn du etwas brauchst, rufst du an.« Brandon blieb an der Tür stehen. »Und wie gesagt, ich bin in ein paar Minuten hier, falls etwas sein sollte.«

»Es wird nichts sein.« Sie blieb an der Treppe stehen, und er fand, dass sie hierher passte. Es war der perfekte Ort für sie. »Ich habe viel über die Freundlichkeit und die Gastfreundschaft der Leute im Süden gehört, aber mir scheint, dass du der Inbegriff dafür bist.«

Brandons Gesicht wurde ernst. »Meinst du das ehrlich?«

»Natürlich meine ich das ehrlich. Ich denke, du kennst mich? Ich sage immer die Wahrheit. Manchmal ist das gut … und manchmal eben nicht.«

Er hielt die Hand an der Klinke und zog die Tür auf. »Also dann … Willkommen bei den Winstons, Audrey Leester.«

Sie tat, als würde sie sich verbeugen. »Danke, Sir!«

Er lachte leise, ging aus der Tür und zog den süßen Duft dieses Ortes ein. Das Holz unter seinen Füßen machte erneut Geräusche, als er die Stufen hinunterging und ihren Blick auf seinem Rücken spürte, als wäre es eines der Dinge, die hier lebten, in diesem Haus, an diesem Ort. Als er am Truck angekommen war, stieg er ein und hob die Hand, weil sie an der Tür stand und ihm winkte.

Es war so wunderbar, dass wieder jemand hier war. Viel zu lange hatte es leer gestanden, dieses Haus, das er so verdammt liebte.

»Gute Nacht, Audrey«, sagte er, ohne, dass sie es hören würde, und fuhr davon. Wohlwissend, dass er sie bald, sehr bald wiedersehen würde.

Es war noch nicht dunkel, lediglich die Sonne verabschiedete den Tag irgendwo am Horizont hinter den Bäumen, tauchte den Wald in ein sattes Dunkelrot. Brandon schaltete das Radio an, auf einen Sender, den seine Mom früher immer gehört hatte, und die Hymne des Südens ertönte.

Ein Schauer lief ihm über den Rücken.

Der Truck bretterte über den Waldweg, Brandons Finger lag auf den Ausschalter, während die Erinnerungen an eine Zeit vor zwanzig Jahren ihn einholten.

Schalt' dieses Lied aus ...

Ohne es selbst zu realisieren, fuhr er schneller. Sah New Orleans vor seinem inneren Auge. Bunte Lampions.

»Look away! Look away! Look away! Dixie Land.«

Banjo. Klarinette.

Und schließlich Mitch.

Kapitel 3

Kapitel 3

1

ROYAL STREET, NEW ORLEANS, LOUISIANA
August 1997

Es war schon spät, bestimmt schon nach neun Uhr, und die Royal Street hatte sich im Vergleich zum Tag in ein Meer aus bunten Lichtern mit den vorzüglichen Gerüchen der Cajun-Küche verwandelt. Passanten flanierten vorbei an überfüllten kleinen Lokalen, machten den Ort wie an jedem Abend des Sommers zu einem Ort der Freiheit, Ausgelassenheit und Fröhlichkeit.

Unzählige Nationen trafen aufeinander, Menschen aus allen Herren Ländern vermischten sich mit Einheimischen. Die Straßen verwandelten sich in einen Kessel der Lebenslust, des guten Essens und der Musik. Ja, es waren nicht nur die Touristen, die diesen Ort so heiter machten, sondern vielmehr die kleinen Straßen- und Musikbands, die an diesen warmen Sommerabenden dafür sorgten, dass Abend und Nacht miteinander verschmolzen und man den Wunsch hatte, sie nicht enden lassen zu wollen.

Die Klänge der Hörner der Mississippi-Dampfer wurden übertönt vom New Orleans Jazz, von Trompetenklängen und Saxofonen, und jeder Musiker mischte in die Songs die Lebensfreude und die Liebe zur Musik, die sie alle im Blut hatten.

Münzen wurden in auf dem Kopf stehende Hüte oder in aufgeschlagene Gitarrenhüllen geworfen, klirrten in Blechdosen.

Wenn man genauer hinsah, entdeckte man zwischen einer Bar mit blinkenden Leuchtschildern und einem Haus mit gusseisernen

Balkon, zwei junge Burschen, gerade mal dreizehn Jahre alt, der eine mit einem Banjo, der andere mit einer Klarinette.

Sie waren allein, hatten nur einander, so wie ihr ganzes Leben schon. Sie waren wie Brüder, auch wenn sie nach diesem »Konzert«, wie sie es gern nannten, in ihre eigenen Leben zurückkehren würden.

Der Junge mit der Klarinette, der Kappe auf dem weißblonden Haar und dem Takt im Blut war Mitch. Seinen Nachnamen kannte er nicht.

Das Banjo spielte Brandon Petou, ein Junge mit Wuschelhaar und braunen Augen, der schon jetzt gut bei den Mädchen ankam.

Während er spielte, dachte er an nichts, abgesehen davon, was er mit dem Geld machen würde, das sie später aus seiner Kappe nehmen würden, die vor ihnen auf dem Boden lag. Sie spielten gerade eines der Lieder, die kaum ein Tourist kannte, das Brandon im Musikunterricht der Schule gelernt und es anschließend seinem besten Freund Mitch beigebracht hatte. Vielleicht kam deswegen kaum jemand zu ihnen. Vielleicht lag es aber auch daran, dass sie von den Bands übertönt wurden, die mit Tuba und Schlagzeug aufwarteten – erwachsene Menschen, reife Sänger und Musiker, die seit Jahren nichts anderes machten.

Irgendwann gab Brandon auf und schüttelte den Kopf in Mitchs Richtung. »Das wird heute nichts«, meinte er und schaute sich dabei besorgt um. Solche Tage gab es eben. Verunsichern ließ er sich dadurch nicht. Ging die Sonne nach dieser Nacht auf, kam ein neuer Tag. Auch für sie. »Lass uns aufhören, bevor die Cops kommen.«

Mitch war nicht begeistert, doch musste er zugeben, dass sein Freund recht hatte. Gestern waren sie erwischt worden, als es nach zehn Uhr gewesen war. Die Polizei hatte sie vertrieben, schließlich waren sie Kinder, und das hier war die Straße.

»*Dixie's Land*«, rief er Brandon zu, der seine Kappe nehmen und gehen wollte. »Nur noch das eine, da kommt immer was bei rum.«

Brandon seufzte, legte die Kappe zurück auf den Asphalt, stellte das Pappschildchen mit der Aufschrift »*Dixie Boys*«, wie sie sich selbst nannten, zurück vor die Kappe und begab sich neben Mitch. Dieser zählte von drei nach unten, und sie spielten die ersten Takte des Liedes, das hier und dort als Nationalhymne des Südens bezeichnet wird. Mit Banjo und Klarinette war das nicht einfach, doch wie immer zog dieser Song die Menschen an, weltbekannt und bei den Einheimischen so beliebt, dass jeder von ihnen es von vorn bis hinten mitsingen konnte.

Mitch warf Brandon einen erwartungsvollen Blick zu, als dieser zu singen begann: »*O, I wish I was in the land of cotton …*«

Die Münzen fielen in die Kappe.

»*… old times there are not forgotten.*« Mit seinem Banjo ging er ein Stück weiter auf die Straße, während er spielte, sang und seinen Körper zum Takt der Musik bewegte.

»*Look away! Look away! Look away! Dixie Land.*«

Menschen gingen an ihm vorbei, andere blieben stehen, lächelten den Jungs zu, die mit ihrer Musik, Brandons Gesang und ihrer Heiterkeit ihre Aufmerksamkeit bekamen.

»*O, I wish I was in Dixie! Hooray! Hooray!*«, sang Brandon aus vollem Hals, um die Frau zu übertönen, die in der Band ein paar Meter weiter durch ein Mikrofon sang, was auf der Straße unter den Musikern nicht gerade beliebt war.

Aber tatsächlich begann mit einem der bekanntesten Lieder des Südens die Kasse zu klingeln.

Ein älteres Ehepaar klatschte zur Musik, der Mann sang mit, die Dame bewegte sich zum Takt. Brandon ging auf sie zu, als würde er nur für sie singen.

Schließlich endete das Lied. Die Jungs verneigten sich vor ihrem kleinen, aber feinen Publikum, und als alle weitergezogen waren, nahm Brandon die Kappe hoch und zählte das Geld. »32,80.«

»Das ist wenig für fast zwei Stunden.« Betrübt sah Mitch in die Kappe. »Egal, lass uns hier weg, Ally hat mir schon vor zehn Minuten ein Zeichen gegeben.«

»Hab' ich's doch gesagt!«, murrte Brandon, und sie machten sich auf den Weg zur nächsten Querstraße. Ally war die Besitzerin der Bar, vor der sie gespielt hatten, eine dicke, liebevolle Frau, die sie immer vor der Polizei warnte, wenn sie etwas mitbekam, und sie in ihren Pausen mit ein bisschen französischem Baguette und Cola verpflegte.

Die Musik der anderen Bands wurde dumpfer, je weiter sie der Querstraße folgten, die Luft angenehmer.

»Hast du den giftigen Blick der Sängerin neben uns gesehen?«, fragte Brandon seinen Freund und kicherte dabei.

»Die mögen es nicht, wenn Kinder spielen, weil sie denken, die bekommen mehr Geld.«

»Ist aber nicht so.«

»Ach, warte ab, irgendwann.« Mitch war zuversichtlich. Das war er immer. Deswegen ergänzten sie sich so gut. Während Brandon der Vorsichtige war, der klug und weise und realistisch dachte, war Mitch immer etwas zu positiv und blauäugig. Jemand, der dem Leben, egal, was passierte, dankbar war, für alles, was es für ihn bereithielt. Eine Einstellung, die in seiner Situation sicherlich förderlich war und die Brandon bewunderte.

»Wir sind da«, sagte Mitch nun, als sie vor einem der Grocery Stores standen, die 24 Stunden geöffnet waren.

Brandon zählte das Geld erneut. »16,14.« Er gab Mitch die Hälfte ihrer Einkünfte, dann betraten sie den Laden. Auch hier achteten sie darauf, dass kein Beamter anwesend war, während Mitch zu den Süßigkeiten und Brandon zum Toast wanderte. Er griff nach dem großen, fluffigen Weißbrot, schnappte sich noch ein paar Cornflakes und eine Tüte Milch und bekam Schwierigkeiten, alles in den Händen zu behalten.

Sein Blick fiel auf Mitch, der verschwörerisch vor den Zeitungen stand und ein Magazin für Erwachsene in den Händen hielt.

Brandon runzelte die Stirn, doch Mitch legte einen Zeigefinger an die Lippen und ließ das Magazin rasch in seinem Rucksack verschwinden. Beim Grinsen traten seine spitzen Eckzähne hervor. Er hob den Daumen in Brandons Richtung, signalisierte ihm so, dass alles in Ordnung sei, und Brandon lächelte. Ja, Mitch hatte alles unter Kontrolle, so wie immer. Es gab nie ein »das ist unmöglich« oder »das geht nicht«. Alles war möglich. Alles funktionierte, man bekam schon Geld, wenn man es noch mal mit einem anderen Song probierte, und man konnte sich ein Schmuddelheft besorgen. Herrgott, die paar Dollar schadeten dem Laden doch nicht.

Durch Mitchs Sicherheit hatte Brandon keine Angst mehr vor Cops, die kommen könnten. Mitch war ja da!

Auf dem Weg zur Kasse sah Brandon in dem letzten Regal davor, dort, wo es Kerzen und Dekokram gab, Vögel aus Pappmaché mit Federn und Glitzersteinen auf den Flügeln. Es gab rosafarbene und gelbe, einen einzigen in Grün. Brandon betrachtete sie und dachte daran, was Mom einmal zu ihm gesagt hatte: »Irgendwann möchte ich wie ein Vogel sein.«

»Bin fertig!«, rief Mitch, und als Brandon sich umsah, hatte sein bester Freund beide Hände voller Süßkram und Softdrinks.

»Ich komme«, antwortete Brandon und griff nach dem grünen Vogel. Mom würde sich freuen. Sie würde sich so sehr freuen.

An der Kasse bezahlten die Jungs und erhielten neben dem Wechselgeld einen mahnenden Blick der Vorkäuferin. Immerhin war es unter der Woche und fast halb elf am Abend. Grinsend und lachend liefen sie mit ihren Rucksäcken und den Tüten aus dem Laden.

»Wofür der Vogel?«, wollte Mitch wissen.

»Für Mom«, antwortete Brandon nur.

»Wie geht's ihr gerade?«

»Heute war ein guter Tag.«

Mitch sagte nichts mehr darauf. Sie überquerten die Straße und standen vor dem Park, an dem sich ihre Wege nun trennen würden.

»Also bis morgen«, meinte Mitch. »Morgen ist Freitag. Morgen ist viel los. Selbe Uhrzeit?«

»Komm vorher zum Essen zu uns. Schließlich ist Freitag.«

Mitch sah glücklich aus. »Das bedeutet Chicken Wings.«

»Mom macht die besten.« Brandon hob die Hand. »Hooray, mein guter Freund!«

Während Brandon nach Hause zu seiner Mom ging, verließ Mitch die Stadt in Richtung Slums, wo er mit seinem Onkel mehr oder weniger auf der Straße lebte.

In einem der nicht so glanzvollen Gebiete der schillernden Stadt New Orleans befand sich eine Wohnwagensiedlung, in der Aurora Petou mit Brandon lebte. Seinen Vater kannte er nicht, und manchmal bezweifelte er, dass Mom ihn kannte. Sie hatten nie über ihn geredet. Brandon hätte ihn gern kennengelernt, allein deswegen, weil er nicht so aussah wie Mom. Sie hatte ganz helle Haut und helles, feines Haar, während er südländisch aussah. Außerdem hätte er seinem Vater gern gesagt, wie scheiße er ihn fand, und ihn gefragt, warum er zuließ, dass Mom und er so leben mussten, obwohl es der pure Luxus im Vergleich zu Mitchs Behausung war.

Trailer an Trailer und dazwischen winzige Häuser mit Blechdächern standen in der Siedlung, in der Brandon gegen elf Uhr ankam. In der Tüte, die an seinem Handgelenk baumelte, der Vogel für Mom.

Der Geruch nach Benzin, Fett und Marihuana drang in seine Nase. Gerüche, die er kannte, mit denen er aufgewachsen war.

Als Brandon das Haus erreichte, blieb er für einen Moment davor stehen. Ein komisches Gefühl machte sich in seinem Körper breit, ein Gefühl, das er nicht kannte, nicht verstand und sich deshalb nicht weiter darum kümmerte. Das Einzige, was er verstand, waren die Kopfschmerzen, die nun wieder einsetzten. Seit ein paar Monaten hatte er die, und Mom gab ihm Tabletten dagegen, die, die man im Grocery Store für zwei Dollar bekam und die manchmal auch halfen. Geld für einen Arzt oder gar eine Krankenversicherung hatte sie nicht.

In ihrem Haus war kein Licht, was hieß, dass Mom schon schlief. Die Fliegengittertür stand offen, alles war still, nicht mal der Fernseher lief.

»Hi, Mom«, rief Brandon laut, während er das Licht einschaltete, denn Mom wollte immer wissen, dass er zu Hause war, auch wenn sie schon schlafen gegangen war. Sein Blick fiel auf den Küchentisch. Darauf lagen Schulaufgaben, die er noch machen musste. Bisher hatte er noch keine Zeit dafür gehabt.

Die Nacht würde also lang werden.

Er zog die Schuhe aus und verzog das Gesicht, als er den Dreck im Eingang entdeckte, und hob den Kopf, weil Mom noch nicht geantwortet hatte. Er wollte ihr doch unbedingt noch den Vogel zeigen! Vielleicht würde er sie sogar dafür wecken müssen, aber das wäre in Ordnung, sie würde sich sicher so sehr freuen! Er wühlte in der Tüte danach, hob ihn vorsichtig heraus, sodass kein Flügel beschädigt wurde. Er war so groß wie ein Wellensittich und sah echt aus, wenn man den Glitzerkram missachtete. Aber Mom liebte Glitzer und helle Farben. Vielleicht, weil ihr Leben viel zu oft dunkel und traurig war.

Lächelnd und voller Vorfreude, dass er seiner Mom ein so hübsches Geschenk erarbeitet hatte, ging Brandon zu ihrem Schlafzimmer. Er klopfte leise an, so, wie sie es immer bei ihm tat, doch als sie nichts sagte, öffnete er die Tür, während sich das Gefühl verstärkte, das er schon beim Betreten des Hauses gehabt hatte.

»Mom?« Seine Stimme brach, als die Tür knarrend aufging und er die Stille hören konnte, die beängstigend und anders war. »Mommy?«

Er sah Mom, ja, sie lag auf dem Bett, durch das Licht im Flur konnte er gut ihre Umrisse sehen. Sie war nicht zugedeckt, der Kopf lag zur Seite, zu seiner Seite.

Brandons Hände wurden feucht, sein Körper bebte, seine Mundwinkel zitterten. Das Gefühl erreichte seinen Höhepunkt, als er den Vogel in seiner linken Hand fest zusammendrückte.

Selbst in dem matten Licht sah er die Instrumente auf dem Nachttisch, jene Dinge, die sie immer vor ihm versteckt hielt, es aber nicht verhindern konnte, dass er sie schon ein paarmal damit erwischt hatte.

Und selbstverständlich sah er die Nadel, die noch in ihrem Arm steckte.

Mom sah nicht so aus, als würde sie schlafen, denn ihre Augen standen offen, und sie starrten ihn an. Doch sahen diese Augen nichts mehr.

Brandon hörte, wie der Vogel auf den Boden fiel, blickte darauf hinab, sah dann nichts mehr, weil seine Augen voller Tränen waren.

Mom war tot.

2

SWALL PINES WAY, THIBODAUX, LOUISIANA
September 2019

Als Brandon gegangen war, hatte Audrey sich erst mal eingerichtet und dabei ein unbeschreibliches Gefühl verspürt. Es war schön, mal allein die Ruhe zu genießen. Auch, wenn sie nur ihren Koffer auspackte und Sachen aufräumte, stand sie dabei nicht unter Stress, konnte sich Zeit lassen, weil sie sich um niemand anderen außer sich selbst kümmern musste.

Natürlich dachte sie an zu Hause, natürlich auch an Ben, vor allem an ihn. Aber er war kein kleines Kind mehr, das seine Mommy fast den ganzen Tag benötigte – die meiste Zeit kam er allein zurecht. Das war der Wandel der Zeit, und das gehörte zum Leben dazu, auch wenn sie vor ein paar Monaten noch spätabends an seiner Zimmertür gestanden und dem Bambi-Poster nachgeweint hatte, dass er durch ein Poster eines Superhelden ersetzt hatte. Sie hatte der Zeit nachgeweint, in der ihr Baby noch ein Baby gewesen war, und dabei ignoriert, dass dies die Chance war, endlich mehr auf sich zu achten und mehr Energie für sich aufwenden zu können. Doch jetzt und hier war das Gefühl, an sich denken zu können, präsent.

Ihren Laptop, der verborgen in der passenden Tasche zusammen mit einem Notizbuch und einem Kugelschreiber lag, legte sie auf das Bett, das sie bezogen hatte. Vom Bett aus konnte sie in den »Irrgarten« sehen, wie sie den Bereich vor dem Haus nannte – ein Garten wie aus einem tropischen Urwald.

Anschließend schaute sie sich in der Küche um. Auf der Theke hatten bei ihrer Anreise eine Flasche Rotwein und ein Glas gestanden. Sie setzte Kaffee auf, obwohl es schon Abend war, und richtete das Badezimmer ein. Danach sortierte Audrey die Sachen im Ankleidezimmer ein und musste feststellen, dass Brandon und sein Freund jede Ecke des Hauses geschmackvoll eingerichtet hatten.

Als der Kaffee fertig war, nahm sie ihn mit raus auf die Veranda, setzte sich in den Korbstuhl neben der Schaukel und genoss den Blick in den Garten.

Es war so anders als in New Jersey. Der Geruch, die Geräuschkulisse – es war so, wie er es auf der Lesung angedeutet hatte.

Schon komisch, nur ein paar Tage später hatte sie es tatsächlich gewagt und war hier.

Ihr wurde etwas mulmig zumute, wenn sie an die einsamen Abende hier draußen dachte. Vorhin hatte sie sich vergewissert, dass das Telefon in Ordnung war. Es war ein altes Telefon, und bei dem Versuch, Travis' Nummer einzuspeichern, war die Meldung gekommen, der Speicher wäre voll. Obwohl keine einzige Nummer außer einer Handynummer eingespeichert war, die wahrscheinlich Brandon gehörte. Also würde sie Travis' Nummer so wählen müssen.

Und dann wird es dunkel. Und du bist allein.

Ach, sie würde nicht bis in die tiefe Nacht draußen sitzen bleiben, sondern noch mit Travis telefonieren. Sie würde es nicht so spät werden lassen und alles gut abschließen.

Audrey zog die Beine an, was nicht mehr so leicht war wie früher, als sie in der Volleyball-Mannschaft in der Schule mitgespielt hatte. Vielleicht könnte sie morgen ein wenig Yoga machen, generell mit Sport anfangen und sich ein paar neue Klamotten kaufen, in Baton Rouge, der nächstgrößten Stadt, abgesehen von New Orleans. Brandon würde sie sicher mal hinfahren. Brandon ...

Sie fand ihn nett. Zuvorkommend. Ein Mann, der arbeiten konnte. Er hatte einen sportlichen, trainierten Körper, obwohl er sicherlich keine Zeit für Sport hatte. Er war Handwerker, hatte er gesagt.

Er war anders als in New York. Vor ein paar Tagen noch war er so in sich gekehrt, schweigsam, verschlossen gewesen und hatte mit einem traurigen Unterton geredet.

»Schwerer Schicksalsschlag.«

Als sie sich hier wiedergesehen hatten, war er wie verwandelt gewesen. War nun aufgeschlossen, freundlich und fröhlich.

Sie schüttelte den Kopf, wollte jetzt nicht an jemand anderes denken, nur an sich. Also trank sie den Kaffee aus und stand auf. Als sie ins Haus ging, fiel ihr auf, dass sie die ganze Zeit vor sich hin grinste.

Als sie das Bild von sich, Travis und Ben auf ihren Nachttisch stellte und die Turnschuhe anzog, war es schon nach neun Uhr. Sie verließ das Haus, zog die Tür heran, weil sie nicht wollte, dass irgendjemand, und sei es auch nur ein Tier, ins Haus gelangen konnte. Mit dem Schlüssel, der an einem Schlüsselband hing, auf dem »Dixie Boys« stand, ging sie die Stufen der Veranda herunter. Zu schade, dass sie Travis keine Bilder schicken konnte. Aber vielleicht würde sie sie auf ihren Laptop laden und ihm ein paar Bilder per Mail schicken. Doch für Fotos war jetzt keine Zeit. Sie wollte noch die Gegend erkunden, bevor es dunkel wurde, zumindest den Garten, der das Haus umgab.

Es war kein richtiger Garten, nur eine Lichtung im Wald. Nicht eingezäunt, und auch nicht sehr gepflegt. Zwar gab es überall Kübel und Pflanztöpfe, mit darin wuchernden Blumen und Pflanzen, aber sie schienen niemals gegossen, geschnitten oder umgetopft worden zu sein. Sie verwuchsen mit dem Gestrüpp des hochgewachsenen Grases und bildeten so einen »Irrgarten«, der aber genau deswegen so verwunschen und besonders war.

Wenn sie Zeit hätte, würde sie sich vielleicht um die Pflanzen kümmern, dachte Audrey, als sie durch den Garten ging und dann die Eichen bewunderte. Sie verdeckten von hier aus die unschönen Kabel der Stromversorgung, die aber wichtig waren, denn nur deswegen hatte sie Internet. Sie brauchte einen letzten Funken Zivilisation, einen Kontakt zur Außenwelt, denn eines war klar: Hier war sie allein. Wirklich allein.

Sie ging zurück zum Haus, nachdem die Mücken sie zerstochen hatten, und in diesem Moment gingen die Lichter an der Decke der Veranda an: bunte Glühbirnen, angereiht an einer Kette, die sie davor nicht wahrgenommen hatte. Das zu sehen, zauberte ihr ein Lächeln auf die Lippen. Es machte die ohnehin schöne Veranda nur noch gemütlicher.

Neben dem Haus gab es dichte, riesige Sträucher einer Gattung, die sie nicht zuordnen konnte, mit Dornen und viel Gehölz, aber dazwischen war eindeutig ein Trampelpfad zu sehen.

Audrey verengte die Augen und folgte dem Pfad bis zum Strauch, der in etwa auf der Höhe des Hauses stand. Sie sah an der seitlichen Hauswand den Stromkasten, die Kabel dazu, die nach oben zum Dach führten, und ein Häuschen daneben aus Brettern, in dem sich höchstwahrscheinlich die Technik befand. Ein monotones Schnarren und Surren kam aus der Richtung.

Sie fragte sich, ob Brandon dort oft durchging, denn der Trampelpfad war kaum zugewachsen. Musste er so oft an den Stromkasten?

Audrey überlegte eine Weile, aber dann zwängte sie sich doch zwischen Hauswand und Strauch hindurch, und entdeckte, dass der Pfad hinter dem Holzhäuschen und dem Stromkasten noch weiterging, was ihre Neugier verstärkte. Sie schaute hinter sich, obwohl sie wusste, dass niemand hier war, und ging den Pfad weiter, der am Haus entlangführte. Als sie um die Ecke lugte und die Hinterseite des Hauses einsehen konnte, entdeckte sie unterhalb einer Treppe an der Hauswand eine Tür.

Wie angewurzelt blieb Audrey stehen. Dornen piekten in ihre Oberarme, während sie an der Ecke stand, zwischen dem Gestrüpp der Natur, die die Rückseite des Hauses mit allmöglichen Pflanzen überwucherte, und die Tür anstarrte. Es war eine Holztür, mit einem Schloss davor.

Gartengeräte.

Abflussrohre.

Eine Heizungsanlage.

Vielleicht ein Boiler.

Oder einfach nur ein Raum, in dem er »Zeugs« aufbewahrte. Es gab Tausende Möglichkeiten.

Und doch machte sie sich Gedanken, welches »Zeug« dort versteckt war.

Sie betrachtete den Boden. Der Trampelpfad zur Tür wurde benutzt, denn das Gras war an der Wand heruntergetreten. Sie folgte dem Pfad bis zur Treppe, stieg hinunter und versuchte, die Tür trotz des Schlosses zu öffnen – natürlich vergebens.

Schließlich entschied sie sich, es gut sein zu lassen.

Ihr Gefühl dem Haus und Brandon gegenüber war gut. Und dass sich eine Psychothriller-Autorin beim Anblick einer geheimnisvollen Tür die verrücktesten Gedanken machte, war doch nicht ungewöhnlich, oder?

»Es ist schön. Ich sitze gerade auf der Veranda, trinke ein Glas Wein und höre nichts anderes als das Knarren der Schaukel, die Stimmen der Natur und das nervige Surren der Mücken.« Sie lachte ins Telefon hinein. Die Verbindung war einwandfrei.

»Das freut mich. Ich kann trotzdem nicht glauben, dass du so weit weg bist.«

»Ich auch nicht. Es ist surreal.«

»Was machst du jetzt?«

Audrey schaute sich um. Über ihr leuchteten die Glühbirnen der Girlande rot, blau, grün und gelb. Sie fröstelte kurz, als sie zum Garten sah, der in völliger Dunkelheit lag. »Ich bin müde von der Anreise. Ich habe vorhin die letzten Seiten meines ersten Buches gelesen, und ich glaube, dass ich morgen endlich anfangen kann, zu schreiben.«

»Ich vermisse dich.«

Sie schmunzelte. »Ich glaube, es ist die Gewohnheit, die du vermisst. Nicht mich.«

»Sag so was nicht. Ich vermisse dich, weil du Ruhe ausstrahlst. Mom tut das nicht.«

»Geht sie euch schon auf die Nerven?«

»Ich sage nur: Komm schnell wieder, aber bleibe so lange, wie du musst.« Das war nett von ihm, und es linderte ihr schlechtes Gewissen, nicht bei ihrer Familie zu sein.

»Danke. Ich liebe dich«, sagte Audrey.

»Ich dich auch.«

Sie legte auf und ging ins Haus. Es war wirklich verdammt dunkel, und ihr Herz klopfte, als sie die Tür hinter sich schloss und den Schlüssel umdrehte. Es gab keine weitere Tür ins Haus, alle Fenster hatte sie verschlossen und die Vorhänge, wenn es denn welche gab, zugezogen.

Sie schaltete den Fernseher ein, setzte sich auf die Couch, nahm ihr Buch. Blätterte darin herum, bis die Visitenkarte rausfiel, die Brandon ihr gegeben hatte.

Ihr Blick fiel auf den Namen Mitch.

Sie runzelte die Stirn und erinnerte sich an Brandons Worte: *»Mein bester Freund und ich.«*

Wer ist Mitch?

Nur zu gern hätte Audrey in diesem Moment mehr über die beiden erfahren.

3

RAILWAY PARC, NEW ORLEANS, LOUISIANA
August 1997

Im Haus roch es nach in Fett gebackenen Chicken Wings, die guten, die Mom vor Tagen gekauft und in dem winzigen Gefrierfach über dem Kühlschrank aufbewahrt hatte, für ihre »Jungs«, Brandon und Mitch.

Mitch kam immer freitags zum Dinner, manchmal auch zweimal oder dreimal die Woche. Mom liebte ihn fast genauso wie ihren eigenen Sohn.

Mom war klasse.

Aber Mom war auch krank.

Brandon hatte von klein auf mitbekommen, wie das Leben funktionierte. Hatte den Scheiß und das Gute kennengelernt. Seine Freunde waren die Penner, die vor dem Wohnwagenpark bettelten, oder Trina, das Mädchen, das die ganze Zeit Fahrrad fuhr und sich ritzte, wenn es nicht fuhr.

Vielleicht verband ihn deshalb so viel mit Mitch, der ebenfalls wusste, dass das Leben nicht immer rosarot war. Mitch lebte auf der Straße, zusammen mit seinem Onkel, der nicht arbeiten wollte, der auf Demonstrationen ging, der die Welt nicht verstand, oder, wie er meinte, sie besser verstand als alle anderen.

Mitch war ein kluger, aufgeweckter Junge, der das Leben liebte, genau wie Brandon, auch wenn nicht alles toll war.

»Meine Mom ist süchtig«, hatte er Mitch irgendwann einmal erzählt. »Sie spritzt Heroin. Es gibt Tage, da ist sie nicht ansprechbar.

Und dann gibt es Tage, da ist sie nur für mich da. Da kauft sie mir Malblöcke, und letztens hat sie mir ein Banjo gekauft.«

Das Banjo war nicht gekauft. Ein Freier hatte es ihr gegeben, von seinem Sohn, der es nicht mehr hatte haben wollen. Ja, Mom schaffte an, denn ohne das Anschaffen würde sie die Miete nicht zahlen können, die Chicken Wings, die Malblöcke und ihre Drogen.

Als Mitch ein paarmal zu Hause bei Brandon gewesen war, hatte auch er Mom kennengelernt und ihre Liebe zu Kindern. Sie sagte immer: »Kinder sind das Wichtigste.« Sie wollte nie, dass Brandon sah, was sie mit diesen Spritzen tat, und sie wollte nie, dass er herausbekam, wohin sie nachts ging, wenn er schlief. Doch Brandon hatte es rausbekommen, als er neun oder zehn Jahre alt gewesen war.

Ja, Brandon wusste, wie das Leben so lief.

Und er hasste es.

Weil er Mom liebte. Mehr als alles andere.

Mom war noch richtig jung, und sie hatten ein wunderbares Verhältnis.

»Irgendwann bin ich falsch abgebogen«, hatte sie ihm einmal an einem richtig guten Tag erzählt, als sie beide vor dem Haus gesessen und die Sterne betrachtet hatten, von denen Mom meinte, hier über dem Süden würden sie heller scheinen als irgendwo anders auf der Welt. Brandon fragte sich dann, ob sie das meinte, weil die Drogen in ihrem Kopf sie das denken ließen. Oder weil sie ihn so trösten wollte, dass sie niemals in den Urlaub fuhren, um einen anderen Sternenhimmel an einem anderen Ort zu begutachten. So wie die Kinder aus seiner Klasse, die mit ihren Eltern in die Sommerferien fuhren, während Brandon nichts anderes als New Orleans kannte.

Sie hatte ihre Zigarette geraucht, während Brandon neben ihr gesessen und den Geruch ihres Körpers eingesogen hatte. Sie roch immer gut, obwohl sie rauchte, drogensüchtig war und mit vielen Männern schlief.

Aber Mom war hübsch und achtete auf sich. War genauso wie er. Oder wahrscheinlich war er wie sie.

»Ich habe die falsche Richtung eingeschlagen, weil ich in nur einer Nacht eine falsche Entscheidung getroffen habe. Das macht man im

Leben. Man entscheidet sich falsch, das ist nicht schlimm. Nur gibt es Entscheidungen, die sind verdammt falsch … und dann kann man den Weg nicht mehr zurückgehen. Man sitzt fest.«

Er hatte ihr aufmerksam zugehört und sich gewünscht, dass diese Nacht nie enden würde.

»Eine Weile, nachdem ich falsch abgebogen war, kamst du. Und du bist das Beste, was mir je passiert ist.« Sie hatte ihm den Kopf getätschelt. »Und ich habe es eine Zeit lang geschafft, die alte zu sein. Doch als du vier warst, hat das Leben mich wieder zurückgedrängt, und dann war es schwer, gegenzulenken. Ich habe es nicht geschafft.«

Brandon hatte zu den Sternen gesehen.

»Wenn du mal groß bist, denke immer daran, dass du genau nachdenken musst, welchen Weg du nimmst. Du bist sehr klug, und ich weiß, dass du nicht dieselben Fehler machen wirst wie ich.«

»Ich finde, dass du keinen Fehler gemacht hast.«

»Das sagst du, aber … ich hatte niemanden, der mich gelehrt hat, die Kontrolle zu behalten. Das ist wichtig. Du musst die Kontrolle über dich selbst behalten, bevor du dich an Leute hängst, die für dich die Kontrolle übernehmen. Ach, das Leben ist kompliziert, aber du bist noch jung. Und wir haben noch so viel Zeit, uns die Zukunft so viel schöner zu gestalten.«

»Okay, Mom.« Er hatte seinen Kopf an ihren Arm gelegt, und sie hatte ihm einen Kuss auf die Stirn gegeben.

»Aber wenn du groß bist, will ich frei sein. So frei wie ein Vogel. Und irgendwo sein, wo es andere Vögel gibt. Hinuntersehen und das Leben sehen, das schöne Leben, und keine Hindernisse im Himmel haben, die mir im Weg stehen und derentwegen ich andere Richtungen einschlagen muss.«

Dann hatte sie geweint, und Brandon hatte nicht geglaubt, dass der Vogel, der sie sein wollte, so kurz danach in den Himmel starten würde.

Brandon ließ Mitch an diesem Freitagabend hinein, sein Grinsen ging bis zu den Ohren. »Endlich bist du da! Die Chicken Wings sind fertig!«

Mitch kam ins Haus und ließ seinen Rucksack, in dem fast nichts war, von den Schultern gleiten. »Mann, habe ich einen Hunger! Onkel Henry hat heute Würstchen besorgt, und ich hab' sie ihm gelassen, bekomme heute ja was Besseres!«

Mitch schien das Wasser im Mund zusammenzulaufen, als er den gedeckten Tisch und die Pommes sah, die in einer weißen Schüssel schon darauf warteten, verschlungen zu werden. Doch Mitch schaute skeptisch zu Brandon rüber, der die Wings aus der Fritteuse holte.

»Sind wir allein?«, fragte er und wies auf die beiden Teller.

»Ja, Mom ist nicht da«, antwortete Brandon und stellte den Teller mit den Chicken Wings auf den Tisch. »Guten!«

Die Jungs aßen hastig, und mittendrin beäugte Brandon Mitchs dreckigen Hände. »Mom sagt immer, man soll sich die Hände vor dem Essen waschen.«

»Sorry, ich hatte solchen Hunger! Das Letzte, was ich gegessen habe, waren die Reese's heute Morgen.«

»Du sollst das Geld nicht für Süßkram ausgeben, Mensch! Mom hat doch gesagt, wie wichtig Vitamine sind, wenigstens ab und zu mal!«

»Wo ist sie denn?«, beharrte Mitch.

Brandon hob die Schultern. »Keine Ahnung. Hat sich verabschiedet und kommt erst morgen wieder.«

Mitch schien ihm nicht zu glauben. Mom war freitags schließlich immer da. Das war ihr Abend mit den Jungs. »Das heißt, es gibt keinen Nachtisch?«

»Doch, ich habe Brownies im Schrank. Zufrieden?«

»Kann ich trotzdem duschen? Mich juckt es schon wieder.«

»Klar. Du kannst auch hier schlafen. Ich habe einen Film besorgt. Richtig guter Horrorstreifen!«

»Cool.«

Während sie aßen, erinnerten sie sich an ihre Zeit als kleine Kinder. Wie sie angefangen hatten, Musik zu machen, mit der Klarinette, die Mom Mitch besorgt hatte, von dem gleichen Freier, doch das wussten die Kinder natürlich nicht.

»Bobo hat letztens erzählt, dass er und sein Vater nach Norden ziehen und in Chicago spielen wollen.«

»Chicago?«

»Eine richtig große Stadt, Mann! So groß wie New York!«

»Ja, ich weiß, im Unterricht hatten wir Chicago … Aber der erzählt nur.« Brandon glaubte so was nicht.

»Er kann es schaffen«, meinte Mitch zuversichtlich. »Man kann alles schaffen! *Wir* können alles schaffen.«

Du und ich.

Brandon sagte nichts mehr.

»Du bist heute anders«, bemerkte Mitch. »Was ist denn los?«

»Ich will den Brownie.« Brandon stand auf, holte aus dem Küchenschrank eine Tüte mit kleinen Brownies hervor, legte sie auf den Tisch und aß.

»Warst du heute in der Schule?«

»Klar.«

»Kann ich mir nachher wieder das Mathebuch angucken? Mom hat gesagt, Bildung ist wichtig, und Onkel Henry hat sich immer noch nicht um einen Platz für mich bemüht.«

Mitch nannte Mom ebenfalls »Mom«. Das fanden alle drei okay.

»Kannst du«, versprach Brandon.

Mitch langte mit seinen von Fett, Salz und Ketchup beschmierten Händen in die Brownie-Tüte. Sie aßen schweigend, bis Mitch aufstand und in Richtung Badezimmer watschelte. »Danke fürs Essen, Kumpel!«

»Immer gern.« Für Mitch immer. Mitch war sein bester, sein allerbester Freund.

Anstatt gleich ins Bad zu gehen, blieb Mitch vor dem Schlafzimmer von Aurora Petou stehen. »Sie kommt heute wirklich nicht mehr?«

Brandon wusste, dass Mitch Mom vermisste. Mit ihr zusammen war es anders. Es war sicherer, geborgener, anders, als wenn zwei Kinder, die sie nun einmal noch waren, an einem Freitagabend allein waren.

»Nein, sie kommt heute nicht mehr.«

Mitch ging ins Bad, während Brandon aufräumte, und kurz darauf kam er wieder. »Ich brauche ja noch ein Handtuch.« Wie selbstverständlich wollte Mitch in Moms Schlafzimmer gehen, wo die Handtücher im Schrank lagen.

Brandon hob die Brauen und hielt die Luft an, als Mitch die Tür, die verschlossen war, nicht öffnen konnte. »Sie ist zu. »Hab' ich gerade bemerkt. Warum?«

»Soll keiner reingehen. Sie will das nicht mehr, es ist ihr Zimmer.«

Mitch wurde immer misstrauischer. »Brandon, was ist los?«

Brandon räumte weiter auf und ignorierte ihn. »Nichts.«

»Du kannst mir alles sagen, Mann. Du und ich, wir sind Brüder. Wo ist sie?«

»Hab' ich doch gesagt, sie ist weggegangen. Morgen ist sie wieder da.«

Brandon warf Mitch ein sauberes Küchenhandtuch zu, und der Junge ging zurück ins Bad.

Der Abend verlief ruhig und ohne ein weiteres Wort über seine Mutter, während Brandon begeistert dem Film folgte, in dem vier Jugendliche durch einen Wald fuhren und von einem Psychopathen nacheinander regelrecht abgeschlachtet wurden. Er jagte Popcorn in sich hinein, während Mitch immer wieder zu der abgeschlossenen Tür spähte.

Er verabschiedete sich um Mitternacht. Die Stimmung war nicht so gut gewesen, dass er hätte über Nacht bleiben wollen. Nachdem sie sich für morgen Abend wieder in der Royal Street verabredet hatten, ging Brandon allein zurück in das stille Haus.

Ja, konnte sein, dass Mitch etwas gemerkt hatte. Doch das war nicht schlimm. Es war ja noch mal gut gegangen. Brandon legte die Hand an den Kopf. Er tat weh. Mom hatte dann immer gesagt, er solle an die frische Luft gehen und viel trinken, um eine Tablette zu sparen. Später hatte sie ihn gefragt, ob es wieder besser wäre, und er hatte oft einfach ja gesagt, obwohl es nicht stimmte, nur damit sie sich keine Sorgen um ihn machte.

Ach, Mom …

Brandon schaltete den Fernseher aus, holte sein Banjo hervor und setzte sich vor Moms Schlafzimmertür. Dachte daran, wie gern sie ihm zugehört hatte, wie schön ihr Leben gewesen war, zusammen, so glücklich und zufrieden mit dem, was sie hatten.

Sie hatten mehr als andere. Sie hatten einander.

Mutter und Sohn. Und ihre Liebe.

Eine Liebe, bedingungslos, unendlich und unzerstörbar.

Tränen rannen über seine Wangen, als er zu spielen begann. »*You are my sunshine, my only sunshine* …«

Er stellte sich vor, wie sie und er in einem anderen Land wären, zum ersten Mal in ihrem Leben, wo der Wind über die Felder zog und die Sonne bald unterging, um den Blick auf die Sterne freizugeben. Stellte sich vor, wie Mom, gesund und glücklich, ihre Arme ausstreckte, um ihn festzuhalten. »*You make me happy, when skies are grey.*«

Glaubte dann, Mom zu sehen, wie sie eine Hand noch oben hielt und auf jene wunderschönen Vögel zeigte, die im Himmel über sie umherflogen.

»*Please don't take my sunshine away* …« Er brach ab, fiel in sich zusammen, und sein Körper krümmte sich, während sein Herz voller Traurigkeit so schwer wurde, dass es zerbrach.

4

SWALL PINES WAY, THIBODAUX, LOUISIANA
September 2019

Als sie den Truck vorfahren sah, war es später Vormittag. Freude-strahlend beobachtete sie Brandon, der aus dem Wagen stieg und zwischen den üppigen Blumen zu ihr herüberschritt.

Audrey saß in einem Meer blühender Pflanzen, an jenem Ort, den Brandon als »den schönsten des ganzen Anwesens« bezeichnet hatte. Unsymmetrisch gesetzte Pflastersteine zierten die Fläche, auf denen ein Tisch und zwei Stühle standen. Geschützt wurde dieser Platz von schattenspendenden Laubbäumen, die sich heute sanft im Wind bewegten.

Ein Ort wie in einem Paradies, hatte sie gedacht, als sie gleich nach dem Frühstück mit ihrem Laptop und ihrem Sonnenhut hierher aufgebrochen war.

»Guten Morgen«, sagte er freundlich, hatte lässig die Hände in die Taschen vergraben, sein ärmelloses Shirt war dreckig und ver-schwitzt, genau wie sein Haar. Dass ihn das unglaublich attraktiv machte, wollte sie sich nicht eingestehen. »Hast du gut geschlafen?«

»Wunderbar«, gab sie zurück, und das war keine Lüge. Sie hatte traumhaft geschlafen. Das Fenster hatte sie einen Spalt offen gelas-sen, weil sie Angst hatte, es würde sonst zu drückend und stickig im Raum werden, und das war genau richtig gewesen. Nur einmal war sie wachgeworden, als sie die Grillen zirpen gehört hatte. Den Rest der Nacht hatte sie wie ein Stein geschlafen.

»Keine Angst gehabt, oder Albträume?« Er setzte sich auf den zweiten Stuhl und lehnte sich zurück.

Sie schüttelte den Kopf. »Ich habe noch spät mit meinem Mann telefoniert. Dabei sind mir schon die Augen zugefallen. Vielleicht war es gut, dass ich so müde war, aber … ich glaube, der Ort ist einfach zu schön, um Angst haben zu müssen.« Sie hob ihre Tasse. »Möchtest du einen Kaffee?«

»Nein, schon gut. Ich bin nur auf der Durchreise und muss gleich wieder los.«

Sie wollte gern mehr Zeit mit ihm verbringen, um mehr über ihren Vermieter zu erfahren. »Was machst du beruflich? Handwerker und Hotelmanager?«

Er grinste. »So in etwa. Ich kümmere mich um die Vermietung der Häuser, und dann habe ich nebenbei noch einen richtigen Job, ja. Ich arbeite bei einem Bauunternehmen und bin seit fünf Uhr auf den Beinen. In der Nähe von Thibodaux wird ein neues Haus errichtet, und ich hole gerade Material von einer Firma in Baton Rouge. Und das, obwohl ich momentan eigentlich ein paar Überstunden abbummeln wollte, um bei dir regelmäßig nach dem Rechten schauen zu können.«

»Danke, das ist nett.«

»Und selbstverständlich«, fügte er hinzu. »Aber ich bin Vorarbeiter und schaue auf den Baustellen auch immer wieder nach dem Rechten.«

»Tüchtig.«

»Ja, ich mache es gern.« Er sah auf seine Hände. »Ich mag es, Dinge zu erschaffen und abends in den Spiegel zu sehen und zu wissen, was ich geschafft habe.«

Sie schob ihren Laptop ein Stück zurück. »Ja, das kann ich verstehen.«

»Wie kommst du denn voran?«, wollte er mit einem Blick auf ihr Buch wissen, das auf dem Tisch lag.

»Ich habe angefangen«, sagte sie. »Und ich glaube, dieses Mal höre ich nicht wieder nach zwölf Seiten auf.«

»Worüber schreibst du?«

»Über eine Autorin, die nach Inspiration sucht.« Sie wurde rot. Er sah sie vielleicht sogar ein bisschen bewundernd an. »Autobiographisch, hm? Warum nicht? Ich denke, es ist nur von Vorteil, über Dinge zu schreiben, von denen man Ahnung hat.« Er griff nach ihrem Buch und blätterte darin herum. »Wird es der zweite Teil deines ersten Buches?«

Zu gern hätte sie gewusst, ob er ihr Buch schon zu lesen begonnen hatte. »Nein, das nicht. Obwohl ich noch nicht weiß, wohin die Reise mit diesem Buch geht. Ich …« Sie hatte nie verstanden, warum es ihr schwerfiel, über ihre Schreiberei zu reden. Wobei es ihr gegenüber Brandon wohl leichter fallen würde als Travis gegenüber. »Ich habe ein Buch geschrieben, und es lief gut. Vor dem zweiten habe ich Angst. Was, wenn es nicht gut ist? Wenn das erste ein Zufall war, und das zweite … Ich habe einfach Angst, dass ich doch nicht gut genug bin.«

»Das ist normal«, meinte er beiläufig. »Tu das, worauf du Lust hast, und dann kommt das dabei raus, was du ohne Zwang und ohne Druck geschrieben hast.«

Das, was er sagte, klang logisch.

»Und wenn es nichts wird?«

»Dann legst du es zur Seite und machst was anderes. Oder fängst neu an. Du hast es dann zumindest versucht. Manchmal kann man einfach nicht mehr machen.«

Das klang zu einfach, um ein guter Plan zu sein. Er hatte keine Familie, die er ernähren musste.

»Wenn das so einfach wäre.«

»Wie kann man denn grundlos solche Selbstzweifel haben?« Er tippte auf das Buch. »Habe mehr Selbstvertrauen! Sieh, was du geschaffen hast!«

»Okay, okay. Reden wir nicht mehr darüber.« Sie musste lachen. »Ich habe ja schon mal einen Anfang. Mir fehlt nur noch ein Gegenpart.«

»Nimm mich.« Brandon verschränkte die Arme hinter dem Kopf.

»Dich?«

»Ja, dichte mir irgendwas an. Die Autorin und das Biest oder so.«
Sie klappte ihren Laptop wieder auf. »Dazu müsstest du mir etwas
über dich erzählen.«

Nachdenklich strich er über die Tischkante, kratzte mit dem Na-
gel ein bisschen vom Lack ab. »Es gibt rein gar nichts über mich zu
erzählen. Ich bin ein gewöhnlicher Mann mit einem gewöhnlichen
Leben.«

Schwerer Schicksalsschlag.

Ihr Herz schlug schneller. Zu gern hätte sie gewusst, was in seiner
Vergangenheit passiert war, doch sie traute sich nicht, ihn danach
zu fragen.

Einen Moment herrschte Stille, während er ihr in die Augen sah
und sie irgendwann verlegen wegschauen musste.

»Ich bin allein«, sagte er dann, als hätte er ihre Gedanken lesen
können. »Meine Freundin, sie war schwanger ... Sie ist verunglückt.«

»Oh mein Gott, das tut mir so leid!« Jetzt, da sie es wusste, wünschte sie sich, sie hätten nicht darüber geredet. »Ist das lange her?«

»Nein, erst ein paar Monate.«

Dass es so kürzlich passiert war, zusammen mit seinem Auftreten,
fand Audrey recht verwunderlich. »Brandon, das tut mir entsetzlich
leid ...«

»Mir auch. Ist es nicht so im Leben? Menschen oder Dinge, die
du liebst, werden dir weggenommen. Dann verlierst du den Boden unter den Füßen, bis die Zeit kommt und dich heilt und dich
ein kleines bisschen in die Welt zurückbringt.« Brandon schloss die
Augen und legte den Kopf in den Nacken. »Wie aber diese Welt
danach aussieht – das weiß niemand. Es ist deine eigene Sache, wie
du damit umgehst.«

»Damit kann man doch nicht umgehen.« Sie musste an Travis und
Ben denken und verwarf den Gedanken. Ihr Körper schauderte.

»Du glaubst gar nicht, wie ich gesoffen habe. Ich glaube, ich war
tagelang nicht ansprechbar, und ich kann mich nicht mehr daran
erinnern, wo ich die Tage danach verbracht habe. Ich weiß nur, dass
es eine furchtbare Zeit war.«

»Verunglückt, sagst du. War es ein Autounfall?«, fragte sie, ehe sie sich stoppen konnte. Sie wollte nicht in seinem Schmerz wühlen.

»Sie ist von der Straße abgekommen, der Wagen fuhr über einen der Felsen, die bei den Sümpfen am Ufer lagen und … der Wagen zerschellte praktisch daran und ging in Flammen auf.«

»Was?« Schockiert riss Audrey die Augen auf.

»Sie hatte keine Schuld, sie war einfach nicht vorsichtig genug. Sie wäre vielleicht sogar noch am Leben, wenn nicht jemand schuld daran hätte, dass sie es eben nicht ist.«

Das, was er erzählte, war schrecklich mit anzuhören.

»Lassen wir das.« Er wischte sich über die Nase und setzte sich auf.

Sie wusste nicht, was sie sagen sollte, war schockiert und traurig. Das sollte niemand erleben müssen.

»Ich wollte dir deine Stimmung nicht vermiesen«, sagte er mit einem Lächeln. »Du siehst glücklich aus. Zumindest vorhin, als ich hier angekommen bin.«

Sie wünschte sich, dass er ginge, jetzt sofort, weil sie mit ihren Gedanken allein sein wollte. »Na ja …« Auf der anderen Seite wünschte sie sich, dass er bliebe, damit sie eben nicht allein war. »Solche Themen sind hart für mich.«

»Was? Als Thriller-Autorin?«

»Das ist eher ein Drama.«

»Dann solltest du auf andere Gedanken kommen. Willst du heute noch irgendwo hin?«

Ja, sie hatte ein paar Lebensmittel einkaufen oder durch die eine oder andere Boutique schlendern wollen, doch nach ihrem Gespräch war ihr kaum noch danach. »Nein, heute nicht.«

»Dann morgen. Ich hole dich neun Uhr ab.«

»Und dann?«

»Dann will ich dir etwas zeigen. Du denkst, das hier ist alles?« Er stand auf und drehte sich einmal im Kreis. »Zugegeben, dieser Ort ist der Wahnsinn, aber bevor du zurück nach Hause fährst, will ich dir zeigen, was der Süden noch zu bieten hat. Morgen wird das Wetter gut, ich zeige dir die Sümpfe.«

Sie schluckte.

Er schien ihre Beklommenheit zu merken. »Keine Sorge. Nicht diese Stelle ... Die meide ich selbst. Aber mein Herz schlägt für die Sümpfe, ich liebe dieses Land, und du solltest es auch zu lieben lernen.«

Sie versuchte, zu lächeln. »Okay. Dann bis morgen.«

Er kam auf sie zu und legte seine Hand auf ihren Arm. Eine Geste, die als zärtlich interpretiert werden könnte, oder als freundschaftlich. Audrey glaubte, dass Brandon zu viel Anstand und Benehmen hatte, Ersteres zu meinen.

Er ging weg von ihr, Richtung Truck.

»Brandon«, rief sie ihm nach, weil eine letzte Frage in ihr brannte. »Derjenige, der die Schuld trägt ... Was ist mit ihm?«

Brandon drehte den Kopf zur Seite, sah sie aber nicht an. »Der Feigling ist geflohen.«

5

RAILWAY PARC, NEW ORLEANS, LOUISIANA
August 1997

Er pfiff den ganzen Weg vom Grocery Store bis nach Hause. Irgendein lustiges, heiteres Lied, das nichts mit Jazz zu tun hatte, etwas, was er in der Schule aufgeschnappt hatte. Es war Montag, das Wochenende war vorüber, die Schule auch, und er hatte Hunger. In der Tüte, die an seiner Hand baumelte, hatte er Toast und Schinken und diese Sauce, die Mom immer auf die Sandwiches gemacht hatte. Dann noch Dosen-Thunfisch und Nudeln für abends.

Er bog in die Straße zu seinem Haus ein und blieb wie angewurzelt stehen.

Mitch saß auf der Treppe der Veranda. Die Knie angewinkelt, die Hände auf dem Kopf liegend, der Blick zum Boden.

»Was machst du hier?«, fragte Brandon erschrocken, als er nahe genug war, obwohl er sich die Frage selbst beantworten konnte. Seine Knie wurden weich wie Butter, sein Herz schlug schneller.

Mitch sah auf. »Hast du schon mal daran gedacht, dass es irgendwann anfängt zu riechen?«

Brandon schluckte.

»Oder … dass Ungeziefer kommt?« Mitch schaute an ihm vorbei. Brandon konnte sehen, dass er geweint hatte. »Ich habe es gerochen, obwohl ich nicht mal im Haus war. Ich habe es vom Fenster aus gerochen, obwohl du es fest verschlossen und die Scheibe mit irgendeinem Pulli verhangen hast.«

»Das … kann nicht sein.«

»Wenn ich es rieche, dann in wenigen Tagen auch die dicke Spencer von nebenan.« Er machte eine entsprechende Kopfbewegung.

»Sie muss … hier weg.«

»Nein!«, fauchte Brandon und trottete ins Haus. Er warf Mitch die Tür vor der Nase zu, der nun an die Scheibe hämmerte. »Hau ab!«

»Lass mich rein! Wir müssen darüber reden, wie es weitergeht!«

Brandon feuerte seine Schultasche und die Tüte auf den aufgeräumten Küchentisch. Dann öffnete er die Tür und ließ Mitch ins Haus. »Wieso müssen wir darüber reden?«

Mitch riss die Augen auf, als er das Haus betrat, und er sah aus, als müsste er kotzen. Er schlug die Hände vors Gesicht und hielt sich dann angestrengt die Nase zu.

Brandon verstand das nicht.

»Scheiße, Mann, riechst du das nicht?«

Brandon schüttelte den Kopf. »Mich stört es nicht.«

Mitch würgte und hielt sich an der Küchentheke fest, fing sich wieder. »Was hast du denn vor?« Er hatte die ganze Zeit die Stirn in Falten gezogen, war traurig, was Brandon daran hörte, dass seine Stimme vibrierte. Bei jedem Wort. »Das hat sie doch nicht verdient! Hier zu verwesen, das … hat … Mann, Brandon, sie muss beerdigt werden!«

»Nein!«, schrie Brandon, während sein Gesicht feuerrot wurde. »Ich kann sie nicht gehen lassen!«

Mitch hob beschwichtigend die Hände und kam ein paar Schritte näher. »Du weißt doch gar nicht, wie eine Leiche aussieht und wie viel Dreck sie macht, wenn man sie in einem Bett in einem feuchtwarmen Zimmer liegen lässt, Mann. Du lebst nicht auf der Straße. Du weißt nicht, was ich schon gesehen habe!« Mitch zitterte am ganzen Körper. Seine junge Stimme war quietschend und hoch.

Er war ein Kind. Genau wie Brandon. Sie hatten Angst, jeder von ihnen vor etwas anderem, waren beide so unterschiedlich in ihren Köpfen, obwohl sie doch so gleich waren.

»Es geht mir nicht darum, dass sie schnell weg soll. Aber, Brandon … die Tiere werden kommen. Maden, Fliegen, Kakerlaken, und sie essen … Sie werden Mom essen – willst du das echt?«

Nein, aber gehen lassen wollte er sie auch nicht.

»Ich habe sie allein gelassen.« Brandon holte tief Luft. »Wir hätten aufhören sollen zu spielen. Wenn ich nur zehn Minuten eher hier gewesen wäre …« Er starrte Mitch wütend an. »Du wolltest noch einen Song spielen!«

»Ich bin nicht schuld«, entgegnete Mitch. »Und du auch nicht. Niemand!«

»Mommy!« Brandon rannte zu ihrer Tür und legte die Hand an den Knauf. Er hatte sie seit dieser Nacht nicht mehr geöffnet.

Wie sah Mom jetzt aus?

Waren schon Insekten auf ihrem Körper?

Hatte Mitch vielleicht recht?

An all das, was er ihm erzählt hatte, hatte Brandon nicht gedacht. Er hatte nur eines im Sinn: Mommy durfte das Haus und ihn nicht verlassen.

Er schloss die Augen. Unerbittlich drangen Tränen unter seinen Lidern hervor, und er schluchzte tief, während Mitch so stark war und ihm den einzigen Halt gab, den er bekommen konnte.

»Ich weiß nicht, was ich ohne sie machen soll«, sagte Mitch und starrte ins Leere, während Brandon an der Tür heruntergerutscht war. Schluchzend saß er auf dem Boden.

Mitch tat es ihm nach, und für eine Weile saßen sie schweigend vor dem Schlafzimmer der toten Mutter.

»Was machen wir denn jetzt?«, fragte Mitch. »Ich … Oh Mann, was machen wir denn jetzt?«

Brandon wusste es nicht. Wenn es nach ihm gegangen wäre, hätte er Mom einfach ewig in ihrem Zimmer gelassen. *Ewig.*

»Der Typ, der sein Lager neben dem von meinem Onkel hat, hat so einen kleinen Wagen.« Mitch schmiedete einen Plan. »Darin schiebt er sein Hab und Gut hin und her. Ich könnte ihn mir ausleihen.«

Brandon hob den Kopf. »Ja, und dann?«

»Ich hole ihn her.«

»Was hast du vor?«

»Wir bringen sie hier weg.«

Nein, Mom kann hier nicht weg.

»Ich will nicht, dass sie geht.«

»Du willst doch hier wohnen bleiben, oder? Niemand soll was mitbekommen, oder? Dass du ohne Mutter hier bist? Ohne einen Erwachsenen?«

»Ja, aber deswegen muss sie nicht gehen. Sie kann bleiben.«

»Sie muss, Brandon. Du musst sie loslassen. Mann, das ist nicht lustig, das ist verdammt ernst. Was, wenn die Nachbarn sie entdecken? Dann bist du schneller aus diesem Haus raus, als du gucken kannst!« Mitch hatte ein Funkeln in seinen Augen, durchdringlich und ernst. »Kinderheim. Adoption oder ein Lager für Schwererziehbare. Glaube mir, so was habe ich alles schon miterlebt! Ich darf bei meinem Onkel sein, aber die Behörden haben ein Auge auf mich, und wenn ich erwischt werde, bin ich auch dran! Du hast nicht mal einen Onkel!«

Brandon verstand so langsam, was Mitch meinte. Es ging nicht nur um Mom, sondern auch um ihn selbst.

Oh, immer diese Kopfschmerzen!

Seufzend legte Mitch eine Hand auf den Arm seines Freundes. »Wenn sie gefunden wird, sind wir geliefert.«

»Ist ja gut, ich habe es verstanden.« Brandon holte tief Luft. »Dann los.«

In der Nacht kam Mitch wieder. Er zog den Wagen hinter sich her, und zusammen wuchteten sie ihn ins Haus. Sie hatten kein Licht angeschaltet, aus Angst, von draußen beobachtet zu werden. Mit schweißnassen Händen, weil sie beide Angst hatten, standen sie vor dem Schlafzimmer.

Brandon gab gurgelnde Geräusche von sich. Ihm war schlecht, vor Aufregung und Kummer.

»Ich bin da«, sagte Mitch ruhig. »Egal, was passiert, ich bin immer für dich da. Okay?«

Brandon nickte. Schließlich öffnete er die Tür zum Schlafzimmer. Im Gegensatz zu Mitch, der sich sofort übergeben musste, empfand Brandon den Geruch, der ihnen entgegenpeitschte, nicht als bestialisch. Er konnte seine Mutter ansehen, was Mitch im ersten Moment nicht konnte.

Aber Brandon tat es.

Ihr Körper war aufgebläht, ihr Gesicht fleckig, unter ihr war es feucht, an manchen Stellen richtig nass, und erst jetzt entdeckte er die Fliegen, die an dem Pullover vor dem Fenster saßen.

Mitch wischte sich die Kotze vom Mund und zog Handschuhe an. Während er die Nadel aus Moms Vene zog und sie auf den Boden fallen ließ, stand Brandon an der Tür und konnte nur zuschauen.

Eine Weile starrte Mitch auf den Nachttisch, bevor er Brandons Hilfe brauchte, um die Leiche in den Wagen zu heben.

Teilnahmslos und als würde nur die Hülle seines Körpers agieren, nahm Brandon ihren Kopf und versuchte, ihr dabei nicht in die Augen zu schauen, die er vor drei Tagen hatte schließen wollen, es dann aber nicht übers Herz gebracht hatte, sie zu berühren.

Sie war leicht und passte etwas gekrümmt gut in den Wagen, und als Brandon eine falsche Bewegung machte, sah er ihr doch in die Augen, erkannte sie aber nicht mehr wieder. Sie sahen furchtbar aus.

Mom sah furchtbar aus.

»Los«, rief Mitch und würgte schon wieder, und Brandon war erstaunt über seinen Mut und seine Kraft, so etwas durchzuziehen.

Er wüsste nicht, was er jemals ohne Mitch tun würde.

In diesem Moment dachte er, dass das, was sie da gerade taten, richtig und gut war. Er vertraute Mitch bei allem.

Es war doch immer so: Wenn Brandon nicht klar denken konnte, tat es Mitch. Und umgekehrt war es oft genauso.

Sie legten eine Decke über ihren Körper und hievten den Wagen zurück aus dem Haus.

Es war mitten in der Nacht und ruhig, nur von weit her drang der Lärm der Großstadt, während sie losrannten und dabei den Wagen hinter sich her zogen. Schließlich erreichten sie im Eiltempo den

Rand der Stadt und über ein paar Spazierwege einen der Parks am Mississippi.

Die ganze Zeit über hatten sie nicht geredet, aber jetzt fand Mitch seine Sprache wieder. »Wir müssen uns versteckt halten«, flüsterte er.

Brandon nickte. »Das ist schwer.«

»Wenn du wüsstest, was man alles verstecken kann.«

Sie kamen an die Stelle, die Mitch im Kopf gehabt hatte: eine alte Brücke, die über einen Nebenarm des Mississippis am Stadtrand führte. Hier waren Leute mit ihren Hunden unterwegs oder Jogger, es war eigentlich niemals leer.

Die Jungs waren nervös und sahen sich hektisch in alle Richtungen nach Zeugen um, bevor sie sich an den Rand der Brücke an das Geländer stellten.

»Und nun?«, fragte Brandon, dem seine Kopfschmerzen immer mehr zu schaffen machten. Sie waren so stark, dass er manchmal die Augen zukneifen musste.

»Wir kippen den Wagen um.«

Brandon wusste, dass das die einzige Möglichkeit war. Zumindest damals dachte er das. Mitch würde schon recht haben.

Aber das bedeutete auch, dass Mom gehen würde. Für immer.

»Ich kann das nicht«, wimmerte er, beugte sich zu ihr und legte die Hand auf die Decke, weil er sich nicht traute, sie noch einmal anzuschauen. »Ich kann sie nicht gehen lassen ...«

»Doch, das kannst du!«, beharrte Mitch voller Verständnis. »Ich bin bei dir. Du hast immer noch mich!«

Es war so verdammt schwer. Immer wieder sah Brandon von dem Wagen zu Mitch, und immer wieder dachte er: *Jetzt, jetzt schaffe ich es!*

Und dann ging es schnell. So verdammt schnell. Für immer würde er sich an die letzten Worte seines besten Freundes erinnern: *Ich bin bei dir.*

Mitch trat nach dem Wagen, so fest, dass er umkippte. Die Leiche fiel heraus, Mom war zu sehen, weil die Decke nun unter ihr lag.

»Mom!«, schrie Brandon und stürzte sich auf sie, doch Mitch war schneller. Den puren Schrecken im Gesicht trat er nach der Leiche. Sie rollte weiter zur Seite und weg vom Wagen, bis sie wie ein schmaler, nasser Sack ins Wasser stürzte. Mitch rutschte dabei aus, und weil er selbst auch so schmal und dünn war, hing er zwischen dem Geländer der Brücke fest, hielt sich mit beiden Händen an den Holzpfosten fest, während seine Beine in der Luft baumelten und die Leiche auf dem Wasser aufkam und darauf trieb.

»Mitch!«, schrie Brandon verzweifelt, schrie immer wieder seinen Namen und den seiner Mutter, während er an den Armen seines Freundes zog.

Mitch versuchte, mit seinen Füßen das Geländer zu erreichen, während Brandon weiter an ihm zog und gleichzeitig nach Hilfe schrie.

Die Gegend rund um den Park war bewohnt, einsam war es hier nicht. Weiter waren sie nicht gekommen, sie waren schließlich noch Kinder.

Und so kam eines zum anderen. Es dauerte nur wenige Sekunden, da hörten sie Stimmen, gerade dann, als Brandon Mitch auf die Brücke zurückziehen konnte.

Leute eilten herbei, Taschenlampen gingen an, als Mitch erschöpft und wie erstarrt auf der Brücke hockte und Brandon weinend über den Rand zu seiner im Wasser treibenden Mutter sah.

Ein Mann kam zu ihnen, fand keine Worte für das, was er da sah. Eine Frau ging ein paar Schritte zurück und schlug sich die Hände vor den Mund.

Doch Brandon bekam das nur am Rande mit.

Mom ist gegangen.

Nur wenig später hörten sie Sirenen, sahen Beamte, Cops, die herbeieilten, und dann sah Brandon in Mitchs Augen. In dem winzig kurzen Moment, in dem sein Kopf nicht schmerzte, bemerkte er das Kopfschütteln seines besten Freundes.

Erst dann begriff Brandon, was sie getan hatten, und dass alles, was er getan hatte, ein Fehler gewesen war.

Die Beamten trennten sie voneinander. Man hielt Mitch – den Jungen, der aus anderen Augen betrachtet ein Straßenjunge war, dreckverschmiert und viel zu dünn, der der Schulpflicht fernblieb und nicht auf die Straße gehörte – weit von ihm weg.

Andere Beamten kümmerten sich um Brandon, einen Jungen, der ein Waise war und so nicht leben konnte.

Brandon sah in die Augen einer Beamtin, die seinen Kopf am Kinn anhob und nicht wusste, was sie sagen sollte. Natürlich nicht, denn das hier sah gerade nach einem Mord aus.

Etwas harsch packten zwei Männer ihn dann von hinten, während Brandon wie in Trance nach seinem Freund rief. Meter trennten sie, und während Brandon wie paralysiert das Geschehen über sich ergehen ließ, schien Mitch genau zu verstehen, was passierte.

Hatten sie geglaubt, Brandon würde einfach allein leben können? Ohne jemanden, der Geld für Strom und Wasser überwies? Miete?

Was hatten die Jungen geglaubt?

Brandon kniff die Augen zusammen, als Streifenwagen mit blinkenden Sirenen vor der Brücke hielten, als immer mehr Menschen kamen und es vor Stimmen nur so hallte.

Schließlich zerrten sie Mitch auf die Rückbank eines der Wagen und kümmerten sich dann um Brandon. Als die Tür zur Rückbank eines zweiten Wagens geöffnet wurde, wusste Brandon, dass er seinen Freund, den einzigen Menschen, den er noch hatte, eine lange Zeit nicht wiedersehen würde. Er hatte nicht nur seine Mom verloren, sondern auch Mitch.

Und dann begann er zu schreien.

6

SWALL PINES WAY, THIBODAUX, LOUISIANA
September 2019

In der Nacht wurde Audrey durch ein Geräusch geweckt. Sie schreckte hoch, konnte es aber nicht einordnen, nicht wiedergeben, nicht sagen, wie es sich angehört hatte.

Kerzengerade saß sie im Bett und fragte sich, ob sie es sich bloß eingebildet hatte. Das mochte vorkommen. Oder vielleicht hatte sie es gar nur geträumt.

Dennoch wagte sie es nicht, sich einen Zentimeter zu bewegen, blieb aufrecht sitzen und atmete flach. Sie ließ den Blick schweifen, suchte das Zimmer ab, draußen schien der Mond hell.

Das hast du nur geträumt.

Hier war nichts. Und wenn, dann war es ein Ast vom Baum gewesen, der gegen das Holz der Vertäfelung geschlagen hatte.

Krrr.

Wieder.

Dieses Mal blieb sie liegen, die Augen aufgerissen. Sie hatte es nicht geträumt.

Es war da!

Ihr Körper verspannte sich. Steif wie ein Brett lag sie unter der Decke und lauschte auf jeden Ton.

Und dann war es vorbei.

Sie stand am nächsten Morgen pünktlich um neun Uhr vor dem Haus, in Shorts und T-Shirt, auf dem Kopf eine Kappe, um den Hals ein Tuch gebunden. Mit den Wanderschuhen und dem Rucksack sah sie aus wie eine Pfadfinderin.

Brandon fuhr ebenso pünktlich seinen Truck vor und stieg aus dem Wagen. Seine Arbeitskleidung hatte er gegen ein kariertes Baumwollhemd und Cargohosen getauscht. Unter dem Hemd blitzte ein Shirt mit der Aufschrift *Cajun* hervor.

»Bist du bereit?«, fragte er fröhlich.

Audrey grinste von einem Ohr zum anderen und stieg auf der Beifahrerseite ein. »Ich freue mich riesig!«

Brandon kletterte ebenfalls wieder in den Wagen, startete ihn, und sie verließen die Lichtung, fuhren durch den Wald in Richtung Straße.

»Wohin fahren wir?«, wollte sie wissen, doch Brandon schüttelte den Kopf.

»Verrate ich dir nicht.«

Sie musste schmunzeln und schaute aus dem Fenster, als sie Thibodaux erreichten. Sie bogen nach Süden ab und kamen kurz darauf in Houma an. Ein Kiesweg führte durch ein moorig-feuchtes Gebiet in einen weiteren Wald, dicht bewachsen von saftgrünen Laubbäumen.

Brandon hielt am Wegesrand an. Von dort aus gingen sie zu Fuß weiter. Der Weg wurde immer enger, immer feuchter und unebener, und immer wieder hielt Brandon seine Hand zu ihr rüber und bot ihr seine Hilfe an. Doch die brauchte Audrey nicht. Sie schaffte den Weg durch die sumpfige Waldlandschaft gut allein.

Sie unterhielten sich über seinen Job, als er darauf hinwies, dass ein Teil des Holzes, mit dem er arbeitete, direkt aus den Sümpfen käme.

»Sieh, da!« Sie waren an ihrem Ziel angekommen, der Boden wurde besser, als Brandon stehen blieb und sich dicht an Audrey stellte, um mit seinem ausgestreckten Zeigefinger zu den Zypressen zu weisen, die im vor ihnen liegenden Bayou direkt im Wasser standen.

Das Bild war gigantisch: Dicke Wurzeln der mit dem Moos behangenen Zypressen waren über der Wasseroberfläche zu sehen, als wären die wuchtigen Bäume die Hüter der Sümpfe.

Ein Steg führte von einer lichten Grasfläche auf das Wasser, das an dieser Stelle sogar ziemlich klar und nicht mit Schlick durchtränkt war. Seerosenpflanzen mit mehreren Blütenfarben bedeckten das flache Wasser am Ufer. Die Luft war feucht und warm. Über ihnen, in den Kronen der Bäume, gab es ein wildes Stimmengewirr der Vögel, und um sie herum summten Millionen von Insekten.

»Komm!«, sagte er, nahm dann ihre Hand und ging mit ihr auf den Steg. Dort warteten zwei Boote. Erst jetzt sah sie im Dickicht des Waldes kleine Häuser aus Holz, Regentonnen, Schuppenverschläge, eine alte Feuerstelle, einen rostigen Ofen, einen Steg.

»Das sind Cajun-Häuser«, erklärte er, als er ihrem Blick folgte. »Cajuns sind die Nachkommen frankokanadischer Flüchtlinge, die sich früher im Bayou Country angesiedelt haben. Sie lebten vom Fischfang. Man sieht hier und da noch Überbleibsel ihrer damaligen Dörfer. Am Waldrand beim Haus leben noch ein paar Cajuns, es gibt sie bis heute.« Brandon stieg in das Boot, stellte sich an die Stelle, an die der Motor stand. Dann streckte er abermals die Hand nach ihr aus.

Sie nahm sie an und setzte sich schnell, weil sie ahnte, was unter dem Wasser lauerte.

»Hast du Angst?«

Sie schüttelte den Kopf, noch immer etwas überwältigt von dem, was er ihr hier zeigte. Er startete den Motor, und sie verließen das Ufer. Das Wasser wurde dunkler, nichts war unter seiner Oberfläche zu erkennen. Brandon gab Gas und lenkte das Boot auf den Strom.

»Ich will sie dir zeigen!«, sagte er und schaute angestrengt nach vorn, suchte dabei das Ufer ab, als würde er die passende Stelle suchen wollen.

»Was willst du mir zeigen?«, fragte sie, obwohl sie die Antwort kannte, und hielt sich am Rand des Bootes fest.

»Meine Freunde, die Alligatoren.«

Schnell nahm sie die Hand vom Bootsrand, worüber er lachen musste. »Tust du ihnen nichts, tun sie dir nichts.«

Sicher ist sicher.

Eine Mündung führte in einen weiteren Bereich mit Sumpfzypressen und einer üppig begrünten Wasseroberfläche. Das Moos hing so lang von den Bäumen herunter, dass es Audreys Gesicht streifte, als Brandon den Motor ausschaltete und sie langsam auf dem Wasser trieben.

»Das ist der Wahnsinn«, stellte sie beeindruckt fest.

Er ließ die Hand vom Steuer und setzte sich so hin, dass sie einander anschauen konnten. »Ich freue mich sehr, dass es dir so gut gefällt. In der Stadtvilla hättest du das alles verpasst.«

»Ich bin froh darüber, dass du mich an diesen Ort gebracht hast.« Sie war glücklich.

Er legte die Arme um die Knie und schaute aufs Wasser. »Ich glaube, dass du sogar ein kleines bisschen hierhergehörst.«

Audrey schluckte. Dieses Glücksgefühl hing auch damit zusammen, dass sie in den letzten Tagen wenig an Travis gedacht hatte.

»Ich kann fast nicht aufhören, gute Gedanken zu haben, kann mich voll und ganz auf meine Arbeit konzentrieren«, sagte sie. »Ich habe schon drei Kapitel geschrieben, innerhalb von zwei Tagen. Ich … ich bin dir dankbar, wirklich.«

»Und weißt du schon, wie es endet?«

»Natürlich nicht, das braucht noch Zeit. Aber ich liebe es, von mir selbst überrascht zu werden.« Sie lachte.

Eine Fledermaus flatterte zwischen ihnen hindurch. Audrey erschreckte sich, doch Brandon nickte nur.

»Du kommst also gut voran.«

»Ja. Aber ich muss aufpassen, dass ich genug tue. Denn manchmal reicht es mir, einfach auf der Veranda zu sitzen und die Natur zu beobachten.«

Sein Gesichtsausdruck war sanft. »Dann tu nur das.«

Sie lachte. »Nein, ich bin hauptsächlich zum Arbeiten hier. Auch wenn das nicht heißt, dass ich die Pausen zwischendurch nicht genießen darf.«

Brandon zeigte an einen der Bäume. »Bananenspinnen.«

»Oh mein Gott«, hauchte Audrey, als sie die Spinne nur einen Meter neben sich entdeckte. Die Spinne musste größer sein, als ihre Hand.

In diesem Moment fiel ihr die Holztür hinten am Haus ein. Sollte sie das ansprechen?

Nein, nicht hier. Nicht jetzt.

Sie dachte an was anderes. »Zeigst du allen Frauen diesen Ort?«, kam es ihr über die Lippen, eine Frage, die sie gar nicht hatte stellen wollen.

Er war überrascht, genau wie sie selbst. »Nein«, antwortete er. »Du bist die Erste.«

Sie glaubte ihm nicht, aber es war okay. »Aber mit ...« Schon wieder etwas, das sie nicht ansprechen wollte.

»Nein.« Er blickte sich um. »Mit Sarah war ich auch nicht hier.«

»Wart ihr lange zusammen?«

»Ein paar Monate.«

Sie ließ das Thema, betrachtete die Wasseroberfläche am Ufer, als Brandon aufstand und zu ihr kam, wodurch das Boot bedrohlich ins Wanken geriet. »Da!«

Er setzte sich dicht neben sie. Sie spürte seinen Arm an ihrem, fühlte den weichen Stoff seines Hemdes und roch seinen Geruch nach Deodorant und leichtem Schweiß. »Sieh, dort ist er!«

Sie wagte es kaum, zur Seite zu sehen, weil sie seinem Gesicht so nah war und sie diesen Geruch, den er an sich trug, gut fand. Sie tat es dann doch, allein deswegen, um auf andere Gedanken zu kommen und der Situation auszuweichen.

Und dann erblickte sie einen Alligator, der unter einer Seerose vorschwamm. Er war lang, bestimmt drei Meter, und als er untertauchte, kam an einer anderen Stelle der Kopf eines weiteren hervor.

»Oh Gott!«, sagte sie leise, und obwohl sie es nicht wollte, griff sie unwillkürlich nach Brandons Hand. Sie hatte wirklich Angst, hatte diese Tiere noch nie von Nahem gesehen, während er begeistert den Neuankömmling beobachtete.

»Ist das nicht unglaublich?«, flüsterte er.

Sie schaute von dem Alligator weg zu Brandon, dann auf ihre Hand, die fest in der seinen lag. »Ja«, sagte sie leise, und fühlte sich fürchterlich. »Unglaublich.«

»Wie oft fährst du raus?«, fragte sie ihn, als sie wieder an Land waren und sich auf den Rückweg zum Auto machten.

»Nicht oft. Zweimal die Woche, oder dann, wenn ich es brauche.« Er lachte. Es machte diesen taffen, starken Mann sanft und charismatisch. Hörte sich so befreit und losgelöst an. »Ich habe ein Banjo. Manchmal sitze ich auch einfach nur am Steg und spiele. Das verjagt ein paar Tiere, aber ein paar andere zieht es an.«

»Banjo.« Sie versuchte, sich an irgendeinen Song zu erinnern, den sie mit einem Banjo verbinden konnte, fand aber nichts. Ihr fielen lediglich Tom Sawyer und sein Freund Huckleberry Finn ein – das Buch von Mark Twain stand im Regal in dem Haus im Wald. Ja, jetzt konnte sie sich an den Klang dieses Instruments erinnern.

»Ich spiele in einer Band. Wir sind zu viert, momentan spielen wir allerdings nicht. Ich habe als Junge mit dem Banjo angefangen, damals ebenfalls mit einer Band. Wir waren zu zweit, zwei kleine Jungs, die auf der Straße gespielt haben. Irgendwann können wir ja mal zusammen nach New Orleans fahren. Dann zeige ich dir die Orte, an denen ich damals gespielt habe, zusammen mit …«

»Mitch«, sagte sie. »Von der Visitenkarte.«

»Ja, genau. Mein bester Freund. Und Partner. Wir haben diese Vermietung zusammen.«

»Ach so.« Sie verstand, geriet ins Grübeln.

»Er hat sich abgesetzt, irgendwo ins Ausland, aber das soll mich nicht hindern, weiterzumachen.«

Schockiert sah sie zu ihm rüber. »Ins Ausland?«

»Natürlich.« Seine Miene wurde ernst, als er das Boot vertäute und sich anschließend wieder aufrichtete. »Er wird gesucht. Ist gefährlich. Hat eine Frau auf dem Gewissen. Dann sitzt man nicht im selben Staat herum und wartet, bis man gefunden wird.«

»Hast du nicht nach ihm gesucht?«, fragte sie, während ihr Herz nervös schneller schlug.

»Natürlich habe ich nach ihm gesucht.« Er lachte leise auf. »Oh ja. Ich habe jeden Zentimeter des Landes durchkämmt. Ich habe Nächte damit verbracht, in irgendwelchen verlassenen Hütten nach ihm zu suchen, und wenn er irgendwo hier wäre – ich hätte ihn zwischen die Finger bekommen, glaube mir!«

Das Thema wurde ihr unangenehm, also machte sie eine Kopfbewegung zum Boot hin. »Können wir das noch mal machen? Während ich hier bin?« Es war das erste Mal, dass sie schon jetzt an einen Abschied dachte.

»Wann immer du willst.« Ohne zu fragen, nahm er ihre Hand, um sie durch das Geäst des Waldes zu führen. Audrey ließ es zu, obwohl sie es als falsch empfand.

Schließlich gelangten sie zurück zum Wagen, und Brandon fuhr mit ihr zu einem Restaurant unweit des Waldes. Ein paar Trucks standen auf dem mit Kieselsteinen bedeckten Parkplatz. Audrey richtete ihr T-Shirt, wischte sich den Schweiß von der Stirn und hoffte, nicht völlig verschwitzt auszusehen. Die Luft war so feucht, dass ihre Klamotten und ihre Haare nass waren, obwohl sie sich kaum bewegt hatte.

Doch in dem landestypischen Diner interessierte es niemanden, wie sie aussah, hier waren alle gleich, jeder war willkommen. »Cajun-Inn« nannte sich das Diner, in dem die Wände mit ausgestopften Wildtieren der Bayous geschmückt waren und die Ventilatoren an der Decke hastig ihre Kreise zogen.

Brandon empfahl Audrey das Jambalaya, so was wie »das Gericht des Südens«, und bestellte noch Maisbrot und schwarzen Eistee dazu. Die Tische waren nicht auf Hochglanz geputzt, doch die Stimmung war gut, Musik kam aus der Jukebox.

»Verreist ihr viel?«, wollte Brandon wissen, als sie sich gegenübersaßen und auf das Essen warteten. »Dein Mann und du?«

»Nein, nicht mehr. Und zurzeit hat er gesundheitliche Probleme, weshalb ich allein unterwegs bin.« Sie hob die Brauen und sog an ihrem Strohhalm. Eiswürfel kühlten den Tee, dem Körper und Geist in diesem Moment unheimlich guttaten.

»Wie kommt es, dass er dich allein reisen lässt, so weit weg?«

»Er fand es natürlich nicht gut …«

Wäre Travis dabei, wäre alles anders.

Alles.

Sie säße nicht hier, nicht mit ihm …

»Ist er ein guter Mann?«, fragte Brandon nach einer Pause.

Audrey ließ ihren Blick durch das Lokal schweifen. Die Hälfte der Tische war besetzt. Es roch nach scharfen Gewürzen. »Ja … er ist ein guter Mann …«

»Aber?«

»Kein Aber.« Sie würde keinem Fremden etwas über ihre Ehe erzählen. Brandon war ein Fremder. Oder?

»Okay.« Brandon hob beschwichtigend die Hände. »Erzähle mir von deinem Jungen.«

»Ben ist super.« *Er spielt Videospiele an meinem alten PC.* Wieder fiel ihr Tom Sawyer ein. »Er ist gut in der Schule, er macht Sport.« *Wenn du ihn zwingst.*

»Klasse.«

»Ich vermisse ihn.« Sie dachte an das Baby, das Brandon verloren hatte. Entschuldigend sah sie ihn an. »Tut mir leid …«

»Alles gut.« Er lächelte. »Wollt ihr noch mehr Kinder?«

»Oh, nein. Ben ist schon fast neun Jahre alt. Ich habe ihn recht früh bekommen, aber mittlerweile …« Sie hob die Schultern. »Travis meint, ein Kind reiche, außerdem ist unser Haus gerade groß genug für uns.«

»Das ist doch kein Grund.«

»Nun ja …«

Brandon lehnte sich zurück. »Da haben wir's doch.«

»Was?« Sie fühlte sich ertappt und wurde rot, worüber sie sich ärgerte.

»Kinder zerstören viele Ehen. Dabei liegt das nicht einmal an den Kindern, sondern an der neuen Aufgabe und an unterschiedlichen Sichtweisen der Eltern.«

»Das mag sein, doch zerstört Ben unsere Ehe nicht ...«

Er schaute ihr in die Augen. »Aber es gibt Differenzen zwischen euch. Lass mich raten: Du hättest gern noch ein Kind, dein Mann aber nicht.«

»Ich habe ja auch nicht gesagt, dass es keine Differenzen gibt«, gab sie zu bedenken. »Und ... mit der Kindersache werden wir einen Kompromiss finden.«

»Da gibt es keinen«, meinte er. »Nicht in dieser Sache. Einer wird verlieren. Entweder er ... oder du.« Er beugte sich wieder vor. »Ich will aber gar nicht über deinen Mann reden. Es ist viel schöner, über dich zu reden.«

Sie wurde schon wieder rot, drehte sich verlegen von ihm weg, verhielt sich wie ein schüchterner Teenager. »Ich rede nicht gern über mich.« Als sie aus dem Augenwinkel sah, dass er über sie schmunzelte, legte sie auch noch die Hände vors Gesicht. »Gott, manchmal komme ich mir so albern vor.«

»Und damit bringst du mich zum Lachen.« Er beugte sich über den Tisch und nahm ihr die Hände vom Gesicht. Jetzt musste auch sie lachen, versuchte dabei aber nur, ihre Nervosität zu überspielen.

Er hielt ihre Hände noch immer fest. »Ich mag Menschen, die viel lachen.«

Augenblicklich hörte sie damit auf. »So viel lache ich nicht.«

Brandon beobachtete sie noch immer. Unter seinem Blick wurde sie nur noch nervöser. »Dann wird es Zeit, meinst du nicht?«

7

Er hatte versucht, ihr den Tag so schön wie möglich zu machen. Es lohnte sich, das hatte er im Gefühl, denn sie war so eine.

Obwohl er momentan so verzweifelt war, dass es ihm sogar egal war, was für eine es war. Aber er fand es schön, dass Audrey ein Kind hatte, einen kleinen Jungen, so wie Mom damals. Damals war er ihr kleiner Junge gewesen.

Er hatte nicht gedacht, dass er weitermachen könnte. Es war so viel passiert, dass er die Kontrolle verloren hatte. Das Gute war in einen Strudel des Bösen geraten.

Aber es war nicht seine Schuld.

Schließlich hatten immer die anderen Mist gebaut, und er hatte nicht mehr getan, als ihnen deutlich zu machen, wie sehr ihm das missfiel.

Er fand Audrey schön. Besonders an diesem Tag. Sie lachte viel und war herzlich, ein guter Mensch. Sie war klug, schließlich war sie eine Autorin, und das gefiel ihm. Er liebte kluge Frauen. Mom war auch klug gewesen, Mom war nur falsch abgebogen …

Doch Brandon wollte diesen Tag nicht für Audrey so wunderschön gestalten. Sie sollte ihn kennenlernen, um dann irgendwann Verständnis dafür zu haben, was für ein Mensch er war. Er würde ihr nicht wehtun, er hatte nie jemandem absichtlich wehgetan. Das hatten sie selbst zu verantworten. Wegen ihrer Unvernunft, wegen ihrer Selbstlosigkeit und ihrem Egoismus.

Es lag also nur an Audrey selbst.

Als Brandon aus New York wiedergekommen war, hätte es so gut wie jede sein können. Doch bei der Lesung hatte er etwas in ihren Augen gesehen: diese Unzufriedenheit, die er selbst auch verspürte. Aus diesem Grund hatte er ihr die Visitenkarte gegeben.

Der Tag war schnell vorüber gegangen, und er hatte sich Audrey nahe gefühlt. Bei der Tour durch die Sümpfe, und später dann noch, als sie nach dem Essen in seinem Truck über das Land gefahren waren, mit geöffneten Fenstern, weil die Sonne rausgekommen und es heiß im Truck geworden war. Der Wind hatte durch den Wagen gezogen, sie hatte den Kopf aus dem Fenster gesteckt und es genossen. Dann hatte er eine Idee gehabt und angehalten, sodass sie sich auf die Ladefläche des Trucks hatte stellen können. Schließlich war er wieder losgefahren, und sie hatte einen Arm weit ausgestreckt, während ihr Haar geflattert und sie sich dabei unglaublich frei gefühlt hatte.

Am späten Nachmittag hatten sie den Mississippi erreicht, und Audrey war beim Anblick der Raddampfer aus dem Häuschen gewesen. Schließlich hatte Brandon ihr Oak Alley gezeigt, die »Grande Dame« unter den Südstaaten-Plantagen mit ihrer weltberühmten Eichenallee. Sie hatten eine Weile vor dem Zaun gestanden und auf das Haus gesehen, während Audrey verträumt und nachdenklich die Eichen begutachtet hatte.

Es war ihr schwergefallen, wieder in den Truck zu steigen, diese Welt zu verlassen, den Süden, den Charme, der so viel bedeutender war als ihr Zuhause. Wenn es Charme und Besonderheiten dort überhaupt gab.

Sicherlich machte sie vieles schlecht, aber allzu unwohl konnte sie sich in ihrem Zuhause nicht fühlen. Wäre sie dann nicht schon längst daraus geflohen? Hätte sie nicht schon längst die Reißleine gezogen? Oder hatte sie nur auf eine passende Gelegenheit gewartet?

Mit Trucker-Musik im Radio waren sie zurück in Richtung Thibodaux gefahren, und auf einem der abgeernteten Zuckerrohrfelder, die zu der Plantage von Josephine Winston gehörten, blieben sie jetzt stehen. Er half ihr hinunter, und sie fiel ihm in die Arme.

»Es war grandios!«, sagte sie glücklich, und er genoss es, ihren Körper an seinem zu spüren. Einen Menschen an sich zu spüren, eine Frau, die ihm gehören könnte, wenn er es denn so wollte.

Doch dafür musste sie ihm noch mehr vertrauen.

Sie zogen zu Fuß ein Stück über den Schotterweg entlang und beobachteten Pferde auf einer Weide. Im Hintergrund, von hier aus gut zwei Kilometer entfernt, sahen sie ein weißes Haus, Josephines Herrenhaus.

»Ihr gehört das alles«, sagte er. »Die Stadtvilla, das Farmhaus im Wald. Die Plantage. Sie ist eine Nachfahrin eines Konföderierten-Herrschafters. Die Winstons hatten einen bedeutenden Einfluss auf Thibodaux.«

»Was hat sie mit dir zu tun? Oder besser gesagt mit Mitch?« Audrey lehnte sich an das Gatter, während Brandon auf der Ladefläche seines Trucks hockte.

»Sie ist seine Mom.«

»Das muss nicht leicht für sie sein.« Mitfühlend legte sie den Kopf schräg. »Was hat das mit der Stadt gemacht, mit ihr, wenn alle wissen, dass der Sohn einer so einflussreichen Frau Fahrerflucht begangen hat?«

»Nichts«, antwortete Brandon ehrlich. »Sie liebt ihn. Sie glaubt nicht, dass er ein Mörder ist. Es war schließlich ein Unfall, und das war es wirklich. Es sieht nur anders aus, wenn man bedenkt …«

»Wenn man was bedenkt?«

Brandon holte tief Luft. Der Schmerz saß so verdammt tief. Er erinnerte sich an jede Szene dieses Tages und an jedes Wort, das an diesem Tag gesprochen worden war. »Er wusste, wer in dem Wagen sitzt. Meine Freundin. Meine schwangere Freundin. Und mein bester Freund hat sie, anstatt sie zu retten, einfach sterben lassen …«

»Ich danke dir für diesen grandiosen Tag.«

Audreys Haar war zerzaust. Er bändigte es, indem er ihr eine Haarsträhne hinter das Ohr strich. Seine Zärtlichkeiten ließ sie zu, wenn sie auch gleich darauf ihren Kopf wegzog und ihn entschuldigend ansah.

Brandon quittierte das mit einem Lächeln.

Unsere Zeit wird kommen.

»Ich fand es auch wunderschön.«

Sie standen vor der Tür des Farmhauses im Wald. Unter ihnen knarrten die Dielen, über ihnen leuchteten die bunten Lichter der Girlande, weil es mittlerweile schon dunkel war.

»Also abgemacht. Ich will, dass du mir das nächste Mal etwas auf deinem Banjo vorspielst.« Sie ließ die Schultern hängen, sah erschöpft und müde aus.

»Das machen wir. Gute Nacht, Audrey.« Er hob die Hand und ging die Stufen hinunter. Sie hatten sich noch Lafayette angeschaut, waren durch die Straßen gebummelt und hatten den ganzen Tag geredet.

Jetzt stieg er in seinen Truck, während sie noch an der Tür stand und sie erst schloss, als er rückwärts in Richtung Straße fuhr.

Er fuhr nicht weit.

Das tat er nie.

Denn es gab keinen Ort, zu dem er hätte fahren können. Er hatte kein »Zuhause« im herkömmlichen Sinne. Das wusste niemand. Nicht einmal Mitch, denn Brandon war überall und nirgendwo. Darin war er verdammt gut.

Er hielt den Wagen mitten im Wald am Rand des unbefestigten Weges an, vor, hinter und neben ihm nicht mehr als das Nichts.

Er blieb im Wagen sitzen und starrte durch die Windschutzscheibe. Die Scheinwerfer erhellten das Dickicht des Waldes um ihn herum. Er schaltete das Licht ab, war gefangen in einer Dunkelheit, die nirgendwo finsterer sein konnte, hörte nicht mehr als seinen eigenen nervösen Atem. Als er ausstieg, empfing ihn die Dunkelheit des Waldes mit dem Gefühl, das dem des Nach-Hause-Kommens nahekam.

Nur sein Instinkt konnte ihm dabei helfen, den Weg zurück zum Haus zu finden, denn seine Augen gewöhnten sich nur sehr langsam an die Dunkelheit. Irgendwann aber sah er die Lichter des Hauses.

Sie war unten. Er machte ihre Silhouette hinter den Vorhängen mal in dem einen, mal im anderen Fenster aus. Sie bewegte sich hin und her, blieb nicht auf einer Stelle.

Er stellte sich vor das Haus, als er den Schlüssel hörte, den sie von innen im Schloss drehte, aus Angst, jemand könnte hier sein und Zugang zum Haus wollen.

Doch es gab in diesem Wald in Thibodaux nichts, was böse oder gefährlich war.

Es gab nur ihn, Brandon Petou. Aber das hatte sie noch nicht herausgefunden.

Das einzige Fenster, das noch nicht von Vorhängen zugezogen war, war das schmale Fenster des Wohnzimmers. Er stellte sich davor, wurde von ein paar Sträuchern geschützt, konnte sie sehen, während er verborgen blieb.

Sie hatte nun einen kurzen Pyjama an, kam mit einer Tasse in der Hand auf das Sofa zu, setzte sich und stellte sie auf dem Boden ab. Er kannte diese Tasse, daraus trank sie Tee. Für Kaffee benutzte sie immer eine andere Tasse. Ein Merkmal, das besonders war an ihr.

Sie saß im Schneidersitz, holte den Laptop hervor, der am Kabel von der Buchse neben dem Fernseher hing. Gestern Nacht hatte er gelesen, was sie schon geschrieben hatte. Es war gut, eine gute Geschichte, denn wie gesagt: Audrey war klug.

Er ging dichter an das Fenster, sah, wie ihre Pupillen von links nach rechts hasteten, wie sie den Text erfassten und wie die Spiegelungen in ihrer Iris reflektierten, als sie im Internet surfte.

Hinter seinem Rücken zog er die alte Polaroidkamera hervor und machte ein Foto. Er steckte es ein. Er würde es sich nachher ansehen. So, wie er es immer tat.

Sie trank ihren Tee, während er so dicht an der Scheibe klebte, dass, wenn sie jetzt zum Fenster sehen würde, ihn wohl entdecken würde.

Doch niemand entdeckte Brandon Petou.

Krrr.

Er hielt inne. Verdammtes altes Haus mit diesen verdammten knarrenden Latten!

Audrey blickte von ihrem Laptop auf. Sie hatte das Knarren ebenfalls gehört. War nun wachsam, sodass er sich wieder entfernen musste. Er schaute dabei zu, wie sie den Laptop auf das Sofa stellte und aufstand, in der Mitte des Raumes stehen blieb und sich umsah. Normalerweise telefonierte sie um diese Zeit mit ihrem Mann, dann hätte sie das Knarren gar nicht mitbekommen.

Sie war skeptisch. Diese kerzengerade Haltung sah toll an ihr aus.

Sie hat Angst.

Es gefiel Brandon, wenn sie Angst hatte, denn je mehr Angst sie hatte, desto besser war es für ihn.

Sie griff nach dem Festnetztelefon, und weil sie in einem Winkel stand, in dem er sie nicht sehen konnte, ging er von seiner Position weg und versteckte sich hinter der Eiche. Er wusste, dass sie ihn anrufen würde und nicht ihren Mann.

Der wird dir nicht helfen. Niemals wieder.

Denn jetzt gab es Brandon.

Doch sein Telefon blieb stumm, und nur Sekunden später sah er, dass sie wieder auf dem Sofa saß und den Fernseher angeschaltet hatte.

Du bist mutig, du spielst mit mir. Das mag ich. Du bist nicht so leicht zu bekommen wie die anderen.

Er beobachtete sie weiter, wie jeden Abend, legte dabei die Hand gegen das Glas und erinnerte sich daran, dass er sie belogen hatte.

Zeigst du allen Frauen diesen Ort?

Nein, du bist die Erste.

Das war eine Lüge. Sie war nicht die Erste. Die Erste war tot.

Und auch das war nicht seine Schuld.

Brandon ging von dem Fenster weg.

Ja, dieses Haus. Dieses Haus, das niemals das Haus von Josephine Winston gewesen war. Der Eigentümer war jemand anderes. Aber das musste niemand so genau wissen.

Als er an den Treppenstufen vorbeikam, die zur Veranda führten, dachte er an damals. An die Nacht, in der er Mom zusammen mit Mitch in den Mississippi geworfen hatte, an die schlimmste Nacht seines Lebens. An die Nacht, in der er die Menschen verloren hatte, die er mehr als alles andere auf dieser Welt geliebt hatte.

Mom zu verlieren, war furchtbar. Mitch zu verlieren, war unaushaltbar gewesen.

Er erinnerte sich an den Schmerz in seiner Brust, in der Brust eines Kindes, als er wie ein Verbrecher, ja, wie ein Mörder, abgeführt worden war. Erinnerte sich, wie er auf der Rückbank des Wagens der Cops am Fenster geklebt hatte, genau wie Mitch in dem anderen

Wagen. Sie hatten sich in die Augen gesehen und gewusst, dass sie verloren waren.

Das Leben danach war schlimmer, als es das Leben davor gewesen war. Das Leben – war das Leben nicht immer nur abgrundtief scheiße?

Ohne Mitch war es die Hölle gewesen. Es war die Hölle gewesen, als er die ganze Nacht bei der Polizei gesessen hatte, bis die die Gewissheit hatten, was wirklich mit Mom passiert war. Es war die Hölle gewesen, dann von der Frau, die aus dem Mund stank und so nett zu ihm war, in das Heim gebracht zu werden. In ein Heim, in dem er die Ellenbogen hatte ausstrecken müssen, von morgens bis abends, denn wie gesagt: Das Leben war abgrundtief scheiße. Und weil es so scheiße war, war Mitch natürlich nicht dorthin gekommen.

Niemand hatte ihm sagen wollen, was aus ihm geworden war. Es hatte ja auch niemanden gegeben, der sich überhaupt um ihn oder sein Leben gekümmert hätte. Warum denn auch? Wen interessierte ein Kind aus solchen Verhältnissen?

Als Brandon das Heim schließlich hatte verlassen dürfen, hatte er sich nicht auf die Suche nach Mitch gemacht.

Den Grund konnte er bis heute nicht nennen. Er war stärker geworden, ein harter Kerl, der sich gleich nach seinem Auszug aus dem Heim den Kopf kahl rasiert und drei Jahre im Ghetto von New Orleans herumgehangen, Drogen genommen und gestohlen hatte und gewalttätig gewesen war. Zweimal Gefängnis, der richtige Knast, zwei mal drei Monate, weil keiner die Kaution bezahlt oder der Richter ihn auf Bewährung freigelassen hatte.

Die Gedanken an damals quälten ihn, und Brandon wollte diese Zeit gern vergessen, doch sie gehörte zu seinem Leben. Und irgendwann hatte er Mitch wiedergefunden.

Vergangenheit.

Er ging um das Haus herum. Jahrmarktmusik aus Erinnerungen tobte in seinem Kopf. Er ging um die Ecke. Vor ihm lagen der Stromkasten, der Holzschuppen und die Tür in der Hauswand.

Wiedersehen.

Er legte beide Hände an den Kopf und schloss die Augen.

Das Leben ist abgrundtief scheiße.

Thibodaux. Der Jahrmarkt. Der Mann mit dem Skinhead und der andere Mann im Anzug. Ein Wiedersehen.

Und dann wurde alles besser.

Brandon warf den Kopf in den Nacken, sog die frische Nachtluft ein und öffnete die Augen. Vor ihm lag die Holztür in der Wand. Und er hatte einen Schlüssel. Er brauchte sie nur noch aufzuschließen.

Kapitel 4

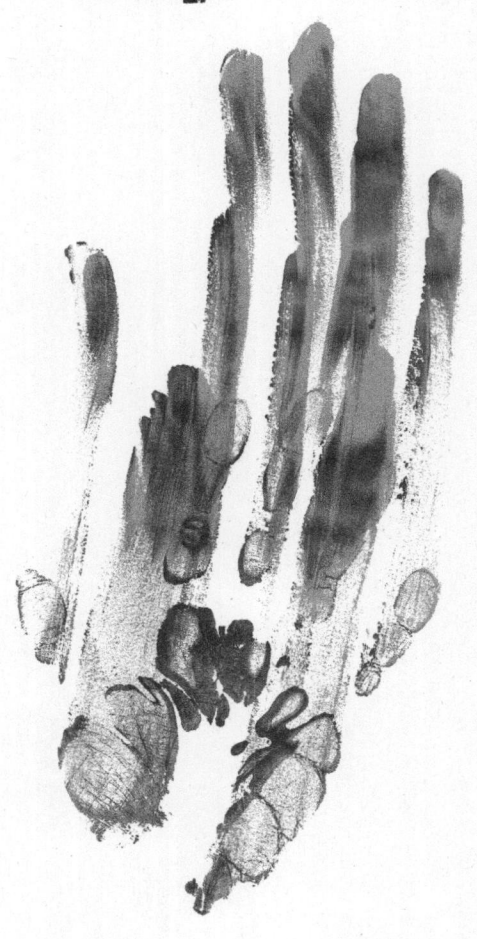

1

Am Abend des nächsten Tages hatte sie einen Titel.

Der Titel ihres ersten Buches war »Das Verlies«, das zweite Buch sollte »Im Moor« heißen. Ja!

Während sie mit dem Cursor über die Seiten flog, breitete sich ein Grinsen über ihr Gesicht aus. Ja, sie hatte es geschafft. Schon ein Drittel, und das, was sie geschrieben hatte, musste gut sein, denn die Worte waren nur so aus ihr herausgesprudelt.

Aber deswegen grinste sie nicht.

Sie grinste, weil sie insgeheim über Brandon geschrieben hatte.

Ihre Protagonistin war eine Autorin, wie sie selbst. Um ein neues Buch zu schreiben, begab sie sich an einen verlassenen Ort, so wie den, an dem Audrey sich befand. Doch in ihrem Roman trieb ein Serienkiller sein Unwesen, und der gut aussende, hilfsbereite und charmante Nachbar war zum Schluss derjenige, der sie rettete und dabei getötet wurde.

Sorry, Brandon.

Sie würde alles einbauen, was sie hier erlebt hatte und noch erleben würde. Ja, es war eine fantastische Idee gewesen, woanders hinzufahren, um auf andere Gedanken zu kommen. Ihrer Karriere und auch ihr selbst hatte das unheimlich gutgetan.

Nun klappte sie ihren Laptop zu. Es war spät. Sie ging ein letztes Mal auf die Veranda, bevor sie die Haustür zuschließen würde. Ihr Blick schweifte über den Garten, und kurz bevor sie sich zum Reingehen wandte, fiel ihr etwas auf.

Sie ging zum Geländer, um es besser sehen zu können.

Ja, dort, weit hinten im Wald am Sandweg, sah sie etwas.

War das ein Wagen?

Kam Brandon doch noch?

Er war weit weg und ein Stück in einer Kurve, sodass sie ihn kaum sehen konnte und sich nicht sicher war, wie viel sie sich gerade einbildete. Außerdem taten ihre Augen weh, wenn sie sie so verengte, also beließ sie es dabei.

Sie schloss die Tür ab und kümmerte sich nicht weiter um den vermeintlichen Wagen, denn sie war müde. Sie hatte den ganzen Tag gearbeitet, weil Brandon auch viel zu tun gehabt hatte und sich nicht gemeldet hatte. Das war nicht schlimm, sie hatte die Zeit genossen, denn die gestrige Fahrt durch das Land hatte sie geschlaucht. Die Eindrücke, die Bootsfahrt, die Fahrt im Truck und Lafayette bei der Schwüle – das alles hatte sie ausgelaugt und nebenbei so unfassbar glücklich gemacht. Louisiana war besonders, ein Land mit vielen Facetten. Als sie gestern Abend todmüde ins Bett gefallen war, hatte sie tatsächlich darüber nachgedacht, herzuziehen.

Sie wollte sowieso ein Haus mit mehr Platz.

Sie wollte noch ein Kind.

Sie war unzufrieden mit ihrem Leben in Trenton, New Jersey.

Doch Travis war glücklich.

Aus ihren Gedanken schreckte sie hoch, weil das Telefon klingelte. Wenn man vom Teufel sprach, war dieser bekanntlich nicht weit.

»Wie geht's dir?«

»Wunderbar«, sagte sie, legte sich auf die Couch und gähnte. »Ich kann es, Travis. Ich kann wirklich wieder schreiben. Du glaubst nicht, wie glücklich mich das macht. Es liegt nicht am ›zweiten Buch‹, es lag daran, dass ich neue Eindrücke brauchte. Und es geht weiter. Ich bin so zufrieden.« Aber was, wenn sie nicht fertig wurde? Unwillkürlich fiel ihr Blick auf den Kalender. Ewig Zeit hatte sie hier nicht, bevor sie wieder nach Hause musste.

Konnte sie ihren Aufenthalt verlängern?

»Wie geht es euch denn?« Sie musste aufpassen, durfte nicht zu euphorisch sein. Ihm sollte nicht wieder der Gedanke kommen, sie wäre seinetwegen weggefahren, obwohl darin sicherlich ein kleines Körnchen Wahrheit steckte.

»Die Physiotherapie geht gut voran. Ich mache Fortschritte. Ich kann allein ins Badezimmer gehen, und gestern brauchte ich keine

Stütze, um die Treppen hochzusteigen. Nächste Woche sollte ich schon in der Lage sein, draußen spazieren zu gehen.«

»Wirklich?«

»Ich könnte zu dir kommen.«

Audreys Herz schlug schneller. Aber nicht, weil es sich nach Travis sehnte. »Besuchen? Hier?«

»Ja. Würdest du dich freuen? Ben natürlich auch. Wir machen auch Urlaub.«

»Urlaub.« So betrachtete er es also.

»Na ja … wir zwei machen Urlaub, während du arbeitest. Was hältst du davon?«

»Du kannst kaum laufen. Wie willst du zum Flughafen kommen, in den Flieger und vom Flieger in die Abgeschiedenheit, ohne ein paar Strecken in Kauf zu nehmen?« Es sprach alles dagegen. Er konnte nicht kommen. Und das war gut so. Wenn Brandon …

»Ich würde es für dich schon schaffen.«

Sie war ärgerlich. »Warum auf einmal?« Sie wollte nicht, dass er kam. Erst war er wochenlang an die Couch gefesselt und wollte nun über 1.000 Meilen überwinden?

»Was ist denn los?«

»Gar nichts. Ich bin froh, momentan allein zu sein und über alles nachzudenken.«

Stille.

Bis Travis es war, der seine Sprache zuerst wiederfand. »Das hört sich nicht gut an.«

»Ich liebe dich, und daran ändert sich nichts, aber gönne mir diese Zeit … Bitte.«

»Du fragst nicht einmal nach Ben.«

Aus Ärger wurde Wut. »Wie kannst du so was sagen? Ich habe vorhin mit ihm telefoniert. Als deine Physio-Dame da war und du nicht konntest. Wir haben über 20 Minuten geredet. Ich vermisse ihn jede Sekunde!«

»Und mich?«

»Travis!« Sie wollte auflegen. »Das hier ist wichtig für mich. Ich kann so wunderbar arbeiten, und ich genieße die Zeit mit …«

»Mit?

Audrey kam ins Straucheln, obwohl sie Brandon nicht erwähnt hätte. Niemals. »Mit diesem Ort«, sagte sie ehrlich. »Ich wünschte, es wäre mein Haus.« Sie hatte es satt, um den heißen Brei zu reden, nur, um es jemandem recht zu machen, der sie nicht ernst nehmen wollte. »Ich kann es nicht ignorieren. Das hier ist das, was ich will, was mich glücklich macht. Dieser Ort, dieses Haus und das, was ich hier tue. Zu schreiben. Ich bin ein anderer Mensch, seit ich hier bin. Ich bin zum ersten Mal so richtig zufrieden. Nur etwas fehlt ...«

»Und zwar?«

»Ben.« Sie schluckte. »Wäre er hier, wäre es *perfekt*.« Sie wusste, dass ihre Worte ihn trafen. Aber seine Gleichgültigkeit, sein Abwerten, sein Runterreden machten sie wahnsinnig. Und das schon seit Jahren. »Ich lege jetzt auf, wir hören uns morgen.« Sie holte tief Luft. »Und wage es ja nicht, an so einen Quatsch zu denken, herzukommen, nur, um irgendwas zu beweisen, was völlig unnötig ist.« Da war noch was. »Und ... sage niemals wieder, dass ich nicht an Ben denke!«

Sie legte auf. Ihr Herz schlug wild. Sie wollte keine Krankenschwester mehr sein, nicht Selbstständigkeit, Haushalt, Muttersein und ihn zu verpflegen als ihren Tagesinhalt beschreiben. Er sollte sich Mühe geben, sollte ein Mann sein – und endlich anfangen, auch ihre Wünsche und Bedürfnisse wahrzunehmen. Sie hatte nur ein Leben, und momentan lebte sie es, wie er es wollte.

Der Abend war gelaufen.

Sie betrachtete ihren Laptop auf der Couch, ihre Teetasse auf dem Boden. Der Fernseher war aus, auf dem Tisch daneben lag *»Die Abenteuer des Tom Sawyer«* von Mark Twain. Sie hatte es heute anfangen wollen, und jetzt war genau die richtige Zeit dafür.

Als sie im Bett lag und neben ihr die Nachttischleuchte Licht spendete, war es nach zehn Uhr. Sie hatte die Fenster weit offen, die Vorhänge lagen davor, doch weil kein Wind wehte, kam nur wenig Luft in den Raum. Nur Insekten würden vom Licht angezogen werden, hineinkommen und sie in der Nacht belästigen.

Sie ignorierte diesen Gedanken, setzte sich ein wenig auf und blätterte in dem alten Buch, dessen Seiten vergilbt waren. Es war ein Klassiker. Es spielte hier in dieser Gegend und gehörte zu diesem Land wie die Sümpfe und der Mississippi. Sie konnte nicht abreisen, ohne wenigstens einen Teil davon gelesen zu haben. Audrey klappte das Buch wieder zu, betrachtete den mit Stoff überzogenen Umschlag und dachte darüber nach, wer dieses Buch gelesen haben könnte.

Vielleicht Brandon?

Hatte er in diesem Haus überhaupt viel Zeit verbracht?

In dem Moment, als sie das Buch drehte und wendete, hörte sie es erneut.

Krrr.

Audrey erschreckte sich so sehr, dass das Buch zu Boden fiel und aufgeschlagen auf den Dielen liegenblieb. Wie erstarrt hielt sie inne, unterdrückte es, zu atmen, um jedes noch so winzige Geräusch vernehmen zu können. Wieder konnte sie es nicht einordnen. Es war, als würde etwas krachen, knacken oder knarren. Es kam aus dem Erdgeschoss. Oder noch darunter. Allerdings gab es in diesem Haus keine Luke zu einem Keller. Der Sache war sie schon auf den Grund gegangen.

Doch, jetzt fiel es ihr ein: Es gab eine Tür in der Vorratskammer. Sie war vollgestellt mit Kisten und Kästen, und sie hatte sich nicht die Mühe gemacht, die Tür freizuräumen.

Sie dachte an diese Tür, von der sie nicht wusste, was dahinter war. Genauso wenig, wie sie wusste, was hinter der Tür in der Hauswand draußen hinter dem Haus lauerte.

Dann kam nichts mehr.

Ihr Herzschlag wurde ruhiger. Es musste das Haus sein, die Dielen, das alte Holz.

Oder es ist jemand, der dich beobachtet.

Audrey schüttelte den Kopf. Nein, das konnte es nicht sein. Sie war nun schon ein paar Tage hier, hatte jede Nacht traumhaft geschlafen und keine Angst verspürt. Warum sollte sie sich jetzt Gedanken machen?

Ihre Muskeln entspannten sich, und sie legte sich auf die Seite, um das Buch aufzuheben. Sie griff es zwischen den Seiten am Buchrücken, und ein Zettel fiel heraus.

Er war ausgerissen, irgendwo aus diesem Buch.

Eine Viertelseite.

Audrey runzelte die Stirn. Warum machte jemand so etwas?

Sie angelte nach dem Papier, hob es vom Boden auf und drehte es um. Dann riss sie die Augen auf, während ihr Mund sich öffnete und sie zum ersten Mal, seit sie hier war, und wenn es auch nur für einen kurzen Moment war, wirklich Angst bekam.

Auf dem abgerissenen Zettel und über den Zeilen Mark Twains stand mit blauer Tinte in riesigen, schwer lesbaren Buchstaben geschrieben: »RENNE«.

2

THIBODAUX, LOUISIANA
Mai 2014

Wie in jedem Jahr verwandelte sich der Platz der Freiwilligen Feuerwehr von Thibodaux auch in diesem Jahr wieder zu einem Festgelände. Das alljährliche *Thibodaux Firemen's Flair* versprach vier Tage Spaß und Unterhaltung, während man neben all dem Trubel die örtliche Feuerwehr ehrte.

Paraden zogen tagsüber durch die Stadt, Lösch-, Einsatz- und historische Wagen der Feuerwehr wurden zur Schau gestellt. Auf dem Festplatz luden Fahrgeschäfte dazu ein, sich durch die Luft wirbeln zu lassen, es gab gute Getränke und noch besseres Essen, Straßen- und Unterhaltungskünstler, die an jeder Ecke darauf warteten, Trinkgeld zu bekommen oder entdeckt zu werden. Abends verwandelte sich der Rummelplatz dann zu einem Lichtermeer, und Musik betäubte die Ohren, die von den Bands auf der Bühne gespielt wurde. Traditioneller Blues traf auf urbanen Dixie-Jazz und Rock'n'Roll, und je später der Abend, desto lauter, wilder und verruchter wurde die Stimmung.

Es war die Zeit im Jahr, in der sich alle Einwohner und die der umliegenden Städte in Thibodaux trafen. Die Straßen wurden von Autos gesäumt, Menschen überfluteten die Stadt.

Brandon war am Samstag vor Ort, dem Tag, an dem es am vollsten war. Bruce war an seiner Seite, ein untersetzter, dicker Afroamerikaner, den er bei der Arbeit kennengelernt hatte. Er hatte zwei linke Hände, machte deswegen Büroarbeit, war im Grunde aber ganz in Ordnung.

Er kam aus dem Norden, aus einem winzigen Kaff in Michigan, kannte den Flair eines Jahrmarkts im Süden nicht und trank sein zweites Bier nur ganz langsam, weil er schon vom ersten betrunken war.

Sie standen beide am Autoscooter, den Blick auf die Bühne gerichtet, wo eine Band aus Nashville selbst komponierte Songs zum Besten gab. Eine Menschenmenge stand davor, zum Teil tanzend, zum anderen mit der Musik mitgrölend, und Brandon erinnerte sich an damals.

So eine Band hatten sie mal sein wollen. Durch das Land ziehend, auf allen Jahrmärkten spielen, um irgendwann vor einem richtig großen Publikum in irgendeiner Metropole zu stehen.

»Der Typ da guckt dich die ganze Zeit an«, bemerkte Bruce. Er trank einen Schluck Bier, hustete dann und hielt den Becher weit weg von sich. Was für eine Pfeife.

»Was?« Brandon beugte sich zu ihm runter, verstand durch den Lärm der Fahrgeschäfte, der überschwänglichen Leute und der Musik kaum ein Wort.

»Der Typ da beim Bierstand, der gafft dich an! Kommst bei den Homos gut an, hm?«

Brandon sah zu dem Stand neben dem Autoscooter und entdeckte Mitch.

»Das gibt es doch nicht ...« Brandon richtete sich auf und konnte den Blick kaum von dem Mann in der guten, hellgrauen Hose, dem weißen Hemd und der anthrazitfarbenen Krawatte lösen, der ihn genauso ungläubig ansah wie Brandon ihn.

»Kennst du den?«, fragte Bruce, doch Brandon blendete ihn aus, genauso wie den Lärm des Rummels. Während die Lichter der Fahrgeschäfte und Bühnen wie ein durchgängiges Feuerwerk den nachtschwarzen Himmel über der Stadt erleuchten ließen, ließ Brandon seinen Kollegen stehen und ging auf Mitch zu. Der tat dasselbe, in der Hand einen Becher Bier, und irgendwo mitten im Gewusel zwischen Autoscooter und Bühne blieben sie voreinander stehen und grinsten.

»Hätte dich fast nicht erkannt«, war das Erste, was Mitch zu ihm sagte. »Hooray, mein guter Freund.«

Brandon konnte ihm das nicht verübeln: Sein Kopf und sein Bart waren kahlgeschoren, und er trug eine Biker-Jacke, zerrissene Jeans und ein T-Shirt mit dem Namen einer Band drauf, deren Songs im Radio und auf den kommerziellen Seiten im Internet verboten waren.

»Und doch weißt du, wer ich bin.«

»Klar.« Mitch nickte. »Schau ich *dir* in die Augen, schau ich *mir* in die Seele. Das war schon immer so und wird auch immer so bleiben.«

Brandon lächelte. Dann zog er seinen ehemals besten Freund, der mit seinem weißblonden Haar, den spitzen Eckzähnen und dem frechen Grinsen immer noch genauso aussah wie früher, in die Arme. »Scheiße, Mann, wo warst du so lange?«

Sie hatten sich an den einzigen Platz verzogen, der in dieser Nacht menschenleer war: die Nebenstraße einer Wohnhaussiedlung von Thibodaux.

Dumpf drang der Klang der Musik und der Geräuschkulisse des Jahrmarktes zu ihnen hinüber, während sie mitten auf der Straße nebeneinander hergingen.

Mitch hatte die Hände hinter dem Rücken verschränkt, Brandon seine in den Taschen seiner Jeans vergraben. Langsam flanierten sie durch die Hickory Street in Richtung Ufer des Lafourche Bayou.

»Die Arbeit macht Spaß. Keiner schaut mir auf die Finger oder geht mir auf die Nerven.« Brandon zündete sich eine Zigarette an. »Ich arbeite dort, seit ich 25 Jahre alt bin. Die Zeit davor wäre nicht der Stoff für eine Bilderbuchgeschichte, aber ich hab's hinter mir.«

Mitch musterte ihn von der Seite. »Was machst du hier, wenn du doch eigentlich in New Orleans lebst?«

»Bruce wohnt hier. Er kann nicht in der Stadt leben, das macht ihm Angst. Dummer, kleiner Wicht. Er hat hier ein Haus, und weil er niemanden außer mich hat, bin ich mit ihm hier.«

»Und in New Orleans? Was machst du dort, wenn du nicht arbeitest? Wie lebst du?«

Natürlich willst du das wissen. Du hast mich gesehen und machst dir Sorgen, weil es dir scheinbar so richtig gut geht.

»Nicht viel anders als früher, wenn du das meinst.« Brandon blieb stehen und betrachtete Mitchs sichtlich teuren Klamotten. »Erzähle mir, was du all die Jahre gemacht hast. Bilderbuchgeschichte, nehme ich an.«

Mitch lachte kurz auf. »Ja, Bilderbuchgeschichte. Ich wurde mit 15 Jahren adoptiert, seitdem bin ich hier.«

»In Thibodaux.«

»Ja. Die Frau, die Witwe, die mich adoptiert hat, lebt auf der Winston Plantage am Rande der Stadt.«

»Wow.« Brandon kannte das Anwesen, hatte es auf der Fahrt hierher, zu Bruce nach Hause, gesehen. Eine kreolische Herrschaftsvilla aus der Vorkriegszeit.

»Sie hat noch mehr Immobilien, die sie vermietet. Als Ferienhäuser für Touristen. Eine direkt in Thibodaux, noch was anderes in Richtung Sümpfe. Wenn du mal eine Bleibe brauchst, frag mich einfach.« Er lachte und verstummte dann wieder sofort, was Brandon sehr merkwürdig fand. So, als hätte er etwas gesagt, was er nicht hatte sagen wollen.

»Du warst also nicht sehr lange im Heim.«

»Nicht einmal zwei Jahre.«

»Wow.« Brandon warf die Zigarette auf den Boden. »Und ich … ich … kann es nicht mal genau sagen … Viel zu lange … Vielleicht zehn Jahre …«

»Es lief sehr gut für mich«, sagte Mitch. »Mom hat mich adoptiert, ich bekam ihren Namen … Ich heiße jetzt übrigens Mitch Winston. Cool, oder?«

»Cool.«

»Ich habe einen Privatlehrer bekommen und einiges nachgeholt. Ich war echt fleißig, weil ich weg von dem Jungen wollte, der ich einmal war. Weg von der Straße, weg aus diesem scheiß Heim. Ich wollte leben. Und ich wusste, dass ich so wie andere leben kann, wenn ich mich anstrenge.«

132

»Ich wusste nicht, dass du das wolltest«, entgegnete Brandon fast beschuldigend. »Damals, als wir Kinder waren, wolltest du nur eines: auf die Bühne, Musik machen.« Früher war Mitch ein Überlebenskünstler gewesen, stark und mutig.

»*Damals,* Brandon. Wie du sagst, als wir Kinder waren. Wir sind keine Kinder mehr, wir sind erwachsen. Und dank Mom hatte ich die Gelegenheit, ein neues Leben zu beginnen.«

»Mom, ja?« Brandon schluckte. Vor ihnen lag der Bayou Lafourche, der die Stadt teilte. Sie betraten eine der Brücken, die über das graubraune Schlickwasser führte.

»Mom« hatte Mitch früher Brandons Mutter genannt.

Sie war Mom.

Niemand anderes.

»Mom, ja. Sie ist meine Mutter. Und ich liebe sie. Sie ist eine wunderbare Frau.«

Brandon hielt sich am Geländer fest, blickte sich um, als die Erinnerungen kamen. Als sie sich das letzte Mal gesehen hatten, hatten sie sich auch auf einer Brücke befunden.

»Dank ihr habe ich einen Schulabschluss und konnte studieren, kannst du dir das vorstellen?« Mitch schlug Brandon gegen den Arm, grinste und sah dabei genauso aus wie der Lausbub von damals. »Mit einem meiner Partner habe ich heute ein paar Überstunden gemacht, Inventur und so. Abends wollten wir noch abschalten, bisschen feiern, deswegen sind wir auf den Markt.«

»Aha.«

»Ich bin jetzt kurz davor, CEO bei dieser Firma zu werden, die den Vertrieb für die Baumwolle nach Europa organisiert. Ich reise viel, war schon zweimal in London und einmal in Paris. Nächstes Jahr steht Skandinavien auf meinem Plan.«

»Toll, Mitch.« Brandon wollte sich gern für ihn freuen, doch es gelang ihm nicht.

Seufzend stellte Mitch sich neben ihn und schaute aufs Wasser. »Ich mache immer noch Musik.«

Brandon sah zu ihm rüber. »Ernsthaft?«

»Ich schreibe Songs … Ich bräuchte jemanden, der sie singt.«
Mitch stieß ihn von der Seite an. »*My old friend buggy men* …«

»Ist das ein Song?«, fragte Brandon belustigt. Es fühlte sich ein wenig an wie früher. So wie zu der Zeit, als die Welt noch in Ordnung gewesen war.

»Das bist du«, gab Mitch zu. »Du bist *My old friend buggy men.*«
Tief seufzend legte er den Kopf in den Nacken. »Ich … ich habe versucht, dich zu finden, aber … vielleicht nicht hart genug, ich kann es nicht beschreiben. Was feststeht, ist, dass ich dich und unsere Zeit niemals vergessen habe. Das hätte niemals funktioniert, weil wir das Leben durchgemacht haben … und den Tod.«

Brandon holte tief Luft. »So viel Scheiße ist passiert.«

»Ich weiß. Das Leben ist scheiße, aber manchmal … so wie an solchen Abenden wie diesen … ist das Leben echt verdammt cool.« Er griff an Brandons Schultern. »New Orleans und Thibodaux trennen keine 60 Meilen, Mann. Hast du das geahnt? Dass wir einander die ganze Zeit kaum eine Stunde Fahrt entfernt waren? Und dass wir uns nach so vielen Jahren hier wiederfinden? Wie viele Jahre, Brandon? Siebzehn? Was … wie nennst du das? Ist das scheiße?«

»Nein, Mann.« Brandon sah ihm in die Augen.

Mitch.

Sein bester Freund Mitch.

Der einzige Mensch, der in seinem Leben eine Rolle spielte. Nach Mom. Die hatte ihn irgendwann verlassen, doch es gab immer noch Mitch.

Es gab ihn *wieder.*

»Es kann so werden wie früher. Ich habe Kontakte, wenn wir mal 'n bisschen proben, Mann, was wir machen können!«

Es kann so werden wir früher.

Mitch wusste nicht, wie sehr sich dieser Satz in Brandons Gehirn brennen würde.

»Du und ich?« Brandon glaubte ihm. Mitch hatte zwar eine Bierfahne, aber er wusste, wenn sein Freund etwas sagte, meinte er es ernst.

Er vertraute Mitch.

Noch immer.

»Na klar, du und ich, Mann!« Mitch lachte. »Komm her.« Er schloss ihn in die Arme. Brandon hielt ihn fest. Sie waren jetzt erwachsen, es gab niemanden mehr, der sie trennen könnte.

Niemanden.

»Ich sage dir jetzt was!« Mitch hielt ihm am Kragen fest. »Ich schicke dir heute Nacht noch den Song rüber. Ich hab' ihn auf dem Handy. Und morgen treffen wir uns. Okay?«

»Okay.« Aus dem Augenwinkel sah Brandon eine kleine Gruppe junger Frauen aus der 24-Stunden-Tankstelle am Fluss neben der Brücke kommen. Sie lachten, waren aufgestylt und laut, als sie mit Bierdosen in den Händen das Gebäude verließen.

Brandon verengte die Augen, um besser sehen zu können. Eine von ihnen, die Blonde, blieb stehen, starrte zu ihm rüber und erlangte somit Brandons Aufmerksamkeit.

»Brandon?«

Und dann erkannte er Trixie.

3

SWALL PINES WAY, THIBODAUX, LOUISIANA
September 2019

Es war, als wäre das alles vollkommen normal.

Es war normal, dass er sie in den Arm nahm, als Brandon um vier Uhr nachmittags mit seinem Truck vor ihrer Tür stand, um sie zum Einkaufen abzuholen.

Es war normal, dass sie im Wagen miteinander lachten, zusammen zu denselben alten Hits von früher sangen und sie sich fühlte, als wäre sie ledig.

Doch das war sie nicht, und eine kleine innere Stimme flüsterte ihr in jedem Moment der Ausgelassenheit immer wieder zu: *GIB ACHT!*

Brandon war so anders als Travis. Travis verhielt sich »eingefahren«. Er hatte seine Familie, seinen Job, sein Leben und war zufrieden. An nichts davon wollte er irgendetwas ändern. Was aber auch hieß, dass sein Alltag immer gleich aussah. Ein Ausflug an den See, campen in der Natur, der Besuch eines Museums, irgendetwas Verrücktes, Neues tun? Zu weit. Zu kalt. Zu viel Action. Zu Hause war es doch schön.

Brandon war anders. Brandon wollte etwas erleben, kostete jede Sekunde des Tages aus, um neue Dinge zu entdecken und sie dann wiederum Audrey zu zeigen.

Manchmal fragte sie sich, ob es daran lag, dass er aus dem Süden kam, dass er die Welt anders sah, das Leben anders führte, seine Freiheit und Unabhängigkeit mehr schätzte.

Im Süden waren die Menschen so. Sie lebten miteinander, voneinander, lebten im Hier und Jetzt, hatten Spaß, liebten das Leben. Sangen, tanzten.

»Ich habe das Banjo dabei«, sagte er, während er schnell durch den Wald zur Straße fuhr und über beide Wangen grinste. »Ich will heute Abend was für dich spielen.«

Heute Abend.

Sie bekam Herzklopfen. Heute Abend bedeutete, dass er nicht nur mit ihr einkaufen fuhr, sondern danach noch im Haus bleiben wollte.

»Dann lass uns was zusammen kochen«, sagte sie. »Wir essen gemeinsam.«

Er brauchte nicht zu antworten, schaute stattdessen nur zu ihr rüber, und sie versteckte ihr Grinsen, indem sie sich zur Seite drehte und aus dem Fenster blickte.

Ein Dinner.

Mann und Frau.

GIB ACHT!

In Thibodaux bummelten sie erst ein wenig durch die Stadt und hielten schließlich an der 24-Stunden-Tankstelle, aus der Brandon für sie beide Soda holte. Sie gingen über die Hickory Street zur Brücke über den Bayou Lafourche. An das Geländer lehnend, beobachteten sie zwei Boote, die auf dem Wasser gen Süden schipperten, und redeten über Gott und die Welt und darüber, wie grandios der Tag vorgestern gewesen war.

Noch immer war Audrey begeistert, und als sie darüber lachten, wie sie beide lauthals zu *White Wedding* von Billy Idol gesungen hatten, fuhr ein Rolls-Royce an ihnen vorbei und hielt hinter der Brücke am Straßenrand an.

Audrey achtete nicht weiter darauf, bekam nur mit, dass Brandons Miene sich verfinsterte und er sich zum Wasser drehte.

Sie runzelte die Stirn, verstand das nicht, vor allem nicht, warum er auf einmal verstummte, als ein Mann in einem schwarzen Anzug aus der Fahrerkabine stieg und die Tür zur Rückbank öffnete. Eine Frau kam zum Vorschein, schon etwas älter, mit blond gefärbtem, kurzem Haar und feinen Klamotten. Sie kam zur Brücke, und obwohl sie direkt auf ihn zu steuerte, würdigte Brandon sie keines Blickes.

»Brandon!«

Er tat, als würde er die Frau nicht hören.

Audrey stieß ihn an, und schließlich schaute er zu der Lady.

»Hallo Brandon«, wiederholte sie.

»Hi«, gab er kurz zurück.

Die Dame schien von seinem Verhalten leicht erschrocken, schaute dann zu Audrey, der das peinlich war. Betreten wandte sie sich von Brandon weg.

Die Dame lächelte unsicher. »Schön, dich zu sehen. Ich hoffe, es geht dir gut?«

»Danke, bestens.«

Sie wies äußerst korrekt zu Audrey, indem sie lediglich ihre Hand in deren Richtung öffnete und ihr dabei einen freundlichen Blick schenkte. »Und wer ist das?«

Er antwortete für sie. »Das ist Audrey.« Mehr sagte Brandon nicht.

Audrey hatte keine Ahnung, was das bedeutete, aber weil sie gut erzogen war, streckte sie der Frau ihre Hand hin. »Hallo. Schön, Sie kennenzulernen.«

»Danke …« Die Dame musterte sie argwöhnisch, aber nicht unfreundlich. Eher so, als hätte Brandon gerade einen Fehler gemacht. So, als hätte man ihn nicht mit ihr antreffen dürfen.

»Nun«, sagte sie, »dann wünsche ich noch einen schönen Tag.«

Brandon legte die Hand an die Stirn wie beim Militär und winkte ab, ohne sie anzusehen. Audrey war zu perplex, um irgendetwas zu sagen.

Der Wagen fuhr davon und ließ Tausende Fragen zwischen ihnen.

»Wer war denn das?«, wollte Audrey wissen und hatte ein furchtbares Gefühl.

»Das war Josephine.«

»Meine Vermieterin?« *Die schmeißt dich raus*, dachte Audrey. *Nach der Aktion schmeißt sie dich raus.*

»Ich bin dein Vermieter, nicht sie.«

»Gehört dir das Haus?«

»Nein, aber Mitch.«

»Aber …«

»Hör zu.« Brandon legte seine Hände auf ihre Schultern, und für einen Augenblick beruhigte sie sich. »Sie ist verwirrt. Mit diesem Anblick hat sie nicht gerechnet.«

»Was für ein Anblick?«

Er seufzte. »Mich wieder mit einer Frau zu sehen, nach … Sarah.«

Sie hatten drei volle Tüten eingekauft, die nun darauf warteten, ausgepackt zu werden.

Sie unterhielten sich dabei, und die angespannte Stimmung von vorhin war verflogen. Er hatte sich bei Audrey entschuldigt und gemeint, er würde sich auch bei Josephine entschuldigen. Es sei eine Situation gewesen, mit der er noch nicht umgehen konnte.

Er wollte alles langsam angehen lassen. Noch nicht mit jemand anderem gesehen werden. Dazu war es zu früh.

Sie hatte dann gemeint, dass er nicht mit jemand anderem gesehen worden war, sondern sie nur zwei Menschen waren. »Kein Liebespaar«, hatte sie gesagt und dabei die Flasche Wein aus der Tüte geholt, und er hatte von hinten seine Arme um sie gelegt und sie ihr aus den Händen genommen.

Audrey hatte gejauchzt, war unter seinem Griff hindurchgerutscht und um die Küchentheke gelaufen, und er hatte die Flasche abgestellt, war mit einem Hechtsprung bei ihr gewesen und hatte sie abermals von hinten umarmt.

Sie verhielten sich wie Teenager, wie zwei Menschen ohne Verpflichtungen, und die Stimme in Audreys Kopf wurde mit jeder Stunde, die sie miteinander verbrachten, lauter: *GIB ACHT!*

Zum Dinner gab es Garnelen, auf kreolische Weise zubereitet, mit jeder Menge Gewürzen. Zum Nachtisch gab es Eis. Ein Becher, zwei Löffel. Brandon trug beides nach draußen, wo sie sich gemeinsam auf die Schaukel auf der Veranda niederließen.

Die Sonne ging bereits unter. Sie hatten lange am Tisch gesessen und geredet, und jetzt, am Abend, wurde es draußen angenehm kühl.

»Wo wohnst du?«, fragte sie ihn. Sie hatte ihn das schon oft gefragt, und bevor er jemals darauf hatte antworten können, war immer irgendetwas dazwischengekommen. Entweder war in dem Moment ein kreischender Vogel über sie hinweg geflogen oder ein Krokodil vorbeigeschwommen, oder er hatte etwas gefunden, um der Frage aus dem Weg zu gehen.

»Überall und nirgends«, antwortete er nun.

Sie spürte seinen Körper dicht an ihrem, weil die Schaukel recht schmal für zwei Personen war. Sicherlich war sie nicht dafür gemacht.

»In Thibodaux?«

»Nein. Ich wohne im Wald, so wie du.« Er lächelte und musste dabei ein Stück runtersehen, weil sie einen guten Kopf kleiner war als er.

So gern hätte sie ihm von ihren Zweifeln erzählt. An die Geräusche, die er sicherlich erklären könnte. Nur der Zettel, den sie in dem Buch von Mark Twain gefunden hatte, könnte er vielleicht nicht erklären. Obwohl … Audrey glaubte, dass Brandon so ziemlich alles erklären könnte. Aber sie wollte auf keinen Fall eine Situation kaputtmachen, die ihr gerade so guttat.

»Bist du einsam?«, fragte sie stattdessen, als das Eis aufgegessen war und er die Löffel und den Becher auf den Boden stellte.

»Ja.« Er legte den Arm auf die Rückenlehne der Schaukel, doch das war nur ein Vorwand. Tatsächlich lag der Arm um ihren Rücken. Es fühlte sich gut an, obwohl die Stimme in ihrem Kopf jetzt schrie.

»Ich genieße es so sehr, allein zu sein«, sagte sie. »Ich bin froh, ohne ihn hier zu sein.« Dass sich alles, was sie sagte, furchtbar anhörte, war ihr bewusst. Doch sie schämte sich nicht dafür. All das, was sie tat, tat sie, weil es gut für sie war. Sie hatte lange genug immer das getan, was von ihr verlangt worden war, ohne dass auch nur irgendjemand mal daran gedacht hatte, wonach sie sich sehnte.

Liebe. Geborgenheit. Aufmerksamkeit.

Sie war immer noch eine Frau.

Jede Frau sollte beachtet werden, wenn auch nur ab und zu. Doch die Gewohnheit lähmte Beziehungen und fror sie irgendwann ein. Manchmal schaffte man es nicht, sie rechtzeitig wieder aufzutauen. Travis und sie hatten kein richtiges Liebesleben mehr. Und selbst das, was es vor dem Liebesleben gegeben hatte, existierte nicht mehr. Es gab keine tiefgründigen Gespräche mehr, nur Gespräche über Rechnungen, Anschuldigungen, wie der andere sich verhalten sollte. Ja, diese Unterhaltungen hatten schon vor Jahren Einzug in das Haus der Leesters genommen.

»Also bin ich auch einsam.« Sie lächelte, als er ihre Hand nahm.

»Nein, bist du nicht«, sagte er sanft. »Du hast eine Familie. Es ist … anders, wenn man ›allein‹ ist. Das ist nicht dasselbe, wie ›einsam‹ zu sein. Du hast immer jemanden, der an dich denkt und an den du denkst. Du weißt, dass es Menschen gibt, die dich lieben.«

Sie sah ihm in die Augen. »Und du? Gibt es niemanden …?«

»Momentan eher nicht. Aber auch ich will nicht mehr einsam sein«, sagte er leise. »Ich war schon oft in einem Hafen, hatte dort meinen Anker. Doch immer wieder gab es Menschen, die ihn aus dem Boden gezogen haben, sodass ich abgetrieben bin. Ich will das nicht mehr. Es gibt nichts Schöneres, als … einen Hafen zu haben.«

»War sie dein Hafen?« Natürlich meinte sie Sarah.

Brandon nickte. »Ja, schon. Doch dann beschloss sie … so wie du … allein aufs Meer hinaus zu segeln. Aber sie wusste nicht, wie gefährlich es war, allein zu gehen. Nicht immer ist es gut, ›allein‹ zu sein.« Damit stand er auf und ließ Audrey fragend zurück, um dann mit dem Wein und zwei Gläsern zurückzukommen. Er bat sie, den Wein einzuschenken, er müsse etwas holen. Sie füllte die Gläser, und als er mit dem Banjo zurückkam, strahlten ihre Augen.

»Ich bin gespannt!«, sagte sie und stieß mit ihm an, bevor Brandon sich in den Korbstuhl neben der Schaukel niederließ.

»Bereit?«

»Und ob!«

Brandon begann zu spielen, verzauberte den Ort mit seiner Musik. Es war, als würden die Millionen Insekten und Tiere des Waldes die Klänge seines Banjos untermalen, als würden sie zusammen ein Orchester bilden, das schönste Orchester, das sie je gehört hatte.

Und als er zu singen begann, verlor sie sich.

In diesen Ort.

In diesen Mann.

In dieses Leben.

»*My old friend buggy men*«, sang er in einem Blues, der heiter, fröhlich, nach Sommer und dem Süden klang. »*Hey dear, my friend, where have you been?*«

Sie musste lachen und strahlte, weil es so wunderbar war, was er dort tat. Brandon traf jeden Ton, seine Stimme passte zum Lied, genau wie die Klänge seines Banjos zu ihm. »*In hell, my friend, where have you been?*«

Audrey hörte auf zu lachen. Ihre Miene wurde ernst. Sie sah von ihm weg, schaute über das Geländer der Veranda in die Dunkelheit des Gartens, und ihr Herz wurde ihr schwer.

Was tust du denn hier?

Er hörte auf zu spielen, legte die Finger auf die Saiten. »Ist alles in Ordnung?«

Sie trank einen Schluck Wein, schüttelte den Kopf und sah dann in seinen Augen, dass er ihr all die Antworten auf ihre Fragen geben würde, wenn nur die richtige Zeit dazu käme.

»Ja, alles okay«, antworte sie und sah wieder in die Dunkelheit. »Ich verliebe mich nur gerade in diesen Ort.«

»Und ich verliebe mich in dich«, kam es von ihm zurück.

Audreys Kopf schnellte zu ihm rüber.

GIB ACHT!

4

THIBODAUX, LOUISIANA
Mai 2014

Trixie war auch in dem Heim in New Orleans gewesen. Brandon erinnerte sich noch genau an sie. Sie war kurz nach ihm dorthin gebracht worden, war verstört gewesen, hatte wild um sich geschlagen und einer der Erzieherinnen eine Backpfeife gegeben. Als man ihr eine Beruhigungsspritze gegeben hatte, hatte sie ihre alte Puppe umklammert und an den Nägeln geknabbert. Sie hatte wie ein vierjähriges Kind ausgesehen, obwohl sie damals schon zwölf oder dreizehn gewesen war, nur ungefähr ein Jahr jünger als er. Die blonden Haare zu zwei hohen Zöpfen gebunden, die Socken mit Rüschen, ein Kleid mit Kirschen darauf. Es war schmutzig gewesen, blutverschmiert, und das Mädchen für immer gezeichnet.

Er hatte sie gesehen, als sie auf dem Flur saß, neben ihr eine Frau, die sich mit der Leiterin des Heims unterhalten hatte. Hinter ihnen das Fenster mit den Gitterstäben davor, so wie bei allen Fenstern im Gebäude. Durch das Glas hatte die Abendsonne geschienen. Brandon war damals gerade auf dem Weg zum Fußballplatz gewesen und war bei ihr stehen geblieben. Er hatte ihr in die Augen geschaut und das gesehen, was er immer bei Mom gesehen hatte: den Wunsch, aus dem eigenen Körper auszubrechen.

Mit ihren blauen Augen hatte sie dann zu ihm aufgesehen, und Brandon hatte den Ball fallen lassen.

»Brandon, geh' doch raus«, hatte Ms. Menzyn gesagt, weil sie nicht gewollt hatte, dass er lauschte. Er hatte sich Zeit gelassen und immer wieder hinter sich geschaut, so wie Trixie ihm nachgesehen hatte.

Heute war sie erwachsen, und außer dem Blick in ihren Augen hatte sich alles an ihr verändert.

Aber sie hatten einander sofort erkannt.

Brandon wusste in diesem Moment auf der Brücke nicht, ob er zu ihr gehen sollte, denn das würde bedeuten, Mitch dort stehen zu lassen, doch Trixie nahm ihm diese Entscheidung ab. Sie tuschelte mit den Mädchen, gab einer davon einen Kuss auf die Wange und kam dann zur Brücke.

Schon ein paar Meter vor ihm breitete sie die Arme aus. »Dass ich dich noch mal wiedersehe!«, sagte sie überschwänglich und nahm ihn in die Arme. Sie roch nach billigem Parfum, was zu ihrem billigen Erscheinungsbild passte: schwarze kurze Lederklamotten, die Brüste im Ausschnitt der Lederjacke viel zu prall und hoch gepusht, dunkles Make-up. Und wie damals hatte sie die blonden Haare zu zwei hohen, seitlichen Zöpfen gebunden. Riesige Kreolen aus angelaufenem Silber hingen an ihren Ohren.

»Was machst du denn hier?« Brandon war etwas überfordert, obwohl es ihn freute, sie wiederzusehen. »Ach, entschuldige, das ist mein Freund Mitch.« Er ging einen Schritt zur Seite.

Mitch streckte Trixie die Hand entgegen, während er galant verbarg, was er von dem Mädchen in diesem Outfit denken musste. »Freut mich.«

»Du bist Mitch!« Trixie zeigte mit dem Zeigefinger auf ihn, ehe sie seine Hand annahm. »Der berühmte Mitch!«

Mitch wandte sich verdutzt an Brandon. »Du hast ihr von mir erzählt?«

Trixie lachte laut. »Machst du Witze? Es ging die ganze Zeit nur um dich! Wir sind sogar in das Büro der Heimleitung eingebrochen, um irgendwas über dich herauszufinden.«

Mitch lächelte. »Wirklich, Brandon?«

Brandon nickte und steckte lässig die Hände in die Taschen seiner Jeans. »Wir dachten, in meiner Akte müsste irgendein Vermerk über dich sein – Fehlanzeige.«

Trixie zeigte hinter sich. »Wir wollten gerade zurück zum Festplatz – vielleicht gehen wir zusammen?«

Sie gingen gemeinsam, zu dritt, teilten ihre Erinnerungen aus den Kindheits- und Jugendtagen im Heim, und Trixie berichtete Mitch offen darüber, dass sie nach dem Mord ihres Vaters an ihrer Mutter dort gelandet war. Der Mann, der seine Frau dazu gezwungen hatte, Trixie wie ein kleines Kind zu kleiden und zu behandeln und sich daran aufgegeilt hatte. Er war handgreiflich geworden, der Mutter gegenüber, und es war nicht nur einmal vorgekommen, dass Trixie von ihm missbraucht worden war.

»Aber das ist Vergangenheit«, meinte Trixie, als sie am Festplatz angekommen waren. »Los, Jungs, lasst uns Riesenrad fahren!« Sie eilte voraus.

Brandon und Mitch sahen einander an. Abwehrend hob Mitch die Hand und zeigte auf seine Kumpels, die noch immer am Bierstand standen.

»Fahr allein mit ihr. Ich kümmere mich mal um meine Kollegen.«

Brandon fiel ein, dass er nicht wusste, wo Bruce steckte oder ob er überhaupt noch hier war. Der Abend hatte eine viel zu gute Wendung genommen. »Okay. Aber ... wir sehen uns wieder.«

»Klar. Wie gesagt, sobald ich zu Hause bin, schicke ich dir den Song.« Mitch holte sein Handy vor. Sie tauschten ihre Nummer aus, während Trixie ein paar Meter weiter schon die Tickets für das Riesenrad holte. Brandon beobachtete sie und wusste dabei, dass er seine Zeit lieber mit Mitch verbracht hätte.

»Ich rufe dich morgen an, vielleicht kommst du mal bei uns vorbei. Meine Mom wird sich freuen.« Mitch schlug ihm freundschaftlich auf die Schulter. »Und wenn was ist ... Ich bin für dich da, Mann.«

Du weißt, wie unterschiedlich unsere Leben sind.

Deswegen dieses Angebot.

Sie entfernten sich voneinander, und Brandon kletterte in die Gondel des Riesenrads, in der Trixie schon auf ihn wartete. Obwohl es spät war, war es noch laut und voll auf dem Festplatz, wobei es nun die jungen Erwachsenen waren, die das Publikum dominierten.

»Wieso Thibodaux?«, fragte er, als die Gondel sich in Gang setzte.

»Weil ich keinen Wohnsitz habe«, antwortete sie. »Ich reise durch das Land und, na ja ... Kennst du noch Anna?«

»Selbstmord-Anna?«

»Ja, sie lebt im Nachbarort. Sie stand hinter mir, vorhin an der Tankstelle.«

»Die habe ich nicht erkannt.«

»Sie dich auch nicht. Wir sind noch Freundinnen. Bei ihr war ich in der letzten Nacht. Ich ziehe durch das Land und schaue, was passiert.«

Er begutachtete ihre Kleidung, und sein Blick fiel ihr auf. »Ich verdiene meinen Lebensunterhalt mit Dingen, die man nicht tut.« Sie zuckte mit den Achseln. »Ich bin nicht stolz darauf.«

Er wusste, was sie tat. »Warum denn nur, Trixie?«

»Nach dem Heim hab' ich all das nachgeholt, was wir dort drin verpasst hatten. Nur kam ich dann nicht mehr davon los. Und ich bekomme viel Geld für das, was ich tue.«

Ja, Mom hatte dabei auch immer gut verdient und es dann auch nicht mehr schlimm gefunden, was sie dafür hatte tun müssen.

Seufzend legte Brandon seinen Arm um sie. Trixie lehnte sich an seine Brust, und gemeinsam schauten sie in den schwarzen Nachthimmel, während unter ihnen die Lichter flackerten, die Stimmen und die Musik leiser und dumpfer wurden.

»Erinnerst du dich noch«, fragte sie, »als wir uns damals geküsst haben? Es war auf dem Dachboden, wir haben den Unterricht geschwänzt.«

Brandon lachte. »Ich weiß, ja.«

»Ich habe dich nie vergessen. Ich habe sogar mal jemanden nach dir gefragt. Einen Freier, der in der Siedlung in New Orleans wohnte, aus der du kommst.«

»Und?«

»Natürlich wusste er nicht, wo du bist, sonst hätte ich dich dort gesucht.«

Er streichelte ihren Kopf. Ja, er hatte eine Vergangenheit mit ihr. Es war damals nicht nur bei einem Kuss zwischen Teenagern geblieben. Brandon erinnerte sich an ihren Sex im Mehrbettzimmer, heimlich und unter erschwerten Bedingungen, weil einen Meter links und rechts neben ihnen andere Jungs schliefen.

Dass sie dasselbe nun mit Männern tat, die sie nicht kannte, brach ihm das Herz. Er verstand es nicht, aber er hatte es auch schon bei Mom nicht verstanden. Doch vor allem war er wütend auf die Männer und darüber, dass es Frauen gab, die keine andere Möglichkeit sahen.

»Ich hab' es noch«, sagte sie leise und streckte ihr Gesicht zu ihm hoch, sodass er nur hinuntersehen musste. Hätte er sich die paar Zentimeter zur ihr runtergebeugt, hätten ihre Lippen sich berührt.

»Was denn?«

Sie wartete, wahrscheinlich auf einen Kuss, doch als er keine Anstalten dazu machte, setzte sie sich auf und kramte in ihrer kleinen Handtasche, als das Riesenrad gerade oben stehen blieb. Hervor kam, an einer goldenen Kette befestigt, jener grüne Vogel, den Brandon einst seiner Mutter aus dem Grocery Store mitgebracht hatte. Er sah etwas in die Jahre gekommen aus, ein paar Federn fehlten, doch er erkannte ihn sofort. Natürlich.

»Wahnsinn«, meinte er und zog dann ihr Gesicht an seines, um ihr nun doch einen Kuss auf die Lippen zu geben. Anschließend hielt er sie noch weiter fest und berührte mit seinem Gesicht ihres.

»Du hast ihn mir gegeben, weil ich frei sein wollte«, flüsterte sie. Sie roch nicht gut, aber das war ihm egal. »Ich sagte doch, Brandon, dass ich dich nicht vergessen habe.«

Das Riesenrad setzte sich wieder in Bewegung.

Sie ist wie Mom.

Langsam drehte und wendete sie den Vogel in ihren Händen, tat das behutsam und vorsichtig.

Oh ja, er erinnerte sich daran, als er ihr den Vogel gegeben hatte. Es war ihr zweiter Tag gewesen, und immer noch verstört hatte sie draußen auf dem Spielplatz gestanden. Wie ein Geist. Die Puppe, für die sie zu alt gewesen war, in der Hand, die Finger der anderen im Mund. Der Blick ins Leere gerichtet. Um sie herum die Kinder, die sich schon eingelebt hatten, die Freunde und Spaß hatten. Stimmen und Gelächter.

Der Wind hatte ihre Tränen getrocknet, als er vor ihr stehen geblieben war und sie so dazu gebracht hatte, ihn anzusehen.

»Ich weiß, was du denkst«, hatte er zu ihr gesagt. »Ich weiß sogar, was du dir wünschst.« Er hatte die Hand des Mädchens genommen, ihre verkrampften Finger aufgebogen und ihr wortlos den Vogel in die Hand gedrückt.

»Glaubst du an Wunder?«, fragte sie ihn nun, als sich das Riesenrad nach unten bewegte und sie gleich wieder zwischen all den anderen stehen würden.

»Ja«, antwortete er, ohne lange über diese Antwort nachzudenken.

»Ich auch.« Sie streichelte sein Gesicht, als ihre Gondel zum Stehen kam. »Und ich glaube, dass du mein Wunder bist.«

Brandon schenkte ihr ein Lächeln, entgegnete aber nichts darauf, denn er war schon wieder dabei, Mitch in der Menge auszumachen.

Sie wich ihm nicht von der Seite. Doch als Brandon gereizt wurde, weil Mitch ihm nicht viel Aufmerksamkeit schenkte, als Brandon sich zu ihm und den Kollegen stellte, schlug er wütend Trixies Hand weg, als die wieder danach greifen wollte.

Daraufhin erntete Brandon einen misstrauischen Blick von einem von Mitchs Kollegen, und er besann sich. Mitch ging sowieso gerade zum Stand. »Willst du ein Bier?«, fragte er Brandon, obwohl der das Gefühl hatte, dass er nur einen Grund suchte, sich von ihm abzuwenden.

Es war anders.

Es war eben nicht wie damals.

Es lag viel zu viel Zeit dazwischen.

Und Mitch ließ ihn das spüren.

»Danke, nein.« Brandon wandte sich zusammen mit Trixie von der Gruppe ab, hatte sowieso kein Wort mit ihnen gewechselt. Sie gingen weg von den Anzugträgern, die versuchten, einen auf cool zu machen, wenn sie mal ein paar Bier kippten.

»Ich habe was im Truck«, sagte er zu Trixie, die wie eine Klette an seinem Arm hing. »Was Selbstgebrautes.«

»Du willst mich abfüllen.«

»So ein Quatsch«, antwortete er. Aber wenn sie betrunken war, konnte er sie zu ihren Freundinnen bringen, die irgendwo auf dem Festplatz sein mussten.

Die Musik, das Gequatsche und die Lautstärke des Rummels rückten in die Ferne, als sie am Rand des Platzes auf eine Nebenstraße gelangten, an dessen Ende als letzter Wagen Brandons Truck stand.

Sie stiegen ein. Unter dem Sitz holte Brandon eine Flasche mit gelbbrauner Flüssigkeit hervor, die darin hin und her schwappte. »Mund auf«, sagte er, und Trixie ließ sich das nicht zweimal sagen. Sie legte den Kopf auf seinen Schoß und streckte die Beine Richtung Tür auf der Beifahrerseite. Dann öffnete sie den Mund, stöhnte dabei, und er ließ das Zeug hineinfließen. Als er stoppte, schloss sie den Mund und schluckte lautstark.

»Mehr!«

Er tat es erneut, trank dann selbst ein paar Schlucke. Irgendwann setzte sie sich auf. Sie schalteten das Radio an, tranken abwechselnd und fummelten zwischendurch.

Sie massierte seinen Schritt, bevor sie sich auf ihn setzte und er ihr den Hosenknopf öffnete. Sie war erregt, flüsterte ihm Sachen ins Ohr, die er noch nie von einer Frau gehört hatte.

Aber er hatte eben noch nie etwas mit einer Hure gehabt.

»Komm schon«, flüsterte sie, lehnte sich nach hinten und stieß dabei die Flasche um, die er zwischen Armaturenbrett und Lenkrad deponiert hatte.

»Mann!«, entfuhr es ihm wild.

Trixie drehte sich um und sah, wie das Zug über das Lenkrad, die Tacho- und Benzinanzeige und das Radio lief. Dann legte sie die Hand an den Mund. »Oh sorry.« Sie kicherte wie ein kleines Kind.

Brandon war wütend, packte mit seinen Händen fest ihren Hintern, und sie presste ihren Mund auf seinen. Ihre Zungen spielten ein wildes, ungestümes Spiel.

Als sie von ihm runterging, sich auf allen Vieren über den Schaltknüppel positionierte, ihren Po in die Höhe streckte und sich am Reißverschluss seiner Hose zu schaffen machte, passierte etwas in ihm.

»Warte!«

Sie war flink, hatte bereits seinen Penis aus der Unterhose vorgeholt und damit begonnen, daran zu lecken.

»Hör auf«, sagte er keuchend und griff an ihre Schultern.

Doch sie hatte ihren Mund auf sein Glied gestülpt und machte weiter. Es hörte sich an, als würde sie lachen, als glaubte sie, dass hier sei lustig, oder ein Spiel. Aber das war es für ihn nicht.

»LASS DAS!« Ruppig und hart packte er sie an einem ihrer Zöpfe und riss ihren Kopf nach oben.

»Autsch!«, schimpfte Trixie. »Sei froh, dass ich aus Reflex nicht zugebissen habe!«

Brandon ließ sie los und schloss den Reißverschluss seiner Hose.

»Steig aus und geh nach Hause. Oder zu Anna oder sonst wohin.«

»Warum denn?« Trixie biss sich verführerisch auf die Unterlippe. »Stehst du nicht auf einen richtig guten Blow Job?«

Brandon legte die Hand an sein Kinn und starrte nach draußen.

»Nein«, antwortete er. »Nicht, nachdem ich weiß, dass du im letzten Monat hundert Kerlen einen geblasen hast.«

Außerdem wollte er das nie. Er fand das unterwürfig. Hatte sich immer vorgestellt, wie Mom es bei den Kerlen gemacht hatte. Ihm wurde schlecht, wenn er nur an diese Position dachte. Eine Frau, und in ihrem Mund ein Schwanz. Brandon hatte mit wenigen Frauen geschlafen, und Oralsex bei sich selbst nur sehr selten zugelassen.

»Steig aus, Trixie.«

»Mach mal halblang, Brandon!« Sie war verärgert, und er konnte es ihr nicht verübeln. »Es hat sich noch keiner beschwert, wenn ich das tue.«

»Toll, große Klasse. Und jetzt hau ab!«

»Wie kannst du nur so sein?« Sie legte die Stirn in Falten, nur um dann sofort wieder ihr kokettes, billiges Lächeln aufzusetzen. »Aber vielleicht stehst du ja darauf. Vielleicht willst du, dass ich die Dominante bin. Das kenne ich. Es gibt viele Kerle, die so pervers sind wie du.«

Brandon starrte sie an. »Was hast du gesagt?«

»Dass manche eben so pervers sind.« Sie zog ihre Jacke aus. Darunter hatte sie nur ein enges Top und einen BH. »Los, zieh die Hose runter!«

»Ich bin nicht pervers.« Als sie erneut an seiner Hose zog, begann es, in ihm zu brodeln, und Tausende Gedanken und Empfindungen rotierten in seinem Kopf.

»Mach schon, du perverser Wichser, zieh' deine Hose aus!« Er war von Trixies Kraft überrascht.

»Hör' auf, verdammt!«

Doch Trixie hörte nicht auf, im Gegenteil. Sie zog an seiner Hose, harsch und kräftig, lachte dabei, was ihn nur rasender machte.

Als sie es schaffte, seine Jeans runterzuziehen, und sich an die Unterhose machte, verlor Brandon die Kontrolle: Er schlug ihr ins Gesicht.

Trixie legte entsetzt die Hand an ihre Wange, während er sich wieder anzog.

»So einer bist du!«, rief sie. »So ein Scheißkerl wie mein Vater!«

»Nein!« Wütend setzte er sich auf, griff mit einer Hand nach ihrem Arm, um sie näher zu sich zu holen. »Ich wollte nur nicht, dass du meinen Schwanz lutschst!« Er umklammerte ihren Hals, war so verdammt wütend.

Trixie versuchte, sich zu wehren, doch ihre Worte wiederholten sich in Brandons Kopf.

Pervers.

Wie mein Vater.

Nein, so war er nicht. Und er wollte sie nicht. Nicht heute, nicht, nachdem er Mitch endlich wiedergesehen hatte.

Nein, er wollte sie nicht!

Unwillkürlich schleuderte er ihren Kopf gegen das Armaturenbrett, wütend, aufgebracht und kräftig. Ein dumpfer Knall ertönte. Danach herrschte Stille im Wagen.

Vor ihr war alles so wunderbar gewesen!

Doch dann war sie gekommen, völlig unerwünscht, und hatte alles zerstört.

Es war alles so schnell gegangen. Jetzt bewegte sie sich nicht mehr, und ihr Gesicht hatte eine andere Farbe angenommen. Er ließ sie los, erschrocken darüber, was er getan hatte.

Nervös fasste er sich an den kahlgeschorenen Kopf.

Scheiße, das hier konnte nicht wirklich passiert sein!

»Fuck«, fluchte er. Er rüttelte an ihr, glaubte nicht, dass sie tot war. Sie war sicher nur bewusstlos. Sie hatte es so gewollt, es war verdammt noch mal nicht seine Schuld!

Er öffnete die Fahrertür und stieg hastig aus. Draußen war die Luft so gut und frisch. Er warf die Tür zu, schloss sogar ab, weil er Panik hatte, sie würde aufwachen, rauskommen und Mitch erzählen, was er getan hatte.

Brandon war verwirrt. Sein Kopf begann zu schmerzen, er verlor das Gleichgewicht und sank zu Boden, der hier matschig und dreckig war, weil es nachmittags wie aus Eimern geschüttet hatte. Er verwechselte oben und unten, rechts und links, rappelte sich schließlich auf, folgte lediglich den Geräuschen und Lichtern des immer noch fortwährenden Jahrmarktes.

Dreckig, mit glasigen Augen und verschwommenem Blick erreichte er das Getümmel und bewegte sich wie in Trance Richtung Bierstand.

Mitch war noch da.

Es war, als wäre er nicht er selbst, als er zu seinem ehemals besten Freund ging und ihn von hinten packte. Der drehte sich erschrocken zu ihm um. Brandon zog Mitch ein Stück abseits, gerade so weit, dass niemand die Worte hören konnte, die er nun dem Menschen sagte, dem er am meisten vertraute: »Ich habe Scheiße gebaut. Und ich brauche deine Hilfe. Jetzt!«

SWALL PINES WAY, THIBODAUX, LOUISIANA
September 2019

Eine Sache konnten sie beide besonders gut: gemeinsam die Stille genießen. Es gab Menschen, mit denen es sich nicht gut anfühlte, zu schweigen. Mit Brandon war das anders. Sie hatten erneut Stunden geredet, und irgendwann, als es kalt geworden war und die Insekten gekommen waren, hatte er ihr eine Decke um die Schultern gelegt und sich wieder zu ihr auf die Schaukel gesetzt.

Gemeinsam hatten sie dann in die Dunkelheit der Nacht gesehen, und sie hatte dabei seinen Herzschlag gespürt, denn anders als vorhin war sein Arm um ihre Schulter gelegt, sodass Audrey automatisch ein Stück an seine Brust gerutscht war.

»Wie fühlt es sich an, ein Kind zu haben?«, wollte er wissen.

Ihr war bewusst, dass er sie an Ben erinnern wollte, und das fand sie toll. Er verschwieg ihre Familie nicht, ihr Leben zu Hause. Er erinnerte sie immer wieder daran, dass sie ein Kind und einen Ehemann hatte, und nutzte niemals die Situation aus.

Brandon war höflich und gut.

Er stellte es so verdammt geschickt an, dass sie jeden Schritt, den sie tat, selbst beschritt, auch wenn er moralisch falsch war.

Aber dann war es ihr Fehler. Niemals seiner.

»Es ist das Beste, was es gibt«, sagte sie und dachte an ihren Sohn. »Die beste Aufgabe, die einem das Leben stellen kann.«

Sie konnte sein Gesicht nicht sehen, wusste aber, dass er an sein ungeborenes Kind denken musste. Oh, Brandon wäre sicherlich ein toller Vater.

»Wünscht du dir noch einen Jungen?«

»Momentan bleibt es bei einem.« Sie konnte sich im Moment nicht vorstellen, wieder so intim mit Travis zu werden, um ein Kind zeugen zu können.

»Aber es ist dein Wunsch ...«

»Travis bleibt dabei. Ben reicht ihm.«

Aber Brandon will sicher auch ein Kind. Was wäre, wenn ich mit ihm ...

Sie erschrak vor ihrem eigenen Gedanken so sehr, dass sie zusammenzuckte. In diesem Moment begann Brandon, ihre Schultern zu streicheln.

»... aber dir nicht.« Seine Stimme war leise. »Ich meine ... du zählst auch. Und ich glaube, dass es so viele Dinge gibt, die euch im Moment auseinanderdriften lassen, habe ich recht?«

»Brandon ...« Sie schloss die Augen. Er hatte recht, und das war nicht gut.

»Es geht mich nichts an, entschuldige. Aber weißt du ... ich ... ich will dir helfen. Ich habe dir damals, als wir uns bei deiner Lesung gesehen haben, in die Augen geschaut und gesehen, dass du nicht glücklich warst.«

Sie wollte entgegnen, dass sie Angst gehabt hatte. Angst vor ihrer ersten Lesung in einer so großen Stadt, und die Angst, dass das zweite Buch kein Erfolg würde, wenn sie es denn überhaupt schaffte, es zu schreiben. Doch sie konnte nichts sagen. Stattdessen beschleunigte sich ihr Herzschlag.

»Aber ... als ich dich vorhin abgeholt habe«, sprach er leise, »habe ich etwas anderes in deinen Augen gesehen ...«

Sie drehte sich zu ihm, ihre Gesichter lagen dicht beieinander. Sie sah ihr Spiegelbild in seinen Augen und hatte den Drang, ihm noch näher zu sein. Und genau davor hatte sie Angst. »Was hast du gesehen?«, fragte sie, und es kam so leise, dass es fast nur ein Flüstern war.

Brandon legte seine andere Hand an ihr Gesicht, zärtlich und behutsam. »Dass du *hier* glücklich bist. *Bei mir.*«

Mit jedem Wort hatte er recht. Mit jedem einzelnen.

»Das darf ich aber nicht«, meinte sie. »Das ist falsch. Ich gehöre nicht hierher. Wie du schon sagtest, ich habe einen Sohn, eine Aufgabe, die zu Hause auf mich wartet.«

»Bei der du dich aber nicht vergessen darfst.« Er schaute von ihr weg, als sei er gekränkt, als hätte sie etwas Falsches gesagt. »Und ich kann nicht zulassen, dass du unglücklich bist.«

Sie setzte sich auf, weil er aufstand, und schaute auf das Display ihres Handys, das ihr 01:29 Uhr anzeigte. »Meine Güte, ist das spät.«

»Ja.« Brandon lächelte und streckte sich dann. »Ich mach mich mal auf den Weg.« Fragend legte er den Kopf schräg. »Oder nicht?«

Audrey holte tief Luft. Das Haus hatte zwei Schlafzimmer. Es war mitten in der Nacht.

»Na ja«, sagte sie, »du kannst ja auch hier schlafen?«

Brandon antworte lange nicht. »Und dein Mann? Was sagt er dazu?«

»Er muss es nicht erfahren.« Sie fühlte sich augenblicklich schrecklich. Dann stand sie auf und ging einen Schritt auf ihn zu. »Vielleicht habe ich ja einen Grund, dass du bleiben musst.«

»Zum Beispiel?« Er kam ebenfalls näher, sodass sie nur noch wenige Zentimeter trennten.

»Ich habe Angst in der Nacht«, hauchte sie. »Es ist verdammt dunkel. Sehr einsam. Ich habe heute … besonders viel Angst, und ich … kann nicht allein bleiben. Was würdest du dann tun?«

Er beugte sich zu ihr, ohne sie anzufassen, kam ihr aber so nah, dass er ihr etwas ins Ohr flüstern konnte. »Ich würde selbstverständlich bei dir bleiben. Ich bin während deines Aufenthaltes für dich verantwortlich, und ich tue nur meine Pflicht.« Unter seinem Flüstern schloss sie die Augen, während es in ihrem Körper zu kribbeln begann. »Keine Sorge, ich bin ein Gentlemen.«

Audrey atmete flach, als er ihre Hand nahm und sie ins Haus zog. Er schloss die Tür hinter sich, drehte den Schlüssel aber nicht um. Sie hatte keine Angst, wenn er bei ihr war. Nicht eine Sekunde.

Zusammen standen sie vor der Treppe. »Und nun?«, fragte er, und es klang herausfordernd.

Sie war froh, dass die Decke noch um ihren Körper geschlungen war und sie so etwas hatte, woran sie sich festhalten konnte.

»Nun gehen wir nach oben.« Ihre Stimme geriet ins Wanken, was sie erröten ließ. »Hier gibt es zwei Schlafzimmer«, sagte sie, nicht ganz davon überzeugt, was sie denn nun wollte. Ihr Körper verlangte nach ihm, doch ihr Verstand wehrte dieses Empfinden ab.

»Und in welches davon gehen wir?«

Sie musste grinsen, versuchte, damit zu vertuschen, wie gern sie mit ihm in ein Zimmer gegangen wäre. Dann schüttelte sie leicht den Kopf, als würde sie ihn nur ein kleines bisschen abwehren. »Ich kann das nicht, Brandon.«

»Musst du auch nicht.« Er hob beide Hände, ging einen Schritt zurück, was sie schade fand. »Wie gesagt, ich bin ein Gentleman. Ich bin nicht wie die anderen Kerle.«

»Das bist du nicht«, sagte sie, und in diesem Moment war sie den Tränen nahe, weil es sich so verdammt gut mit ihm anfühlte, und sie glaubte, trotz ihres Verstandes bald die Beherrschung zu verlieren. Oder war es etwas anderes?

»Komm«, sagte er freundlich und nicht mehr mit jener Stimme, die sich schlichtweg nach Sex anhörte. Er hielt ihr die Hand hin, sie nahm sie an und ging hinter ihm nach oben.

Vor den Türen blieben sie erneut stehen und sahen einander an.

»Hast du wirklich Angst?«, fragte er und strich eine Haarsträhne aus ihrem Gesicht. »In der Nacht, meine ich. Vor diesem Haus. Hast du Angst?«

»Manchmal schon.« Sie liebte es, wie er sie anfasste, doch auch dieser Gedanke versetzte ihr einen Stich ins Herz, was aber nichts mit ihrem schlechten Gewissen zu tun hatte.

»Das brauchst du nicht«, versprach er ihr. »Du bist niemals allein, Audrey.«

Audrey.

Unter seiner Stimme wurde sie weich, und sie wusste jetzt, was mit ihr los war: Sie würde nie weitergehen als bis hierher. Sie war ein guter Mensch, ihrem Ehemann treu, doch sie wünschte sich, nur für eine Nacht den Mut zu haben, eben nicht dieser gute Mensch zu sein.

»Versprichst du es mir?« Sie reckte ihr Gesicht, weil sie wusste, was er dann tun würde. Er wartete immer auf einen Schritt ihrerseits, bevor er den nächsten tat.

»Ich verspreche es«, sagte er, bevor er sie küsste.

Audrey konnte in diesem Moment nichts anderes tun, als das widerliche Gefühl, sich abgrundtief zu hassen, zu ignorieren.

6

THIBODAUX, LOUISIANA
Mai 2014

Die Lichtkegel der Scheinwerfer erhellten das heruntergekommene Haus mitten in den Wäldern im Süden von Thibodaux.

Von irgendwo her war dumpfes Donnergrollen zu hören, vereinzelt platschten Regentropfen gegen die Windschutzscheibe.

Mitch hatte eine lange Zeit nichts gesagt, bis auf die Anweisungen für Brandon, der den Truck zum Haus gefahren hatte.

Da Brandon ebenfalls nichts sagte, hörten sie nur das leise Stöhnen von Trixie, die wie ein nasser Sack zwischen ihnen hockte und langsam zu sich kam.

»Sie hat zu viel getrunken, wir haben uns gestritten, und sie ist mit dem Kopf gegen das Armaturenbrett gefallen. Was soll ich jetzt tun?«, hatte er Mitch angelogen. »Ich muss sie wegbringen.«

»Warum nicht zu sich nach Hause?«

»Sie hat kein Zuhause.«

Mitch war nicht begeistert gewesen. Der Anblick der halb nackten Frau in dem Truck seines ehemaligen Freundes, aus dem es nach billigem Fusel stank, war für den Anzugträger unangenehm. So etwas kannte er nicht.

Nun stiegen sie aus, und Brandon betrachtete im Scheinwerferlicht das von Wildwuchs umringte Haus. »Was für eine Bude!«

Mitch blieb dicht am Truck stehen. »Zurzeit wird es nicht mehr genutzt. Es muss renoviert werden. Danach kann man es wieder vermieten.« Er holte seinen Schlüsselbund hervor und wühlte darin nach einem kleinen Messingschlüssel. Er hielt ihn Brandon hin.

Brandon sah auf den Schlüssel.

»Mach ihn dir ab«, sagte Mitch aufgewühlt. »Und dann … tu' was du willst. Ich muss los.«

»Du lässt mich hier allein?«

»Was soll ich denn hier?« Mitch sah in den Wagen, in dem Trixie gerade zum ersten Mal die Augen öffnete. »Ich will hiermit nichts zu tun haben.«

»Sie hat nur zu viel getrunken«, beteuerte Brandon, spürte aber, dass Mitch ihm das nicht abnahm. »Warte bitte wenigstens, bis ich sie reingetragen habe.«

Mitch seufzte tief. »In Ordnung.« Er schaute zu dem Mädchen. »Hi. Geht's dir gut?«

Trixie sagte nichts, ihr Kopf fiel zur Seite. Brandon kam und zog sie vorsichtig aus dem Wagen, während Mitch am Geländer der Veranda seitlich um das Haus gehen wollte. »Hinten gibt es ein Stromhäuschen, das zwar auch dringend gemacht werden muss, aber der Generator sorgt für Strom. Ich schalte ihn an.«

»Danke, Mitch.« Brandon lächelte. »Gibt es Wasser?«

»Ich stelle es an«, versprach Mitch. »Es gibt einen Keller. Du kommst durch die Kammer im Haus dorthin, oder durch die Holztür auf der Rückseite des Hauses. Dort kann man das Wasser anstellen.«

»Okay.«

Mitchs Stirnrunzeln wollte seit einer halben Stunde nicht verschwinden. »Es ist wichtig, dass du nicht hierbleibst«, sagte er. »Lass sie ausschlafen, und dann müsst ihr gehen.«

»Du hast gesagt, wenn ich einen Unterschlupf brauche, soll ich mich an dich wenden.«

»Ich wusste nicht, dass du es so ernst nimmst.« Mitchs Miene war verärgert. »Außerdem …«

Du glaubst, ich habe ihr was angetan …

Brandon hob beschwichtigend die Hände. »Wir verschwinden, sobald es Morgen wird.«

Mitch drehte sich weg und ging hinter das Haus, während Brandon mit Trixie im Arm dem beginnenden Regen entfloh und über die Veranda ins Haus gelangte. Er legte sie auf dem alten Ledersofa ab, das mitten im Raum stand. Hier drinnen war es kühl und stickig, und es roch, als würde es irgendwo schimmeln. Vielleicht war das auch aber auch nur der Geruch von nassem, altem Holz.

Die Stille war nach dem Lärm auf dem Festplatz unglaublich angenehm. Die Ruhe. Die Gewissheit, dass es niemanden gab, weit und breit nicht. Sie waren allein. Völlig allein.

Als er sich über Trixie beugte, starrte sie ihn aus entgeisterten Augen an.

Ihre Brust hob und senkte sich langsam. »Weißt du eigentlich, was du getan hast?«, fragte sie leise.

»Und du?« Überlegen stellte er sich vor sie. »Weißt du, was du mir angetan hast? So redet man nicht über mich. Du kennst mich doch gar nicht.«

»Du bist kein Perverser, aber ein Killer.«

»Du lebst.« Er lachte verächtlich.

»Ich kenne Kerle wie dich. Ich kenne sie alle. Du kannst einer Frau schlimme Dinge antun, tust aber so, als wärst du unschuldig.«

Brandon schnaubte. »Scheinbar kennst du wahnsinnig viele Männer. Ist klar, schließlich bist du eine Hure.«

Trixie setzte sich auf, fasste sich an den Hals und hustete. Dann sah sie sich um. »Wo sind wir?«

Der Regen traf gegen die Scheiben, unter ihnen knarrte der Fußboden. Brandon schaltete ein paar Lichter an, die das Haus sofort wohnlich machten.

»Das ist eines der Häuser von Mitchs Mom.«

»Wow. Ziemlich besonders. Mal was anderes …«

»Oben sollen zwei Schlafzimmer sein. Such dir eins aus und geh schlafen. Morgen bringe ich dich … dahin, wo du eben hinwillst.«

Trixie stand auf. Sie ging durch das Haus und ließ ihre schlanken Finger über den Kaminsims und die Küchentheke gleiten. »Nun hast du es aber eilig.«

Brandon hob die Schultern. »Ich würde hierbleiben, aber er will, dass wir gehen. Das ist sein gutes Recht. Es ist sein Haus.«

Trixie verzog die Lippen zu einem ironischen Grinsen. »Was für ein guter Freund!«

»Was meinst du?«

»Ihr habt euch heute das erste Mal seit so vielen Jahren wiedergesehen. Und jetzt will der Freund, von dem du meintest, er sei die wichtigste Person in deinem Leben – nach deiner Mutter natürlich –, dass du so schnell wie möglich wieder verschwindest.«

Brandon öffnete den Mund, um zu sagen, dass es wohl hauptsächlich ihretwegen wäre.

»... und auch aus seinem Leben.«

»So ein Quatsch!« Brandon wurde wütend, denn sie hatte unrecht.

»Weiß er, was du getan hast?«

Brandons Brust begann zu beben. »Er weiß, dass du dir wehgetan hast.«

»*Du* hast mir wehgetan.« Drohend hob sie den Zeigefinger. »Du hast ihn angelogen. Er weiß nicht, dass du mich fast erschlagen hättest!«

Er hatte die Nase gestrichen voll. »Geh! Da ist die Tür! Es regnet zwar in Strömen, aber es sind nur vier Meilen bis zur Straße. Das schaffst du zu Fuß!«

Trixie lachte und warf dabei den Kopf in den Nacken. »Du schmeißt mich raus? Echt jetzt? Was bist du nur für ein Arschloch! Erst küsst du mich und gibst mir Alkohol, um mich gefügig zu machen, und wenn es dann nicht so läuft, wie du willst, killst du mich! Und weil ich es überlebt habe und dir Vorwürfe mache, willst du mich jetzt an einem einsamen Ort einfach rausschmeißen?«

»RAUS!«

»Soll *ich* es ihm erzählen?« Sie beugte ihren Oberkörper vor, verengte die Augen und sah mit dem verlaufenen Make-up aus wie ein Zombie. »Deinem tollen Mitch, den du so liebst? Soll ich ihm mal sagen, was du getan hast? Meinst du, er hat dich dann noch lieb?« Sie verstellte die Stimme wie ein Kind.

Brandons Körper vibrierte. »Ich bringe dich um.« Er schritt auf sie zu, ging mit seinem Gesicht so dicht an sie heran, dass er ihren widerlichen Atem riechen konnte. »Ich bringe dich um, du verdammtes Miststück!«

»Mitch!«, rief sie etwas affektiert aus. »Mitch!«

»Halt den Mund.« Brandon drehte sich um, Mitch war nicht zu sehen.

»Oder soll ich ihm von Mrs. McCenett erzählen?« Trixie grinste breit. »Erinnerst du dich? Oh, ich erinnere mich. Du hast immer gesagt, sie sähe aus wie deine Mom. Und als du sie im Unterricht versehentlich mit Mommy angeredet hast, haben alle gelacht.« Sie grinste.

Brandon lief der Schweiß von der Stirn. »Sei ruhig!«

»Du warst erschrocken vor dir selbst, und ihr war das so peinlich. Nach dem Unterricht wolltest du dann mit ihr reden, aber sie sagte, sie hätte jetzt keine Zeit für dich. Erinnerst du dich, Brandon? Und dann bist du so wütend geworden und hast ihr gedroht, ihr etwas anzutun, wenn sie nicht sofort mit dir redet, weißt du noch?«

Natürlich weiß ich das.

»Du hast immer so getan, als wärst du ein guter Junge, aber das bist du nicht«, höhnte Trixie. »Denn es hatte einen Grund, warum die Lehrer uns eine Woche später gesagt haben, dass wir dich für das nächste halbe Jahr nicht mehr wiedersehen würden, und Ms. McCenett nicht mehr zur Schule kam … Was hast du mit ihr gemacht, Brandon, hm? Hat sie etwa nicht getan, was du wolltest?«

Brandon zitterte, schloss die Augen und schüttelte den Kopf, um die Erinnerungen zu vergessen.

Die Lehrerin und er. Die kleine Kammer. Sein starrer Blick. Seine Hand, die etwas tat, was er gar nicht wollte.

Ihr Schreien. Das Blut.

Ihr Gesicht, als sie flehte, dass er damit aufhören sollte. Sie würde auch niemandem sagen, was er getan hatte.

»Was denn, Brandon?«, keuchte Trixie nun. »Hast du Angst, ich könnte Mitch erzählen, wer sein Freund wirklich ist?«

Brandon griff nach Trixies Hals. Sie wehrte sich, zog die nächstbeste Schublade auf, fand ein Messer. Freudestrahlend und siegessicher hielt sie es ihm entgegen, und als er danach greifen wollte, machte sie eine Bewegung, sodass das Messer in seine Hand schnitt.

»Scheiße«, fluchte er laut, riss ihr das Messer aus der Hand, stach ihr damit kurzentschlossen und ohne jede Vorwarnung in den Bauch.

Trixie riss die Augen auf und krampfte sich zusammen, als er das Messer rauszog und es klirrend zu Boden fiel. Dann umklammerte er mit beiden Händen ihren Hals. Dieses Mal richtig fest.

Sie presste ihre Hände gegen seine, Blut lief aus ihrem Bauch. »Niiicht ...«, stammelte sie krächzend.

Brandon drückte zu, mit beiden Händen. Doch er sah dabei nicht in Trixies Augen, sondern in die von Mrs. McCenett. Brandon erinnerte sich an das Messer, das er im Speisesaal gestohlen hatte und der Lehrerin an den Hals gehalten hatte. »Ich kann dir nicht helfen, Brandon«, hatte sie gewimmert. »Die Wahrheit ist, dass ...«

Und dann war da Blut. Überall Blut. Und der Schrei der Dame, die dafür hatte bezahlen müssen, dass sie ihm nicht das hatte geben können, was er wollte.

»Sie ist nicht tot. Ich habe sie nur bestrafen wollen, sie ist doch selbst schuld gewesen«, verteidigte Brandon sich, während er nicht merkte, wie sehr er Trixie die Luft abschnürte.

»BRAN...« Verzweifelt versuchte Trixie, sich aus seinem Griff zu befreien, wobei ihre Fingernägel sich in seine Hände gruben. Sie wollte nach ihm treten, doch Brandon war groß und stark und sie dagegen zierlich und klein.

SIE WAR SELBST SCHULD!

Er drückte fester, so fest, dass er seine Hände mit ihrem Hals dazwischen ineinander verschränken konnte, nur einen winzigen Widerstand spürte.

Ich bin nicht schuld daran! Sie war es!

Seine Finger zitterten, sein Gesicht lief vor Anstrengung rot an, während Trixies blau wurde. Kein Ton kam mehr hervor, lediglich ein scharfes Röcheln, bevor sie gänzlich verstummte.

»Brandon!«

Brandon zuckte zusammen. Seine Hände entspannten sich, lösten sich vom Hals der jungen Frau, die vor ihm wie ein nasser Sack zu Boden fiel und dort liegen blieb.

Er starrte auf sie herunter. Ihre Augen waren weit geöffnet, die Zunge hing merkwürdig ein Stück aus ihrem Mund, und überall war Blut.

Ihm war nicht bewusst gewesen, wie lange er ihren Hals zugedrückt hatte.

Mitch stand wie angewurzelt in der Nähe der Küchentheke. Brandon blickte wieder auf Trixie. Vorsichtig streckte er ein Bein aus, trat damit nach ihr, doch sie rührte sich nicht.

»Was hast du getan?«, fragte Mitch leise.

»Ich … konnte nicht anders«, stammelte Brandon und fuhr herum. »Sie … sie hat mich bedroht …«

Mitch war sichtlich fassungslos.

Brandon hob die Schultern. »Sie hat mir Unrecht getan, Mitch, das musst du mir glauben. Sie …« Er fasste sich an seinen kahlen, schmerzenden Kopf. »Sie ist kein guter Mensch, sie … Ich konnte nicht anders!«

Mitch ging an ihm vorbei zu Trixie, versuchte, dabei nicht in die Blutlache unter ihr zu treten. Er beugte sich nach unten, prüfte ihren Puls, ließ sich dann auf den Hintern fallen, kroch von ihr weg und schlug die Hand vor den Mund. »Scheiße, Brandon, was hast du nur getan?«

7

SWALL PINES WAY, THIBODAUX, LOUISIANA
September 2019

Sie wachte von demselben Geräusch wie in all den Nächten zuvor auf.

Krrr.

Doch dieses Mal war es anders. Dieses Mal glaubte sie, dazu einen Traum gehabt zu haben.

Audrey fuhr hoch, und das Erste, was sie fühlte, war Kälte. Ihr Körper war schweißgebadet, ihr Shirt, das sie zum Schlafen angezogen hatte, nass. Sie schlug die Bettdecke zurück, hörte das Geräusch nicht mehr, dafür aber das Beben ihres Herzens.

Sie zitterte vor Kälte und vor Angst. Was davon überwog, wusste sie nicht.

Dieser Traum.

Dieser Ort.

Sie versuchte, sich an den Traum zu erinnern. Darin hatte sie dieses Geräusch gehört, immer und immer wieder. Sie hatte auch das Haus gesehen. Als wäre es ein Film gewesen, war das Haus immer dichter gekommen, und irgendwann hatte sie jemanden im Fenster im Obergeschoss gesehen.

Sie glaubte, dass es sich dabei um die Dame handeln könnte, die sie bei ihrer Ankunft im Nachbarhaus der Stadtvilla gesehen hatte, verdrängte den Gedanken dann aber schnell.

Einbildung.

Das muss es sein. Du hast dir das alles nur eingebildet.
RENNE.

Sie stand auf. Ihre nackten Füße berührten den Dielenboden. Das Holz war voller Kerben, und sie spürte jede einzelne von ihnen. Sie ging zum Stuhl, auf dem eine Strickjacke lag, und zog sie über das nasse Shirt. Hier im Zimmer hatte sie keine anderen Klamotten – ihren Koffer hatte sie unten im Ankleidezimmer ausgepackt, weil es hier oben keinen Schrank gab.

Sie atmete tief durch, während sich ihre Augen an die Dunkelheit gewöhnten. Sie würde das Licht nicht anschalten. Sie würde Brandon nicht wecken, der im Nachbarzimmer schlief.

Natürlich hatte er das, denn weiter hatte sie es nicht kommen lassen. Zum Glück nicht!

Eines stand fest: Auch wenn sie ihn geküsst hatte, wusste Audrey doch, wo sie hingehörte.

Brandon hatte das akzeptiert. Er war wie selbstverständlich in das andere Zimmer gegangen, hatte die Tür offen gelassen, und während Audrey nicht hatte einschlafen können, weil ihre Gedanken um diesen verdammten Kuss gekreist waren, hatte sie ihn leise schnarchen gehört.

Nun aber – und zum allerersten Mal – hatte sie ein komisches Gefühl, wenn sie an Brandon dachte. Dieses Gefühl verstärkte sich nur noch, als sie ihr Schlafzimmer verließ, zwischen den beiden Zimmern im Flur stand und durch seine Tür schaute: Brandon lag nicht mehr im Bett.

Für ein paar Sekunden stand sie wie erstarrt an der Zimmertür, dann ging sie dort hinein, zum Bett, und legte die Hand auf die Liegefläche. Sie war kalt. Er war also nicht nur kurz zur Toilette gegangen. Er war schon länger weg.

Augenblicklich wurde sie wütend. Wütend, dass sie ihm nicht gesagt hatte, dass er gehen sollte.

Wo zur Hölle war Brandon?

Unwillkürlich dachte sie an den einzigen Ort, an dem sie ihn vermutete. Den Ort, von dem das Geräusch kommen musste, den einzigen Ort in diesem Haus, den sie nicht kannte.

Sie drehte sich zur Tür, während ihre Unterlippe vibrierte.

»Du bist niemals allein, Audrey.«

»Ich wohne überall und nirgends. Ich wohne im Wald, so wie du.«

Ohne darauf zu achten, welche Geräusche ihre Schritte erzeugten, ging sie die Treppe hinunter und schaute sich unten um. Hier war er nicht. Es brannte kein Licht, kein Mucks war zu hören, und doch wusste sie, dass er irgendwo in diesem Haus war. Nicht oben, nicht hier unten, aber vielleicht *ganz* unten.

Die Tür draußen hinter dem Haus. Die Tür in der Vorratskammer, die vollgestellt war. Sie mussten beide in den Keller führen.

Ja, es musste einen Keller geben.

Audrey fröstelte noch immer, also ging sie ins Ankleidezimmer, zog sich die Jacke und das nasse Shirt aus, während ihre Zähne aufeinander klapperten. Sie warf sich ein frisches Shirt über, das auf dem Hocker lag, zog sich die Shorts vom Vortag an und begab sich wieder in den Flur. Sie lauschte angestrengt auf ein Geräusch. Da war etwas … Es hörte sich an wie ein Summen, ein Brummen oder Weinen. Woher es kam, war ihr nun klar: Es musste aus dem Keller kommen.

Sie öffnete die Tür zur Vorratskammer und kniff die Augen zusammen, während sie einen kurzen Fluch ausstieß, als die Tür laut knarrte. Das Geräusch schnitt durch die Stille.

In der Vorratskammer gab es keine Lampe, und obwohl der Mond hell schien, gelangte nur wenig Licht hinein. Audrey ging bis zu der Tür, die sich an deren Ende verbarg. Sie beugte sich über die Kisten hinweg und legte die Hand an den Knauf. Sie wusste, dass sie sich nicht öffnen lassen würde, versuchte es dennoch – ohne Erfolg.

Seufzend legte sie ein Ohr an die Tür und lauschte. Nichts. Schließlich löste sie sich von der Tür und machte ein paar Schritte zurück, enttäuscht, weil sie nichts Neues herausgefunden hatte. Doch in diesem Moment spürte sie etwas Hartes in ihrer Wade. Gleich darauf stürzte sie über den Korb, in dem Äpfel, Birnen, Orangen und Trauben lagen. Ihr Kopf prallte gegen eins der Regale. Sie versuchte, Halt zu finden, landete dann aber mit dem Hintern auf dem harten Boden und machte dabei einen unvorstellbaren Krach.

Noch ehe sie es sich versah, lag sie auf den Dielen. Ihr war schwindelig, und sie presste die Hand an die Stirn und versuchte, das Kribbeln in ihrem Kopf zu ignorieren.

Es gelang ihr nicht, aufzustehen, ohne weiteren Lärm zu verursachen, weil ihre Hände in der Dunkelheit Gläser mit eingewecktem Obst zu Boden rissen, die dort in Tausende Scherben zersprangen und sich so verteilten, dass Audrey in einige davon trat. Sie schrie auf.

Irgendwann hatte sie sich aus der Kammer gerettet und hielt sich an der Wand vom Flurbereich fest, um sich von dem Schreck zu erholen. Da ging das Licht an, und sie entdeckte Brandon, in der Haustür stehend, mit einem breitem Grinsen auf dem Gesicht.

Kapitel 5

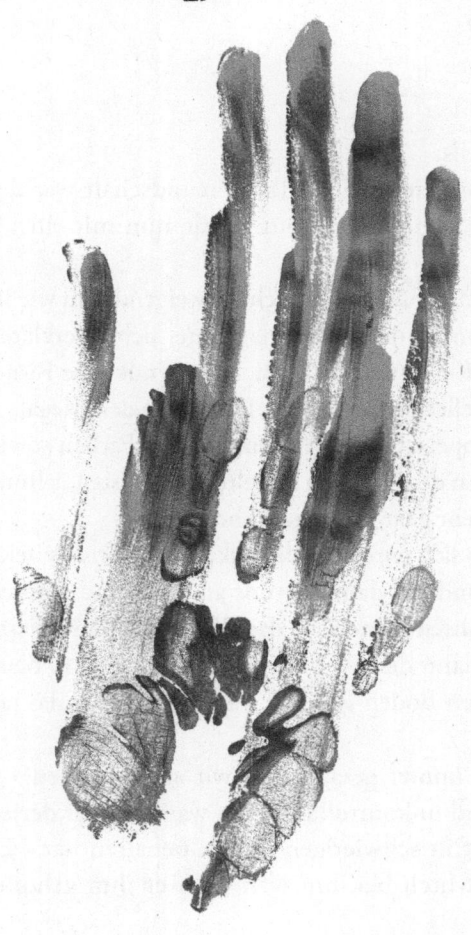

1

SWALL PINES WAY, THIBODAUX, LOUISIANA
Mai 2014

Es war wie damals.

Genau wie in jener Nacht. Ihre Freundschaft war durch eine Leiche unterbrochen worden und wurde nun mit einer weiteren neu begonnen.

Sie räumten eine Truhe aus. Mitch schweigend und wie in Trance, während Brandon immer wieder versuchte, sich zu erklären.

Das Licht im Keller war schwach. Es gab nur eine Birne für den gesamten unterkellerten Bereich des Hauses, in dem Regale mit Konserven, alten Lappen, Gartengeräten, Öl und Farben sowie Krimskrams standen. An den Wänden stapelten sich Kisten, lehnten Besen, lagen Müll und ein paar tote Ratten herum.

Mitch übergab sich einmal in die Ecke, als sie Trixies Leiche in die Truhe hievten, und saß dann wortlos an der Wand auf dem kalten Betonboden, während Brandon das Blut aufwischte. Erst oben in der Küche und dann den Weg bis nach unten, weil es beim Tragen der Leiche auf den Boden getropft war. Während er das tat, dachte er an damals.

»Du hast mir immer gesagt, dass wir alles schaffen.« Brandon atmete hastig und unkontrolliert. »Du warst immer derjenige, der den klaren Kopf in schwierigen Zeiten behalten hat.« Er war so glücklich, dass Mitch bei ihm war. Dass er ihm geholfen hatte. Schon wieder.

»Da ging es darum, ein paar Tomaten vom Markt zu stehlen. Länger wegzubleiben, als mein Onkel es mir erlaubt hat.«

Er ignorierte seine Worte, empfand nicht mehr als Dank für seinen Freund. »Auch in der Nacht, als du meine Mom von mir weggeholt hast, warst du derjenige, der die Kontrolle behalten hat. Danke, Mann. Ich bin so froh, dass du wieder da bist.«

Nun sah Mitch endlich auf. »Ist das dein scheiß Ernst? Du hast es immer noch nicht begriffen, oder? Sieh auf deine Hände, Mann!«

Brandon tat, was Mitch verlangte, öffnete beide Handflächen, starrte auf das Blut, das daran klebte.

»Du hast ein Mädchen umgebracht!« Mitch schüttelte den Kopf. »Verdammt, wo hast du mich nur hineingezogen, Mann?«

»Das ist doch nicht schlimm, keiner kennt sie! Und außerdem … Wir schaffen das wieder, nicht wahr?« Brandons Mundwinkel zogen sich nach unten, weil Mitch ihm nicht in die Augen sehen wollte. »Wir sind zusammen, wieder vereint!«

»Verdammt, Brandon!« Mitch sprang auf. Sein weißes Hemd war mit Blutflecken übersät. »Verstehst du es nicht? Es gibt kein *Wir* mehr! Wie könnte ich mit so jemandem …?« Er zeigte auf die Truhe. »Sie ist tot, Mann, du hast sie umgebracht!«

»Aber du bist hier.« Brandon ging auf ihn zu und packte ihn an den Schultern. »Du bist bei mir geblieben, weil wir zusammengehören!«

»Du bist krank, Mann! Es ist nicht so wie früher! Tu' nicht so, als sei es so! Wir sind beide andere Menschen geworden! Ich bin nicht derselbe Mitch, der ich einmal war! Damals war ich … ein Niemand!«

Brandon schüttelte den Kopf und ließ ihn los. »Es gab nur dich und mich. Schon immer. Und dass wir einander nicht gesehen haben, hat daran nichts geändert!«

»Das denkst du!«

»Ja, das denke ich!«, rief Brandon. »Zur Hölle, dass du es nicht so siehst!«

Mitch atmete tief durch und stemmte die Hände an die Seiten. »Wir waren Kinder, Brandon. Ich habe dir damals geholfen, weil du

171

auch alles für mich getan hättest. Und heute habe ich dir geholfen, weil ich dich niemals anzeigen könnte. So sehr ich es wollte, weil das hier alles nicht mehr mein Leben ist.« Er schwang den Zeigefinger zwischen Brandon und ihn. »Trotzdem kann ich dich nicht anzeigen.«

Brandon wischte sich mit dem Unterarm über den Mund. »Und was willst du stattdessen tun?«

»Sie kann nicht ewig in dieser Truhe bleiben.« Mitch zuckte mit den Achseln. »Die Ratten werden kommen. Das Ungeziefer. Irgendwann wird der Geruch so stark sein, dass ich ihn nie wieder aus diesem Keller bekomme. Hatten wir alles schon mal …« Er senkte den Blick.

Brandon sagte nichts.

»Es ist mein Keller«, sagte Mitch verzweifelt und biss sich in die Faust. »Nicht deiner. Also ist es meine Leiche.«

»Das stimmt nicht.«

Mitch verstummte. Er sah völlig fertig aus. »Was wir getan haben, erinnert mich an die, die wir früher waren. Doch zur Hölle, so wollte ich nicht mehr sein.« Er starrte zu Brandon. »*Ich* will nicht mehr so sein.«

»Wir waren Kinder, wir haben doch gar nichts Schlimmes getan … Wir waren Kinder, die auf der Straße …«

»… gebettelt haben.«

»So nennst du das jetzt, ja?« Wütend starrte Brandon zur Seite. Er musste ständig daran denken, was Trixie gesagt hat: *Er will, dass du so schnell wie möglich wieder verschwindest … auch aus seinem Leben.«*

Dann verstand er. Deswegen hatte er sich vorhin von ihm abgewendet, als sie zum Festplatz zurückgegangen waren. Mitch war bewusst geworden, dass mit Brandons Rückkehr die Gefahr wuchs, dass es erneut so werden würde.

»War es damals so verdammt schlimm für dich, mit mir zusammen zu sein? Wir waren beste Freunde. Wir haben alles miteinander geteilt …«

»Es gab gute Zeiten, und die will ich nicht missen«, meinte Mitch. »Du warst mein Bruder. Aber seit der Nacht … in der …« Er konnte es nicht wiederholen. »Na ja, und dann sehe ich dich Jahre später wieder, und das Erste, was du tust, ist, jemanden umzubringen und die Leiche in meinem Haus zu deponieren. Ich ... ich weiß nicht, ob ...«

»Ich danke dir, Mitch. Mehr kann ich nicht tun ...«

Sie wurden von einem Geräusch unterbrochen.

Mitch sprang auf, dann erstarrten beide. Das Geräusch hörte sich an wie eine Wagentür.

Sie tauschten einen Blick und hechteten zusammen die Treppe nach oben. Mitch kam im Flur zum Stehen, Brandon wartete an der Tür zur Vorratskammer. Er war überrascht, dass es draußen schon hell war und die Sonne schien. Mitch drehte sich zu ihm. »Bleib ganz ruhig.«

Brandon verstand nicht.

Doch dann ging die Tür auf, und jemand, der ebenfalls einen Schlüssel für dieses Haus besaß, kam herein.

Mitch lächelte und wischte sich den Schweiß von der Stirn, obwohl Brandon wusste, dass sein bester Freund vor Panik fast zusammenbrach, als er sagte: »Hallo, Mom!«

Es war Nachmittag. Sonntag, ein wunderschöner Frühsommertag dazu.

Draußen duftete es nach in der Blüte stehenden Blumen, der Geruch nach Harz und Wald lag in der Luft. Es war einer der bedeutendsten Tage in Brandons Lebens.

Das Haus erstrahlte im Sonnenschein der Lichtung, im leisen Wind wog das Spanische Moos an den Bäumen, berührte die Pfosten, die das Dach der Veranda trugen.

Auf den Treppenstufen saß Brandon, in der Hand einen Kaffee, den Mitch serviert hatte.

Josephine Winston saß, mit den Füßen wippend, in der Schaukel und hielt ebenfalls eine Tasse in der Hand. Voller Sorge betrachtete sie Brandons Arm, den Mitch notdürftig verbunden hatte. »Und es Ihnen geht wirklich gut?«

Brandon nickte, lächelte, als Mitch aus dem Haus kam und sich die Hände an den Hosen abwischte, nachdem die Arbeit getan war. »Ja«, antwortete Brandon. »Danke, Ma'am.«

Oh, sie hatten den Schrecken ihres Lebens bekommen. Josephine war zu einer Zeit aufgetaucht, in der sie absolut keine Zeugen gebrauchen konnten.

»Ich habe dich gesucht ... Du bist gestern Nacht nicht nach Hause gekommen ...«, hatte die Dame vor einer Stunde gesagt, als sie durch die Tür gekommen war, und dabei nur auf das blutverschmierte Hemd ihres Sohnes geblickt. »Was ist passiert?«

»Hallo, Mom.« Und als Mitch, der früher immer die Kontrolle über alles hatte, fast durchgedreht wäre vor Angst, hatte Brandon die Situation in die Hand genommen.

»Mein Arm«, hatte Brandon geflucht, sich auf den Boden der Kammer geschmissen und dabei eine abgeplatzte lange Fliese gegriffen, die auf dem Boden gelegen hatte. Ohne zu überlegen, hatte er die Zähne aufeinandergebissen und die Fliese in seinen Unterarm gerammt. Der Schmerz hatte durch seinen ganzen Körper gezogen, doch das war es ihm wert gewesen. Es hatte sein müssen – nur ein einziges Mal hatte er derjenige sein wollen, der eine Lösung für ein Problem fand, um Mitch zur Seite zu stehen.

Blut war aus der Wunde gequollen, hatte sich über den Boden ausgebreitet. Abwehrend hatte Mitch seine Hand Richtung seiner Mutter gehoben und zu ihr gemeint, es hätte einen Unfall gegeben.

Brandon hatte seinen blutverschmierten Arm gehalten, und Josephine war dann doch näher gekommen, um den verletzten jungen Mann in der Vorratskammer genauer zu begutachten. »Ma'am, ich bin verletzt ... Mitch hat mich gefunden.«

Mitch hatte sofort begriffen und hatte die Fliese mit seinem Fuß weggeschoben, sodass Josephine nichts mitbekommen hatte. »Die Tücher, Mom! Im Schrank!«

Josephine hatte ihren Korb stehen gelassen und ihm die sauberen Geschirrtücher gereicht, mit denen er dann die Wunde am Arm seines Freundes verbunden hatte.

»Grundgütiger!« Josephine war in sicherer Entfernung geblieben.
»Ähm … Ich habe dich gesucht, weil du nicht nach Hause gekommen bist und ich bin durch die Gegend gefahren …«

»Allein, Mom?« Mitch hatte an ihr vorbei nach draußen gesehen.

»Ja, Marshall hat heute frei, und ich kann ja fahren … Ich weiß nicht, warum ich diese Ahnung hatte, dass du hier bist.«

Mitch war zu seiner Mutter gegangen. »Das ist leichtsinnig, Mom. Hier hätte ein Obdachloser sein können, der dich hätte überwältigen können. Hier ist es einfach zu einsam …«

»Ich weiß.« Sie hatte Mitch über die Wangen gestrichen und dann zu dem jungen Mann auf dem Boden gesehen. »Aber dieser Herr wird doch nicht so ein Obdachloser sein, von dem du geredet hast?« Sie hatte charmant gelächelt. »Mein Name ist Josephine Winston. Und Sie sind?«

»Brandon Petou.« Erschöpft hatte er den Kopf an die Wand gelehnt. »Freut mich, Ma'am.«

Nun, eine Stunde später, setzte Mitch sich zu Josephine und Brandon nach draußen. Die Vögel zwitscherten, und durch Brandons Einsatz war die Situation gerettet.

»Er hat mir von Ihnen erzählt«, berichtete die Dame in dem mintfarbenen Kostüm, mit dem perfekt sitzenden Haar. »Dass Sie die ganze Zeit zusammen waren.«

Mitch schaute nach unten.

Brandon hob die Brauen. »Das hat er getan?«

»Ja.« Josephine lächelte. Sie war eine großartige Frau. Liebevoll und reizend, fürsorglich und ehrlich. »Mitch war ein einsamer Junge. Durch die Erinnerungen an Sie hat er reden können. Er hat mir viele Geschichten erzählt.«

Brandon blickte zu Mitch, der seine Hände rieb, als würde er sie sich unter Wasser waschen. Das Hemd lag auf den Dielen. Es war voller Blut, das von Trixie stammte, aber von dem Josephine dachte, es wäre Brandons.

»Danke, Mann.«

Mitch nickte wortlos.

»Ich habe einen wunderbaren Arzt. Lassen Sie ihn Ihre Wunde ansehen.«

»Das kann ich nicht annehmen, Ma'am. Danke. Mitch hat sie ja gut versorgt. Unten gab es etwas zum Desinfizieren. Und durch den Verband wurde die Blutung gestoppt. Ich kann morgen wieder arbeiten, alles gut.«

»Was arbeiten Sie?«

»Hausbau. In New Orleans.«

»Nimmt Ihre Firma auch Aufträge in dieser Gegend an?«

Brandon lächelte. »Natürlich.«

Die Dame stand auf und schritt langsam über die Veranda. »Ich will dieses Haus nicht verkommen lassen. Dafür ist es einfach zu schön. Wir hatten Gäste hier, aber in der heutigen Zeit ist es schwer, Touristen anzulocken, wenn es kein Internet oder Fernsehen gibt. Es ist zu einsam. Wenn man nicht mal jemanden anrufen kann …«

Brandon pflichtete ihr nicht ganz bei. »Nun, sicherlich gibt es aber auch welche, die die Einsamkeit suchen.«

»Es muss alles gemacht werden. Die Fassade, ein paar Böden im Haus, die Treppe … Es wäre ein sehr großes Projekt.« Dann drehte sie sich auf der Ferse um. »Was denken Sie, Brandon? Würde Ihre Firma das Haus auf Vordermann bringen können?«

»Natürlich, Ma'am. Wir sollten mit dem Keller beginnen. Es scheint dort eine nasse Stelle zu geben. Ich werde mich schon nächstes Wochenende darum kümmern, denn das mache ich am besten schon mal in Vorbereitung allein.« Brandon holte tief Luft. »Kann sein, dass wir die nasse Stelle im Boden aufschlagen müssen, um sie dann neu zu betonieren.«

Niemand achtete auf Mitch, der in diesem Moment versteinerte.

»Das können Sie?«

»Natürlich, Ma'am.«

Unter Beton kann man gut etwas verstecken.

»Also abgemacht.« Josephine stellte ihre Tasse auf das Geländer und gab ihm die Hand. »Sie stellen mir die Rechnung, und nach getaner Arbeit kommen Sie zu uns zum Dinner, nächsten Sonntag. Dann bereden wir alles Weitere.«

Brandon schlug ein, und anschließend verabschiedete sie sich von Mitch mit einem Kuss auf die Stirn. »Bleibt, so lange ihr wollt, ihr habt sicher viel zu reden. Bis später!«

»Bye, Mom.« Mitch blieb sitzen und schaute in den Garten, während die Sonne auf seinen freien Oberkörper schien.

Josephine Winston fuhr mit ihrem Wagen, der sicherlich nicht in diesen Wald gehörte, in Richtung Straße.

»Danke«, sagte Mitch schließlich in die Ruhe hinein, die anschließend entstanden war.

»Wofür?«

»Dass du dir etwas einfallen lassen hast, das sie glaubt.« Mitch betrachtete seine Hände. »Ich kann nicht glauben, was wir getan haben.«

»Nächstes Wochenende ist die Leiche weg.«

»Genau, und wenn du die Leiche einbetoniert hast, kommst du zu uns und isst guten Lachs.« Ohne ihm in die Augen zu sehen, ging Mitch an ihm vorbei ins Haus.

Brandon stand seufzend an der Tür. »Tut mir leid.«

Jetzt sahen sie einander an. »Was tut dir leid?«

»Dass unser Wiedersehen so verlaufen ist, wie es nicht hätte laufen dürfen.« Brandon lachte leise. »Aber sie sagte, dass du von mir erzählt hast. So egal kann ich dir also nicht geworden sein.«

»Verdammt, Brandon.« Mitch suchte nach Worten. »Du warst alles für mich. Du und unsere Musik. Wir hatten ein Scheißleben, und wir waren das Einzige, was wir hatten. Du warst und bist mir nicht egal! Was für ein Mensch wäre ich, wärst du mir egal?«

»Aber ...«

»Gib mir Zeit. Ich weiß auch nicht.« Er fuhr sich durch das blonde Haar. »Aber hätte ich sonst einen Song für dich geschrieben? Hätte ich dir gestern von ihm erzählt und sofort, als ich dich sah, an unsere Musik gedacht? Weißt du noch, wovon wir geträumt haben?«

»Die ganz große Bühne.« Brandon würde das nie vergessen.

»Gib mir Zeit«, wiederholte Mitch.

»Okay«, versprach Brandon. »Und vielleicht, wer weiß, kann ja wieder alles so werden wie früher. Vielleicht.«

2

SWALL PINES WAY, THIBODAUX, LOUISIANA
September 2019

Brandon verhielt sich völlig normal. Er schlang die Pancakes hinunter, die er gebacken hatte, legte sich dann erneut vier davon auf seinen Teller und drückte den Ahornsirup aus der Tube heraus, bevor er nach dem Puderzucker griff.

Als Audrey noch immer nicht aß, schaute er zu ihr rüber. »Alles in Ordnung?«

Sie konnte nur nicken. Es war nichts in Ordnung.

Der gestrige Abend war wunderschön gewesen, das musste sie zugeben, auch wenn sie ein schlechtes Gewissen gehabt hatte. Und auch, als sie sich zur Nacht verabschiedet hatten, war alles so wunderbar gewesen, wie in einem Traum. Doch dann war sie aus diesem Traum erwacht. Dieses Gefühl hatte sich in ihr breitgemacht, das Gefühl, einen Fehler gemacht zu haben, und die Zweifel waren gekommen.

Wo war er in der Nacht gewesen?

Was war mit diesem Haus?

Was für ein Mensch war Brandon Petou wirklich?

Sie verschränkte die Arme vor der Brust und fröstelte schon wieder, sie saßen ja draußen im Garten an einem appetitlich gedeckten Tisch. Brandon hatte, als sie nach dem Schrecken in der Nacht noch geschlafen hatte, Frühstück zubereitet, und sie war schließlich vom Kaffeeduft wachgeworden.

Es war sehr früh, bestimmt erst acht Uhr, aber Brandon wollte noch etwas erledigen. Der Tau lag auf den Blumen, die sie umrahmten, inmitten der wildgewachsenen Gartenlandschaft, in der das Haus auf der Lichtung des Waldes bei Thibodaux stand.

Die Sonne schien schon hell und warm, und Audrey schob ihren Stuhl etwas aus dem Schatten heraus. Sie griff nach der Kaffeetasse und trank daraus.

»Hast du gut geschlafen … danach?«, fragte er.

Gute Frage. »Danach« war nach dem Sturz in der Kammer, nachdem sie hatte wissen wollen, was sich hinter der Tür verbarg. Und für kurze Zeit »danach« hatte sie sich gefragt, ob das alles wirklich passiert war. Hatte sie wirklich von dem Haus und dem Schrei geträumt und dann wirklich Geräusche aus dem – Keller? – gehört?

»Ja. Du hast mich erschreckt.«

»Du mich aber auch. Ich war beim Stromkasten, da war eine Sicherung raus. Hast du gar nicht gemerkt, dass das Licht nicht ging?«

»Ich habe nicht versucht, es anzuschalten.«

Er musterte sie. Ja, sie wusste, dass sie an diesem Morgen kühl und unnahbar klang.

»Nun, es ging nicht.«

»Deswegen warst du draußen? Wozu brauchst du mitten in der Nacht Licht? Warum hast du nicht geschlafen?«

Er schob sich einen weiteren Happen in den Mund. Im Gegensatz zu allen anderen Tagen fand Audrey das nicht mehr so ansehnlich. Überhaupt – seit ein paar Stunden warf Brandon ihr mehr Fragen als alles andere auf.

»Ich war auf dem Klo und wollte Licht haben. Und das ging nicht. Ich hoffe, ich habe nicht daneben gepinkelt.« Er lachte laut. Sie fand das nicht witzig.

»Dort ist ein Keller, oder?«, fragte sie und kannte die Antwort schon.

Brandons Lachen verstummte. »Wieso fragst du?«

»Da ist eine Tür in der Vorratskammer. Und eine hinter dem Haus. Logisch betrachtet müssten sie in einen Keller führen.«

»Was machst du hinter dem Haus?«

»Lenk doch nicht ab!« Audrey stellte ihre Tasse etwas ungestüm zurück auf den Tisch. »Gib mir doch einmal Antworten, statt auszuweichen oder Gegenfragen zu stellen. Himmel noch mal!«

»Ich gebe dir andauernd Antworten«, entgegnete er, nun augenscheinlich auch gereizt. Er wischte sich den Mund mit der Serviette ab und trank einen großen Schluck Kaffee. »Ich muss gehen.«

»Brandon!« Sie würde keine Ruhe geben. Nicht, ehe er ihr diese winzige Frage nicht mit Ja oder Nein beantwortet hätte. »Gibt es hier einen Keller?«

Er stand auf, drehte sich von ihr weg, beleidigt, verärgert, was auch immer.

»Ja«, antwortete er dann endlich.

Befriedigt war sie dennoch nicht, weil er ihr etwas beantwortet hatte, was sie schon wusste. »Und du wohnst in diesem Keller, nicht wahr?«

Er schien überrascht von ihrer Direktheit zu sein. »Würde ich das zweite Schlafzimmer nicht einem Feldbett in einem modrigen Keller vorziehen?«

»Ich habe neulich deinen Wagen gesehen.« Ihr Puls raste. »Ich habe gedacht, dass ich mir das nur eingebildet habe. Aber doch, ich habe deinen Truck gesehen. Du hast im Wald geparkt, damit ich es nicht mitbekomme.«

»Audrey, hast du bei dem Sturz doch etwas abbekommen?« Sein Gesicht veränderte sich. Sie hatte das Gefühl, es wurde finsterer, was nicht an seinem dunklen, kurzen Bart liegen konnte. »Soll ich dich ins Krankenhaus fahren?«

»Du sollst mich nirgendwo hinfahren«, entgegnete sie scharf. »Du sollst einfach gehen und mich eine Weile in Ruhe lassen.«

Brandon hob die Brauen und schnaubte dann kurz. »Okay ... Und das war's? Mehr ist da nicht?«

»Was soll da sein?«

Er schleuderte seine Serviette auf den Tisch. »Du hast mich geküsst, schon vergessen?«

»Du hast *mich* geküsst.«

Dann gab er Ruhe. Er nickte verächtlich und wandte sich zum Gehen. »Würde dein Mann das auch so sehen?«, fragte er provokant und verließ den Garten.

Obwohl sie sich unglaublich stark fühlte und glaubte, sich in diesem Gespräch behauptet zu haben, fiel sie, als sein Truck endlich weggefahren war, wie ein nasser Sack in sich zusammen.

Audrey hockte am Tisch, weinte und wusste nicht, was sie hier tat. Wie sich diese Reise zu sich selbst entwickelte, die sie zu Hause immer als »Geschäftsreise« betitelt hatte, wie die anfängliche Euphorie und das Glück umgeschwenkt waren in Zweifel und Angst.

Ja, Angst.

Angst, vor dem, was unter ihr war.

Angst davor, dass sie sich von Brandon hatte blenden lassen.

Der Kuss war nur einer der Fehler, die sie in den letzten Tagen begangen hatte. Es hätte nicht dazu kommen dürfen. Ja, irgendwann war Audrey die Situation aus den Händen geglitten, und jetzt zahlte sie dafür.

Denn während sie Zweifel gegenüber Brandon und den Dingen hegte, die er erzählt hatte, machte sich Travis wieder in ihren Gedanken breit. Ihr Ehemann, ihr Hafen, von dem sie bis zu diesem Zeitpunkt nur noch nichts gewusst hatte.

Sie stellte sich auf, wischte sich die Nase an ihrem Ärmel ab und brachte das Geschirr ins Haus. Ein Blick auf das Datum auf dem Display ihres Handys in der Küche verriet ihr, dass sie noch sieben Tage hier hatte. Doch sie würde nachher im Internet nach einem früheren Flug suchen und wenn es keinen Platz mehr gab, eben die Airline anrufen. Vielleicht konnten die was machen.

Bis dahin würde sie schreiben, jede Minute auskosten, und Brandon nicht noch einmal in das Haus lassen.

»Es ist alles in Ordnung«, sagte sie am Telefon, nur ein paar Stunden später. Sie konnte allerdings nicht verhindern, dass sie ihren Worten selbst nicht glaubte.

»Wirklich? Du klingst anders.«

»Ich bin … gestresst.« Das war nun wirklich das falsche Wort. »Ich … Nein, ich habe die Nacht nicht gut geschlafen, ich glaube … Ach, es ist nichts.«

»Muss ich mir Sorgen machen?«

»Überhaupt nicht. Wie geht's dir denn?«

»Ich mache Fortschritte. Vorhin war ich im Garten.«

Das machte sie froh. »Ehrlich?«

»Gezwungenermaßen. Mom hat Ben und mir Fernsehen und Computer spielen verboten, also sind wir an diesem Wochenende viel draußen gewesen, und heute habe ich mit Ben Fußball gespielt.«

Sie musste lachen. Das wäre ihre Aufgabe gewesen – ihrem Sohn zu zeigen, dass es mehr gab als dieses Computerspiel.

»Morgen wollen wir nach der Schule mal ein paar Schritte spazieren gehen. Ben und ich, meine ich.«

Als sie sich Travis und Ben in diesem Moment zu Hause vorstellte, verspürte sie zum ersten Mal so etwas wie Heimweh. »Bald bin ich wieder da. Dann spielen wir zusammen Fußball oder gehen spazieren, wenn du es kannst.«

»Durch die Siedlung, die du eigentlich hasst? Wow! Jetzt mache ich mir wirklich Gedanken!«

Sie war so unfair. Tränen stiegen in ihre Augen.

Travis hatte es nicht verdient, dass sie gemein zu ihm war. Er war doch nur ein treuer, loyaler Mann, der mit seinem Leben zufrieden war. Dass er so genügsam war, war doch eigentlich gar nicht das Problem. Das Problem war sie selbst. Das Verlangen nach mehr, und dass es nie genug war. Nichts. Dass es nie mal an der Zeit war, zufrieden zu sein mit dem, was sie hatte. Dabei hatte sie viel: eine gesunde Familie und ein Haus voller Liebe. Einen Job, von dem sie nie zu träumen gewagt hatte. Alles andere war Luxus, der vielleicht irgendwann einmal erfüllt werden könnte, oder eben nicht. Es gab keinen Wunsch, der unerbittlich dringend gewesen wäre.

»Travis – alles ist gut.«

»Ich komme sofort«, sagte er und hatte dabei diesen Ton an sich, wie damals, als sie sich kennengelernt hatten und er um sie geworben hatte. Damals hatte er ihr jeden Wunsch von den Augen gelesen.

Wenn es hart auf hart käme, täte er es heute noch, da war sie sich sicher. »Ich würde mir ein Bein ausreißen und in einem Rollwagen zu dir kommen, glaub mir.«

Sie lächelte. Ja, sie liebte ihn. Nicht eine Sekunde war das anders gewesen. »Das weiß ich und dafür liebe ich dich.«

Als sie aufgelegt hatte, sah sie auf das Manuskript auf ihrem Laptop. Sie hatte die letzten drei Stunden durchgeschrieben, draußen auf der Veranda. Sie hatte Brandon eine Rolle gegeben. Die des Nachbarn, der sie rettete, nicht die des Serienkillers. Nun musste sie leise lachen, als sie daran dachte, dass das vielleicht die verkehrte Rolle für ihn war.

Aber nein, das traute sie ihm nicht zu. Das war nur ihre Fantasie. Schließlich war sie eine Autorin. Es war nur natürlich, dass sie manchmal krasse Ideen hatte.

Nur was glaubte sie dann?

Audrey streckte sich. Heute war es heiß und die Luft feucht. Auch Kopfschmerzen hatte sie, also war es Zeit für eine Pause. Sie ließ den Laptop draußen stehen und ging ins Haus, um ein Glas Wasser zu trinken.

Die Sicherung war rausgesprungen. Er wollte das nur wieder in Ordnung bringen.

Immer wieder dachte sie darüber nach, was er zu ihr gesagt hatte. Es klang plausibel, und ja, sie hatte keinen Grund, ihm nicht zu glauben. Die Geräusche, die sie in der Vorratskammer gehört hatte, hätte sie sich auch eingebildet haben können.

Brandon hatte nie den Eindruck gemacht, dass er ein dunkles Geheimnis haben könnte.

Nur dieses komische Gefühl ließ sie zweifeln.

Die Frau am Fenster, bei ihrer Ankunft, die ihr nun immer wieder in den Sinn kam.

Dieser verdammte Zettel aus Mark Twain: RENNE.

Audrey holte tief Luft.

In ihrem Buch hegte die Protagonistin auch Zweifel gegen ihren Vermieter, und zusammen mit dem Nachbarn versuchte sie, dem Geheimnis auf den Grund zu gehen.

Nun, Audrey hatte keine Nachbarn. Hier gab es nichts und vor allem niemanden. Sie hatte nur sich selbst. Aber, hey – immerhin.

Und so durchsuchte sie jeden Winkel in diesem Haus nach etwas, womit sie ein Schloss aufbrechen könnte.

Die Hitze tat ihr an diesem Tag nicht gut. Vor ein paar Minuten hatte ihr Kreislauf rebelliert, und sie hatte sich im hohen Gras übergeben müssen – gerade dann, als sie mit der Eisenstange unterwegs zu der Holztür hinter dem Haus gewesen war. Die Luft im dichten Geäst war stickig, Insekten attackierten ihre nackten Beine unter den Shorts, als sie das trockene Gras streiften, das das Haus umwucherte wie die Rosenhecken vor dem Dornröschen-Schloss. Sie hatte das Gefühl, dass der Pfad schmaler war, was aber auch daran liegen konnte, dass ihr Körper sich heute eher nach kaltem Wasser und einem Lappen auf dem Kopf sehnte als nach dem, was sie vorhatte. Aber nein, stattdessen durchforstete sie das Geäst und kam schließlich an der Tür an.

Sie hatte die Eisenstange hinter dem Kaminholz gefunden, drinnen, in dem Unterbau, als sie die Holzscheite weggezogen und nach Kaminbesteck gesucht hatte. Eine Stange war nicht das Beste, aber immerhin.

Doch als sie vor der Tür stand, hatte sie schon keine Ahnung mehr, was sie tun sollte. Also schlug sie einfach mit der Stange gegen das Schloss. Das wiederum brachte nichts außer dumpfen Lärm.

Noch mal.

Audrey prustete laut, ihr Herz schlug immer schneller. Ihr Kopf drohte fast zu explodieren vor Schmerz, und durch die Anstrengung und die Hitze fiel es ihr sogar schwer, zu atmen. Ihr wurde schwindelig, und dennoch schlug sie immer und immer wieder mit der Stange gegen das Schloss – doch es brachte alles nichts.

Entkräftet ließ sie die Eisenstange sinken, und weil sie zunehmend wütender wurde, ließ sie sie ganz fallen und rüttelte wie verrückt an der Tür. Sie biss die Zähne aufeinander, stellte die Füße gegen die Hauswand und zog am Knauf der Tür – vergebens.

Irgendwann sank sie in das hohe Gras, das die hintere Hauswand umgab. Ihr wurde schlecht, sie schmeckte das Salz ihres Schweißes, und dann wurde es schwarz vor ihren Augen.

3

WINSTON PLANTAGE, THIBODAUX, LOUISIANA
Oktober 2018

Spielt uns was vor!«, bat Debbie, und Hilary stimmte zu. Sie waren Zwillinge, unglaublich schön, und ihr Daddy vermögend.

Mitch nickte rüber zu Brandon, der die Schlaufe seines Banjos über die Schulter warf und den Mädels sein schönstes Lächeln schenkte. »Fertig?«

Debbie und Hilary kicherten. Die eine legte die Hände auf die Schultern der anderen, und zusammen hockten sie auf der Motorhaube von Mitchs Oldtimer.

Mitch setzte die Klarinette an seine Lippen, während er seitlich am Wagen lehnte.

Dann begannen sie zu spielen. Genauso wie früher.

»*My old friend buggy men …*«, sang Brandon, warf dabei seinen Blick zu den Mädchen, zu Mitch und dann über das Land, das den Winstons gehörte, während er das tat, was er immer geliebt hatte: zusammen mit Mitch Musik zu machen.

Der Wagen stand oben auf dem Hügel auf dem Grundbesitz von Josephine Winston, rings um sie herum gab es nicht mehr als abgeerntete Felder, die im Glanz der untergehenden Sonne strahlten. Sanfter Wind ließ die Baumkronen der angrenzenden Eichen der Allee zum Herrenhaus rascheln, man könnte meinen, sie wären ein weiteres Bandmitglied, so harmonisch untermalte es die Musik.

Brandon war glücklich.

Es war ein goldener Herbst, sie waren Freunde, und das hier war das Leben.

Es hatte sich so vieles geändert.

Brandon hatte das Haus im Wald renoviert, zunächst allein, und natürlich hatte er mit dem Keller begonnen. Seit er Trixies Leiche in den Beton des Bodenfundamentes eingelassen hatte, und es somit keine Tote mehr gab, hatte sich die Situation zwischen den ehemaligen Freunden entspannt.

Wochen später war Brandon mit seiner Firma aus New Orleans angerückt und hatte sich den Rest des Hauses vorgenommen. Die Verkleidung war erneuert, unzählige Rohre und die Sanitäranlagen waren ausgetauscht worden und für eine Weile hatte es viel Leben auf der Lichtung im Wald gegeben. Von dem Endergebnis war nicht nur Josephine überwältigt gewesen, sondern auch Mitch.

»Mit deinen eigenen Händen«, hatte Josephine anerkennend gesagt, Brandon dann in ihre Arme gezogen und ihm für seine Arbeit gedankt.

»Klasse«, hatte Mitch bestätigt, und Brandon hatte geglaubt, in seinem Blick zu sehen, dass er nun vergessen konnte, was im Keller versteckt war.

»*Southern Rix & Burnings* sucht neue Leute«, hatte Mitch gesagt, und Brandon hatte gewusst, dass es ihm schon ein kleines bisschen Überwindung gekostet hatte. »Die Firma sitzt hier Thibodaux. Wie wäre es?«

Brandon hatte angenommen. Es war eine gute Stelle, in der er die Position des Vorarbeiters bekommen konnte. Doch das Wichtigste war, dass es in der Nähe war. In der Nähe von Mitch, in der Nähe von Josephine und mittendrin in einem neuen Leben.

Brandon hatte den Rasierer für seinen Kopf gegen einen Kamm getauscht, hatte sich einen Bart wachsen lassen und seinen Kleidungsstil geändert. Er hatte sogar versucht, mit dem Rauchen aufzuhören, und er hatte verstanden, warum Mitch immer davon geredet hatte, dass er nie wieder in das Leben seiner Vergangenheit zurückwollte.

Brandon hatte das zurück, was er in den letzten Jahren so vermisst hatte: Mitch, die Musik und jemanden, auf den er in jeder Lebenslage zählen konnte.

So hatte es nur ein paar Monate gedauert, da war es zwischen ihnen wie früher. Doch halt: Es musste nicht wieder so werden wie früher – es war schon immer so gewesen, nur mit dem Unterschied, dass sie sich nicht gesehen hatten.

Sie verbrachten die Abende zusammen, in Clubs, in Bars, sie feierten, weil man das in diesem Alter nun mal so machte, sie hingen ab, zogen mit den schönsten Mädchen um die Häuser, gingen mit ihnen ins Kino und gut essen.

Das Geld, das Brandon verdiente, gab er nun nicht mehr für irgendwelchen Scheiß aus, sondern für die Töchter der wohlhabenden Familien aus dem Süden. Und wenn sie in Restaurants saßen, in die Brandon und Mitch in ihrem alten Leben keinen Fuß gesetzt hätten, wischte Brandon sich nach dem Brot mit feinstem Trüffelöl, die Finger an der Serviette ab, um sein Jackett nicht zu beschmutzen, das Mitch ihm geschenkt hatte.

Brandon ging mit Hilary Johnson, eine der Johnson-Zwillinge, shoppen, die ihn beriet und mit der er in der Kabine eine Nummer schob.

Er genoss das Leben mit Mitchs teuren Autos, während sie nachts damit über die Straßen heizten, um dann mit ein paar Freunden auf der Winston Plantage im Schwimmbad die Nacht zum Tag zu machen.

Ja, Brandon ging auf der Plantage ein und aus, wann er wollte. Josephine liebte ihn. Josephine war großartig.

An den etwas ruhigeren Tagen verbrachten Mitch und Brandon Stunden in einem der Salons im Herrenhaus, um zu üben.

Josephine hatte Brandon ein neues Banjo geschenkt. Sie hatte es mit Mitch in einem teuren Instrumentenladen in New Orleans erstanden, und Brandon hatte in diesem Moment das Gefühl gehabt, endlich angekommen zu sein.

Bei Mitch. Bei Josephine.

Hier in Thibodaux.

»Das ist der Wahnsinn«, hatte er gesagt, als er das Banjo ausgepackt und das polierte Holz ehrfürchtig mit den Fingerspitzen berührt hatte. Und Josephine war so glücklich gewesen.

»Wir hatten einen Traum«, hatte Mitch gesagt. »Es wird Zeit, ihn zu verwirklichen.«

Also übten sie. Neben der Arbeit. Neben ihrer Freizeit, die sie mit den neuen Freunden und den jungen Frauen verbrachte. Widmeten sich der Musik, schrieben neue Songs und studierten Altes neu ein. Mitch sei Dank bekamen sie die Gelegenheit für einen Auftritt auf einem Sommerfest in Houma. Keine Straßenmusik mehr, sondern es ging um echte Musik. Sie wollten Künstler sein, erfolgreich und irgendwann richtig groß rauskommen und nicht mehr für ein paar Dollar spielen, die man ihnen in die Kappe warf.

Das Leben war nun anders.

Heute, vier Jahre später, ahnte niemand mehr, dass es in ihrer Freundschaft eine so gewaltige zeitliche Lücke gegeben hatte. Brandon war genauso angesehen und beliebt wie Mitch. Wenngleich er es Mitch zu verdanken hatte.

Inzwischen wartete Auftritt Nummer fünf auf sie. Als richtige Band, denn vor einem Jahr hatten sie zwei weitere Musiker gefunden. Mit ihnen würden sie nun vor einem großen Publikum beim *Halloween Festival* in New Orleans auftreten.

Eine große Nimmer, und das, was sie schon immer gewollt hatten.

Jetzt hörten sie auf zu spielen, Hilary und Debbie applaudierten. Brandon legte das Banjo beiseite, Hilary schmiegte sich an ihn.

»Großartig, Jungs«, meinte Debbie und tuschelte Mitch dann etwas zu.

»Fahren wir zu mir«, flüsterte Hilary und spielte mit Brandons Gürtelschlaufe. Sie waren kein Paar, immer noch nicht, denn Hilary war eine Klette und Brandon kein Mann für eine richtige Beziehung. Dafür war er zu freiheitsliebend. Er schaute zu Mitch hinüber, der sich streckte und die Nase gen Himmel reckte.

»Für mich ist heute Feierabend. Morgen früh geht mein Flieger um sechs Uhr Richtung Atlanta.«

»Hörst du, heute nicht«, vertröstete Brandon die junge Frau, die irgendwas mit Mode studierte. »Ich fahre dich heim, und dann sehen wir uns am Freitag. Du kommst doch mit nach New Orleans?«

»Natürlich«, sagte sie fröhlich, doch konnte er die Enttäuschung in ihren Augen erkennen. »Ich will dich unbedingt spielen sehen. Und danach nimmst du mich mit zu dir nach Hause. Denk daran, du willst mir schon seit Wochen dein Zuhause zeigen.«

Zuhause.

»Dort lässt er niemanden hin.« Mitch lachte. »Geheime Festung, Höhle wie bei Mark Twain. Was ist es, Kumpel? Was versteckst du dort, was wir nicht sehen dürfen, eine Dope-Farm?«

»Ha, ha.« Brandon nahm Hilarys Hand und führte sie zum Truck. Obwohl Mitch ihm einen seiner älteren Wagen angeboten hatte, fuhr Brandon immer noch lieber mit seinem alten Truck. »Wir sehen uns Dienstag zur Probe.« Er winkte Mitch zu.

»Mach's gut, Kumpel!« Schon wurde Mitch von Debbie am Kragen gepackt und geküsst.

»Die sind so süß zusammen«, meinte Hilary und versuchte, Brandons Blick zu erhaschen. Er ignorierte sie jedoch.

Sie stiegen in den Wagen, fuhren über den unbefestigten Sandweg zwischen den Feldern zur Straße, während hinter ihnen Mitch und Debbie über die Staubwolke fluchten, in die sie getaucht wurden.

»Warum bist du immer so geheimnisvoll?«, fragte Hilary, nachdem sie offenbar eine Weile über ihre Worte nachgedacht hatte.

Brandon erreichte den Bereich vor der Eichenallee, die zum Herrenhaus führte. Als er kurz einen Blick darauf warf, fragte er sich, wie wohl sein Leben verlaufen wäre, wenn er und nicht Mitch von Josephine Winston adoptiert worden wäre.

Denn eines stand fest: Auch, wenn er jetzt durch die Freundschaft mit Mitch all die Vorzüge eines Lebens in Wohlstand genoss, war es nicht *sein* Leben.

Er war anders.

Er wusste das.

Und es war zu spät, daran etwas zu ändern.

Es war *in ihm drin*.

Die Vergangenheit und das, was er erlebt, durchgemacht und gesehen hatte, hatte aus ihm das gemacht, was er war. Niemand anderer als der, der er damals als Kind schon gewesen war, während lediglich Mitch sich verändert hatte.

»Ich bin nicht geheimnisvoll. Ich rede nur nicht gern über alles.« Er spürte Hilarys Hand auf seinem Bein und konzentrierte sich weiter auf die Straße.

»Na gut«, sagte sie, und ihre Stimme klang verführerisch. »Also … meine Eltern sind nicht zu Hause. Debbie wird bei Mitch bleiben. Zumindest noch bis zum Abend. Und ich bin allein. Wenn du also willst …«

Sie kamen bei den Johnsons an. Ein großes Haus aus der Antebellum-Zeit am Rand von Thibodaux.

Brandon legte den Kopf schräg, betrachtete die junge Frau, erst Mitte 20, wunderschön, mit teuren Kleidern und dem vielen Schmuck. »Nein«, antwortete er. »Bis morgen.«

Sie war gekränkt, das war sie immer. Doch er wollte sie nicht. Nicht so, wie sie es gern hätte. Sie wollte Liebe, Aufmerksamkeit, eine Beziehung. Sie wollte ihn. Doch niemand bekam Brandon Petou so einfach, denn Brandon Petou nahm sich nur das, was er wirklich wollte.

Und das war nicht Hilary.

Sie seufzte tief. »Irgendwann müssen wir doch mal weiterkommen …« Sie war beharrlich, und das war nur verständlich. Dieses Hin und Her zwischen ihnen ging nun schon fast zwei Jahre.

»Wenn du jemand anderes …«, sagte er gleichgültig.

»Ich will dich!«

Er seufzte, ließ den Motor an und sah abwartend zu ihr. »Bis morgen, Hilary.«

Wütend stieg sie aus und knallte die Tür zu. Er grinste, als sie sich auf dem Weg durch das Tor zum Haus nicht umdrehte, weil sie die Beleidigte spielen wollte.

Er wendete den Wagen und fuhr von ihr weg.

Ja, was für ein Mensch wäre aus Brandon Petou wohl geworden, wenn all das, was Mitch hatte, Brandon bekommen hätte?

Brandon fuhr durch die Straßen des Ortes, während die Sonne unterging und der herbstliche Abendhimmel rot leuchtete. Als er den Wald erreichte, wurde es von Sekunde zu Sekunde dunkler. Das lag an der Dämmerung, aber auch daran, dass es wohl keinen finstereren Wald mit so dunklen Geheimnissen gab wie jenen Wald in Thibodaux.

Er war düster und einsam. Genau wie die Seele von Brandon Petou.

Sein Herz begann wild zu schlagen.

Oh, aber wie sehr er sein Leben liebte!

Zuhause.

Er dachte an die Worte von Hilary und Mitch.

Vor ihm kam das Haus in Sicht. Es brannte Licht darin.

Ein Wagen stand davor, weshalb Brandon – wie immer – weit weg davon parkte. Das Kennzeichen des anderen Wagens war aus Tennessee. Ein Pärchen, das eine Woche hier verbringen und dann weiter in Richtung Mexiko reisen wollte. Sie hatten »dieses einsame Ferienhaus so wahnsinnig schön« gefunden, als Brandon sie hierher gelotst hatte, weil Mitch bei der Arbeit war und keine Zeit gehabt hatte.

Auch, weil Brandon so etwas wie sein Partner war.

Und weil es eigentlich doch *sein Haus* war.

Nicht Mitchs Haus.

Zuhause.

Er hatte Blut und Wasser geschwitzt, als er das Haus renoviert hatte, kam als Erster, blieb als Letzter. Denn irgendetwas hatte dieses Haus an sich, was ihn in den Bann gezogen hatte.

Mitchs Haus.

Ja, was für ein Mensch wäre aus Brandon Petou wohl geworden, wenn all das, was Mitch hatte, Brandon bekommen hätte?

Brandon wusste es nicht, aber eines war klar: Mitch hatte alles. Und Brandon hatte eigentlich nichts.

Nur das Geheimnis, das im Keller des Hauses im Wald *versteckt* war. Das Blut an seinen Händen und damit alles, was Brandon hatte. Er schlich um das Haus herum und öffnete die Tür an der Hinterseite.

4

THIBODAUX, LOUISIANA
September 2019

Schon seit sieben Uhr war Brandon auf der Baustelle der Familie Claire, die von Lake Charles ins beschauliche Thibodaux ziehen wollte. Die Betonmischmaschinen röhrten laut. Zwischen den Holzpfosten, die überall auf dem Fundament standen, wurde gehämmert, geklopft, geschraubt und gesägt.

Bagger fuhren um das Haus herum, es wurde an einigen Stellen geebnet, an anderen Gruben gegraben und mittendrin stand Brandon, einen Helm auf dem Kopf, das Telefon am Ohr. Er steuerte, navigierte und wies seine Leute an und hielt dann irritiert inne, als er den Wagen vom Police Department in der Straße vor dem Haus anhalten sah. Zwei Detectives stiegen aus, die er zu Genüge kannte.

Brandon drehte sich um und steckte das Telefon weg. Er wies seinen Kollegen, der mit der Mauer beschäftigt war, die am Grundstücksrand entstehen sollte, an, eine Pause zu machen, und griff dann selbst zur Kelle.

Die Detectives kamen auf ihn zu, während Brandon neugierige Blicke seiner Kollegen erntete.

»Guten Tag, Sir.« Senior Detective Brenner stellte sich ihm auf der anderen Seite der Mauer gegenüber.

»Detectives.« Brandon ließ die Kelle sinken.

Detective Kolby stemmte die Hände in die Seiten und schaute über die Baustelle. »Da haben Sie aber zu tun«, meinte er, »scheint eine Prachtvilla zu werden. Kein Wunder, dass Sie so viel arbeiten und wir Sie nie bei Ihrer Adresse antreffen.«

»2.000 Quadratmeter Grundstücksfläche, zwei Etagen plus Keller auf 500 Quadratmeter. Sieben Zimmer. Ja, wir haben zu tun, und ich mache täglich Überstunden.« Brandon fuhr sich mit dem Handrücken über die Stirn, Zement tropfte dabei auf sein Shirt. »Was kann ich für Sie tun?«

»Es geht um Mitch Winston.«

»Das habe ich mir gedacht, Detective, es geht immer mit Mitch.« Brandon warf die Kelle zu Boden und zog seine Handschuhe aus. »Gibt es etwas Neues?«

Kolby öffnete eine Ledermappe und holte Fotos heraus. »Vor zwei Tagen wurde Winston in einem Grocery Store in Natchitoches gesehen. Uns erreichten Bilder der Überwachungskamera. Der Ladenbesitzer, der zu dieser Zeit selbst an der Kasse arbeitete, schwört, es sei derselbe wie in den Nachrichten: Mitch Winston.«

»Und er hat nicht sofort die Polizei gerufen?«, fragte Brandon und griff nach den Fotos.

»Nein, aus zwei Gründen«, erzählte Brenner weiter. »Erstens: Der Ladenbesitzer hatte Panik, schließlich wird Winston wegen fahrlässiger Tötung gesucht. Und zweitens: Winston, wenn er es denn war, war nicht allein.«

Brandon starrte auf die Fotos. Er verstand sofort. »Sie denken, *ich* war dabei.«

»Zunächst einmal wollen wir wissen: Ist das Mitch auf den Bildern?« Kolby sah mit ihm auf die Fotos. Sie waren in schwarzweiß und der Mann, den sie für Mitch hielten, war nur von der Seite zu sehen. Der, den sie für Brandon hielten, stand einen Meter dahinter und schaute die ganze Zeit auf sein Smartphone, weshalb er auf keinem der Bilder von vorn zu sehen war.

»Können Sie ihn erkennen?«, fragte Brenner.

»Nicht wirklich. Die Aufnahmen sind nicht besonders gut.« Brandon sah sich jedes Bild noch mal an. »Ich kann es Ihnen nicht sagen.«

»Und Sie?« Brenner sah ihm in die Augen. »Wo waren Sie am Samstagabend?«

»Vor zwei Tagen? Welche Uhrzeit?«

»Auf den Kameras steht circa sieben Uhr abends.« Kolby tippte auf die Digitalanzeige in der Ecke jedes Bildes.

Sieben Uhr. Da war er bei Audrey gewesen und hatte mit ihr zu Abend gegessen.

»Ich war zu der Zeit nicht in Natchitoches.«

»Wo waren Sie dann, Sir? In dem Haus, in dem Sie angeblich wohnen? 477 Lexington Street?«

»Sie wissen, dass ich dort wohne. Damals ...«, Brandon schluckte, »haben Sie mich dort vorgefunden und mir gesagt, dass Sie Sarah ... und den Wagen meines besten Freundes.« Es schmerzte, darüber zu reden. »Ich gebe zu, ich bin nicht oft zu Hause. Was soll ich da? Ich bin allein ...«

»Die Nachbarn haben Ihre Freundin dort nie gesehen.« Detective Brenner verzog skeptisch das Gesicht. »Sarah.«

»Wir sind jung, Detective, wir waren dauernd unterwegs. Mit Mitch. Mit Freunden.«

»Wir würden diese Freunde gern sprechen, aber bisher haben Sie uns keinen Namen genannt.« Kolby steckte die Bilder wieder weg. »Kann jemand bestätigen, dass Sie nicht in Natchitoches waren?«

Audrey.

Denk dir was aus. Schnell.

»Mrs. Josephine Winston kann das bestätigen. Ich war bei ihr.« Dieses Alibi konnte verdammt in die Hose gehen, etwa wenn die Detectives vorher bei ihr gewesen waren. Das würde er bald herausfinden.

»Bei Mitchs Mutter?«, fragte Brenner ungläubig.

Brandon ließ sich nicht aus der Ruhe bringen. »Sie wissen doch, was für ein gutes Verhältnis wir haben. Wie ich schon mal sagte, ich bin sehr oft bei den Winstons zu Hause, vor allem als Mitch noch hier war. Jetzt kümmere ich mich um Josephine, so oft ich kann. Sie braucht mich. Hat sie Ihnen nicht gesagt, dass ich bei ihr war?«

»Wir waren noch nicht dort«, sagte Brenner.

Glück gehabt.

»Sie wird auf den Fotos nichts erkennen können.«

197

»Wir fragen nicht, weil wir glauben, sie würde Ihren Sohn schützen und uns keine Antwort geben.« Mit hochgezogenen Brauen musterte Kolby Brandon.

Brandon schüttelte den Kopf. »Wieso sollte ich Mitch schützen wollen? Nennen Sie mir irgendeinen Grund dafür.«

Brenner und Kolby schienen genug zu haben.

»Also gut, Sir«, sagte Detective Kolby.

»Wir melden uns, wenn wir etwas Neues haben.« Brenner drehte sich um. »Einen angenehmen Tag.«

Die Detectives gingen zu ihrem Wagen, während Brandon sie dabei beobachtete und nur darauf wartete, dass er sein Telefon aus der Tasche ziehen und Josephines Nummer wählen konnte.

»Hallo?«, sagte sie verwirrt.

»Josephine, ich bin's, Brandon.« Brandon drehte sich von seinen Kollegen weg, die ihn noch immer misstrauisch musterten. Mit einer Handbewegung wies er sie an, mit ihrer Arbeit weiterzumachen.

»Brandon! Ich bin froh, dass du anrufst ...«

»Hör zu, du musst mir ein Alibi geben, falls die Detectives bei dir aufkreuzen sollten.« Brandon konnte sich nicht vorstellen, dass die Detectives sein Alibi nicht überprüfen würden.

»Alibi? Ach, ich weiß!«

»Josephine!« Brandon verlor oft die Kontrolle, wenn er mit ihr sprach. Seit Mitch verschwunden war, war sie durcheinander und bekam vieles kaum richtig mit. »Es ist wichtig! Ich war vor zwei Tagen, am Samstag, bei dir und wir haben uns über gute Musik unterhalten oder über deine Fische oder über ... Herrgott!«

»Bist du auch so durcheinander, Brandon? Ich höre so viel ...«

»Josephine, wiederhole, was ich gesagt habe!«

Die ältere Dame am anderen Ende der Leitung schien erschrocken. »Schon gut. Du warst am Samstag bei mir. Wir haben uns über die Goldys unterhalten.«

Brandon legte Daumen und Zeigefinger an seine Augen. Er war nervös. »Ja, genau.«

»Brauchst du ein Alibi wegen ... des Hauses? Brandon ...«

Er verstand nicht. »Welches Haus?«

Dann redete sie wirres Zeug, Worte, die Brandon kaum verstehen konnte. »Sie sagt, sie hat eine Frau gesehen. Ist es die Frau, mit der ich dich gesehen habe?«

»Wovon redest du?«

»Laura.«

Brandon ging ein Stück von der Baustelle weg. »Was hat Laura gesagt?«

»Dass sie dich gesehen hat. Dich und eine Frau.«

»Wann?«

»Letzte Woche war das. Momentan geht es ihr nicht so gut, sie konnte nicht telefonieren. Aber gestern hat sie angerufen, und deswegen bin ich auch so durcheinander ...«

Laura.

»Sie hat gesagt, sie hat gesehen, wie eine Frau mit einem Koffer auf die Stadtvilla zugegangen ist. Ein Taxi hat sie dorthin gebracht. Und dann bist du gekommen und hast sie in deinem Truck mitgenommen.«

Brandon schluckte.

Diese verdammte Laura.

»Deswegen brauchst du ein Alibi, ja? Aber das ist doch länger als zwei Tage her. Kommen die Detectives wegen der Frau? Ist ihr was passiert?«

»Nein, um die geht es nicht, Josephine. Wichtig ist nur: Wenn Brenner und Kolby kommen, sagst du, dass ich am Samstag bei dir war. Du erwähnst nichts davon, was Laura dir gesagt hat, hast du mich verstanden?«

»Und diese Frau? Ist das dieselbe, die ich gesehen habe, als du so ...?«

Als ich dich behandelt habe, als seist du Luft. Weil du mir völlig egal bist. Weil du mir nichts mehr bedeutest, seitdem Mitch nicht mehr da ist.

»Letzte Woche, die Frau, die neben dir stand, auf der Brücke am Bayou ...«

»Nein, das war jemand anderes.«

»Und Laura …«

»Ich weiß nicht, was Laura gesehen haben will, verdammt!«, unterbrach er sie harsch. »Sie ist alt und krank, sie hat wahrscheinlich gar nichts gesehen!«

»Da ist noch etwas, was mir keine Ruhe lässt, Brandon.«

Für ihre Sorgen hatte er keine Zeit. Und vor allem keinen Nerv. »Was denn?«

»Ich muss dauernd an diese Nacht vor einigen Wochen denken … Als ich im Wald war, weil ich zum Haus wollte. Ich habe dort diese Frau gesehen … die Frau mit den schwarzen Haaren …«

Brandon schloss die Augen und seufzte tief. »Die Frau mit den schwarzen Haaren hast du dir nur eingebildet.«

»Ich kann sie mir nicht eingebildet haben. Sie war so in Eile, und du warst nicht im Haus, es war dunkel und finster …«

»Das brauchst du mir alles nicht noch mal erzählen, Josephine. Außerdem darfst du nie wieder allein zu dem Haus im Wald fahren, nie wieder! Hörst du? Und schon gar nicht nachts.«

»Aber ich war nur da, um dich zu suchen! Aber ich kam nicht ins Haus. Der Schlüssel klemmte oder … passte nicht mehr, es war ganz komisch.«

»Einbildung.«

»Versteh mich doch, Brandon! Ich … bin manchmal so einsam und brauche dich. Als ich da war, habe ich sie gesehen, ganz sicher. Sie ist gerannt, und ich habe mich gefragt, vor wem sie wegläuft, denn sie aus, als wäre sie vor jemanden auf der Flucht. Seitdem geht sie mir nicht mehr aus dem Sinn.«

Er bekam Kopfschmerzen.

»Wir hatten abgemacht, dass dieses Haus nicht mehr vermietet wird, Brandon! Und dann sehe ich da diese Frau. Kann das nicht bedeuten, dass Mitch es an diese Frau vermietet hat, die ich da gesehen habe? Und das wiederum … dass er noch lebt?«

Brandon wusste nicht weiter. »Du hast dir diese Frau eingebildet, Josephine. Und Laura hat bestimmt auch keine Frau gesehen. Und …«

»Ich habe dir etwas noch nicht gesagt«, flüsterte sie plötzlich.

Er verengte die Augen, konnte ihre leise Stimme kaum verstehen.

»Was sagst du?«

»Ich habe dir noch nicht gesagt, dass ich glaube, dass es die gleiche Frau war wie …«

Brandons Herz schlug noch schneller.

Verdammte alte Schachtel.

»Ich glaube, es war die Frau, von der der Detective uns ein Foto gezeigt hat, weißt du noch?«

Natürlich wusste er das noch.

»Die Frau sah genau so aus wie die aus den Sümpfen. Die Wasserleiche auf dem Foto, das er uns gezeigt hat!«

5

NEW ORLEANS, LOUISIANA
Oktober 2018

Ihr Auftritt hatte über eine halbe Stunde gedauert, und die Leute waren ausgerastet. Sie hatten am Ende »Zugabe« gerufen und die Band um Mitch und Brandon hatten ihnen diesen Wunsch erfüllt.

Nach dem Auftritt besorgte Mitch für alle etwas zu trinken, während Brandon von der Bühne ging und Hilary ihm ein Handtuch reichte, womit er sich den Schweiß abwischen konnte.

Er nahm es an, ohne ihr dafür zu danken, legte sein Banjo ab und fuhr sich mit dem Tuch übers Gesicht.

»Du warst großartig.« Sie himmelte ihn an, und er wünschte sich, sie würde nur mal für ein paar Minuten nicht an seiner Seite sein, denn das war sie, wenn er nicht auf der Bühne stand.

»Wo ist deine Schwester?«, fragte er sie und bekam von ihr nur ein Schulterzucken zurück. »Geh sie suchen, ich hab' was mit Mitch zu besprechen.« Er ließ Hilary, die sich für das Halloween-Festival aufwendig kostümiert hatte und wie eine böse Königin aus einem Disney-Film aussah, einfach stehen und ging zu dem Stand, an dem Mitch die Getränke holen wollte.

»Das war so genial«, sagte Mitch, schlug in Brandons Hand ein und zog ihn in die Arme. »Wir haben das echt gerockt!«

»Mega!« Brandon sah sich um. Das Festival hatte die Pferderennbahn von New Orleans für ein Wochenende in ein buntes Getümmel verwandelt. Neben Handwerks-, Essens- und Kulturständen gab es ein gruselig geschmücktes Festzelt, in dem die Bühne aufgebaut war. Dort traten Bands aus der Umgebung auf, Alleinunterhalter und am

Sonntagnachmittag Gruselgestalten aus Märchenfilmen. An diesem Abend wurde es etwas volkstümlicher, das Halloween-Spektakel trat in den Hintergrund und traditionelle Musik wurde gespielt.

Der Veranstalter hatte nach dem Auftritt zu ihnen gesagt, dass sie das Zelt so richtig gefüllt hätten. Augenblicklich seien alle Tische und die Tanzfläche besetzt gewesen, was bedeutete, dass ungefähr 1.000 Menschen im Publikum gewesen sein mussten. Es war der bisher größte Auftritt der *Dixie Boys* gewesen.

Brandon half Mitch beim Tragen der Bierbecher, zusammen gingen sie zum Rest der Band und ihren Helfern, die sich an einem der Tische im hinteren Teil des Zelts versammelt hatten.

Es war spät, schon fast Mitternacht, aber sie waren zu aufgekratzt, um jetzt schon nach Hause zu gehen.

»Das alles wäre nicht möglich ohne meinen verdammten besten Freund, meinen *old friend buggy men*!«, grölte Mitch und legte Brandon den Arm um die Schultern.

Ihre Freunde jubelten ihnen zu.

»Brandon, Mann, wen muss ich dafür danken, dass wir uns im winzigen, verflixten Thibodaux wiedergefunden haben?« Mitch, der ebenfalls verschwitzt war und nach Rauch und Alkohol roch, sah ihm in die Augen.

Brandon hielt seinen Blicken lange stand, zuckte dann mit den Achseln. »Du bist mein Bruder, Mann. Das war immer so und wird immer so bleiben.«

Sie hatten einander wieder.

Und es war besser als vorher. Noch so viel besser.

Er dachte in diesem Augenblick an Mom. Und daran, was gewesen wäre, wenn er in dieser Nacht Mitch für immer verloren hätte und nicht sie.

Hilary schritt auf ihn zu. Brandon trank hastig seinen Becher aus und wand sich aus Mitchs Griff. »Ich muss pinkeln …« Er konnte noch sehen, wie sie fluchte, als er sich an der Gruppe vorbei durch die Menschenmassen schlängelte, um vor ihr zu flüchten. Als er aus dem Zelt trat, empfing ihn die klare Luft der frischen Herbstnacht.

Sie roch süß und fruchtig, wurde jedoch schnell vom Rauch des Lagerfeuers übertüncht.

Brandon zündete sich eine Zigarette an. Er rauchte nur noch selten, doch nach so einem Auftritt brauchte er das.

Er entfernte sich vom Zelt, draußen war nicht mehr viel los, die Leute waren entweder im Festzelt oder auf dem Platz davor, wo die Kostümierten vor Nebelmaschinen und buntem Flackerlicht tanzten.

Die Buden drum herum waren alle geschlossen.

Er ging an ihnen vorbei, weg von dem Trubel, wollte den Kopf klar bekommen. Da entdeckte er die junge Frau, die offenbar wimmernd vor etwas davonlief.

Brandon blieb stehen und beobachtete sie, während er an seiner Zigarette zog. Nun kam ein Typ um die Ecke, ein verlotterter, dicker Mann, der irgendetwas in seine Hose steckte.

»Komm schon, du Nutte!«, rief er ihr nach und schaute sich suchend nach ihr um.

Brandon versuchte ebenfalls, sie zwischen den Buden zu finden, und machte sie schließlich fernab der Holzhütten hinter dem provisorischen Zaun des Festplatzes aus, dort, wo es keine Laternen gab.

Als er sich ihr näherte, sah er, dass sie an einem mit einer Plane überzogenen Anhänger stand. Sie atmete flach, die Augen waren verweint, die Wimperntusche war verlaufen. Sie trug ein Kleid, darüber eine Lederjacke, die Strümpfe zerrissen, hohe Schuhe.

Sie erinnerte ihn an Trixie.

Und an Mom.

Sie zitterte, sah hilflos und ängstlich aus. Aber nicht wie eine Nutte. Ganz und gar nicht wie eine Nutte, sondern ... wirklich schön.

»Hey«, sagte er leise.

Sie schüttelte wild den Kopf. In diesem Moment kam der Typ hinter einem der Wagen hervor, griff Brandon an, packte ihn von hinten und zog ihn zu Boden. »Halt dich da raus!«, schrie er ihn an und griff der jungen Frau in die langen, braunen Haare. »Das hier ist 'ne Nutte, kapiert? Die hat's nicht anders verdient!«

Brandon rappelte sich auf und wischte sich den Schmutz von der Hose. »Du hast jetzt zwei Möglichkeiten«, sagte er bestimmt. »Du lässt sie los, verschwindest und siehst sie nie wieder. Die zweite ist, du legst es drauf an und wir beide regeln das. Aber ich schwör dir, dass du diese Nacht dann nicht überlebst.«

Der Typ lachte. Dann schritt er auf Brandon zu. »Du bist doch der aus der Band, nicht wahr? Wie denkst du, macht sich so eine Anzeige, wenn man gerade erst anfängt, durchzustarten, hm?«

Brandon lachte ebenfalls, und es dauerte keine Sekunde, da sprang er auf den Mann zu und schlug ihm so fest ins Gesicht, dass ihm das Blut aus der Nase spritzte und er zu Boden ging. Brandon stürzte sich auf ihn, schlug mehrmals erneut zu und stand dann auf, um ihn in die Seite zu treten.

Der Mann spuckte Blut, die junge Frau schlug entsetzt die Hände vors Gesicht. »Es ist okay, nein, lassen Sie das! Bitte!«

Das Gesicht des Mannes war blutüberströmt, seine Augen nicht mehr zu erkennen. Alles war dick geschwollen, Speichel mischte sich mit Blut.

»Ich habe dich gewarnt«, tobte Brandon, als er sich über ihn beugte und ihm ein letztes Mal in die Seite trat, woraufhin der Mann gekrümmt auf dem Boden verharrte.

»Halt dich von ihr fern!« Als er mit ihm fertig war, drehte Brandon sich zu der jungen Frau um, richtete dabei seinen Blouson und das Hemd, das er darunter trug. Es war voller Blut, daher zog Brandon den Reißverschluss der Jacke hoch.

Die Frau sah aus, als wüsste sie nicht, was sie tun sollte. Sollte sie dem Mann helfen oder froh sein, dass der Fremde sie von ihm befreit hatte?

»Keine Sorge, der kommt wieder zu sich«, sagte Brandon, als könnte er ihre Gedanken lesen. »Normalerweise tue ich so was nicht, aber ich denke, Sie waren in Gefahr.«

Sie betrachtete den am Boden liegenden Mann. »Das stimmt … aber … es wird ihm egal sein, er wird mich nicht loslassen.«

Der Kerl prustete. Beide, Brandon und die junge Frau, starrten zu ihm runter. »Dann solltest du hier weg«, beschloss Brandon, nahm ihre Hand und rannte mit ihr in Richtung der Parkplätze.

Auf dem Schotterweg, wo es dunkel war und sie kaum noch den Trubel aus dem Zelt vernahmen, hielten sie inne.

»Ich bin Brandon.« Er gab ihr die Hand.

Sie nahm sie an. »Sarah.« Sie war sehr hübsch, roch gut und war definitiv keine Nutte. Nur eine Frau, die Hilfe brauchte.

»Der wird 'ne Weile dort liegenbleiben, und wenn er was erzählt, werde ich auch etwas erzählen. Du brauchst keine Angst haben.«

»Danke.« Sie schien sich endlich zu entspannen. »Kommst du von hier?«

»Mittlerweile nicht mehr. Aber früher war New Orleans mein Zuhause.«

»Ich habe euch spielen hören. Ihr seid toll. Du kannst sehr gut singen.«

»Danke.« Brandon verschränkte die Hände hinter dem Rücken. »Und du? Wo kommst du her, was hat er von dir gewollt?«

»Er ist mein Ex. Aber ... er kapiert es nicht.«

Brandon kannte solche Kerle. »Wohnst du bei ihm?«

»Nein, er wohnt allein ... und ich ... ich ...«, sie sah zu Seite, lächelte schwach, »wohne überall und nirgendwo.« Dann legte sie die Hand an ihre Stirn. »Gott, was musst du von mir denken.«

Du bist wie ich.

»Ich wohne aber eigentlich bei ihm. Ich zahle keine Miete, aber wenn ich nicht bei ihm wäre, hätte ich überhaupt kein Dach über dem Kopf. Ich habe kein Geld. Als Gegenleistung dafür, dass ich bei ihm wohnen darf, tut er mit mir ... was er möchte.« Sie schaute in den Nachthimmel, während sie die Arme vor der Brust verschränkte, weil es ziemlich kalt war. »Aber ich wäre gern frei. So richtig frei ... würde gern die Welt sehen, was Neues ausprobieren. Kellnern in einem Café in Kalifornien oder in einem Urlaubsresort Animateurin sein ...«

»Oder einfach mal für dich sein? Ruhe genießen? Weit weg von ihm?«

»Klar, aber ohne Geld ...« Sie winkte ab. »Ich brauche mir aber keine Gedanken zu machen. Barry würde mich finden. Egal, wo ich wäre. Und würde demjenigen, der mir helfen würde ... Na ja, weißt du, er ist ein ziemlich übler Kerl und ...«

»Ich habe eine Idee«, unterbrach er sie. »Dort drüben ist mein Truck. Siehst du ihn?«

Sie nickte, als er sich hinter sie stellte und mit dem Zeigefinger auf seinen Truck zeigte, der hundert Meter weiter weg stand. »Das kann ich nicht. Ich kann nicht abhauen. Er bringt mich um, wenn er mich dann findet!«

»Er wird dich nicht umbringen, ich verspreche es dir.« Er legte seine Hände auf ihre Schultern und zwang sie, ihn anzusehen. »Vertrau mir, Sarah. Geh zum Truck, ich bringe dich an einen Ort, an dem es dir gutgehen wird und an dem er dich niemals finden wird.«

»Und wo gehst du hin?«, fragte sie ängstlich. »Du kannst mich nicht allein lassen.«

»Ich bin gleich wieder bei dir, ich verabschiede mich nur noch.« Er schob sie vor sich, war so dicht an ihr dran, dass er ihren Duft riechen konnte. Körpergeruch, Parfum. Sie roch unwiderstehlich. Dann schubste er sie sanft nach vorne. Sie ging Richtung Wagen und drehte sich noch einmal skeptisch um.

Er ließ die Arme sinken. »Vertraust du mir?«

»Ich habe keine andere Wahl, fürchte ich.« Sie ging weiter.

Brandon eilte zurück, rannte über den Parkplatz zum Rand des Festivalplatzes. Er wollte zu dem Typen zurück, der auf dem Boden lag. Er war bei Bewusstsein und hob die Hand, röchelte, als wollte er etwas sagen.

Brandon blieb vor ihm stehen, zog die Jacke aus, schaute sich nach Zeugen um, aber hier am Rand des Platzes war keine Menschenseele zu sehen. »Ich wollte mich verabschieden«, sagte er und fand eine Eisenstange neben dem Anhänger, die von der Laderampe gefallen sein musste.

Der Typ auf dem Boden krächzte.

Brandon stellte sich vor ihn, die Eisenstange in der Hand. »Ich verspreche dir, ich werde mich gut um sie kümmern.« Dann schlug er zu.

Das Geräusch, das entstand, als die Eisenstange auf den Schädel traf, störte ihn nicht. Ihm wurde auch nicht flau im Magen, als

Blut und schmieriges Fleisch gegen seine Klamotten spritzte, im Gegenteil. Der Ton des Schädels, als er zerplatzte, das Schmatzen, das Matschen brannte sich in sein Gehirn. Er schlug so lange zu, bis die Eisenstange auf der anderen Seite des Schädels auf dem Rasen aufschlug.

Es war ein Anblick, schlimmer und bestialischer als alles, was er bisher gesehen hatte, und doch ließ es ihn kalt. Er fand es passend für Halloween.

An der Plane des Anhängers klebten blutige Fleischklumpen. Die Leiche und alles um sie herum glich einem Schlachtfeld. Brandon wischte sich mit dem Ärmel das Blut von den Augen, zog die Jacke wieder an und nahm die Eisenstange mit. Er hielt sie hinter dem Rücken versteckt, als er zu der Frau ging, Sarah, die sein Leben verändern würde.

Er fühlte sich gut.

Ja, Frauen hatten ihm bisher nicht viel bedeutet, doch bei ihr war das anders.

Deswegen würde er sie mitnehmen.

In sein Versteck.

Sie würde es lieben, ganz sicher.

Als er zum Truck kam, hörte er sie lachen. Leise, aber sie lachte, auch wenn es nur ganz kurz war. Und bald darauf hörte er die Stimme eines anderen Mannes.

Die Eisenstange vibrierte in seiner Hand. Er erreichte den Truck und entdeckte auf der anderen Seite Sarah und Mitch.

6

ieh doch mal, Brandon!« Mitch setzte die Pferdemaske auf, die er bis zum Schlüsselbein hinunterziehen konnte. Die Maske sah grotesk an ihm aus. Eine billige Gummimaske mit einem langen Pferdegesicht und Haaren als Schweif. Die Augen sahen gruselig aus, weil sie aufgerissen waren. Das Pferd zeigte die Zähne. »Hat Charles eben von einem betrunkenen Fan geschenkt bekommen. Was soll uns das sagen?«

Brandon war nun bei ihnen angekommen und ließ die blutverschmierte Eisenstange auf der Ladefläche des Trucks verschwinden. Dann musterte er Sarah, die die Arme vor der Brust überkreuzte und sich zu einem Lächeln abrang.

Mitch ließ die Maske sinken und schlug Brandon gegen die Schulter. »Warum bist du einfach abgehauen? Denkst du, Hilary hat nicht mitbekommen, dass du vor ihr weggelaufen bist?«

Sarah schaute betroffen zur Seite.

Brandon biss sich auf die Lippe. »Ich brauchte frische Luft.«

Mitch zwinkerte Sarah zu. »Und dabei hast du die hübsche junge Dame hier kennengelernt? Zufällig genau vor deinem Truck?«

»Er hat mir geholfen«, antwortete sie, bevor Brandon ihm etwas entgegnen konnte. »Brandon hat mir aus einer prekären Situation geholfen, wofür ich ihm sehr dankbar bin.«

»Ja, so ist er, unser Brandon.«

Und nun gibt es auf dem Festivalplatz eine Leiche.

Brandon zeigte auf den Truck. Dass Mitch hergekommen war, war nicht gut und verzögerte seinen Plan. »Fahren wir?«, fragte er Sarah.

»Hey, Moment mal, wohin?« Abwehrend hob Mitch die Hände, blickte von Sarah zu Brandon und zuckte dann zurück, als er sein Blick auf Brandons Hals fiel. Er musste das Blut entdeckt haben.

Brandon verdeckte seinen Hals mit seiner Hand, wandte sich ab, zog den Blouson und das Hemd aus, warf beides auf die Ladefläche des Trucks und griff nach einem Sweatshirt, das auf der Sitzbank lag. Um davon abzulenken und sich nichts anmerken zu lassen, fragte er Mitch: »Lust, auf eine kleine Spritztour?«

Es war tiefste Nacht, als sie zu dritt New Orleans verließen und quer durch das Lafourche Parish fuhren. Sarah saß zwischen ihnen. Anfangs war sie noch ziemlich zurückhaltend gewesen, mit der Zeit aber, und vor allem mit der Hilfe des Flachmanns, den Mitch in seiner Jackettjacke trug, war sie offen und wortgewandt geworden.

Sie war bildschön. Brandon wusste, dass Mitch das genauso sah. Mitch war nicht wirklich mit Debbie zusammen, sie führten eine mehr als offene Beziehung, wenn man das Wort Beziehung dabei überhaupt benutzen konnte. Sie schien ihm zu gefallen. Brandon wusste noch nicht so richtig, was er davon halten sollte, denn zum ersten Mal hatte er das Gefühl gehabt, wirklich an einer Frau interessiert zu sein. Außerdem hatte er gerade einen Mord für sie begangen.

Trotzdem war er nicht richtig eifersüchtig.

»Ich ging also in diese Tankstelle und fragte nach Bier. Und sie sagte doch glatt, dass sie es mir nicht geben würde. Weil ich keinen Ausweis dabeihatte. Und ich sagte: Gute Frau, wissen Sie eigentlich, wer ich bin?« Mitch war betrunken. Das ganze Auto stank nach ihm, weil er nach dem Gig gefeiert und sich gehen gelassen hatte.

Sarah lächelte und hörte ihm aufmerksam zu, während Brandon sich auf die Straße konzentrierte. »Und was hat sie gesagt?«, wollte sie wissen.

»Sie sagte«, Mitch hob den Zeigefinger, was in seiner Geschichte keinen Sinn ergab, »Sir, ich kenne Sie nicht. Und ich kenne jeden.«

Brandon rollte die Augen, Sarah legte die Hand vor den Mund und lachte. »Mal was anderes – muss *ich* dich kennen? Bist du ein Prinz oder so?«

Mitch ließ sich tiefer in den Sitz sinken, sein Kopf schwang von der einen zur anderen Seite. Sein Gesicht hatte die Farbe geändert. »Hast du das gehört, Brandon? Sie weiß nicht, wer ich bin.«

»Das ist in Ordnung, Mann.« Genervt bog Brandon in Richtung

Thibodaux ab. »Er ist kein Prinz und berühmt ist er auch nicht. Er hat eine reiche Adoptivmutter und mehr nicht.«

»Hey!« Wieder kam Mitchs Zeigefinger zum Vorschein. »Die Lady ist ... Boah, halt mal an, Brandon, ich muss kotzen.«

Seufzend hielt Brandon am Straßenrand einer einsam gelegenen Landstraße an. Mitch stolperte aus dem Wagen, schaffte es noch, die Tür zuzuschmeißen und verschwand in der Nähe des Straßengrabens.

Einen Moment herrschte Stille im Truck, denn seitdem sie losgefahren waren, hatte Sarah hauptsächlich mit Mitch geredet.

Brandon war zu stolz, um sich an sie ranzuschmeißen, falls Mitch besser bei ihr ankäme.

Doch Mitch hätte niemals deinen Ex getötet, der dich nun für immer in Frieden lassen wird.

»Er ist lustig«, sagte sie und spielte mit der Pferdemaske in ihrer Hand.

»Lustig, ja.« Nun, Brandon fand ihn einfach nur betrunken. Dreimal hatte er ›Lasst mich das Pferd sein‹ gegrölt, und Brandon hatte nur den Kopf über ihn schütteln können.

»Seid ihr schon lange befreundet?«

»Unser ganzes Leben.« Die Pause zählte nicht. Für Brandon jedenfalls nicht. Während dieser Zeit war Mitch wie ein Geist bei ihm gewesen, der ihn behütete.

»Warum hast du mir geholfen?«, fragte sie in die Stille hinein, in der sie nur ihrer beider Atem hörten. Von draußen drang ab und zu Mitchs Keuchen und Würgen zu ihnen.

»Jeder hätte geholfen.«

»Nein, das stimmt nicht«, sagte sie traurig. »Auch, wenn er mich am Arm gepackt und mich so aus einem Restaurant gezogen hat, auch, wenn ich dabei andere Menschen flehentlich angesehen habe – es hat nie jemand geholfen.«

Brandon biss sich auf die Unterlippe und beobachtete das Reh, das vor ihnen, am Ende des Lichtkegels des Standlichts, über die Straße huschte.

»Nur du hast es getan.«

»Du erinnerst mich an meine Mom«, erklärte er ehrlich. »Meine Mom war alles für mich. So wie Mitch. Die zwei wichtigsten Menschen in meinem Leben. Ich konnte meiner Mom damals nicht helfen … Ich wünschte, ich hätte es gekonnt. Aber manchmal sieht das Leben etwas anderes vor.«

»Was ist passiert?«

Es war so einfach mit ihr. Es wirkte vertraut, obwohl sie einander erst zwei Stunden kannten. Und so vertraute er ihr Dinge an, die er Hilary wahrscheinlich niemals erzählt hätte.

»Sie hat sich umgebracht. Überdosis Heroin. Es war kein Versehen, es war Vorsatz. Mom hat schon viele Jahre nach Hilfe gerufen, aber es gab niemanden, der es bemerkt hatte.«

Sarah drehte sich zur Seite, und unter ihrem Blick wurde er nervös. Sie hatte ein hübsches Gesicht, treue Augen. Verdammtes Arschloch, der ihr wehgetan hatte.

»Mitch war an meiner Seite. Ich war … Gott, ich war ein Kind, völlig durcheinander, und habe Dinge getan, die ein Kind aus Verzweiflung und Angst halt so macht.« Er legte den Kopf gegen die Nackenstütze und verlor sich in ihren Augen. »Das Leben ist manchmal abgrundtief scheiße.«

Sarah legte ihre Hand auf seinen Arm. Die erneute Stille, die entstand, war heilend, beruhigend und sie brauchte sie wahrscheinlich, um Kraft dafür zu sammeln, was sie zu sagen hatte. »Sein Name ist Barry. Barry B. Ich habe dir vorhin nicht die ganze Wahrheit gesagt, denn … Ich wohne schon sehr lange bei ihm, aber damals, als ich noch allein war, wohnte ich überall und nirgends.«

Er gab ihr das Lächeln zurück, das sie ihm schenkte. »Das kenne ich.«

»Barry hat mich von der Straße geholt. Ich habe damals nicht so feine Sachen gemacht, aber ich bin keine Nutte. Ich habe bei einem Eskort-Service gearbeitet, aber … Mein Chef verlangte manchmal ein bisschen mehr von uns, als wir bereit waren, zu tun, und dabei lernte ich Barry B. kennen. Er hat mich in seinen Stunden gut behandelt und hat mir immer viel mehr Geld gegeben, als er müsste. Dann lud er mich zu sich ein, und ich blieb und hörte irgendwann auf, für diesen Eskort-Service zu arbeiten. Und dann wurde ich … zu seinem Eigentum, durfte keinen Job annehmen, weil er Angst hatte, ich würde dabei jemanden kennenlernen. So wurde ich zu seiner Gefangenen und habe darauf gewartet, dass jemand kommt und mich befreit. Ich bin widerstandslos geworden, habe mich ihm gefügt und irgendwann auch die Fluchtversuche gelassen, weil sie es nur noch schlimmer gemacht haben.« Sie wischte sich eine Träne weg.

Brandon griff nach ihrer Hand. Sie war weich und zart. »Wie lange ging das?«

»Sieben Jahre. Ich war 19, als ich ihn kennenlernte.«

»Hast du niemanden? Mutter, Vater, Geschwister?«

»Meine Mom hat neu geheiratet, ich kam mit ihrem Mann nicht aus und bin mit 16 von zu Hause weg. Sie hat Kinder mit ihrem Mann. Meinen Vater kenne ich nicht.«

Sie tat ihm leid. Was hätte aus ihr werden können, hätte sie diesen Mann nicht kennenlernt?

»Ich kann es noch gar nicht fassen, Brandon«, sagte sie leise, »aber diese Nacht heute muss ein Traum sein. Es fühlt sich so irreal an. Es ist etwas, worauf ich jahrelang gewartet habe, aber … es passierte einfach nicht. Und jetzt … ist das echt? Bist du echt?« Sie legte ihre Hand an seine Wange. Er spürte ein wohliges Kribbeln in seinem Körper. Aber mehr nicht.

»Ja, bin ich«, sagte er und streichelte ihre Hand auf seiner Wange.

»Hast du das auch schon mal gefühlt?«, fragte sie. »Dieses Glück? Diese Erleichterung? Dieses Gefühl, dass du … es endlich geschafft hast? Dass du endlich jemanden gefunden hast, den du so lange gesucht hast?«

Brandon schaute von ihr weg auf die Straße. Sie hörten Mitchs Würgen ein letztes Mal, bis er dann wieder am Wagen auftauchte, von der Ladefläche eine Flasche holte und sich Wasser übers Gesicht kippte.

»Ja«, antwortete Brandon und schaute wieder zu Sarah. »Ja, das habe ich.«

Mitch öffnete die Tür, frische Luft drang in den Truck.

»Geht es dir besser?«, fragte Sarah und legte Mitch, genau wie Brandon vorhin, die Hand auf das Bein. Brandon beobachtete diese Geste und fragte sich, was sie wohl zu bedeuten hatte, wenn sie es bei einem Mann tat, der nur dumm rumspaßte und mit dem sie nicht solche Gespräche wie mit ihm eben führte.

»Besser.« Mitch zeigte seine spitzen Eckzähne beim Grinsen und griff nach der Maske. Er hielt sie sich vors Gesicht. »Hooray, mein guter Freund!«

Sarah lachte. Es erfüllte den Innenraum, und Brandon holte tief Luft. Dann startete er den Motor, sah geradeaus und war in seinen Gedanken verloren.

»Wohin fahren wir?«, wollte Mitch wissen.

»In das Versteck«, antwortete Brandon und konnte nicht verhindern, dass sich sein linker Mundwinkel nach oben zog.

Mitch antwortete nichts, schluckte und sah nach vorn. Sarah klatschte in die Hände und meinte, dass sich das spannend anhören würde.

Ja, dachte Brandon, es war spannend. Denn das Versteck war das Einzige, was wirklich ihm gehörte. Selbst wenn Mitch alles gehörte, auch die Frauen, die ihm zu Füßen lagen, weil er witzig, charmant und ein cooler Typ war, so war das Versteck das, was Brandon gehörte.

Kapitel 6

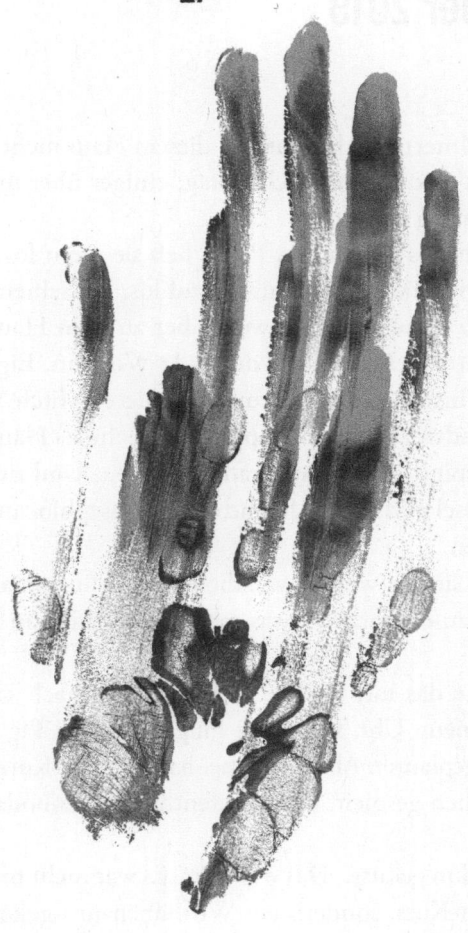

1

SWALL PINES WAY, THIBODAUX, LOUISIANA
September 2019

Auch wenn die Internetverbindung in diesem Haus nicht die beste war, gelang es Audrey am Nachmittag, einiges über ihr Feriendomizil in Erfahrung zu bringen.

Es ließ sie nicht los – Brandon Petou ließ sie nicht los. Also recherchierte sie wie eine Wahnsinnige drauf los. Bei seinem Namen fand sie im Netz keinen Treffer, wohl aber zu dem Haus, in das sie eigentlich hatte ziehen sollen: die Villa Winston, Eigentümerin Josephine Winston, Verwalter und Vermieter Mitch Winston, ihr Sohn. Nirgendwo, nicht im Impressum, nicht als Hausmeister, noch sonst wo stand der Name Brandon Petou. Und doch hatte dieser den Schlüssel und musste irgendwie mit Josephine und Mitch zusammenhängen.

Das Erste, was sie tun wollte, war, diese Mrs. Winston anzurufen und sich bei ihr zu erkundigen, was es mit dem Haus im Wald auf sich hatte.

Doch bevor sie das tat, buchte sie einen Flug nach Hause für morgen Abend, neun Uhr. Der letzte Flug an diesem Tag und fünf Tage vor ihrem geplanten Abflug. Dabei hatte sie vor Kurzem noch mit dem Gedanken gespielt, ihren Aufenthalt in Thibodaux sogar zu verlängern.

Sie hatte Brandon geküsst. Das war Fakt. Es war nicht mal ein Er-hat-mich-geküsst-Kuss, sondern ein Wir-haben-uns-geküsst-Kuss.

Sie hatte sich geschämt und sich selbst verteufelt. Aber es war passiert, und das konnte sie nun nicht mehr ändern.

Dass am nächsten Tag alles anders gewesen war und sie sich fragte, auf welcher rosa Wolke sie bis dahin geschwebt war, tat ihr Übriges, sie musste hier weg, weg von Brandon, weg von diesem Ort, der ihr so viele Fragen stellte.

Sie hatte schon das Telefon in der Hand, als sie noch einen interessanten Treffer in der Suchmaschine entdeckte. Diesmal hatte sie als Stichwort nur Thibodaux eingegeben.

Tote im Sumpf ist Becky Harris.

Audrey ließ das Telefon sinken. Der Artikel war von vor zwei Wochen. Sie klickte auf den Treffer, das Internetportal eines Nachrichtenblatts aus dem Lafourche Parish öffnete sich. Es ging um eine Wasserleiche, die wiederum vier Wochen vorher in den Sümpfen bei Houma gefunden worden war. Eine junge Frau, schwarzes, lockiges Haar und nur mit roter Unterwäsche bekleidet, die schließlich als Becky Harris aus Beaumont in Texas identifiziert worden war.

Audrey fuhr sich nervös durchs Haar.

Angestrengt erinnerte sie sich an den Tag ihrer Ankunft hier in Thibodaux. Es gab einen Wasserschaden, Brandon kam, wollte sie zu dem Haus im Wald mitnehmen. Audrey willigte ein und sah im Augenwinkel eine Frau im Nachbarhaus, die den Kopf schüttelte.

Die sie warnen wollte.

Die Frau …

Wer zur Hölle war diese Frau? Und was wusste sie über Brandon?

Sie sprang von ihrem Stuhl auf der Veranda auf. Er kippte nach hinten um, riss dabei das Ladekabel von ihrem Laptop mit. Der Stecker sprang raus und der Laptop landete auf dem Boden.

Und obwohl sie nicht daran denken wollte, dachte sie an den Keller und das Geheimnis, das sich darin befand. Es musste ein Geheimnis geben.

Sie würde es herausbekommen.

Ja, sie würde diesen Ort erst verlassen, wenn sie wusste, wer Brandon Petou wirklich war.

Sie stand im Obergeschoss zwischen den beiden Zimmern, als sie sich daran erinnerte, dass Brandon bei ihrer Ankunft von dem Zimmer geschwärmt hatte, das Richtung Garten lag. Das andere Zimmer hatte er nicht erwähnt. Es war das Zimmer, in dem er in der vorletzten Nacht geschlafen hatte.

Audrey ging in dieses Zimmer und achtete dabei penibel genau darauf, keine Spuren zu hinterlassen. Er hatte ihr mal erzählt, dass er ungern Kinder in dem Haus wohnen ließe, lieber Paare oder alleinstehende Personen.

Klar – Kinder wühlten herum. Kinder fanden möglicherweise Dinge, die nicht entdeckt werden sollten. Außerdem wäre es besser, wenn »nur eines der Schlafzimmer von Fremden besetzt« wäre.

Das Zimmer war dunkler und hatte nur ein kleines Fenster, ohne Gardinen davor und ohne einen imposanten Ausblick. Von hier aus sah man nicht mehr bis auf ein Stück Himmel und die Baumkronen. Die Tapete war dunkelblau mit winzigen gelben Blumen darauf, an manchen Stellen eingerissen, etwa da, wo die Leisten abgewetzt waren. Das Zimmer wirkte, als wäre es bei der Renovierung nicht beachtet worden. Oder nur wenig.

Es gab hier einen Schrank, untypisch für die Staaten, der die komplette linke Seite einnahm. Er war alt und unnötig, denn unten gab es ja ein großes Ankleidezimmer. Das Bett war nicht bezogen, sorgfältig gefaltet lagen die Decken und Kissen auf der Matratze. Es roch etwas modrig.

Sie öffnete die Schubladen der Nachtschränke, und wie sie es befürchtet hatte, waren beide leer. Dann hockte sie sich auf den Boden und schaute unter das Bett. Nichts. In dem Schrank fand sie nichts als leere Kleiderbügel. Audrey schob den Schrank sogar beiseite und schaute nach, ob es ein Geheimfach in der Wand gab. Nichts.

Erschöpft, weil es hier oben arg stickig war und ihr die Hitze schon wieder zusetzte, ließ sie sich auf das ungemachte Bett fallen. Sie wusste, dass Brandon das nicht gefallen würde, weil sie dabei das Bettzeug unter sich begrub und es unordentlich wurde.

Sie starrte an die Decke zum Ventilator, dachte nach, wo in diesem Haus sie ihre Antworten bekommen würde. Abgesehen vom Keller, in den sie aber nicht hinein kam.

Audrey drehte sich zur Seite und zählte die Blumen an der Wand. Die Tapete erinnerte sie an die *Villa Winston*.

15 Blumen bis nach oben zum Lüftungsschacht.

Die Frau von nebenan. Das Kopfschütteln.

Audrey setzte sich auf.

Der Lüftungsschacht!

Sie ging um das Bett herum, zog den Nachttisch ein Stück von der Wand weg und stieg darauf. Sie legte die Hände an die Rillen des 30 mal 30 Zentimeter großen Lüftungsschachts und rüttelte daran herum. Dann entdeckte sie, dass die Schrauben an den Seiten scheinbar oft herausgedreht wurden, denn sie waren abgenutzt und nicht mehr ganz glatt.

Das machte niemand ohne Grund.

Irgendetwas verbirgt sich dahinter.

Mit klopfenden Herzen sprang Audrey vom Nachttisch, rannte nach unten und suchte in der Kammer den Handwerkkoffer, mit dem Brandon letztens hantiert hatte, weil sich am Küchenschrank ein Scharnier gelockert hatte.

Nun fand Audrey darin einen Schraubenschlüssel, rannte die Treppen wieder hinauf, stieg auf den Nachttisch und drehte die Schrauben heraus. Schweißperlen rollten von ihrer Stirn, als sie spürte, wie ihr schwindlig wurde. Drei Schrauben hatte sie schon abgedreht, die letzte fehlte noch. Als es ihr gelang, fiel ihr der Deckel auf den Kopf. Sie kniff die Augen zusammen, scheuerte mit der Hand an ihrer Stirn herum und betrachtete dann stolz ihr Werk: Sie hatte mit großer Wahrscheinlichkeit sein Versteck gefunden.

Sie fummelte ungeduldig in dem Lüftungsschacht herum. Zorn machte sich in ihr breit, weil sie nichts zu fassen bekam. Sie ging auf die Zehenspitzen, biss die Zähne zusammen und endlich: Sie ertastete etwas und zog es hervor. Eine Kiste aus dicker, stabiler Pappe.

Erfreut über ihren Erfolg griff sie danach, verlor im selben Moment das Gleichgewicht und geriet ins Wanken.

Audrey schrie auf, die Kiste glitt ihr aus den Händen, und sie schlug mit den Ellenbogen voran auf den Dielen auf. Ein beißender Schmerz durchfuhr ihren Körper, eine Träne der Wut und des Schmerzens perlte über ihre Wange. Dann rang sie nach Luft, rollte sich auf den Bauch, suchte die Kiste und entdeckte sie nur einen halben Meter vor sich.

Mit zitternden Händen öffnete sie den Deckel. Das Erste, was zum Vorschein kam, war ein kleiner Vogel. Grün mit Federn aus Plüsch. Er sah ziemlich abgenutzt aus. Sie wusste nicht, welche Bedeutung der Vogel hatte, also legte sie ihn bei Seite und riss die Augen auf, als sie sah, was unter ihm lag.

Ein Foto. Polaroid.

Sie nahm es in die Hand. Eine junge Frau mit langen, braunen Haaren und braunen Augen, die an die Farbe eines Rehs erinnerten, war darauf zu sehen. Der Kopf hing seitlich herunter, das Gesicht war von Haaren verdeckt. Audrey schlug die Hand vor dem Mund, ein kalter Schauer kroch ihr über den Rücken. Die Frau, die rote Unterwäsche trug, saß gefesselt auf einem Stuhl. Wunden übersäten ihren Körper, überall war Blut. Es tropfte auf den Boden, die Stuhlbeine standen in einer Lache.

Audrey warf das Foto weg und trat mit den Füßen danach, um es möglichst weit von sich weg zu haben. Dann zog sie die Knie an, während sie am ganzen Körper wie Espenlaub zitterte. Der Anblick der Frau hatte sich in ihr Gehirn gebrannt. Beinahe hätte sie sich übergeben.

In der Kiste lag eine Reihe weiterer Fotos, die jedoch banaler Natur waren – und ein Buch. »Das Verlies«, geschrieben von Audrey Leester.

Sie musste würgen, nahm sich zusammen, griff nach dem Buch, klappte es auf und starrte entsetzt auf den Inhalt. Jede Seite war gefaltet worden. Und zwar auf den Millimeter genau, in allerfeinster Kleinstarbeit. Es war so gefaltet, dass jede Seite entweder von oben oder von unten genickt wurde, mit einer Falttechnik, mit der in der Mitte der Seiten ein Loch entstanden war, worin ein kleiner Stapel Polaroidfotos lag. Sie schaute jedes einzelne an, während sich in ihrer Brust ein Gefühl zusammenbraute, das sie nicht hatte wahrhaben wollen. Nun gelangte es immer weiter an die Oberfläche, doch noch konnte sie es nicht richtig zuordnen.

Das Gefühl wurde stärker, mit jedem Foto, das sie sich anschaute. Sie selbst war darauf zu sehen. Auf der Veranda sitzend beim Schreiben, am Abend im Haus, durch den Schleier der Gardinen. Wie sie im Garten saß und telefonierte. Es gab sogar ein Foto von ihr, das sie beim Schlafen zeigte. In ihrem Bett.

Audrey ließ die Fotos sinken. Er hatte sie beobachtet. Die ganze Zeit. Noch einmal betrachtete sie das Foto, das sie beim Schlafen zeigte. Da trug sie einen Pyjama. In der Nacht, in der Brandon offiziell mit ihr in diesem Haus geschlafen hatte, hatte sie lediglich ein Shirt getragen, *sein* Shirt.

Eines stand also fest: Er war in einer Nacht bei ihr gewesen, in der sie geglaubt hatte, allein zu sein.

»Du bist niemals allein, Audrey.«

Das Geräusch. Der verbarrikadierte Keller.

Brandon. Es war Brandon.

Er war da. Immer. Die ganze Zeit.

Jetzt konnte Audrey das Gefühl benennen, das in ihrer Brust keimte: Es war die Gewissheit, dass sie schon längst in Gefahr schwebte.

2

SWALL PINES WAY, THIBODAUX, LOUISIANA
Oktober 2018

Sie fand, es sei ein richtiges »Hexenhäuschen«, ein Haus wie bei Hänsel und Gretel, mitten im Wald, einsam und verlassen. »Der Wahnsinn!«

Sarah war Brandon um den Hals gefallen und danach Mitch und hatte sich tausendmal bei ihnen bedankt. Sie hatte nicht gemerkt, wie still Mitch geworden war. Brandon allerdings schon, hatte sich aber nichts daraus gemacht.

Der sollte sich nicht so haben.

Sarah schwebte durch das Haus, und Brandon fand, dass sie genau die Richtige für diesen Ort war. Sie passte hierher, denn durch sie wurde dieses Haus zu einem *Zuhause*.

Alles war sauber, die Familie war abgereist, und Brandon hatte danach alles blitzblank geputzt. Im Übrigen etwas, wofür Mitch ruhig mal hätte dankbar sein können, denn Brandons Sauberkeitssinn war um einiges penibler als der der Putzkolonne, die Mitch hatte bestellen wollen.

Die Pferdemaske in der Hand ging Mitch mitten in der Nacht auf der Veranda auf und ab.

Im Haus zog Sarah ihre Lederjacke aus. Darunter versteckte sich ein hübsches, dunkles Kleid, nicht zu lang und nicht zu kurz, das eng an ihrem Körper lag. Brandon musterte sie, ihren Körper, ihre vollen natürlichen Brüste, den runden Po, die schmale Taille. Sie war von der Natur mit einer Figur gesegnet, für die manche Frauen wohl töten würden.

Sie ließ sich von ihm anschauen, zog ihre Schuhe aus, während sie ihren Blick nicht von ihm ließ. Es folgte die Strumpfhose, die an einigen Stellen Laufmaschen aufwies. Als sie ganz langsam den Saum ihres Kleides hochzog, öffnete sie leicht den Mund.

Sie wollte ihn.

Er wollte sie.

Und Brandon wusste, dass es Mitch ebenso ging.

Sie entblößte einen Spitzen-Slip unter dem hübschen Kleid, teure Dessous, wahrscheinlich war Barry B. gut in dem, was immer er machte und brachte viel Geld nach Hause.

Sarah schob das Kleid immer weiter hoch, zog es über dem Kopf aus und stand dann nur noch in ihrer roten Unterwäsche vor ihm. Das Kleid fiel zu Boden. Sie ging auf ihn zu und blieb nur wenige Zentimeter vor ihm stehen. Dann stellte sie sich auf Zehenspitzen, küsste seinen Mund, und es fühlte sich absolut richtig und gut an. Brandon packte sie vorsichtig an den Pobacken, während er ihren Kuss innig und sogar zärtlich erwiderte. Als sie damit begann, sein Glied zu massieren, nahm er ihre Hand davon weg und schüttelte den Kopf.

»Das musst du nicht tun«, sagte er, weil er sie mochte. Und weil er, anders als Trixie es behauptet hatte, eben nicht »so einer« war.

»Aber … es ist okay, es macht mir nichts aus, und außerdem würde ich es gern für dich tun«, versicherte sie, »und wenn Mitch will, kann ich danach … Ich meine, es ist doch sein Haus und … wenn es dir nichts ausmacht? Weißt du, mehr kann ich euch als Dank nicht geben.«

Sie ist keine Nutte, weiß aber, dass sie nur mit ihrem Körper für Gefälligkeiten bezahlen kann.

Sie war genau so eine gebrochene Seele wie Mom und wie so viele andere junge Frauen.

Brandon wollte helfen und ihr beweisen, dass sie ihn nicht bezahlen musste. Schon gar nicht mit Sex. Sie war die Frau, die er sich an seiner Seite vorstellen konnte. Hier. An diesem Ort. Denn das Haus im Wald war mit ihr komplett.

»Du kannst duschen gehen, ich schalte das warme Wasser für dich an.« Sanft streichelte er ihr Gesicht. »Ich lege dir oben auf das Bett ein paar Sachen hin. Sie werden dir zu groß sein, denn sie sind von mir, aber ... Frauen mögen das, oder? Die Sachen von Männern?«

Sie lachte und schlang ihre Arme um ihn. »Wie kann ich dir danken?«, flüsterte sie.

»Das brauchst du nicht«, antwortete er. »Bleib einfach bei mir, okay?«

Er hatte den Boiler eingeschaltet und ihr die Sachen in das kleine Schlafzimmer gelegt, das bei der Renovierung vernachlässigt worden war und das nur ein kleines Fenster ins Geäst des Hinterlandes hatte. Er wusste nicht, warum er das Zimmer für sie ausgewählt hatte und nicht das große schöne Schlafzimmer, in dem die Gäste wohnten. Vielleicht hatte es etwas damit zu tun, woher sie kam. Sie war dort, wo sie vorher gewesen war, nicht frei gewesen. Sie war gefangen. Und obwohl er sie befreien wollte, dachte er daran, wie es aussehen würde, wenn er sie hier in diesem Zimmer ...

»Brandon!« Mitch riss ihn aus seinen Gedanken. Brandon ging die Treppe hinunter. Unten stand Mitch noch immer auf der Veranda, der Tag brach an, die Sonne würde bald aufgehen. Das Bild war bezaubernd, der gelb und rosa gefärbte Himmel über den Dächern des Waldes sah aus wie auf einer Postkarte. Die ersten Strahlen der Sonne ließen den Tau in der Luft tanzen und dabei glitzern.

Mitch stützte seine Ellenbogen auf dem Geländer ab, Brandon betrat die Veranda und setzte sich auf die Schaukel. Drinnen war das Wasser der Dusche zu hören.

»Wo wohnst du?«, fragte Mitch in die Stille hinein, die nur von dem Zwitschern der Vögel untermalt wurde.

Brandon verschränkte die Arme hinter dem Kopf. »Was?«

»Ich habe gefragt, wo du wohnst.« Mitch drehte sich zu ihm um. »Ich habe die Frage gestellt, die ich beantwortet haben will. Ich will wissen, wo du wohnst. Es war kein ›hey, Kumpel, wo wohnst du eigentlich‹, sondern eine sehr ernst gemeinte Frage.«

Brandon schnaubte. »Ich wohne überall und nirgendwo.«

Mitch verengte die Augen, betrachtete Brandon mit einem Blick, den er so noch nie an ihm gesehen hatte. »Seit du in Thibodaux bist, hat noch nie jemand dein Haus gesehen. Weder Charles und Richard von der Band noch ich. Du vertröstest Hilary jedes Mal. Wo bleibst du die Nächte über, Brandon?«

»Ich verstehe nicht, was dich das angeht.«

»Eine Menge.« Mitchs Stimme vibrierte leicht. »Das mit damals ist nun Jahre her. Und innerhalb dieser Zeit hast du deine Nächte oft auf der Plantage verbracht, in Josephines Haus. Es ist nicht mein Haus, es gehört mir nicht. Es ist das Haus meiner Mutter, und dass du dort ein- und ausgehst, beruht auf Vertrauen. Ich vertraue dir zwar, aber dafür musst du eines tun: Mich nicht anlügen und mir die Wahrheit sagen.«

»Ich habe dich noch nie belogen, Mitch. Noch nie. Ich sage dir immer die Wahrheit.«

Mitch kam auf ihn zu. »Aber Freundschaft bedeutet ein Geben und Nehmen. Und ich habe es satt, nur zu geben. Und da es nicht einmal mein Besitz ist, in dem du kampierst, nimmst du meine Mutter aus.«

»Ich nehme sie aus?« Brandon war entsetzt und stand auf. Er war gut einen Kopf größer als Mitch, dazu kräftiger und aufgrund der schweren Arbeit gut trainiert. »Ich nehme Josephine aus?«

Mitch ließ sich nicht beirren. »Weißt du, obwohl wir uns so gut verstehen, obwohl wir wieder einander haben, ist es nicht so wie damals. Und ich glaube, dass es nie wieder so sein kann. Ich kann das nicht mehr. Du kommst und gehst, hier und bei Josephine, wann du willst, nimmst Geschenke ohne Skrupel an. Du nimmst und nimmst und gibst nichts zurück …«

»Darum geht's?«, regte Brandon sich auf. Er tippte mit dem Zeigefinger gegen Mitchs Brust. »Schon vergessen? Früher gingst du in *unserem* Haus ein und aus. Meine Mom hat für dich gekocht! Chicken-Wings-Freitag, weißt du noch? Nie im Leben hätte ich es dir zum Vorwurf gemacht, dass meine Mom dir alles gegeben hat, was in ihrer Macht stand, und niemals hätte ich dich darauf hingewiesen, was für ein verdammter Schmarotzer du warst!«

Mitch war außer sich. »Ich war ein Kind, das unter einer Brücke hauste, du bist heute ein erwachsener Mensch, der …« Sein Blick sprach mehr als tausend Worte.

Du vergisst es nicht.

Du denkst immer daran, was ich getan habe.

Was für ein Mensch ich bin.

Stille.

Die Dusche ging aus.

»Warum, Mitch?« Brandon breitete die Arme aus. »Erklär es mir. Worum geht es dir?«

»Ich habe so ein komisches Gefühl. Ich denke an damals, dann an die Zeit, in der wir nicht beieinander waren, und an die Zeit, die danach kam. Und ich muss darüber nachdenken, wann es mir besser ging.«

Das war ein Stich mitten ins Herz.

Mitch seufzte tief. »Früher habe ich dich immer aus all der Scheiße geholt, war immer für dich da, ich habe verflucht noch mal in jeder beschissenen Situation einen klaren Kopf bewahrt, Lösungen erarbeitet, selbst, als du deine Mutter in eurem Haus hast verwesen lassen!«

Brandon drehte sich Richtung Haus, Mitch schwieg.

»Es ist das Geld«, sagte Brandon. »Es hat aus dir einen anderen Menschen gemacht. Fällt dir das nicht auf?«

Mitch schüttelte den Kopf. »Diese Antwort ist so lächerlich. Es ist das Erste, was dir in den Sinn kommt, weil dir keine andere Antwort einfällt. Sieh uns doch an, Brandon, wir streiten, und das nicht wenig! Früher haben wir uns nie gestritten!«

Brandon winkte ab. »Geht es dir um sie?« Er zeigte zum Haus. »Um Sarah? Nimm sie, ich brauche keine Frau! Nimm sie, bei Gott, nimm sie doch!«

»Du sprichst von ihr, als sei sie ein Gegenstand.«

»Das tue ich nicht!« Brandon ballte wütend die Hände zu Fäusten.

Denn so einer bin ich nicht.

»Es hat doch keinen Sinn. Ich weiß alles.« Mitch atmete lautstark die Luft aus.

Brandon hielt sich an der Hauswand fest und versuchte, seine Mimik unter Kontrolle zu behalten.

»Denn eines hat sich nicht geändert«, fuhr Mitch fort. »Ich kenne dich, verdammt, ich kenne dich so gut. Ich weiß, dass du nirgendwo wohnst. In deinem Truck liegen dein beschissener Wecker und deine Tabletten, die du zum Schlafen nimmst. An deinem Schlüsselbund hängt ein extra Schlüssel für den Keller dieses Hauses hier, ich habe ihn ausprobiert, als du das Dach repariert hast. Du wohnst hier, auch wenn wir Gäste haben. Du parkst deinen Truck dann dort hinten im Wald. Es ist schon eine richtige Parkbucht entstanden.« Mitch lachte leise auf, wobei er den Kopf schüttelte und fassungslos wirkte. »Und wenn die Situation mal überhaupt nicht passt mit diesem Haus und ich nicht auf Reisen bin, kommst du auf die Plantage und übernachtest im Gästezimmer.«

Brandon konnte nichts sagen.

»Und Mom kann nichts dagegen tun, weil sie zu gut ist. Weißt du, es wäre so viel besser, du hättest es mir gesagt. Du hättest mich dir helfen lassen. Weil dieser Zustand … das ist kein Leben, Brandon. Das ist ein heilloses Durcheinander und ich weiß, dass es dir nicht gut geht.«

»Natürlich geht es mir gut.«

»Mit meiner Hilfe schon. Überleg mal, du hättest mich nicht. Und Josephine. Wo wärst du dann?« Mitch legte ihm die Hand auf die Schulter, und Brandon war kurz davor, sie abzuschütteln. »Und schon bin wieder ich es, der dich rettet, aus jeder Situation.«

Brandon wartete, bis Mitch seine Hand runtergenommen hatte und ein Stück von ihm weggewichen war.

»Ich wünschte«, sagte er dann, »du hättest das alles nicht gesagt.«

Mitch verstand nicht.

»Schon vergessen? Die Hälfte meines Lebens habe ich ohne dich verbracht. Ich bin klargekommen, oder?«

Mitch schüttelte den Kopf. »Du bist krank, Brandon. Etwas stimmt nicht mit dir. Als wir uns das erste Mal wiedergesehen haben, hast du jemanden umgebracht. Das nennst du klarkommen, ja?« Er drehte sich um, ging die Stufen der Veranda hinunter und dann in Richtung Truck.

Brandon atmete schnell, die Worte Mitchs wiederholten sich ständig in seinem Kopf.

»Ich warte im Truck auf dich. Wäre nett, wenn du mich nach Hause fährst.« Mitch öffnete die Tür zum Wagen und schenkte Brandon keinen weiteren Blick. »Ich will nicht mehr, dass du bei uns aufschlägst. Ich will nicht mehr, dass du bei Josephine und mir wohnst, ich werde mit ihr reden. Und wenn du nicht aus diesem Haus hier verschwindest, werde ich die Band verlassen.«

»Du bist so ein guter Freund«, entgegnete Brandon, während sein Herz schmerzte.

»Du belügst mich, die ganze Zeit. Und nicht nur mich, sondern auch dich. Sieh auf deine Hände, dann weißt du, was du getan hast!«

Brandon tat, was Mitch verlangt hatte. Er sah auf die Innenflächen seiner Hände, und sein Kopf begann zu schmerzen, das Dröhnen war unerträglich.

»Wenn das weiter funktionieren soll, musst du dir eine Bleibe suchen, und dann fangen wir von vorn an.« Mitch betrachtete das Haus. »Und Sarah muss auch gehen. Ich gebe euch ein paar Tage, aber dann ... seid ihr hier weg. Beide.«

3

SWALL PINES WAY, THIBODAUX, LOUISIANA
September 2019

Audrey hatte nicht viel Zeit.

Sie kippte den Eistee hinunter, zog sich vernünftige Klamotten an und packte ihr Telefon in die Handtasche, dazu das Foto der jungen Frau, die eindeutig misshandelt worden war. Audrey war sich sicher, dass es sich bei ihr um Brandons Freundin Sarah handeln musste.

Sie verstand das alles nicht. Brandon sagte, seine schwangere Freundin wäre in einen Autounfall verwickelt worden. Es hätte eine Explosion gegeben und sie wäre dabei gestorben.

Aber es gab dieses Foto von ihr, auf dem sie ziemlich übel zugerichtet aussah.

Was, wenn Brandon ihr das angetan hatte?

Was, wenn Sarah gar nicht bei dem Unfall gestorben war, sondern schon vorher?

Audrey schloss die Augen, atmete tief durch und versuchte, sich zu beruhigen. Sie musste bei klarem Verstand bleiben. Und sie musste wissen, was passiert war. Dazu war ihr jedes Mittel recht.

Sie starrte noch einmal auf das Foto und wusste, dass sie die Wahrheit nur erfahren würde, wenn sie sich selbst darum kümmerte. Also schulterte sie ihre Tasche und verließ das Haus. Gleich darauf kehrte sie um, da sie aus dem Augenwinkel gesehen hatte, dass ihr Laptop geöffnet auf dem Sofa stand.

Sie dachte angestrengt nach, doch nein, sie hatte ihn heute nicht benutzt. Sie konnte nicht schreiben, nicht jetzt, dafür war sie viel zu durcheinander. Als sie auf das Sofa zutrat, beschlich sie das ungute Gefühl, dass sie etwas übersehen hatte. Sie beugte sich vor und warf einen Blick auf den Bildschirm. Unter ihrem Manuskript stand in einer neuen Zeile: »RENNE!«

Während sich ihre Atmung immer wieder überschlug, durchquerte sie den Wald auf dem Weg, auf dem sie immer mit Brandon mit dem Truck gekommen war. Sie schaute sich um, hatte das Haus schon gute dreihundert Meter hinter sich gelassen und konnte es nicht mehr zwischen dem Grün des Waldes ausmachen. Und damit hob sich ihr Puls.

Wenn er jetzt kommt und dich sieht ...

Sie schüttelte diesen Gedanken ab und konzentrierte sich auf ihren Fußmarsch. Es war weit bis zur Stadt, und es war bereits nach vier Uhr am Nachmittag. Somit musste sie sich ins Zeug legen.

Unwillkürlich ging sie schneller, weil sie sich die ganze Zeit beobachtet fühlte und sich nicht in Sicherheit wiegen konnte. Brandon konnte überall sein, und sie glaubte, dass er zu allem fähig war.

Er war nicht die Person, zu dem sie ihn in ihrem Buch gemacht hatte, zu dem charmanten Nachbarn, nein, Brandon war gefährlich, das wusste sie nun.

Eine Schar Vögel erhob sich aus den Baumkronen. Sie hielt inne und lauschte auf jedes Geräusch. Als sie meinte, einen Motor zu vernehmen, tat sie das, wozu sie aufgefordert worden war: *Sie rannte.*

Das Haus der alten Dame erreichte sie eine halbe Stunde später. Am Ortseingang von Thibodaux war ihr ein Taxi entgegengekommen, und als sie in Sicherheit auf der Rückbank saß, fragte sie sich für einen Moment, ob es nicht besser wäre, den Fahrer zu bitten, sie sofort nach New Orleans zum Flughafen zu bringen.

Doch sie wollte noch nicht nach Hause.

Sie wollte zuerst mit der alten Frau sprechen. Jene Frau, die sie am Tag ihrer Anreise aus dem Fenster beobachtet und ihr dieses komische Gefühl gegeben hatte.

Dieser Ort ...

Das Taxi hielt vor dem Haus. Beim Blick auf die Villa nebenan fragte Audrey sich: Hatte es dort jemals einen Wasserschaden gegeben? Oder war das nur ein Vorwand gewesen, weil Audrey das Haus nicht hatte betreten sollen?

Im Vorgarten der alten Dame gab es Blumen in allen Formen und Farben, aber alles wuchs ungepflegt und wild durcheinander, als würde sich niemand darum kümmern. Die Haustür hatte nur einen altmodischen Türklopfer, keine Klingel. Audrey betätigte diesen, wartete einen Moment und schließlich öffnete ihr jemand die Tür.

Ein älterer Mann, der sie an ihren Großvater erinnerte.

»Guten Tag, Sir. Entschuldigen Sie die Störung, dürfte ich ... Ihre Frau sprechen?«

Der Mann hielt die Tür nicht weit geöffnet, sein Körper zitterte, Flecken leuchteten auf seiner Haut. »Wollen Sie etwas verkaufen? Danke, wir benötigen nichts.«

Als er die Tür schließen wollte, hielt Audrey sie fest. »Nein, bitte, Sir! Ich will sie nur etwas fragen, ich muss mit ihr reden, es geht um ... Brandon Petou!«

Die Tür wurde zugeknallt.

Audrey stampfte mit dem Fuß auf den Boden. Erst dann kam sie auf die Idee, sich das Türschild anzusehen: *Parker & Winston*.

Plötzlich wurde die Tür erneut geöffnet. Skeptisch schaute der Mann von eben durch den Türspalt. »Kommen Sie rein. Meine Frau ist oben.«

Das Zimmer, dessen Fenster auf das Grundstück der Stadtvilla zeigte, roch nach Ammoniak und Medizin. Es war heiß und stickig, doch die alte Dame saß mit einer Decke auf den Knien am geschlossenen Fenster, um ihre Schultern hing eine Wolljacke. Sie sah fahl im Gesicht aus und trug eine Nasensonde. Zwei Schläuche, der eine dünn, der andere gerillt und dick. Sie führten zu einem Gerät, das neben ihrem Stuhl stand. Es machte Geräusche, als würde etwas darin blubbern. Ein Medizinschrank stand an der Wand, Flaschen, Spritzen, Pillendosen, Schläuche und eine Maschine, die Audrey an einen Defibrator erinnerte.

Audrey empfand ihren Besuch jetzt höchst unangebracht, besonders, falls sich herausstellen sollte, dass sie sich etwas einbildete.

Doch das Foto ist echt.

Es gab die misshandelte Frau.

Und sie musste wissen, wer das war.

»Mein Name ist Audrey«, begann sie, während sich ihre Stimme vor Aufregung fast überschlug. »Ich komme aus New Jersey. Ich habe Brandon Petou in New York kennengelernt, er war dort, weil seine Freundin Sarah … na ja, weil sie diese Stadt liebte und …« Sie konnte kaum weitersprechen. War es die Angst vor der Antwort?

»New York … pff«, machte die alte Dame und legte ihren Kopf in das Kissen.

Der Anblick der kranken Frau machte Audrey wirr, sie wusste kaum noch, wie sie sich verhalten sollte. »Nun, Brandon gab mir eine Visitenkarte von der Stadtvilla, und ich buchte bei ihm. Einen Aufenthalt von circa zwei Wochen. Als ich letzte Woche dort ankam, sagte er mir, ich könne dort nicht wohnen, weil es einen Rohrbruch gegeben hätte. Dann sah ich Sie …« Ihre Knie wurden weich. »Zuerst war er charmant, freundlich, alles, aber ich habe gemerkt, dass er sich veränderte. Sehr schnell, und jetzt habe ich herausgefunden, dass …«

»Setzen Sie sich doch«, unterbrach die Dame sie, ihre Stimme war hell und piepsig. »Dort ist ein Stuhl. Robert sitzt dort immer, wenn er mir die Zeitung vorliest. Ich soll selbst lesen, das sagt auch der Arzt, aber ich bekomme Kopfschmerzen davon.«

Audrey setzte sich ihr gegenüber. »Danke, Ma'am.«

»Schön, mal einen anderen Menschen als den Arzt, die Pfleger oder meinen Mann zu sehen.«

»Würden Sie mir verraten, wer Sie sind? Gehören Sie zu den Winstons?«

Die Alte nickte. »Mein Name ist Laura. Ich bin Josephines Schwester.«

»Das bedeutet, Sie kennen Brandon Petou.«

Laura winkte ab. »Nicht so gut. Als meine Schwester und ich uns noch gut verstanden haben, habe ich ihn öfter bei ihr gesehen, aber dann ... habe ich begriffen, dass er nicht der ist, wofür sie ihn hält.«

Audrey fühlte sich ihrer Sache nun sicherer.

»Wie alt sind Sie, junge Dame?«, wollte Laura wissen.

»31.«

»Sie passen in sein Schema. Sie sehen wie die anderen aus. Sie sind hübsch und wahrscheinlich sehr klug. Brandon bevorzugt gebildete Frauen. Er will, dass sie eigenständig sind und Probleme lösen können, ihm helfen können, wenn er mal nicht weiterweiß. Ja, so ist Brandon.«

»Das verstehe ich nicht, Ma'am. Wie viele Frauen hatte er?«

»Das wissen wir nicht.«

»Wir?«

Die alte Dame lächelte. »Robert und ich. Robert ist mein Mann. Wir sind heimlich Detektive, müssen Sie wissen. Etwas anderes kann ich nicht tun, ich bin an diesen Sessel und an dieses Zimmer fesselt.« Sie zeigte auf die Maschine. »Ich habe eine Lungenkrankheit, ich brauche 24 Stunden am Tag Sauerstoff und andere Sachen. Die Namen kann ich mir nicht merken. Ich habe keine andere Aufgabe, als aus dem Fenster zu schauen und zu beobachten, was nebenan vor sich geht.«

»Und was sehen Sie da so?«

»Vor ein paar Wochen habe ich eine junge Frau gesehen. Es war genau wie bei Ihnen. Jetzt ist sie tot. Ihre Leiche schwamm im Bayou.«

Audrey schluckte. »Sie haben Becky Harris gesehen?«

»Drüben. Vor dem Haus. Ich habe sie erkannt, weil ein Foto in der Zeitung von ihr abgebildet war.«

»Haben Sie das der Polizei gesagt?«

»Meine Liebe«, sagte sie belustigt, »ich bin alt und krank und ich kann mich irren. Ich *denke*, ich habe sie gesehen. Und ich denke, dass Brandon kam und sie mitgenommen hat, so wie er Sie mitgenommen hat.«

Das war für Audrey nicht verständlich. »Warum haben Sie der Polizei nicht gesagt, dass Brandon sie mitgenommen hat? Und wohin er sie mitgenommen hat, wissen Sie das?«

»Woher soll ich das wissen? Die Tabletten machen mich manchmal gaga im Kopf. Ich weiß nur, dass ich Brandon nicht vertrauen kann. Für meine Schwester ist er ein guter Junge, fast wie ein Sohn. Was soll ich da tun? Ihn beschuldigen, für etwas, was ich nicht beweisen kann? Meine Schwester bezahlt all das hier, die Arzt- und Pflegekosten, dafür lasse ich sie mit meinen Zweifeln in Ruhe und tue das, was ich tun darf.« Sie drehte ihren Kopf so, dass sie nun direkt aus dem Fenster schaute. »Das Haus zu beobachten und junge Dinger wie Sie zu warnen.«

Wut machte sich in Audrey breit. »Das reicht nicht! Es heißt, dass man Beckys Mörder noch nicht gefasst hat. Wenn Sie mich fragen, müssen Sie das, was Sie wissen, dringend der Polizei melden!«

»Was fällt Ihnen ein!«

»Wie können Sie denn damit leben, verdammt noch mal?« *Denn die Nächste könnte ich sein.* »Wenn Sie wissen, es war Becky, dann sind Sie wahrscheinlich die Letzte, die sie lebend gesehen hat, und dann gilt Brandon als dringend tatverdächtig!«

»Hören Sie mal!«

»Nein!«, wetterte Audrey. »Wussten Becky Harris' Eltern nicht, wo sie war? Wo sie untergebracht werden sollte? Kam niemand auf die Idee, sie hier zu suchen? In der *Villa Winston*? Die Eltern müssten doch der Polizei gesagt haben, wo sie gebucht hat. Hat dann niemand an die Papiere geschaut?«

»Es existiert kein Schriftverkehr. Keine Akten. Vielleicht wussten die Eltern nicht, wo das Mädchen war.«

»Das kann ich mir nicht vorstellen.«

Travis weiß, wo ich bin.

Laura zuckte mit den Achseln. »Wenn niemand weiß, wo sie ist, und niemand sie gesehen hat – wie soll man dann auf Brandon Petou kommen, oder auf die *Villa Winston*?«

Audrey rang nach Luft, der Schweiß lief ihr den Rücken hinunter. »Aber ...«

»Verstehen Sie, so viele alleinstehende Frauen, die hier Urlaub machen möchten, gibt es nicht. Es gab diese eine Frau, und es gab Sie.«

»Und Sie haben mich gewarnt ...«

»Ja!«, rief Laura aus. »Weil Brandon Petou gefährlich ist. Aber ob er die Frau ermordet hat, weiß ich nicht. Er hat vor Kurzem seine Freundin verloren, und die hat er wirklich geliebt. Sogar ein Kind war unterwegs. Vielleicht hat sie ihn geändert.«

»Sie widersprechen sich doch.« Audrey war aufgewühlt und versuchte, ihre Stimme unter Kontrolle zu behalten. »Sie sagten, er ist gefährlich und dann ist er wieder in Ordnung?«

»Das wissen Sie doch selbst! Er ist ein guter Kerl. Höflich, charmant. Er ist nicht so einer. Ist Ihnen das nicht aufgefallen?«

Der Kuss.

Audrey wurde rot.

»Aber auch wenn er ein guter Kerl ist, weiß ich, dass er irgendetwas verbirgt. Vielleicht hätte seine Freundin es herausgefunden, wenn es nicht diesen Unfall gegeben hätte. Es ist ein Jammer. Sie waren ein schönes Paar. Sie sind im Ort spazieren gegangen. Sie hielten Händchen, ich glaube, zu ihr war er gut. Wenigstens zu ihr war er gut.«

Ist Sarah nicht die Frau auf dem Foto?

Die Aussagen von Laura Winston passten jedenfalls nicht dazu.

»Wie oft haben Sie Sarah denn gesehen?«

»Zwei- oder dreimal. Da konnte ich noch mit dem Rollstuhl ein paar Wege im Ort erledigen. Irgendwann konnte ich das nicht mehr, es strengt mich an und Robert kann diese ganzen Kabel nicht bändigen.« Sie zeigte auf die Schläuche an der Seite, die von ihrer Nase zur Maschine führten.

»Also haben Sie sie dann auch nicht mehr gesehen«, stellte Audrey fest.

»Ja, ich gebe zu, dass ich sie vor ihrem Unfall schon länger nicht mehr gesehen habe.«

Verächtlich schüttelte Audrey den Kopf über das Verhalten der alten Frau. »Ich weiß nicht, ob ich so sein könnte wie Sie …«

»Was soll denn das heißen?«

»Dass ich nicht weiß, ob ich damit leben könnte, nur zu meinem eigenen Schutz, Informationen vor der Polizei zu verheimlichen, die vielleicht Leben retten könnten.«

Laura schnaubte. »Erlauben Sie mal!«

»Sie hätten mich schützen können. Aber dafür hätte es mehr Courage gebraucht als ein Kopfschütteln. Es hätte zumindest einen Anruf bei der Polizei gebraucht, als man Beckys Foto veröffentlichte. Wer weiß, vielleicht hätte man Brandon dann stoppen können. Ich wäre dann nicht hier. Und ich wäre nicht in Gefahr.« Audrey kramte in ihrer Tasche nach dem Foto. Mit zitternden Händen holte sie es heraus.

»Hören Sie, ich weiß doch nicht, ob es wahr ist. Ob sie es wirklich war. Ich ... vielleicht ist Brandon auch der wunderbare Mensch, von dem meine Schwester immer schwärmt ...«

Audrey streckte Laura das Foto entgegen. »Hier! Deshalb bin ich hier: Ist das Sarah? Seine Freundin? Die Freundin, die ein Baby von ihm erwartete?«

Laura hob die Brauen.

»Ist das die Frau, von der Sie meinen, zu ihr *war er gut, wenigstens zu ihr*?« Audreys Arm wurde steif, sie ging noch einen Schritt weiter auf Laura zu.

Laura wandte den Kopf zum Fenster, als wolle sie ausweichen.

»Sieht das so aus, wenn ein Mann *gut* zu einer Frau ist?« Audreys Herz drohte zu explodieren. »Antworten Sie doch, Laura! Ist das Sarah, Brandons Freundin?«

Laura senkte den Blick und faltete die Hände auf dem Schoss. »Ja, das ist Sarah.«

4

SWALL PINES WAY, THIBODAUX, LOUISIANA
Oktober 2018

Es waren zwei wunderschöne Wochen gewesen.

Eine Zeit, in der es ausführliche Gespräche auf der Veranda gegeben hatte, die vom Gezirpe der Grillen begleitet worden waren. In der sie gemeinsam gekocht hatten. Sarah zeigte, was sie konnte, mit ihrem wunderbarem Brot, mit herrlich duftendem Gemüse vom Markt und Gerichten wie Coq au vin. Es war eine Zeit, in der sie wie kleine Kinder zwischen den Blumen im Garten herumgetollt waren, sich in den Armen gehalten, geküsst und aneinandergeschmiegt hatten, während die letzten Herbststrahlen der Sonne ihre Haut gebräunt hatten.

Sie hatten miteinander geschlafen, in der Hitze der Nacht, in dem kleinen Zimmer mit dem winzigen Fenster, während ihre Körper schwitzten, und sie es dann noch einmal taten, weil sie in manchen Nächten nicht genug voneinander hatten bekommen können. Er hatte dabei alles getan, was sie noch nicht kannte, hatte ihr Lust bereitet, die sie noch nie empfunden hatte, hatte ihr das gegeben, was sie brauchte, es aber nie gewusst hatte.

Danach hatten sie einander in den Armen gelegen, und sie hatte so viele Dinge über das Leben gesagt, Dinge, die er immer gedacht hatte, sie aber nie in Worte hatte fassen können.

Was für ein Leben musste sie ausgehalten haben?, hatte er sich gefragt, und sie hatte wissen wollen: »Warum fühlst du dasselbe wie ich?«

Die Antwort würde er ihr nicht geben können, weil sie ihn schmerzte und sich darüber ärgerte, dass Mitch sie ihm gegeben hatte.

Ich bin krank. Ich habe auch Gedanken, doch habe ich sie bereits zweimal ausgeführt.

Trixie. Das Mädchen im Keller, eingelassen in Beton, damit niemand erfuhr, zu was er imstande war. Barry B., Sarahs Ex, erschlagen, weil es hatte sein müssen, und weil er sich nicht unter Kontrolle gehabt hatte.

Mord.

»Sag mir, was bist du für ein Mensch?«, wollte Sarah in jener Nacht wissen, in der er wieder so viel an Mitch und dessen Worte gedacht hatte. Und daran, dass Mitch irgendwann gehen würde, wenn er sich nicht änderte.

Er führte ein anständiges Leben, war erfolgreich, strengte sich an.

Während du dich nicht geändert hast. Du bist immer noch der Junge, der du einmal warst.

Scheu vor der Welt, krank im Kopf, nicht imstande, das Leben zu meistern.

»Ich hoffe, ich kann irgendwann ein guter Mensch sein«, antwortete Brandon und strich ihr eine braune Haarsträhne aus dem Gesicht.

»Das bist du doch schon.«

»Du kennst mich nicht, aber … das gehört jetzt nicht hierher.«

»Lass uns morgen wieder zu diesem Laden fahren«, bat sie, während sie ihren Kopf auf seine Brust legte. »Diese Cupcakes … ich will niemals aufhören, sie zu essen. Ich bin besessen davon!«

Besessen.

Brandon blickte zur Decke. Besessen sein. Von einem Leben, das ihm nicht gehörte. Von anderen Menschen, weil er sein eigenes Leben nicht händeln konnte. Besessen von einem Haus, das er als sein Zuhause empfand, weil er sich nie sein eigenes gesucht hatte.

Weil es jemanden gab, der es ihm direkt vor die Füße gelegt hatte.

Brandon schloss die Augen.

Aber dass er nun einmal so war, dafür konnte er nichts, da war er sich sicher.

Am nächsten Morgen, es war ein verregneter Sonntag, tauchte nach zwei Wochen Mitch in dem Haus im Wald auf.

Brandon hatte gewusst, dass das passieren würde, denn Mitch hatte es schließlich angekündigt. Und Brandon hatte Vorkehrungen getroffen.

Mitch stieg aus seinem Sportwagen, Brandon stand auf der Veranda, lediglich mit Unterhosen bekleidet, eine Tasse Kaffee in der Hand.

Als er die Treppen raufging, fuhr sich Mitch durch das längere blonde Haar. Dann lehnte er sich mit dem Hintern gegen das Geländer. Der Regen prasselte auf das Dach.

»Ich bin umgezogen«, eröffnete Brandon das Gespräch.

Mitch schien überrascht. »Wohin?«

»Ich wohne zur Miete. Lexington Street.«

»Da hinten? Die Mieten sind heftig.«

»Passt schon.«

Mitch nickte. »Und sonst?«

»Kann mich nicht beklagen.«

»Was ist mit ihr?« Er machte eine Kopfbewegung Richtung Haus.

»Lass ihr noch ein paar Tage, Mitch.«

Mitch schnaubte. »Wir müssen das Haus vermieten, Brandon. Josephine fragt mich schon, was los ist.«

»Sag ihr, es ist vermietet.« Das war eine Idee, und Mitch schien darauf gut zu reagieren. »Sag ihr einfach, es ist vermietet und wenn sie irgendwas Genaueres wissen will, verweis sie auf mich. Eine alte Freundin wohnt hier für längere Zeit und bezahlt auch dafür.«

»Okay.« Mitch spielte am Lack des Holzes herum. »Man hat dich mit ihr in der Stadt gesehen. Mit Sarah.«

»Und?«

Mitch seufzte. »Hilary war gestern wieder bei mir. Hast du ihr gesagt, wo du wohnst? Oder dass du hier bist, mit … hast du ihr irgendwas erzählt?«

Brandon trank einen Schluck Kaffee. »Warum sollte ich? Wir sind kein Paar.«

»Dann musst du es ihr auch so sagen und …« Er verstummte in dem Moment, in dem Sarah die Veranda betrat. Sie hatte das Haar zu einem Zopf gebunden, trug kein Make-up, Shorts und ein Shirt. Sie sah sportlich und gesund aus, bildschön.

»Hallo Mitch!«

»Sarah.« Er lächelte aufgesetzt. »Ich bin gerade in der Gegend gewesen. Hast du dich gut eingelebt?«

»Ja, wunderbar, ich liebe dieses Haus.«

Brandon warf Mitch einen flehenden Blick zu. »Ich habe ihr gesagt, sie kann bleiben, bis es ihr besser geht.«

Mitch verschränkte die Arme vor der Brust. »Klar.«

»Hast du Lust auf ein paar Muffins?« Sarah zeigte ins Haus. »Sie sind gerade fertig.«

Brandon streckte den Arm aus. »Komm schon, Mann.«

Mitch haderte einen Moment mit sich und ging schließlich mit.

Er blieb den ganzen Tag. Und mit jeder Stunde wurde er offener, lustiger und war irgendwann genau der Mitch, den Brandon kannte. Nicht misstrauisch, nicht fordernd, so wie er das Verhalten seines besten Freundes empfunden hatte. Als würde Mitch denken, dass Brandon nicht gut für ihn und für alle anderen wäre.

Also gab Brandon sich Mühe, band Mitch in all seine Gespräche mit Sarah ein, machte auf gut Wetter, lachte und erzählte von seinem Job, seiner neuen Bleibe, und es ging so weit, dass er Mitch kurz mit Sarah allein ließ, um im Ort die Cupcakes zu besorgen, während Sarah im Haus im Wald den Kaffee kochte. Als er zurückkam, lachten Mitch und Sarah miteinander, und Brandon war froh darüber, dass sie sich genauso gut verstanden wie in der Nacht, in der sie einander kennengelernt hatten.

Alles war perfekt.

Am Abend hatte der Regen noch immer nicht aufgehört, sodass sie alle drei auf der Veranda saßen, und Sarah, die sich mit einer Decke auf der Schaukel eingekuschelt hatte, etwas vorspielten. Brandon sang und spielte das Banjo, Mitch trommelte im Takt der Melodie auf den kleinen Beistelltisch und schnipste dazu.

Sie waren wieder ein Team. Mehr hatte Brandon nicht gewollt. Und Sarah? Sie war großartig, sie war das Glied, was zwischen sie passte, ihre Freundschaft aber nicht zerstörte.

Genau so eine Frau hatte er sich gewünscht.

Die ihm Raum und Zeit mit Mitch ließ, die Verständnis zeigte und spürte, wie gut Mitch für ihn war.

»Es ist spät«, sagte Mitch dann und sah auf die Uhr. Es war kurz vor Mitternacht.

»Du willst doch wohl jetzt nicht fahren«, meinte Brandon. »Der Weg zur Straße wird unter Wasser stehen. Dein Auto wird aussehen wie ein Monstertruck, wenn du die Straße überhaupt durch die Dreckmulden erreichst.«

»Was soll's, ich muss morgen früh raus.« Mitch verabschiedete sich mit einer Umarmung von Sarah.

»Es gibt ein zweites Schlafzimmer!«, meinte sie. »Bleib doch über Nacht.«

»Ja, Mitch, bleib hier!«, sagte auch Brandon.

Man sah Mitch an, dass er an damals dachte.

Damals. Jene Nacht.

Wir zwei und eine Frau.

Brandon verstand und lächelte zuversichtlich. »Denk dran, du hast von dort aus eine wunderbare Sicht in den Garten.«

»Das wird mir was nützen, mitten in der Nacht.« Mitch lachte, auch wenn es unsicher klang. »Okay, ich bleibe.«

Sarah schien begeistert zu sein, nahm seine Hand und ging mit ihm ins Haus. Brandon konnte nicht mehr tun, als zu beobachten. Er sah dabei zu, wie sie ihm die Pferdemaske zeigte, die sie von dem Festival in New Orleans mitgebracht hatten, er zog sie auf und rannte hinter ihr her. Sie lachte, ließ sich von ihm fangen, und als Mitch ihr ziemlich nah kam, hob er beide Hände und drehte sich zu Brandon um.

Brandon verzog den Mund zu einem Grinsen und nickte, um ihm zu zeigen: *Ist schon okay.*

In der Nacht wurde Brandon wach. Er schaute neben sich. Sarah schlief tief und fest. Auch wenn sie schlief, sah sie wunderschön aus. Ihr Bein lag über der Decke, sie trug die rote Unterwäsche aus Spitze, genau wie in der Nacht, in der sie zu Hause angekommen war. Er legte seine Hand auf ihren Po, berührte die Spitze und hielt die Luft an.

Dann stand er auf, ging auf den Flur zu dem Raum, in dem Mitch schlief. Brandon öffnete die Tür. Mitch lag in seinem Bett.

Alles ist perfekt.

Vier Tage später kam Brandon von der Arbeit. Es war spät geworden, ein großer Auftrag in Lafayette, weswegen er jeden Tag einen weiten Arbeitsweg in Kauf nahm.

Dunkel war es noch nicht draußen, aber der Spätherbsthimmel dämmerte bereits, als er vor dem Haus im Wald Mitchs Wagen entdeckte.

Die Lichter im Haus waren eingeschalten. Brandon parkte seinen Truck neben Mitchs Auto, stieg aus und stieg die Treppen der Veranda hinauf. Er öffnete die Tür, während seine Stirn in tiefen Falten lag. Sarah stand in der Küche an der Theke, neben ihr Mitch und probierte von einem Kochlöffel.

»Hey, Kumpel«, rief Mitch aus, freudig und unbekümmert.

Brandon schloss die Tür hinter sich und brauchte einen Moment, um zu kapieren, was hier vor sich ging. Die Tatsache, dass Sarah jetzt am Abend den seidenen Bademantel trug, den er ihr im Ort gekauft hatte, ließ ihn zahllose Gedanken haben.

Doch Mitch trug Hemd und Krawatte, dazu Schuhe.

Brandon versuchte, sich zu entspannen.

»Alles in Ordnung?«, fragte Mitch und kam auf ihn zu. »Ich wollte mit dir reden. Ich wusste nicht, dass du so spät kommst.«

Brandon ließ seine Schlüssel in die Schale auf der Anrichte fallen. »Schon gut. Was gibt's?«

»Nun, wir haben einen Auftritt am Wochenende. Ich hoffe, du hast es nicht vergessen. Morgen ist Probe, Samstag ist der Gig.«

»Hab' ich nicht vergessen.«

»Sarah will mitkommen.«

»Unbedingt!« Freudig klatschte sie in die Hände. »Ich will euch unbedingt wieder spielen hören!«

»Hast du keine Angst, dass Barry B. auftaucht? Der Auftritt ist in der Nähe von New Orleans.« Brandon starrte in die erschrockenen Gesichter der beiden. Er wusste selbst nicht, warum er das gesagt hatte. Er wusste aber auch nicht, warum ihn der Anblick von Mitch und Sarah zusammen so durcheinanderbrachte.

»Du bist doch bei mir«, sagte sie unsicher.

»Ich spiele.« Brandon verzog keine Miene und ging stur an ihnen vorbei, um sich abzuduschen.

5

NOVEMBER 2018

Es war ein kleiner Gig. Sie waren die Hauptband, und als Einziger wollte Brandon nach der Show keine Zugabe geben, wurde von Mitch, Charles und Richard dann aber überstimmt. Es war ein Konzert auf einer Freilichtbühne an einem gut besuchten Samstagabend während eines Stadtfestes, und Sarah war natürlich mitgekommen. Sie stand hinter der Bühne, Brandon vergewisserte sich darüber in jeder Gesangspause, indem er sich umdrehte, ein paar Schritte ging, um sie lächelnd hinter dem Vorhang zu sehen. Ihrer Performance schadete das sehr, und so erntete Brandon noch während der Show mehrere zornige Blicke seiner Bandkollegen.

Überhaupt – auch wenn das Publikum davon nichts mitbekam, so war Brandon nicht bei der Sache. Mitch merkte es jedoch sehr wohl.

»Was soll das, Mann?«, fuhr er ihn an, als sie nach der Zugabe von der Bühne gingen. Hinten herrschte Chaos, Sarah war nicht mehr zu sehen, stattdessen tummelten sich dort Teenager einer Jugendband, die den nächsten Auftritt hatten.

»Was ist in dich gefahren? Du hast etliche Töne nicht getroffen, Einsätze verpasst und was sollte dieses Rumgerenne?«

»Hast du Sarah gesehen?«, fragte Brandon und hörte Mitch kaum zu.

»Keine Ahnung, Mann, konzentriere dich auf deine Arbeit, verdammt!« Wütend schlug Mitch Brandon gegen die Schulter. »Hier geht's um uns und das wir tun, was wir lieben! Es geht nicht um sie!«

Brandon starrte ihm in die Augen. »Ja, schon gut …«

Mitch seufzte tief und steckte seine Klarinette in die Instrumentenbox. »Ich suche nach ihr. Drüben sind ein paar Mädels, die wollen dich sehen.«

An der Seite der Bühne standen ein paar junge Mädchen, die ihre Notizbücher und einen Stift zu ihm streckten und mit ihren Smartphones darauf warteten, mit Brandon ein Selfie zu machen. Es war ein bisschen so, als wären sie richtige Stars, und sonst hatte Brandon diesen Ruhm auch genossen. Also ging er zu den Mädchen, gab ihnen das, was sie wollten, konnte es aber nicht lassen, seinen Blick ständig durch das Getümmel schweifen zu lassen. Ein paar Mädchen ließ er dann einfach links liegen, nachdem er glaubte, Sarahs Kopf zwischen all den anderen ausgemacht zu haben.

»Sarah!« Er ging durch die Menschenmenge, vorbei am Bierstand, und entdeckte Sarah und Mitch, wie sie nahe beieinanderstanden und miteinander redeten.

»Alles gut?«, hörte er Mitch sagen, woraufhin Sarah nickte. Dann legte Mitch seine Hand an ihr Gesicht. Eine Geste, die sehr zärtlich war, und die man nicht anders hätte interpretieren können.

»Was ist hier los?«, wollte Brandon wissen und stürmte auf die beiden zu, woraufhin sie sich erschrocken umblickten.

»Es war mir zu viel«, sagte sie und wich von Mitch weg.

Mitch sah zur Seite. Brandon konnte sie nicht ansehen, in seinem Inneren brodelte es. Er wollte immer, dass sie sich gut verstehen. Immer. Doch dass es zwischen ihnen mehr werden würde, konnte er nicht tolerieren.

Tja, scheinbar war es wie immer: Mitch hatte alles, Brandon hatte nichts.

Eines Morgens in der darauffolgenden Woche, es war Mitte November, wohnte Sarah bereits seit fünf Wochen im Haus im Wald.

Es war früh und Brandon musste zur Arbeit, trank vorher noch seinen Kaffee und stand dabei vor der Telefonleitung. Gestern waren keine Rufe rausgegangen, heute auch nicht. Irgendetwas war defekt, und den Fehler musste er noch finden. Obwohl – solange sie hier war, musste sie nicht telefonieren, vielleicht würde er den Fehler gar nicht suchen …

Meistens schlief Sarah immer bis um zehn, aber heute hörte Brandon schon seit einer halben Stunde Geräusche von oben, als würde sie Möbel umstellen, war aber zu müde, um nachzusehen.

Irgendwann kam sie herunter und hielt in der Hand eine Tasche, die er nicht kannte. Er hob die Brauen, betrachtete sie, hinderte sie aber nicht an dem, was sie tat.

»Oh«, sagte sie, als sie ihn entdeckte. Sie verharrte auf den unteren Treppenstufen, hatte sogar schon Schuhe an. »Ich dachte, du wärst schon auf der Arbeit.«

Sie blickten einander an, und alles an ihr verriet ihm, dass sie gehen wollte. Heimlich.

»Wie du siehst, bin ich noch hier. Hast du meinen Truck nicht gesehen?«

»Nein …«, kam es zittrig von ihr.

Brandon runzelte die Stirn. »Was ist denn los?«

»Ich war lange genug hier«, sagte sie und atmete tief durch. »Ich … muss gehen, Brandon.«

Seit dem Vorfall beim Konzert hatten sie weder miteinander geschlafen noch tiefgründige Gespräche geführt. Sie hatten rein gar nichts miteinander gemacht.

»Ich danke dir für alles«, sagte sie, »aber ich muss weiter. Ich kann mich nicht aushalten lassen, von dir, von Mitch, es geht einfach nicht. Ich muss versuchen, allein klarzukommen.«

Sie ist auf der Flucht. Eindeutig.

Brandon nahm einen Schluck Kaffee, wippte auf den Füßen vor und zurück. »Okay. Dann geh. Hast du Geld?«

Sie schien erleichtert und ging die Treppe ganz hinunter. »Ein paar Dollar. Für den Anfang dort wird es reichen.«

»Wo?«

»Ich dachte an Lake Charles, dort gibt es viele Jobs in den Casinos. Ich brauche einen Job, dann kann ich eine Wohnung bezahlen und versuchen, mir ein eigenes Leben aufzubauen.«

Das klang nach einem Plan. Sogar nach einem vernünftigen Plan. Er zog sie an sich und strich ihr über den Kopf. Es war schade, dass sie gehen wollte. Aber aufhalten würde er sie nicht, auch, wenn sie das scheinbar geglaubt hatte.

»Hast du mich geliebt?«, wollte sie wissen und vergrub ihr Gesicht dabei an seiner Brust, als würde sie ihn für die Antwort nicht ansehen wollen.

»Ja«, antwortete er ehrlich. Er glaubte, dass das, was er empfunden hatte, wirklich Liebe war. Sie hatte das Haus so heimelig gemacht. Hatte es mit Liebe und Glück erfüllt, ja, nur zu gern erinnerte er sich an die Zeit, wenn sie hier Musik für sie gemacht hatten. Gelacht, geredet und Spaß gehabt hatten.

Sie wandte sich aus seiner Umarmung und gab ihm einen Kuss auf den Mund. »Danke für alles, Brandon.«

»Gern geschehen.« Er trank den Kaffee aus, als sie zur Tür ging. Hoffte, dass sie mit dem Bus fahren und nicht trampen würde. »Es ist gefährlich«, sagte er und dachte darüber nach, sie selbst nach Lake Charles zu fahren, damit sie heil dort ankam und nicht so einem Typen wie Barry B. in die Hände fiel.

»Ich weiß, aber ich bin nicht ganz allein.« Sie lächelte sanft, während seine Mundwinkel sich augenblicklich nach unten zogen. »Keine Sorge, er wird auf mich achtgeben.«

»Wer?«

»Na, Mitch.« Sie wusste scheinbar in dem Moment, in dem sie seinen Namen ausgesprochen hatte, dass das keine gute Idee gewesen war. Ihre Sicherheit verflog so schnell, wie sie gekommen war.

Brandon ließ die Tasse fallen. Sie zersprang in tausende kleine Scherben. Ohne darauf zu achten, nicht auf sie zu treten, ging er darüber hinweg zur Tür. »Was hast du gesagt?«

Sarah erstarrte. »Mitch ... er ... er hat ein paar Tage frei ... wir fahren gemeinsam ...«

»*Gemeinsam?*«

»Ja, er hat ... es mir angeboten ... ich habe angenommen, na ja, ein bisschen Angst habe ich schon ... so allein ... als Frau.«

»Ach, du gehst mit ihm? Mitch und du, ja?« Brandon lachte leise auf. »Hinter meinen Rücken fickt er dich, ja?«

»Brandon, das habe ich doch gar nicht gemeint!«

Er griff an ihr Kinn. »Sag mir, was habt ihr getan?«

»Nichts!«

»Du sagst mir auf der Stelle, was zwischen euch ist!« Er drückte ihr Kinn zusammen, sie wimmerte kurz auf, ließ den Riemen der Tasche los und versuchte, seine Hände wegzudrücken.

»Brandon! Du tust mir weh!«

»Ohne Grund würde er dich nirgendwo hinfahren. Er nimmt nicht mal eben ein paar Tage *frei*.« Er ließ sie los, unsanft, und trat dann mit dem Fuß nach ihr. Sie fiel auf die Knie, ihre Hände landeten auf dem Scherbenhaufen.

Kurz schrie sie auf, dann schaute sie sich zu ihm um, sprang auf und hechtete zur Tür.

Doch Brandon hatte etwas dagegen.

»Halt«, zischte er barsch. Mit einer geschickten, schnellen Bewegung drehte er den Schlüssel, der von innen steckte, im Schloss herum, zog ihn heraus und stopfte ihn in die Tasche seiner Jeans. »Du gehst nirgendwohin.«

6

SWALL PINES WAY, THIBODAUX, LOUISIANA
September 2019

Es war schon fast sieben Uhr, als Audrey durch den Wald hastete, um zurück zum Haus zu kommen. Sie war verschwitzt, weil sie kein Taxi gefunden und den ganzen Weg hatte laufen müssen. Laufen hieß dabei, zu rennen, denn sie musste zurück sein, bevor er kam. Und obwohl sie in Gedanken ununterbrochen ein Stoßgebet gen Himmel sprach, sagte ihr dieses mulmige Gefühl in ihrem Bauch, dass es nichts nützte: Wenn Brandon kommen oder sie auflesen wollte, dann würde er einen Weg finden.

Ein Rascheln zog durch die Bäume, der Wind ließ den Schweiß an ihrem Körper trocknen, sodass sie trotz der Hitze zu frösteln begann, was auch an ihrer Anspannung liegen mochte.

Während sie über den Waldboden rannte, fragte sie sich, wie sie sich so in ihn getäuscht haben konnte. Warum nur war sie so naiv gewesen und war mit ihm gegangen?

Geh nicht mit Fremden mit, hörte sie ihre Mutter sagen. Eine Lehre, die sie Ben schon eingebläut hatte, seit er vier oder fünf Jahre alt war. Und jetzt war sie es, die sie missachtet hatte und die Konsequenzen tragen musste.

Würde er ihr etwas antun?

Audrey wusste es nicht. Was sie wusste, war, dass sie keinen klaren Gedanken mehr fassen konnte, als vor ihr das Haus auftauchte und Brandons Truck dort parkte.

Sie blieb stehen, traute sich nicht, einzuatmen, betrachtete den Truck und versuchte, auszumachen, ob er dort drin saß oder ausgestiegen war, um dann ihre Chance einzuschätzen, ob sie in die Stadt zurückkehren konnte, ohne von ihm gesehen zu werden.

Sie schaute nach links und rechts, zum Haus und wieder zurück, musste entscheiden, jetzt sofort. Wenn sie sich entschied, zum Haus zu gehen, könnte sie sagen, sie wäre spazieren gegangen, hätte sich die Beine vertreten. Daran konnte nichts Schlimmes sein. Doch mit Handtasche einen Spaziergang durch den Wald unternehmen? Blitzschnell dachte sie darüber nach, ob sie die Kiste wieder zurück in den Schacht getan hatte, als sie das Foto herausgenommen hatte, aber ja, da war sie sich sicher.

Und wenn er nachsehen würde?

Audreys Knie wurden weich und ohne, dass sie weiter darüber nachdachte, machte sie kehrt, um in die Stadt zu rennen.

Du kannst in die Stadt gehen, jemanden organisieren, der mit dir zum Haus fährt, draußen wartet, bis du deine Sachen geholt hast, deinen Pass, dein Laptop, und dich dann sofort zum Flughafen fahren lassen.

Es war so einfach.

Du musst nicht zurück zum Haus!

Sie rannte los und erinnerte sich dann an Lauras Worte: *Was soll ich da tun? Ihn beschuldigen, für etwas, was ich nicht beweisen kann?*

Audrey blieb stehen.

Und wenn du doch falsch liegst?

Was, wenn er nichts damit zu tun hat? Es war seine Freundin! Er hat sie geliebt.

Sie wandte sich zum Haus zurück. So gern würde sie die Wahrheit wissen. Sie ballte die Hand zur Faust und betrachtete sie.

Glaubte sie wirklich, dass Brandon unschuldig war?

Sie schüttelte den Kopf, sie wusste, dass er ein dunkles Geheimnis trug, genau wie das Haus. Und verdammt, es war so unglaublich verlockend, der Sache auf den Grund zu gehen.

Du gehst zurück. Holst deine Sachen und rufst ein Taxi. Und dann konfrontierst du ihn mit der Frage: Was hast du getan?

Aber in letzter Sekunde vor dem Abschied würde er damit nicht rausrücken, er war nicht blöd.

Du müsstest es anders aus ihm herausbekommen.

Unwillkürlich dachte sie an ihr Buch. An eine gute Story. Und dass sie die Möglichkeit hatte, einem streng gehüteten Geheimnis auf der Spur zu sein.

Die Versuchung war zu groß. Die Neugier zu stark. Der Wunsch, in den Keller zu kommen und zu wissen, was er dort vor allen versteckte, übermächtig.

Es ist so unvernünftig, und doch willst du es tun. Du willst es verwenden, für deine Story. Verdammt, Audrey, mach dir nichts vor!

Sie haderte mit sich. Doch wusste sie ganz genau, was sie wirklich wollte.

Nach Hause kannst du immer noch gehen. Aber vorher versuchst du, die Wahrheit zu erfahren, auch, wenn du dafür ein hohes Risiko eingehst, selbst zum Opfer zu werden.

Und dann ging sie zum Haus.

Sie öffnete die Tür.

Brandon saß am Tisch in der Küche. Als sie hereinkam, sah er sie an und lächelte. »Hallo.«

»Hi.«

Er strahlte Ruhe aus, hatte die Hände gefaltet, es steckte kein Schlüssel in der Tür von innen, es gab kein Anzeichen dafür, dass er sie packen und ausfragen würde. So fühlte sie sich sicher genug, um ihre Tasche abzustellen, sich mit einem Taschentuch den Schweiß abzuwischen und auf ihn zuzugehen, um so zu tun, als wäre nichts gewesen.

»Hattest du einen schönen Tag?«, fragte er freundlich.

Sie nickte und setzte sich ihm gegenüber.

»Wo bist du gewesen?«

»Ich war spazieren.« Sie schaute ihm direkt in die Augen, alles andere würde beweisen, dass sie log.

»Bei dem Wetter? Es hätte jeden Moment regnen können.«

»Ich mag das. Als es gestern geregnet hat, bin ich rausgegangen, habe die Arme ausgetreckt, die Augen geschlossen und mich im Regen gedreht.«

»Dafür liebe ich dich«, sagte er, »dass du so naturverbunden bist. Du ... passt hierher. Du passt *zu mir*.«

Innerlich wollte Audrey schreien. Doch schaffte sie es, so ruhig zu bleiben, dass er ihr nicht anmerken konnte, wie durcheinander und ängstlich sie war.

Liebe.

Er redete von Liebe.

»Ich bin so froh, dass es dich gibt«, sagte er und griff nach ihrer Hand. »Du hast gefehlt, du warst das, was in diesem Haus gefehlt hat.«

Ihr wurde übel. Sein Griff war fest. »Ach ja? Wie kann das aber sein, Brandon? Es ist ein Haus, in dem Leute kommen und gehen, da gibt es niemanden, der hier fehlen könnte.« Sie schluckte. »Wem sollte jemand fehlen?«

»Aber manchmal bleiben sie für immer hier, Audrey.« Er sagte es, als spräche er mit sich selbst, nicht mit ihr. »Sie sind dann meins. Es passt dann alles so gut zusammen.«

Sie zog ihre Hand weg. »Was redest du da?«

»Willst du nicht bleiben? Ich kann Josephine dazu überreden, mir das Haus zu verkaufen, wir könnten hier sehr glücklich sein.«

Sie verengte die Augen, versuchte, in seinem Blick zu lesen, wie ernst ihm dieses Gespräch war. »Und dann? Dann leben wir hier? Wir beide?«

»Ja. Du und ich.«

Und ich werde an einen Stuhl gebunden.

Audrey sah sich den Stuhl an, auf dem sie saß. Es war eindeutig, dass Sarah auf einem der Stühle aus der Küche festgebunden worden war. Ihr Körper verkrampfte sich. »Ich glaube, das geht nicht, Brandon. Was ist mit ... Sarah? Es ist doch noch gar nicht so lange her.«

»Sie hat nichts mit dir zu tun. Das Leben geht weiter.«

Audrey stand auf. »Nein, Brandon. Ich habe eine Familie. Ich habe sogar ein Kind. Ich *muss* nach Hause.«

Als er aufstand, zuckte sie zusammen und wich einen Schritt nach hinten aus, was ihn stutzig machte. »Was tust du da?«

Sie schaute zur Seite, ging noch einen Schritt nach hinten und kam fast an der Tür an. »Nichts.«

»Hast du Angst vor mir?« Seine Miene änderte sich.

»Nein ...« Sie geriet ins Stocken, etwas, was ihr nicht passieren durfte.

»Du hast Angst vor mir.« Er war bei ihr angekommen, fasste sie aber nicht an. »Warum hast du denn Angst vor mir?«

»Ich habe keine Angst vor dir, Brandon«, beteuerte sie und rang nach einem Lächeln, um ihn milde zu stimmen.

»Es ist wegen des Kusses.« Er legte seine Hand an ihre Wange. Dann flüsterte er: »Es ging dir zu schnell, nicht wahr? Gott, es tut mir so leid.«

Als er sich umdrehte, entspannte sie sich. Blitzschnell sah sich nach ihrer Tasche um, die in guter Reichweite war, um das Pfefferspray rausholen zu können, das sie sich auf dem Rückweg gekauft hatte.

Doch als sie sein Schluchzen hörte, verwarf sie den Gedanken. »Brandon?«

Sie war perplex, dass er weinte. Dieser große, stramme, kräftige, schöne Mann stand mit dem Rücken zu ihr und weinte.

»Es ist okay«, flüsterte sie. Dann fuhr er herum, wischte sich über die Nase und senkte den Blick. Er sah wie ein Hund aus, den man ausgeschimpft hatte und der sich am liebsten verkriechen wollte.

»Es tut mir so leid«, sagte er, und sie glaubte, dass es ihm wirklich nicht gut ging. »Ich ... will dich nicht vertreiben ...«

»Du vertreibst mich nicht, ein paar Tage bleibe ich ja noch.« Das war eine Lüge, aber das durfte er nicht erfahren.

Brandon stemmte die Hände in die Hüften und sah von ihr weg. »Es tut mir so weh, wenn du mir misstraust ...«

Sie ging auf ihn zu, packte ihn am Kragen und zwang ihn, sie anzuschauen. »Ich misstraue dir nicht, es ist ... alles okay.« Sie legte ihre Hände um sein Gesicht, unter ihren Finger spürte sie seine Barthaare, sie streichelte ihn, wusste aber nicht, aus welchem Grund sie das tat. Weil sie ihn trösten wollte, oder weil es ein psychologischer Trick war, um zu zeigen, dass sie auf seiner Seite stand?

Er legte seine Hände an ihre Taille, grub sein Gesicht an ihre Schulter und schluchzte. »Und warum verhältst du dich dann so? Sag es mir doch.«

»Ich ...« Sie schloss die Augen, die Umarmung war schön. Warm und zärtlich, sie fühlte sich ihm verbunden, auch wenn sie wusste, wie gefährlich das war. »Ich musste herausfinden, wer du bist, Brandon. Du und das Haus ... Ich hatte so viele Fragen, und ich musste wissen, ob ich wirklich sicher bin.«

»Niemals würde ich dich in Gefahr bringen.«

»Das weiß ich. Aber ... ich musste es ganz sicher wissen.«

»Und deswegen bist du in die Stadt gegangen. Ich mache dir daraus kein Vorwurf.« Er hielt sie umschlungen und streichelte dabei ihren Rücken.

»Es tut mir leid, Brandon.«

Und wieder stellte sie sich die Frage: *Was, wenn ich falsch liege?*

»Und dann warst du bei Laura.«

Sie holte tief Luft. »Wir haben nur belanglos geredet.«

»Über Sarah. Über den Unfall.«

»Nicht über den Unfall«, sagte sie.

»Sie wollte mich verlassen.«

Audrey nickte. »Sie wollte dich verlassen, und dann gab es diesen Unfall ...«

»Ich habe sie geliebt.«

Audrey lächelte. »Ja, ich weiß. Laura hat es mir gesagt. Sie hat gesagt, dass du sie geliebt hast. Dass du Sarah wirklich geliebt hast.«

»Das habe ich ja. Aber jetzt ... jetzt liebe ich dich.«

Augenblicklich wurde Audrey zurück in die Realität geholt. Sie riss die Augen auf, spürte seine Arme um ihren Körper und wie eng er sie um sie gelegt hatte. »Brandon!«

Er lehnte sich zurück und lächelte sie an, und dieses Mal erkannte sie nicht den Mann, den sie kennengelernt hatte, in seinem Blick, sondern den Mann, der Sarah so zugerichtet haben musste.

Im nächsten Augenblick stieß er Audrey von sich weg, so hart, dass sie auf dem Boden landete und ihn entsetzt anstarrte. Ihr Pfefferspray war nun nicht mehr in ihrer Nähe.

»Brandon«, sagte mit zitternder Stimme. »Ich … ich will dich nicht verlassen … das musst du mir glauben …«

Brandon lachte kurz auf, dann ging er auf sie zu, hockte sich vor sie und nahm ihr Kinn zwischen Daumen und Zeigefinger. »Keine Sorge«, sagte er in einem Ton, den sie noch nicht von ihm kannte. »Du *wirst* mich nicht verlassen.«

Kapitel 7

Kapitel 7

1

SWALL PINES WAY, THIBODAUX, LOUISIANA
November 2018

Mitch sprang aus dem Wagen und rannte die Stufen der Veranda hinauf.

»Hey!«

Abrupt blieb er stehen, fasste sich ans Herz und starrte zu Brandon, der mit einem Glas dunkelbrauner Flüssigkeit und Eiswürfeln auf der Schaukel saß und ihm zulächelte.

Mitch hielt inne, den Knauf der Fliegengittertür schon in der Hand. »Wo ist sie?«

»Sarah?«

»Nein, verdammt, die heilige Jungfrau Maria!« Aufgebracht riss Mitch die Tür auf.

»Sie will jetzt nicht mehr mit.«

Mitch hielt inne, blieb im Rahmen der Tür stehen und konnte ihn nicht ansehen.

Brandon ließ das kalt. Er trank in Seelenruhe seinen Whiskey und legte den Kopf in den Nacken. »Schönen freien Tag gehabt?«

Mitch ging von der Tür weg, langsam, wie in Zeitlupe. Als würde er sich seine Worte erst genau überlegen müssen und Zeit dafür brauchen. »Hör mal, Brandon …«

»Schon gut, du bist mir keine Rechenschaft schuldig. Du hast dein Leben und ich habe meines, und bis zum heutigen Tag habe ich auch geglaubt, dass du mir sagen würdest, wenn du vorhättest, wegzugehen. Mit *meiner* Freundin.«

Mitch schüttelte den Kopf. »Ich wollte nicht weggehen, ich wollte nur ... na ja, sie begleiten. Ihr habt euch nicht mehr gut verstanden. Ich glaube nicht, dass sie dich als festen Freund sieht. Vielleicht klammerst du zu sehr und ...«

»Das glaubst du? Habe ich je unheimlich fest an einer Frau gehangen?«, unterbrach er ihn.

»Ist das mit Sarah nicht etwas anderes?« Mitch ließ sich in den Korbsessel fallen.

»Und da du weißt, dass es mit ihr anders ist, hast du sie gefickt.« Brandon lachte. »Mein bester Freund fickt meine Freundin, nimmt sie mir weg und macht sich mit ihr aus dem Staub. Ihr wolltet in Lake Charles heiraten, oder? Geht da ähnlich unkompliziert wie in Vegas.«

»So ein Unsinn, Brandon.« Mitch fuhr sich durchs Haar. »Sarah ist klug und gehört nicht in ein Haus eingesperrt, wo sie sich vor ihrem Ex verstecken muss. Ich habe Verbindungen, wir lassen ihren Namen ändern, und ein guter Freund hat eine Wohnung für sie besorgt. Ich will ihr helfen, auf die Beine zu kommen. Sie will vielleicht ein paar Abendkurse besuchen und ...«

»Mann, du hängst dich ja richtig für sie rein. Wann habt ihr das geplant, wie oft warst du hier bei ihr, wenn ich nicht da war?«

Mitch schnaubte. »Sie ist ja nicht dein Eigentum.«

»Deines aber auch nicht.« Er stellte das Glas lautstark auf den kleinen Tisch an der Wand. »Und Josephine? Was ist mit ihr? Hast du ihr gesagt, du hättest geschäftlich in Denver zu tun, oder welchen Ort hast du dir ausgedacht?«

»Ich habe sie jedenfalls nicht angelogen.«

Brandon hob die Brauen. »Bitte?«

»Ich habe ihr gesagt, dass ich einer Freundin helfen will und wir eine Weile unterwegs sein werden.« Nervös wippte er mit dem Fuß. »Ich gebe zu, ich habe ... unvernünftig gehandelt. Ich hätte dir davon erzählen sollen. Ich habe dich außen vor gelassen, und das tut mir leid.«

Brandon schaute in die Dunkelheit des Gartens vor dem Haus. Der Himmel über ihnen war schwarz, Sterne leuchteten am Himmel. Es war eine ruhige, schöne Nacht. »Erinnerst du dich an früher?«

»An was?«

»Daran, wie wir oft vor Moms Haus gelegen und uns den Nachthimmel angesehen haben, während unweit von uns die Güterzüge über die Gleise gebrettert sind?«

»Ja.«

»Du hast gesagt, dass es aussieht wie der Innenraum eines Stadions oder einer Halle. Vielleicht so wie der Madison Square Garden in New York. Wenn wir dort spielen und sie alle ihre Feuerzeuge rausholen. Dann sieht es ganz genauso aus.«

»Heute machen die das mit der Taschenlampe ihres Telefons.« Mitch senkte den Blick. »Aber ja, ich weiß es noch. Und ich glaubte, dass der Lärm des Güterzuges das Kreischen der Fans sei.«

»Weißt du, Mitch, damals habe ich geglaubt, dass ich nie wieder einen Menschen finde, dem ich so vertrauen kann. Du warst mein Ein und Alles, du warst mein Bruder, mein Seelenverwandter, mein Freund. Und hätte ich damals geglaubt, dass du die Koffer packst und mit meiner Freundin verschwindest, ohne mir auch nur ein Wort zu sagen. Ich …« Brandon kämpfte mit sich. Er sah Mitch in die Augen und versuchte vergebens den quirligen Jungen von früher darin zu finden.

»Damals, Brandon. Damals! Wann wirst du verstehen, dass wir nicht mehr 13 sind? Dass wir uns geändert haben! Und ich …«

»Du hast damals die Bonbons geklaut«, bemerkte Brandon. »Während ich an der Tür Schmiere stand, warst du derjenige, der die Bonbons geklaut hat. Heute stiehlst du mir meine Freundin – oh ja, du hast dich sehr verändert!«

Mitch ließ sich tiefer in den Stuhl sinken. »Mein Weltbild hat sich geändert. Ich bin ein guter Mensch. Ich will, dass es den Menschen, die ich liebe, gut geht. Ich will für Gerechtigkeit sorgen. Ich will was aus mir machen und kein Lausbub mehr sein. Ich bin erwachsen und stehe im Leben. Mit beiden Beinen. Ich will nicht mehr stehlen.«

Brandon schnaubte. »Und wie nennst du das, was du heute tun wolltest?«

»Möchtest du das wirklich wissen?« Mitchs Miene wirkte eisig. »Das, was ich heute mit Sarah tun wollte, war nicht, sie dir zu stehlen, sondern sie zu befreien.«

Brandon hob die Brauen. »Ich habe sie nicht gefangen genommen.«

»Du merkst gar nicht, wie deine Klauen sich um einen Menschen legen können, während du davon redest, dass du an niemanden hängst.«

Brandon öffnete den Mund und wollte sich verteidigen, ließ es dann aber doch und trank in einem hastigen Zug seinen Whiskey aus. »Also gut, scheinbar kommen wir so nicht weiter.«

»Ganz deiner Meinung. Wir finden keinen gemeinsamen Nenner mehr. Aber so ist das Leben.«

Brandon stand auf und presste die Lippen aufeinander. Er hielt sich an einem der Pfosten fest. »Wenn du meinst.«

»Also. Wie geht es weiter?«, wollte Mitch wissen. »Als Sarah heute nicht am verabredeten Ort stand, habe ich zur selben Zeit einen Termin reinbekommen, den ich unbedingt wahrnehmen musste. Jetzt ist es schon spät. Aber mir ist das egal, dann machen wir eben eine Nachtfahrt daraus.«

»Sie will nicht mit.«

»Hier kann sie aber auch nicht bleiben.« Mitch wurde lauter und stand so hastig auf, dass der Stuhl nach hinten kippte. »Und du auch nicht.«

»Ich habe meine Bleibe. Aber Sarah muss hierbleiben.«

»Brandon!«

»Du hast keine Wahl. Wie sagtest du damals so schön? Es ist deine Leiche, nicht meine, denn es ist dein Haus.«

Mitch erstarrte. »Was?«

Brandon umklammerte das leere Glas und lachte laut auf, lehnte sich dabei nach hinten. »Was willst du machen, Mitch? Sie und mich rausschmeißen? Würdest du mir das wirklich antun?«

»Ich …«

Brandon schüttelte den Kopf. »Tu das, Bruder. Aber sei dir sicher … dein ach so anständiges Leben, das Leben, das für dich jetzt so viel besser ist, weil du ein so anderer Mensch geworden bist, lässt sich hinter Gittern nicht gut leben.« Er ging durch die Fliegengittertür ins Haus.

»Das würdest du niemals tun«, sagte Mitch. »Niemals würdest du von Trixie reden ...«

Brandon legte den Zeigefinger auf seine Lippen. »Ich glaube, sie schläft. Möchtest du sie sehen? Du liebst sie doch, oder? Weiß Debbie eigentlich von ihr?«

Mitch schluckte. »Was bist du ...?«

»Komm!« Brandon stellte das Glas ab und wies seinen Freund an, die Treppen hochzugehen. Er tat es, und so gelangten sie oben in den Flur zwischen den zwei Schlafzimmern. Brandon öffnete die Tür des kleineren Zimmers.

Es war dunkel. Als Brandon das Licht einschaltete, verengte Mitch die Augen und starrte auf das Bett. Dort lag Sarah unter der Decke, schlafend, vollkommen still.

Er machte eine Handbewegung, sodass Brandon das Licht ausschaltete, und wandte sich von der Tür weg. Ohne Worte stieg er die Treppen nach unten. Brandon folgte ihm und brachte ihn nach draußen.

»Ich werde wohl ein paar Tage hierbleiben«, sagte Brandon. »Die Hütte, in der ich wohne, ist ... sagen wir mal so dicht an einem Sumpf, dass es dort vor Mücken nur so wimmelt, selbst jetzt noch, um diese Jahreszeit.«

Mitch brachte noch immer kein Wort hervor und ging zu seinem Wagen.

»Gibt es bei Josephine morgen wieder Truthahn?« Brandon zeigte seine Zähne beim Grinsen. »Chicken-Wings-Freitag ist doch jetzt Truthahn-Freitag.«

Mitch kam an seinem Wagen an und nickte. »Ja«, sagte er matt. »Ja, du kannst kommen.«

Brandon hob die Hand zum Gruß. »Dann bis morgen!«

Mitch schenkte ihm einen abwertenden Blick, stieg in den Wagen und fuhr mit quietschenden Reifen davon.

Brandon ging zurück ins Haus, pfeifend und gut gelaunt löschte er die Lichter im Erdgeschoss. Dann stapfte er die Treppe nach oben, lugte in ihr Zimmer und lächelte, während er sie beim Schlafen beobachtete.

»Was habt ihr nur getan?«, flüsterte er ihr zu. »Wie konntet ihr glauben, dass ich das zulassen würde?«

Er lehnte den Kopf gegen den Türrahmen, betrachtete sie und fragte sich, ob es Liebe war. Ob es wirklich Liebe war, was er für Sarah empfand.

Es muss doch Liebe sein, oder?

Seufzend schloss er die Tür. Das Zimmer tauchte in Dunkelheit, und was Brandon nicht sah, waren Sarahs Augen, deren Lider aufsprangen. Und er sah auch nicht, dass sie versuchte, ihre Hände und ihre Füße von den Ketten zu befreien, mit denen sie am Bett gefesselt war.

Und dann begann sie, zu schreien.

2

SWALL PINES WAY, THIBODAUX, LOUISIANA
September 2019

Du bist ein böses Mädchen«, hatte er gesagt und ihr dabei immer wieder über die Wange gestreichelt. Sie hatte sich doch alles selbst zuzuschreiben, warum hatte sie ihm auch hinterherspioniert? Es war ihre eigene Schuld. »Du bist ein ganz böses Mädchen, und ich hoffe, du hast daraus gelernt.«

Audrey hatte ihm nicht geantwortet. Seit Stunden hatte sie keinen Laut mehr von sich gegeben, stattdessen starrte sie aus dem Fenster. Tränen waren über ihr Gesicht gelaufen, immer wieder, wenn sie nach draußen schaute. Vermutlich, weil sie wusste: *Ich kann schreien, aber niemand wird mich hören.*

Niemand.

Die Nacht war über den Wald hineingebrochen. Im Haus war es still. Nur ihrer beide Atem waren zu hören, in den Momenten, in denen auch Brandon schwieg. Doch hatte er viel zu viel zu sagen.

»Du warst auch so dumm, mitzukommen«, sagte Brandon und seufzte. »Ihr seid alle so dumm, ihr Mädchen. Ihr kennt mich doch gar nicht.« Er stand auf, ging in die Küche und betrachtete das Spiegelbild im Glas der Hängeschränke. »Ihr vertraut mir zu schnell, und schon setzt ihr euch in meinen Truck und seid bereit, mit mir überall hinzufahren. Das Haus liegt so abseits, dass ihr, wenn ihr mal eine Tasse Zucker braucht, gut eine Meile zum nächsten Haus laufen müsst. Wie dumm seid ihr Mädchen ...«

Als er sich zu ihr umdrehte, entgegnete sie wieder nichts. Er wusste, dass sie keine Antwort geben konnte, doch für einen Laut sollte es wohl reichen. Die Stille machte ihn wahnsinnig, obwohl er sie doch so gewohnt war. Wenn es Stille gab, gab es Gedanken. Gedanken an Mom und an Mitch, an vergangene Zeiten und an Zeiten, in denen er versucht hatte, es wieder wie damals werden zu lassen.

»Sie kommen nicht in der Realität an, und das ist es, was wir behandeln müssen, Brandon.«

Brandon legte beide Hände an die Ohren. Nein, er wollte Dr. Meyers Stimme nicht hören. Nicht jetzt. Also nahm er die Fernbedingung, schaltete die Musikanlage an und spielte die *Dixie Boys*-Playliste ab. Während *»Dixie's Land«* durch das Haus klang und er sich an früher erinnerte, als die Welt für ihn noch in Ordnung gewesen war, dachte er darüber nach, wie er Laura Winston dafür bestrafen konnte, dass sie sich eingemischt hatte.

Er kam unangemeldet, zu einer Zeit, in der die Pflegerin der Home Care-Einrichtung, die Josephine für ihre Schwester besorgt hatte, gerade ihren morgendlichen Besuch bei Laura abgestattet hatte. Sie hatte der Alten ihre Medizin gegeben, sie in den Rollstuhl gesetzt und das Zimmer gelüftet. Eine junge Dame, die ihren Job gern tat und viel Geld dafür bekam, damit sie sich besonders gut um Laura Winston kümmerte.

Josephine wollte nicht etwa, dass es Laura so gut wie möglich ging, eher, dass sie blieb, wo sie war, und es nicht wagte, noch einmal ein Rad auf die Plantage zu setzen.

Der Groll kam nicht von ungefähr. Laura hasste Brandon. Bis aufs Blut. Die Einzige, die ihn durchschaut hatte.

Von Anfang an.

»Brandon!« Die junge Dame des Pflegedienstes, Barbara war ihr Name, hob die Hand. Er hatte sie schon mal gesehen. Damals, als Laura aus dem Krankenhaus gekommen war. Dort hatte sie wie eine Irre Lügengeschichten über Brandon verbreitet. Man hatte ihr Beruhigungsmittel verabreichen und Brandon hatte ihr einen Hausbesuch abstatten müssen, um ihr zu drohen. Damals hatte Barbara draußen eine Zigarette geraucht, und sie waren ins Gespräch gekommen. Hatten über Mitch geredet, und er hatte ihr aufmerksam zugehört. Sie war eine ehemalige Klassenkameradin von ihm und hatte etliche Anekdoten auf Lager, die Brandon Mitch weitererzählt hatte.

»Hi!« Er stieg aus seinem Truck. »Was für ein schöner Morgen, finden Sie nicht?« Er breitete die Arme aus und hielt sein Gesicht in die Morgensonne.

Die junge Frau zündete ihre Zigarette an und streckte dann die Nase in die Luft. »Schön, dass Sie sie heute besuchen. Sie ist nicht so gut drauf.«

»Die Arme. Was hat sie?«

Schulterzucken. »Sie ist traurig. Mit mir wollte sie nicht reden. Vielleicht möchte sie mit jemanden reden, der ihr vertraut ist.«

»Die arme, arme Laura.« Er schüttelte den Kopf. »Ich werde sehen, was ich tun kann, damit es ihr besser geht.«

»Haben Sie mal mit der Schwester geredet?«

»Natürlich«, log er. »Kein Weiterkommen. Sie werden sich nicht versöhnen. Da kann man nichts machen, und Sie wissen ja, ich halte mein Wort. Wenn ich mir vornehme, die beiden wieder zusammen zu bringen, gebe ich alles dafür.«

Barbara stieg in ihren Wagen. »Das glaube ich Ihnen aufs Wort, Brandon. Ich muss weiter, und, ach …«

Brandon streckte den Arm aus, um sich an ihrem Autodach abzustützen.

»Haben Sie was gehört? Von Mitch? Ist er noch immer auf der Flucht? Ich höre ja nur das, was in den Nachrichten kommt. Es graust mich. Und ich will gar nicht wissen, wie es Ihnen erst gehen muss …«

Er sah ihr in die Augen. »Irgendwann finde ich ihn. Vor der Polizei. Und dann wird er wieder verschwinden, aber dieses Mal wird er dabei nicht mehr am Leben sein …«

Sie war von dieser Aussage nicht geschockt. »Ich bete für Sie. Dass Sie die Kraft haben, weiterzuleben, auch mit diesem Verlust.«

»Es ist schon eine Weile her, ich komme zurecht.« Er sah auf dem Rücksitz ihres Autos einen Kindersitz. »Aber das Kind …«

»Oh mein Gott«, stöhnte sie, »es ist so furchtbar. Die arme Frau und … ach, Brandon, ich wünsche Ihnen alles Gute!«

»Danke, machen Sie's gut, Barbara!«

Sie fuhr davon.

Brandon ging zur Haustür. Er klopfte an, und Robert öffnete ihm.

»Was willst du?«

»Ich muss zu Laura.«

»Sie will nicht mit dir reden.« Der alte Mann lugte durch den Türspalt, die gerade so weit geöffnet war, dass die Kette dazwischen leicht spannte.

Brandon seufzte, drückte ohne viel Kraft gegen die Tür, die Kette sprang aus der Halterung und er stand im Haus.

»So ein Mist!«, fluchte der Alte. »Das ist die zweite Kette!«

»Ich repariere sie euch, wenn ich mal Zeit habe.« Brandon ging an dem Mann mit dem roten Kopf vorbei die Treppe hinauf.

Oben war die Luft ganz gut, es war ja gerade gelüftet worden, denn Brandon hasste den Geruch alter, kranker Leute wie die Pest.

Die Tür zu Lauras Zimmer war offen. Mit einem missmutigen Blick saß sie im Rollstuhl vor dem Fenster, hielt mit der einen Hand den Schlauch der Nasensonde fest, mit der anderen stützte sie ihren Kopf.

»Ich habe gewusst, dass du es bist«, sagte sie. »Robert braucht gar nichts sagen, sein Toben verrät es mir.«

»Ihr könnt mir auch einfach einen Schlüssel geben. Das würde die Sache leichter machen.« Brandon setzte sich unaufgefordert auf den Stuhl. Lautstark atmete er aus. »Es riecht heute gar nicht nach Tod bei dir. Wie kommt's?«

»Barbara war hier.«

»Die gute Barbara.«

»Sie ist hübsch, nicht wahr? Warum liegt sie noch nicht auf der Bahre?«

Brandon grinste. »Danke, dass du es ansprichst. Das macht meinen Besuch kürzer. Viel Zeit habe ich nämlich nicht.« Er beugte sich vor. »Was hast du zu Audrey gesagt?«

Laura runzelte die Stirn. »Warum fragst du sie nicht selbst?«

»Ich will wissen, ob ihre Worte sich mit deinen decken. Also, was hast du gesagt?«

»Pah!« Sie schüttelte den Kopf. »Die Wahrheit.«

»Sie hat gesagt, sie hat dich gesehen. Bei der Ankunft. Dass du am Fenster gestanden und den Kopf geschüttelt hast. Warum hast du das getan?« Brandon langte neben sich nach dem Fläschchen, das auf einem Rollcontainer stand. Er öffnete es, drehte es um und ließ den Inhalt, der sehr streng roch, auf den Boden fließen.

»Was tust du denn da?« Entsetzt erhöhte sich Lauras Atem.

Brandon las, was auf dem Fläschchen stand, hob beide Schultern. »Irgendwas für deinen Apparat.« Er zeigte auf ihre Maschine. »Tja, sorry, jetzt ist es leer. Du bist aber auch immer so tollpatschig, Laura.«

Die Alte wurde nervös. »Ich habe nichts getan, was verwerflich wäre. Ich habe rausgesehen und den Kopf geschüttelt, das hätte alles bedeuten können.«

»Sie hat es als Warnung gewertet. Warnung vor was?« Er machte große Augen. »Oder *vor wem*?«

Laura antwortete nicht darauf. »Sie wusste von Sarah.«

»Jeder weiß von Sarah, das mit dem Unfall stand in der Zeitung. Mr. Winston war daran beteiligt! Sonst würde es wahrscheinlich untergehen, und keiner würde darüber reden, weil niemand Sarah kannte, aber wegen Mitch wurde es öffentlich. So richtig öffentlich. Fahrerflucht eines einflussreichen Stadtbewohners, das geht durch die Presse.«

»Die ganze Sache war so verworren. Das Auto, mit dem Sarah gefahren ist … war gestohlen. Und der Mann, dem das Auto gehörte, hat sie nicht gesehen …«

»Was man gesehen hat, war *sein* Wagen.« Brandon stand auf. »Er ist mit *seinem* Wagen vom Unfallort weggefahren. Ein weinroter Astin Martin. In Thibodaux gibt es von diesem Modell nur einen Wagen, und der gehört Mitch Winston. Da interessiert es nicht, mit was *sie* gefahren ist.«

Laura wurde unruhig, als Brandon ihr immer näher kam und sich die Schalter und Knöpfe an ihrem Sauerstoffgerät genau anschaute. Er hatte die Hände in den Jeanstaschen vergraben.

»Ich weiß nicht, worauf du hinauswillst«, sagte sie. »Du solltest mir dankbar sein. Ich habe … nicht wirklich schlecht von dir geredet, obwohl ich dir nur in die Augen schauen brauche, um zu wissen, dass du abgrundtief böse bist.«

Brandon lachte. »Es geht darum, dass sie überhaupt auf die Idee gekommen ist, dich zu besuchen. Hättest du nicht aus dem Fenster gesehen, wüsste sie gar nicht, wer du bist.«

»Es hätte sie nie interessiert, wenn du ihr keinen Grund zum Zweifeln gegeben hättest.«

»Was für Zweifel?«

Lauras Stimme bebte. »Sie hat etwas gefunden.«

Er wusste, dass Laura um ihr Leben kämpfte und deswegen überhaupt etwas sagte. »Sieh an, jetzt kommen wir der Sache doch schon näher.«

»Mehr sage ich nicht!«

Brandon griff nach der Box mit den Handschuhen auf dem Containerschränkchen. Er zog sich zwei Latexhandschuhe über. »Wirklich nicht?«

Sie riss die Augen auf. »Nein … ich …«

»Was hat sie gefunden?« Brandon legte die Hände auf die Armlehnen des Rollstuhls. »Was hat Audrey gefunden, Laura?«

Laura winselte, als der Rollstuhl sich in Bewegung setzte und sich die beiden Schläuche des Atemgerätes spannten.

»Du brauchst den Sauerstoff. Du brauchst ihn durchgängig, länger als zehn Minuten ohne und du stirbst. Also?« Er schob den Rollstuhl so weit weg von dem Gerät, dass die Schläuche nun straff gespannt waren. Panik machte sich in ihren Augen breit.

»Ich muss wissen, was Audrey gesehen hat. Vor allem aber, muss ich wissen, was *du* weißt. Oder was du *gesehen* hast?«

Laura hustete und hielt krampfhaft die Nasensonde fest, wobei das Sauerstoffgerät umfiel.

»Was hat Audrey gesagt?« Brandon legte eine Hand auf die Schläuche. Laura drehte ihren Kopf so sehr zur Seite, dass die Nasensonde heraussprang, die Gummihalterung hinter ihren Ohren verrutschte und die Sonde vor ihren Lippen hing.

Brandon hob die Brauen.

Das Gerät begann zu piepen. Laura rang nach Luft. »Sie ... zeigte ... mir ein ... Foto ...«

Brandon erstarrte. »Von Sarah.«

»Ja, sie ... hatte es ... gefunden ...«

Das Gerät piepte lauter und zeigte rote Buchstaben auf dem Display. Es dauerte nur Sekunden, da hörte er Roberts Stimme und seine langsamen alten Schritte.

Lauras Gesicht lief blau an, durch die Angst verbrauchte ihr Körper mehr Sauerstoff als im normalen Zustand.

Brandon zog den Rollstuhl wieder zurück an seine alte Position und steckte ihr grob die Nasensonde in beide Löcher. Das Gerät schaltete auf normalen Betrieb, das Piepen erstarb.

»Alles in Ordnung?«, fragte Robert von der Treppe aus, die er noch nicht ganz bezwungen hatte.

Brandon sah Laura abwartend an.

Die hatte sich beruhigt, atmete dennoch sehr schwer, die Hand lag auf ihrem Herz. »Ja, alles in Ordnung.«

Robert ging die Treppen wieder hinunter. Brandon fummelte ein Taschenmesser aus seiner Hosentasche. »Wie war diese Erfahrung eben für dich?«

»Was meinst du?«

»Oh, ich meine das Ersticken. Du hast eben eine Nahtod-Erfahrung gemacht, oder?« Mit dem Taschenmesser kam er auf sie zu, griff nach beiden Schläuchen und legte das Messer an. »Damit eines klar ist: Ich kann kommen und dir die Luft zum Atmen nehmen, sofort und jeder Zeit. Erwähnst du ein Wort über dieses Foto zu irgendwen, bin ich hier und bringe dich um. Kein Cop kann mir diese Rache nehmen, wenn du dich dazu entschließt, deinen scheiß Mund zu öffnen und etwas zu sagen. Hast du mich verstanden, Mrs. Laura Winston?«

Laura starrte auf das Messer, das mit der Schneide an dem dicken Schlauch lag. Brandon bräuchte nur zu schneiden und es wäre um sie geschehen.

Ihr Körper vibrierte. »Hast du sie umgebracht?«

»Ich habe sie nicht umgebracht, der Unfall war es.« Brandon stand auf. »Und wage es nie wieder, dich in mein Leben einzumischen. Ein Besuch bei dir und alles ist vorbei.«

»Ich bin eine alte Frau, Brandon.« Ihre Augen waren leer. »Und diese Mädchen haben ihr Leben noch vor sich.«

»Dafür, dass du große Reden schwingst, hattest du eben aber ganz schön die Hosen voll.« Er rümpfte die Nase. »Im wahrsten Sinn, nicht wahr, Laura?«

Laura blickte auf ihren Schoß. Sie wurde rot. Doch als er zur Tür ging, entspannten sich ihr Körper und ihre Atmung. »Brandon!«

Brandon warf beim Rausgehen die Handschuhe in den Mülleimer.

»Brandon!«, wiederholte Laura.

Er drehte sich um.

»Nur damit du es weißt: Mein Leben ist mir lieb. Wegen Robert. Ich weiß, ich falle ihm zur Last, aber er braucht diese Last. Er braucht mich. Er braucht Liebe.«

Brandon rollte die Augen.

»Ich weiß, dass du Sarah geliebt hast, aber ich weiß auch, dass mit dir etwas nicht stimmt. Etwas, das niemand weiß, außer vielleicht die Menschen, die dich lieben. Obwohl das nicht viele seine können.«

»Komm zum Punkt, alte Frau.«

»Ich will nur wissen, ob ich richtig liege. Es geht um den Unfall damals. Es heißt ja, dass Sarah mit diesem Wagen fuhr, es zum Unfall kam und Mitch mit seinem Auto davor parkte.« Laura faltete die Hände im Schoß. »Kann es sein, und bitte sag mir die Wahrheit, denn ich werde es nicht verraten, eben weil ich weiß, wozu du fähig bist … Ist Sarah damals gefahren oder saß in dem Wagen noch jemand anderes?«

3

WINSTON PLANTAGE, THIBODAUX, LOUISIANA
November 2018

Josephine war eine wortgewandte Frau, die das Leben liebte. Die es liebte, Charity-Events zu veranstalten, mit Freundinnen essen zu gehen und in den Boutiquen von Lafayette einzukaufen.

Sie wurde allerdings immer dann zu einem anderen Menschen, wenn Mitch oder Brandon nicht da waren.

Sie liebte Kinder, war eine fürsorgliche Mutter, sie liebte ihn, als sei er ihr eigenes Kind – für sie machte es keinen Unterschied, ob Mitch adoptiert war oder nicht. Umso schwerer fiel es ihr, zu akzeptieren, dass Mitch ein eigenes Leben fernab seiner Mutter und des Westflügels im Herrenhaus führte.

Es gab Tage, da ging es Josephine deswegen nicht gut. Wenn ihr klar wurde, dass die Jahre vergingen und sie irgendwann ganz allein wäre. Wenn Mitch auf Reisen war, zerbrach ihr jedes Mal das Herz.

Brandon hatte ihr versprechen müssen, so oft es ginge in dieser Zeit bei ihr zu sein. Josephine wusste, was sie vom besten Freund ihres Sohnes erwartete, und wusste auch, dass sie keine andere Wahl hatte, als ihm dafür eine Gegenleistung zu geben. Denn auch, wenn Brandon es liebte, auf der Plantage zu sein, so liebte er es nur, wenn sie alle zusammen waren. Mit Mitch.

Josephine bedeutete ihm nichts, und das wusste sie.

»Wie war dein Tag?«, fragte Brandon am dritten aufeinanderfolgenden Tag, an dem er bei ihr zum Dinner war. Er wäre lieber bei

Sarah gewesen. Doch er musste um alles in der Welt verhindern, dass Josephine Wind davon bekam.

»Ich war mit Marshall im Auto unterwegs. Wir sind bei dir vorbeigefahren, es war so gegen halb sechs«, erzählte sie. »Aber du warst nicht da, dein Truck stand auch nicht vor der Tür.«

»Ich war nicht zu Hause, das stimmt.« Brandon trank einen Schluck Wein.

»Und Sarah? War sie auch nicht da?«

»Nein, sie hat in dem Haus im Wald übernachtet.«

»Oh.« Josephine wollte ihn nicht verärgern, das wollte sie nie, denn das könnte bedeuteten, dass Brandon sie nicht mehr besuchen würde. Und alles, was sie brauchte, war ein Haus voller Stimmen, Lachen und Glück. Und Liebe.

»Darf ich fragen, warum ihr in dem Haus im Wald wohnt, wenn du doch zur Miete in der Lexington wohnst? Ich habe … weißt du, ich habe das Haus gern für dich besorgt, du brauchtest endlich eine richtig schöne Bleibe. Aber …«

»Warum fragst du mich so viele Sachen, Josephine? Lass es doch gut sein.«

Sofort zuckte sie zurück und war still. Und auch, wenn Mom ganz anders gewesen war als sie, so erinnerte Brandon sie sehr an sie.

Hoffnungslosigkeit.

Angst.

Traurigkeit.

»Entschuldige. Mitch hatte mir gesagt, dass Sarah im Haus im Wald wohnen möchte und dafür bezahlt. Ich habe allerdings noch nie irgendwelches Geld gesehen. Versteh mich nicht falsch, das ist in Ordnung, nur … Warum wohnt sie nicht in deinem Haus in der Lexington? Mit dir?«

»Wir wollen noch nicht zusammenwohnen.«

Josephine spielte mit ihrer Halskette und starrte in die Flamme der Kerze. »Wäre es dann nicht praktischer, wenn ihr beide zusammen in das Haus im Wald wohnt? Wenn du zu ihr ziehst?«

Das wäre eine sehr gute Idee, doch im Keller lag eine Leiche, und alles, was in diesem Haus passierte, würde offiziell mit Brandon in Verbindung gebracht werden. Nein. So lief das nicht. Brandon brauchte eine Adresse. Mitch wollte, dass er woanders wohnte, und es war für alle besser, wenn Brandon nur ein »Gast« im Haus im Wald war.

»Wir legen die Vermietung des Hauses im Wald einfach auf Eis.« Sie lächelte sanft, und er wusste, dass sie alles tun würde, nur, damit zwischen ihnen beiden Harmonie herrschte.

»Danke, Josephine.« Er trank sein Glas leer und schaute auf die Uhr. Schon eine Stunde war er hier, viel zu lange. Bei ihr zu sein, machte ihn müde und wühlte ihn auf.

»Dein Vermieter hat nach dir gefragt.«

»Aha.«

»Er sagt, er hat dich so gut wie noch nie gesehen.«

»Ist mir egal.«

»Er hat die Miete noch mal erhöht«, bemerkte sie. Sie sprach nicht oft über Geld. Für sie, die so viel hatte, dass sie es niemals würde ausgeben können, wuchs es an den Bäumen wie Blätter, die niemals abfielen.

Brandon hob seinen Blick, lächelte nicht. Er konnte ihre Angespanntheit über den Tisch hinweg spüren. »Und das heißt?«

»Nichts, ich … wollte es nur gesagt haben.«

Er verengte die Augen.

Sie stach ihre Gabel in eine Kartoffel und aß sie langsam, bevor ihre Stimme spitzer wurde. »Ich zahle für dich die Miete gern, weil du bereit bist, mir zur Seite zu stehen, wenn Mitch nicht da ist. Und ich bezahle die Kosten des Hauses im Wald … für deine Freundin.«

»Du hast doch Mitch nichts gesagt, oder?«, fragte Brandon ernst.

»Nein, ich habe ihm noch nie etwas gesagt.« Sie blickte auf. »Nicht, dass der Mietvertrag auf meinen Namen läuft, und auch nicht, dass ich dafür zahle.«

»Dein Ton klingt scharf.«

»Verzeihung. Es ist nur … Ich fühle mich nicht gut dabei.«

»Okay.« Brandon stand auf, etwas zu schnell und zu unvorsichtig, sodass sein Stuhl umkippte. Sofort war einer der Butler da, um ihn aufzuheben. »Wenn du dich unwohl fühlst, möchtest du wohl auch, dass wir Mitch alles sagen. Dass ich hier bin, auch wenn er weg ist, damit du nicht allein bist. Weil du dich nicht gut fühlst, allein.«

Sie senkte ihren Blick und atmete schneller. »Du musst es nicht aussprechen, wir haben ein Abkommen, womit wir beide das haben, was wir wollen.«

»Du hast es angesprochen, Josephine.« Er hob die Hände. »Wir können Mitch auch sagen, dass du mich gestern angefleht hast, ich solle hierbleiben, ich solle dich nicht allein lassen.« Brandon ging um den Tisch herum, trank dabei Wein aus seinem Glas. »Weiß Mitch eigentlich, wie oft ich bei dir bin, wie oft du mich anrufst und dass du … mich, na ja, genau so liebst wie ihn, wenn nicht noch mehr?«

»Das stimmt nicht, Brandon.« Sie wurde rot, und der Aspekt, dass sie ihn nicht ansehen konnte, sprach für ihn Bände.

Er blieb neben ihr stehen, beugte sich vor und flüsterte ihr ins Ohr. »Wenn du nicht so gut erzogen wärst, hättest du mich schon längst in dein Bett gezerrt, Mrs. Winston. Aber du hast klare Prinzipien, und ich habe die auch. Da wir beide etwas davon haben, dass der gute Mitch nicht alles auf dem Tablett serviert bekommt, machen wir einfach so weiter wie bisher. Mitch wird nicht von dir erfahren, wer das Haus in der Lexington zahlt, und ich werde ihm nicht sagen, wie sehr du dir wünschst, ich würde meine Hände um deine Brüste legen.« Er legte sein Gesicht an ihr Ohr und stöhnte leise auf. »Nicht wahr, Josephine?«

Sie zitterte. »Ja, Brandon.«

»So habe ich es gern. Und nun sei so gut und rede nie wieder über das Haus im Wald, lösch es aus allen Datenbanken, aus dem Internet, überall. Es gehört zwar dir, aber es ist doch nicht wirklich dein Haus, oder? Ich habe es renoviert, ich habe Zeit investiert. Wahrscheinlich hat sich noch nie jemand so gut um dieses alte Haus gekümmert wie ich, oder?«

Die ältere Dame hatte Tränen in den Augen. »Ja, ich denke, du hast recht, Brandon.«

»Und doch bin ich nur ein Gast ohne Verpflichtungen, ja?«

Nicken.

Brandon gab ihr einen Kuss auf die Wange. »Fein. Und weil du mir so viele Fragen gestellt hast, lass ich dich jetzt schon allein und komme erst morgen wieder. Jetzt muss ich zu Sarah. Sie wartet auf mich. Ich will sie ficken. Okay?«

Erneut nickte sie, während eine Träne ihre Wange hinunterlief. »Brandon«, sagte sie, ohne aufzusehen, als er die Tür vom Speisesaal öffnete.

Er drehte sich um.

»Was versteckst du in diesem Haus?«

»Wie kommst du darauf, ich würde dort etwas verstecken?«

»Hast du etwas dagegen, wenn ich euch dort mal besuche? Was hältst du davon?«

»Du gehörst da nicht hin, das halte ich davon.«

Josephine gab nicht nach. Und das überraschte ihn. »Wenn ich komme – was erwartet mich dann, Brandon?«

»Nichts«, sagte er und grinste. »Schließlich liegt der Sinn eines Versteckes darin, dass es niemand findet, nicht wahr?«

4

SWALL PINES WAY, THIBODAUX, LOUISIANA
September 2019

Als Audrey erwachte, war das Erste, was sie sah, die Kerze auf dem Tisch.

Ein Windlicht. Sie hatten es gemeinsam gekauft, Brandon und sie, in einem *Home Decor* Geschäft in Lafayette. Oh, wie gut sie sich an diesen Tag erinnern konnte. Die Sonne hatte vom Himmel gestrahlt, sie hatte die Hand aus dem Fenster des Trucks gesteckt und den Fahrtwind auf ihrer Haut gespürt. Sie hatten Eis gegessen und waren nebeneinander, und zwar sehr eng aneinander, durch die Straßen gelaufen, hatten den Laden entdeckt und sie hatte die Kerze, beigefarben in einem hohen Glas, gesehen und darauf gezeigt. Nur zwei Minuten später hatte sie sie in einer Tüte in ihrer Hand getragen.

Es war ein wunderschöner Tag mit einem ganz besonderen Mann gewesen.

»Aber jetzt … jetzt liebe ich dich.«

Als Audrey sich an seine Worte erinnerte, liefen wieder Tränen über ihre Wangen. Sie waren heiß und sie spürte, wie die Mullbinde, die er ihr zwischen die Lippen gebunden hatte, damit getränkt wurde. Sie schmeckte salzig.

Liebe.

Wie dumm war sie nur gewesen.

Nicht nur, dass sie sich als Frau allein zu diesem Haus hatte fahren lassen, es war auch dumm gewesen, sich überhaupt auf ihn eingelassen zu haben. Es war ein Fehler mit fatalen Folgen, doch der größte war, sich vorhin von ihrer Neugier leiten gelassen zu haben, und unbedingt zum Haus zurück zu wollen, anstatt den sicheren Weg gegangen zu sein.

Doch nun war es zu spät.

Draußen war es hell. Es musste Tag sein. Heute Abend ging ihr Flieger. Bis dahin musste sie sich befreien. Nur vage erinnerte sie sich daran, was gestern Abend und in der Nacht passiert war. Sie wusste, dass er sie gewürgt hatte, denn den Blick in seinen Augen, den er dabei gehabt hatte, würde sie ihr Leben lang nicht vergessen können.

Wie hatte sie sich nur so verdammt täuschen können?

Danach war ihr schwindelig und schwarz vor Augen gewesen. Sie wusste noch, dass sie getorkelt und auf den Boden gefallen war. Erinnerte sich daran, wie sie zum Sofa hatte kriechen wollen, wo ihr Pfefferspray lag, und wie er mit seinen großen, schweren Schritten hinter ihr hergegangen war.

»Du wirst mich nicht verlassen.«

Er hatte sich über sie gebeugt, hatte das Spray aus ihrer Tasche geholt und es ihr vor die Nase gehalten. Sie hatte ihre Hände danach ausgestreckt und es nicht zu fassen bekommen. Dann hatte sie zu weinen und zu schreien begonnen, als er aufgestanden und weggegangen war.

Böses Mädchen.

Audrey hatte sich zur Tür geschleppt und sie sogar geöffnet, doch Brandon war rasch bei ihr gewesen und hatte sie geschlagen, ins Gesicht, ohne jeden Skrupel. Sie war überrascht davon, was er einer Frau antat, die er doch – laut eigener Aussage – liebte.

Dann hatte sie Blut geschmeckt und mit dem linken Auge nur noch verschwommen gesehen. Um ihn nicht zu provozieren, war sie auf dem Boden liegengeblieben.

Sie hatte sich übergeben müssen, weil ihr irgendwas den Rachen hochgekrochen kam, war es Blut, Magensäure, sie wusste es nicht. Er hatte getobt, wütend darüber, was für einen Dreck sie machte. Er hatte sie hochgezogen, erneut geschlagen, und zwar mit geballter

Faust und den Fingerknöcheln direkt gegen die Schläfen. Als sie geglaubt hatte, den schlimmsten Schmerz ihres Lebens ertragen zu müssen, hatte sie eine Ohnmacht ereilt.

Er hatte mit ihr geredet, sie hatte seine Stimme eindeutig gehört, seine Worte jedoch nicht verstanden, weil ihr Körper damit beschäftigt war, die Schmerzen auszuhalten. Sie hatte gewusst, dass sie aufrecht saß, hatte Kälte gespürt und sich gefragt, ob sie nackt oder angezogen war und wo man in diesem Haus so kerzengerade sitzen konnte.

Tatsächlich hatte sie die ganze Zeit auf dem Stuhl gesessen, auf dem sie nun aufgewacht war und sich im Raum umschaute.

Ja, es war Tag. Früher Morgen, denn draußen blinzelte die Sonne hinter den Baumkronen vor. Und sein Truck stand nicht vor dem Haus, den hätte sie durch das Glas in der Tür gesehen, so wie immer.

Sie war definitiv allein, kein Mucks war zu hören. Ihr Magen knurrte, ein Umstand, an den sie in dieser Situation nicht geglaubt hätte. Hinzu kam unbändiger Durst, ein richtiges Verlangen nach Wasser, irgendwas, was ihre Lippen benetzen und ihren Mund vom widerlichen Geschmack nach Blut und Kotze befreien könnte.

Die Mullbinde zwischen ihren Lippen drückte ihre Zunge nicht nur nach unten, sondern auch nach hinten, genau wie ihre Mundwinkel, die eingerissen waren, schmerzten und bis vor wenigen Stunden unerbittlich geblutet hatten. Ihr Auge war dick, sie konnte das geschwollene Lid vor ihrem linken Auge sehen.

Dann fiel ihr das Bild von Sarah ein.

Audrey blickte an sich herunter. Sie war angezogen und entdeckte Blut auf ihrem Shirt, das jedoch nur von ihrem Gesicht zu stammen schien. Kurz atmete sie durch, versuchte, ruhig zu bleiben und ihr Mobiltelefon auszumachen. Es lag in ihrer Tasche, und die war nirgends zu sehen. Beim Blick durch den Raum entdeckte sie das Festnetztelefon, dessen Kabel durchgeschnitten nach unten baumelte.

Erneut schossen ihr die Tränen in die Augen, als sie dieses Geräusch hörte, das in der Vergangenheit so viele Fragen in ihr aufgeworfen hatte.

Krrr.

Es kam von unten. Vom Keller.

Er war da.

Sie rüttelte an ihren Fesseln, doch die waren so eng und fest geschnürt, dass ihr jede Bewegung furchtbare Schmerzen verursachte.

Doch sie wollte weg, weg von hier, weg von diesem Psychopathen, von dem sie sicher war, dass er nicht nur Sarah, sondern mindestens auch Becky Harris auf dem Gewissen hatte.

Und Mitch Winston? Wer sagte, dass er ihn nicht umgebracht hatte, weil er ihn für den Tod von Sarah verantwortlich machte?

Noch einmal riss und zog sie an ihren Fesseln, bis sie Schritte hörte, von denen sie glaubte, dass sie vom hinteren Bereich des Hauses kommen mussten.

Scheiße, er ist wirklich hier!

Sie hielt inne.

Eine Tür knarrte.

Er kommt rauf. Brandon kommt vom Keller rauf.

Für einen Moment dachte sie darüber nach, ob es besser wäre, sich wach zu zeigen oder Bewusstlosigkeit vorzutäuschen, während ihr Körper sich anspannte und sie ihren Herzschlag in ihrem Rachen spürte. Angst durchströmte ihren Körper, Angst vor Schmerzen, Angst vor Qualen und Angst vor dem Tod.

Schritte, immer näher.

Sie hielt die Luft an und starrte in den Flur.

Ihre Augen waren weit geöffnet, sie hätte sich gar nicht schlafend stellen können. Sie verschluckte sich fast an ihrer Zunge, als die Tür zum Ankleidezimmer aufging und jemand den Flur betrat und Richtung Küche und Essbereich kam.

Jemand, der nicht Brandon war.

Zum Vorschein kam etwas, das sie nicht beschreiben konnte. Ihre Augenlider spannten, Luft strömte durch die Nase in ihre Lunge. Es fühlte sich an, als würde sie explodieren, als Audrey schrie.

In dem Raum stand jemand mit einer Pferdemaske über dem Kopf, Armen, die voller Narben und Wunden waren, Händen und

Füßen, die in blutigen Tüchern steckten, die mit dünnen Seilen so gebunden waren, dass sie an die Hufe eines Pferdes erinnerten.

Audrey tobte, ihre Angst verlieh ihr die Kraft, mit dem Stuhl nach hinten zu rücken, während die Gestalt auf sie zukam. Erst jetzt sah sie, dass die Person nur schwer laufen konnte, hinkte und humpelte. Sie wusste nicht, ob es mit den entstellten Extremitäten zu tun hatte oder ob es an der Kette lag, die um ihren Hals gebunden war und dessen Ende sie über dem Arm trug.

Dann kam ihr in den Sinn, dass diese Gestalt ein Mensch war. Ein Mensch, der selbst so gepeinigt war, dass sie vor ihm wohl kaum etwas zu befürchten haben musste.

Sie hörte auf, sich zu bewegen, während ihr Tausende Gedanken durch den Kopf schossen. Die Angst legte sich, wurde übermannt von der Beklommenheit und dem Ekel, den sie empfand, nicht für diesen Menschen, sondern eher für denjenigen, der ihm das angetan hat.

Der Mensch war nun am Tisch angekommen, zwischen den blutgetränkten Tüchern und dem dünnen Seil, das darum gebunden war, klemmte ein Zettel. Er ließ ihn auf den Tisch fallen, schob ihn mit seiner zu einem Huf gebundenen Hand zu ihr rüber. Dunkelrote Blutkrusten hingen daran, die Schrift des einzelnen Wortes war unleserlich, genauso wie auf dem Zettel, der zwischen dem Buch von Mark Twain geklemmt hatte.

Audrey brauchte nicht zu lesen, was darauf stand. Sie erkannte es am ersten Buchstaben.

Sie sah dem Menschen ins Gesicht, zumindest dorthin, wo sie es hinter der Maske vermutete. Dann musste sie sich zusammennehmen, um nicht die Fassung und somit die Hoffnung zu verlieren, dass das hier gut enden würde.

Für sie und für den Menschen, der vor ihr stand und dem Brandon so etwas Furchtbares angetan hatte. Denn sie wusste: Vor ihr stand Mitch.

5

SWALL PINES WAY, THIBODAUX, LOUISIANA
Dezember 2018

Du kannst dieses Lied nicht so spielen«, beharrte Mitch. »Es ist grandios! Es ist melancholisch, traurig, es wühlt auf. Und jeder kennt es!« Richard war begeistert. »Meine Mutter hat es mir jeden Abend zum Schlafengehen vorgesungen. Aber noch nie habe ich es so gehört, wie das, was Brandon aus dem Song gemacht hat!«

»Habt ihr euch den Songtext mal genau angehört? Wer sagt, dass man dort von Menschen spricht, die einander lieben? Was, wenn es ein Mann singt, dessen Liebe nicht erwidert wird? Weil die Frau einen anderen liebt? In welchem Ton würdest du dieses Lied dann spielen, Mitch?« Brandon sah auf und blickte abwartend zu Mitch hinüber.

Der antwortete nicht.

»Es klingt dramatisch, gefährlich und düster. Es wird der Hit!« Charles war absolut dafür. »Spielen wir es noch mal, Jungs!«

Gitarrenklänge. Düster. Nicht heiter.

Brandon begann zu singen. Nicht fröhlich, sondern ernst und bestimmend, verärgert und anklagend.

»You are my sunshine, my only sunshin —«

Die Sonne war untergegangen und tauchte die Lichtung im Wald in ein goldrotes Licht. Es untermalte die heitere Atmosphäre auf der Veranda des Hauses, auf der die Band heute probte. Der Wind hatte aufgefrischt, das Rascheln der Bäume untermalte

283

den Klang des Banjos, der Klarinette, Charles' Kontrabasses und Richards Gitarre.

Während er die letzten Zeilen des Covers von »*You are me sunshine*« sang, schloss Brandon die Augen und dachte an den Moment, als er Mom gefunden hatte.

Damals.

Erinnerte sich an die Stille im Haus, an den Ausdruck in ihren Augen. Die Leere. Die Einsamkeit. Das Gefühl, versagt zu haben und nichts dagegen tun zu können. Der Hass auf sich selbst. Und die Verzweiflung, es nicht aufhalten zu können.

Ein Kloß bildete sich in seinem Hals. Er wusste, dass Menschen sie dafür gehasst hatten. Die Nachbarn, die den Kopf geschüttelt hatten, als er an ihnen vorbei gegangen war, mit der Frau vom Heim, die seine Sachen gepackt hatte.

Wie konnte eine alleinstehende Mutter so was tun?

Wie konnte sie ihr Kind allein lassen?

Fakt war: Brandon hatte Mom niemals die Schuld gegeben. Mom war krank gewesen, und keiner verstand sie besser als er.

Denn ich bin es auch. Wir sind gleich, Mom.

Und irgendwann sehen wir uns wieder, nehmen uns in die Arme und der Schmerz ist vorbei.

»*Please don't take my sunshine away.*«

Doch dann blickte er auf und sah Mitch.

Der einzige Mensch, der ihm Kraft gab. Das war schon immer so gewesen. Selbst in der Zeit, in der sie nicht zusammen gewesen waren. Immer, wenn Brandon im Heim aus dem Fenster in den Himmel geschaut hatte, dorthin, wo Mom war, wusste er, dass Mitch noch da war. Viel näher als Mom, und irgendwann würden sie wieder zueinander finden.

Ganz bestimmt.

Das Lied endete. Seine Uraufführung würde es am Wochenende haben, auf dem Christmas Market mit Parade und anschließender Party in Lake Charles.

Lake Charles.

Brandon sah Mitch in die Augen. Er erkannte den Jungen von damals fast nicht mehr wieder. Daran, dass es an ihm liegen könnte, wollte er nicht denken.

»Großartig, Jungs.« Charles stand auf und klatschte mit ihnen allen ab. »Noch nie hat jemand dieses Lied zu was Geilerem gemacht. Brandon, große Klasse!« Er hob den ausgestreckten Daumen.

Richard packte zusammen. »Das wird ein mega Ding am Samstag.« Er hatte es eilig, hatte vor einer Woche geheiratet und wollte jetzt zurück zu seiner Frau.

Charles zündete sich eine Zigarette an. »Was ist mit ihr?«, fragte er Brandon und zeigte durch das Fenster zu Sarah, die mit dem Rücken zu ihnen auf dem Sofa saß und sich nicht bewegte.

»Wir fahren gleich nach Hause. Sie hat Bauchschmerzen«, meinte Brandon. »Frauensache.«

Von allen kam ein kurzer, verständnisvoller Kommentar, dann machten sich Richard und Charles auf den Weg zum Auto und luden die Instrumente ein.

»Wir hätten auch bei dir zu Hause proben können, wenn es besser für sie wäre.« Charles hielt die Wagentür in der Hand.

»Dort ist es sehr eng«, erklärte Brandon. »Hier haben wir so viel Platz und der Wald ist unser Publikum.«

Richard stieg ein. »Sie hätte ja auch zu Hause bleiben können ...« Brandon schlug die Tür hinter ihm zu und hob die Hand zum Gruß. Als der Wagen die Lichtung verließ, setzte er sich in die Schaukel und verschränkte die Arme vor der Brust. »Kalt geworden.«

Mitch stand am Geländer und rührte sich nicht.

»Kannst du dir das vorstellen?« Brandon lehnte den Kopf nach hinten und schloss die Augen. »Der Christmas Market in Lake Charles. Und die Woche darauf ein Auftritt als Vorband in Alabama. Wir überqueren die Staatsgrenze zum ersten Mal. Ein paar Jahre noch und wir leben deinen Traum, Mitch. Irgendwann ruft New York.«

Mitch verzog keine Miene. »Wir waren Kinder.«

»Es ist egal, ob du ein Kind bist oder schon ein Erwachsener. Ein Traum bleibt ein Traum.«

Jetzt kam Mitch mit gesenktem Blick näher. »Träume zerplatzen, Brandon. Und ich weiß nicht, wie lange ich noch so weitermachen kann.«

»Wie meinst du das?«

»Mit der Band. Und mit dir. Ich kann nicht so tun, als sei alles völlig normal.«

Brandon verstand ihn nicht. Er hatte nichts getan.

Mitch atmete tief durch. »Du weißt, dass ich das nicht zulassen kann.«

»Was kannst du nicht zulassen?« Brandon setzte ein ernstes Gesicht auf. »Wenn du damit anfängst, möchte ich auch, dass du mir konkret sagen kannst, was genau du meinst.«

»Ich meine damit, dass du sie nicht gut behandelst.«

Brandon sah von ihm weg in den Wildwuchs des Gartens und schüttelte leicht den Kopf. »Ich behandele sie wie eine Königin. Schließlich wollte sie abhauen. Zusammen mit dir.«

»Müsstest du dich dann nicht an mir rächen?«

»Ist ›Rache‹ nicht ein wenig heftig?« Er starrte zu Mitch. »Was denkst du, tue ich?«

Mitch hielt seinem Blick stand. »Ich … ich meine ja nur, dass …«

»Was?«

»… dass es sich wie damals anfühlt.« Mitch sah sich um, um sicher-zugehen, dass niemand lauschte. »Wie mit Trixie.«

Brandon langte nach seinem Bier und nahm einen großen Schluck. »Das war etwas völlig anderes.«

»Wie du meinst.« Mitch fuhr mit den Fußspitzen über die Dielen. »Aber es ist mir auch egal. Sollte ich mal nachts unterwegs sein und hier vorbeikommen, kann ich nicht versprechen, nichts zu tun.«

»Wir wohnen doch gar nicht hier.« Brandon lachte laut. »Du weißt, ich wohne in der Lexington.«

»Die Lexington kannst du gar nicht bezahlen! Verarsch mich nicht, Mann. Nur, weil du jeden Menschen an der Nase rumführst, heißt das nicht, dass ich dir glaube. Das hier siehst du doch als *dein* Haus. Dein Versteck. In dem du nicht nur die Frauen versteckst, sondern vor allem dich selbst vor der Welt. Weil du gebrochen bist, Mann. Ein armes, krankes Arschloch.«

Stille.

»Bist du fertig?«

Mitch sah durch die Scheiben. »Oder ich setz es in Flammen, Brandon. Das verdammte Haus. Oder ich bitte Josephine, es mir zu verkaufen, oder …«

»Denkst du nicht, dass du daran gebunden bist, so wie ich? Als würdest du den Mumm haben, mich rauszuwerfen. Nein, Mitch. Wir hängen beide hier drin. Du und ich. Und das mit den Flammen …« Er musste lachen. »Sie werden Zähne finden.«

»Dann lass doch Sarah laufen. Lass sie gehen. Sie hat nichts damit zu tun. Du findest eine andere … Sie ist wie jede andere Frau, warum ist sie so besonders für dich? Lass sie mich mitnehmen. Ich fahre sie weit weg.«

»Nach New York?«

»Natürlich nicht nach New York.«

»Warum denn nicht?« Brandon stand auf, ging zu ihm und lehnte sich vor ihm an das Geländer. »Geh mit ihr nach New York, lebe mit ihr unseren Traum. Mit dem Mädchen, das ich gerettet habe.«

»Du hast sie gerettet? Dass ich nicht lache.« Mitchs Stimme bebte. »Du hältst sie hier fest, und ich bin mir sicher, sie sehnt sich nach dem Wichser, der ihr wenigstens ein Leben ermöglicht hat. Lieber ein beschissenes Leben als gar kein Leben.«

»Du weißt gar nichts, Mitch.« Brandon rannte auf die Tür zu und riss sie auf. »Sarah! Sag Mitch, dass es dir gut geht und du hierbleiben möchtest!«

»Ich will hierbleiben, Mitch. Es geht mir gut.«

Mitch stellte sich neben Brandon. »Sieh mich an, Sarah!«

Sarah drehte sich um. Sie sah okay aus, vielleicht etwas blass um die Nasenspitze.

»Siehst du, alles in Ordnung. Danke, Baby!« Brandon hauchte ihr einen Kuss zu und schloss die Tür. »Mitch, es besteht kein Handlungsbedarf.«

»Mag sein.« Mitch griff nach der Klarinette und warf einen letzten Blick durch das Fenster zu Sarah. »Was ich aber weiß, ist, dass du krank bist. Sieh dich doch mal an, Brandon. Egal, was du erlebt oder gesehen hast, es macht dir nichts aus. Denkst du überhaupt mal daran, was du Trixie angetan hast? Du hast sie erwürgt und dann einbetoniert. Und du tust so, als wäre das nicht passiert. Kannst im selben Moment ein Monster sein und Furchtbares tun und im nächsten Moment aus vollem Herzen lachen. Wie geht das, Brandon?«

Brandon fand keine Worte und ließ ihn einfach reden.

»Genauso mit deiner Mom. Hast du auf deine Hände gesehen, Brandon? Weißt du eigentlich, was du getan hast?« Angeekelt schüttelte Mitch den Kopf. »Wohnst mit einer Leiche zusammen. Machst mir was zu essen und tust so, als wäre nichts. Was für ein Monster bist du?«

Brandon schaute auf seine Hände. Die Hände, die Mom in den Mississippi geschubst hatten. Die Hände, die Trixies Hals umfasst hatten, und in denen er die Eisenstange gehalten hatte, mit der er Barry B. erschlagen hatte.

Mitch ging die Stufen hinunter und zu seinem Wagen. »Liebst du sie?«, fragte er. »Liebst du Sarah?«

Brandon ließ einen Moment verstreichen. »Ja«, sagte er schließlich.

»Weißt du, was komisch ist?« Mitch ging zur Fahrertür und betrachtete ihn mit jenem Blick, den Brandon an ihm hasste. Als hätte er kein Verständnis, als würde er das, was Brandon tat, verabscheuen. »Ich glaube dir nicht«, sagte Mitch.

Brandon senkte den Blick.

Mitch stieg ein und fuhr davon.

Was empfindet Mitch für sie? Liebe?

Brandon ging zurück ins Haus. Er betrachtete Sarah, deren Körper unter der Decke steckte.

»Es ist spät. Schlafenszeit.« Ihre langen, braunen Haare bedeckten ihren Hals und das Dekolleté, das ein paar Schlag- und Würgespuren aufwies. Ihr Blick ging starr geradeaus.

Er sah sie oft an und empfand dabei so etwas wie Liebe, und wenn er daran dachte, dass Mitch sie vielleicht lieben könnte, empfand er immer mehr, das Richtige getan zu haben.

Sie durfte ihm nicht gehören. Mitch hatte schließlich bereits alles. Brandon hatte nichts.

Er schaute sich um, während er auf das Sofa zuging.

Er hatte das Haus.

Das Versteck.

Es war sein Versteck. Vor der Welt, ja, vielleicht, obwohl er keine Angst hatte, so wie Mitch vielleicht dachte.

Er fand es nur fair, auch etwas zu haben.

»Komm.« Er streckte die Hand aus und lächelte sie an, obwohl ihm nicht danach war. Er wollte nicht den Menschen anlächeln, den Mitch liebte. Nicht die Frau, die er »retten« wollte. Nicht die Frau, für die Brandon sich an ihm »rächen« müsste.

Nein, diese Frau sollte sie nicht sein.

Sarah schüttelte den Kopf. »Ich kann nicht«, flüsterte sie.

Sie machte immer Mätzchen, war eine richtige Dramaqueen. Ging immer aufs Ganze, furchtlos und stolz. Ließ sich nicht sofort alles gefallen. Aber manchmal fragte er sich, warum sie es dann nicht geschafft hatte, von Barry B. loszukommen.

Barry B.

»Brandon, was für ein Monster bist du?«

»Komm, steh auf«, sagte er nun forscher.

Aber Sarah schüttelte erneut den Kopf. »Ich kann nicht.«

Ungeduldig griff er nach der Decke, zog sie weg und entdeckte, was sie getan hatte. Er riss die Augen auf, während sie zu zittern begann.

»Hab' ich es nicht gesagt?«, fragte sie, und er spürte förmlich, wie ihre Kraft sie verließ. »Ich kann … nicht.«

Brandon starrte auf das Blut an ihren Händen, die mit einer kurzen Kette verbunden waren. Unter den Kettengliedern strömte das Blut geradezu hervor.

»Was hast du getan?«, fragte Brandon entsetzt. Es war alles voller Blut! Dick, rot und seidig lief es aus ihren Handgelenken über das Sofa, tropfte auf die Dielen.

Er stürzte auf sie zu, wühlte in ihren Händen und ihrem Blut und fand die Scherbe zwischen ihren Fingern. Er hielt sie ins Licht, während ihr Blut an seinen Händen herunterlief und versuchte, zu verstehen, was sie ihm damit sagen wollte. Dann schüttelte er sie an den Schultern. »Was hast du getan?«

Sarah hob den Blick.

Einander blickten sie sich in die Augen, kurz, bevor sie in Ohnmacht fiel.

Liebe?

Er wusste es nicht. Was er wusste, war, dass er sich um sie kümmern musste, bevor Mitch es tat.

6

SWALL PINES WAY, THIBODAUX, LOUISIANA
September 2019

Er parkte den Truck vor der Tür und schaute auf das Haus.
Mittlerweile war das mit Sarah schon so lange her. So viele Monate, und das mit Becky ebenfalls schon ein paar Wochen. Aber das zählte nicht, denn das war schiefgegangen.

Jetzt hatte er Audrey.

Audrey war hübsch und vor allem klug. Brandon liebte kluge Frauen.

Liebe.

Er lehnte den Kopf an die Nackenstütze. Wusste er, was Liebe war?

Er entschied sich für ein Ja, denn er konnte durchaus Liebe empfinden – nur wusste das noch niemand.

Als er ins Haus kam, war sie wach und starrte ihn an.

»Hallo«, sagte er freundlich und schloss die Tür hinter sich. Er war müde. Schließlich hatte er in der Nacht nicht geschlafen, weil er sich um Audrey hatte kümmern müssen.

Als er sich zu ihr an den Tisch setzte, beugte er sich rüber, um ihr die Mullbinde abzunehmen, die zwischen ihren Lippen spannte und hinter dem Kopf zugebunden war. Zurück blieben zerzaustes Haar und breite, rote Striemen an ihren Wangen. Sie hustete, keuchte und verlangte nach Wasser, was er ihr gab und das sie hastig trank.

»Es ging dir um das Foto, deswegen warst du bei Laura.« Dann setzte er sich ihr erneut gegenüber. »Du hast es also gefunden.«

Sie wusste sofort, was er meinte. »So gut war es auch nicht versteckt. Nächstes Mal musst du dir mehr Mühe geben.«

Er hob die Brauen. »Das nächste Mal?«

Sie zuckte mit den Schultern. »Ich wollte nur ehrlich sein.«

Brandon nickte. »Hast du in deinem Buch auch so was geschrieben? Hat deine Geschichte über die Autorin, die Inspiration sucht, auch so ein Ende genommen?«

»Es war nicht das Ende«, antwortete sie, »denn sie hat die Geschichte gedreht. Es heißt ja nicht, dass es immer gut für den Psychopathen ausgeht.«

»Das hat mir an dir schon immer imponiert«, sagte Brandon. »Dass du schlagfertig bist. Und schlau. Ich habe noch nie eine Frau wie dich getroffen. Doch, warte. Meine Lehrerin im Heim. Die konnte gut kontern.«

»Okay.« Audrey lächelte. »Wie geht es jetzt weiter? Beantwortest du mir die Fragen, die ich habe, bevor du weitermachst?«

Er war irritiert. »Was für Fragen?«

»Kannst du bitte nur mit Ja oder Nein antworten?«

»Okay, das verkürzt das Verhör. Ist mir nur recht.«

Sie hatte einen bitteren Blick in den Augen. »Hast du Sarah umgebracht?«

»Nein.«

»Hast du Mitch umgebracht?«

»Nein.«

»Becky Harris?«

Brandon hob den Zeigefinger. »Ja. Aber nur, weil …«

»Nur Ja oder Nein.«

»Nächste Frage.«

»Wirst du mich umbringen?«

Brandon lachte. »Hätte ich dir das mit Becky etwas ausführlicher erläutern dürfen, hättest du dir diese Frage selbst beantworten können.«

»Ich habe eine Frage für dich, die du ausführlich beantworten kannst.«

»Sag mal, wer macht hier eigentlich die Regeln?«

»*Warum*, Brandon?« Audrey verzog keine Miene. Sie saß kerzengerade auf ihrem Stuhl, rührte sich keinen Millimeter, zeigte keinen Funken Angst. Sarah hatte das auch nie getan, aber dennoch war es bei Audrey anders.

»Warum tust du das?«

Er legte die Hand an sein Kinn und fuhr mit den Fingern über die Stoppeln seines Bartes. »Weil es sich manchmal eben so entwickelt. Es ist nicht geplant.«

»Ich glaube, es gibt einen anderen Grund. Ich würde ihn gern wissen, vielleicht kann ich dir dann helfen.«

Brandon musste lachen. »Du kannst mir nicht helfen.«

»Hast du das alles getan, damit ich dich nicht verlasse? Damit ich mich in dich verliebe? Zeigst mir die Gegend, unternimmst mit mir wunderschöne Sachen, spielst mir Songs vor und behandelst mich wie eine Königin – tust du das, damit sie dich nicht verlassen? So wie deine Mom?«

Er atmete tief durch. »Das mit Mom ist eine Ewigkeit her. Ich … weiß nicht, warum die Menschen auf Ereignissen rumhacken, die so lange her sind.«

»Weil sie dich geprägt und dir den Knall fürs Leben gegeben haben.«

»Bist du Psychologin? Woher willst du das wissen?«

»Dafür braucht man kein Studium, Brandon.«

»Ich habe Mom geliebt, ja, Aber … Sie war nicht meine Frau. Ich hatte keine Beziehung mit ihr.«

»Deswegen suchst du eine Frau. Die zum einen ihre Stelle einnimmt und dir noch mehr gibt, als sie es konnte. Wie zum Beispiel ein Kind.«

Brandon sprang auf und schlug mit beiden Händen auf den Tisch. »Wage es ja nicht, in diesem Haus über Kinder zu sprechen!«

»Warum nicht? Du vergisst, dass ich eines habe! Und indem du mich hier festhältst, tust du meinem Kind das an, was dir angetan wurde! Du nimmst ihm die Mutter!«

»Halt den Mund!«, schrie er sie an, tobend und wild, ging vom Tisch weg, weil er sie sonst packen und erwürgen würde, ohne auch nur einmal mit der Wimper zu zucken. Doch das wollte er nicht, nicht mehr und vor allem nicht sie. »Ich will es nicht«, sagte er laut, wobei er nicht wusste, ob er das, was er dachte, wirklich aussprechen wollte. »Ich kann es aber nicht ändern. Es ist in mir, überkommt mich und dann kann ich nicht anders, als es zu tun.«

Sieh auf deine Hände!

Brandon legte die Hände an seine Ohren, wollte Mitchs Stimme nicht hören, bekam höllische Kopfschmerzen, brauchte Pillen. Er wischte sich den Schweiß von der Stirn, weil ihm heiß geworden war, und drehte sich von Audrey weg, um sie nicht ansehen zu müssen.

»Ich habe keine Angst«, kam es von ihr. Leise und sachte. »Ich habe keine Angst, Brandon. Ich habe dir nie davon erzählt, aber … du hast mich bereichert, weißt du das?«

Er schnaubte. »Tu nicht so. Natürlich hast du Angst.« Doch sicher war er sich nicht. Wie gesagt, Audrey war anders.

»Als du mich hergebracht hast, war mir mulmig zumute. Mein gesunder Menschenverstand sagte mir, ich solle vorsichtig sein und die Realität nicht missachten, aber … Insgeheim war ich dir dankbar, dass du mich an diesen Ort gebracht hast, an dem ich das erleben konnte, was einmal mein zweites Buch werden soll. Und dass ich dich kennengelernt habe, einen echten Psychopathen.« Er sah sie lächeln, als sich halb zu ihr drehte. Unsicher zwar, aber sie lächelte. »Ich will nicht, dass du mir grausame Dinge antust, aber … Ich schreibe über Menschen wie dich. Dazu habe ich Hunderte Bücher gelesen, Krimis, Horror, Detektivromane, aber weißt du … Ich fühlte nichts. Bis heute. Da habe ich gespürt, dass wir alle keine Ahnung haben, wie dieses Gefühl der Gefangenschaft wirklich ist.«

Er betrachtete sie kühl.

»Ich weiß es jetzt. Auch wenn es verrückt klingt, es hat mich weitergebracht. Ich kann es fühlen – diese Hoffnung, diesen Schmerz und auch die Angst. Und du … du bist die Art von Mensch, über die wir schreiben. Über Menschen wie dich entstehen Tausende Bücher, doch niemand, der so etwas schreibt, ist ein Psychopath. Niemand weiß wirklich Bescheid, weil es eben doch ein Unterschied zwischen Wahrheit und Fiktion gibt.«

Brandon biss auf seiner Unterlippe herum. »Das ist alles nicht meine Schuld, Audrey.«

»Sondern? Die Schuld deiner Mutter?«

»Nein, natürlich nicht!«

»Wer hat Schuld, dass du mich hier gefangen hältst?«

Brandon betrachtete sie eine Weile, ohne ein Wort zu sagen.

Audrey hing an seinen Lippen. »Bitte, Brandon! Hilf mir, das zu verstehen! Was hast du getan? Mit Mitch, mit Sarah? Was?« Sie hörte nicht auf zu lächeln. »Was ist mit Mitch passiert? Weißt du, wo er ist?«

»Nein.«

Sie ließ den Kopf hängen. »Wenn du ihn findest«, sagte sie, »könnte es so werden wie früher, oder nicht?«

»Nein.« Brandon starrte nach draußen. »Wir hatten diese Chance. Doch er hat sie zunichtegemacht.«

Es war das erste Mal seit langer Zeit, dass er durch Tür in der Abstellkammer in den Keller ging. Schon ewig her, dass er die Treppe benutzt hatte. Es roch modrig, war eisigkalt, und stand er ganz oben, war nur matt ein Licht von unten zu erkennen.

Er ging die Stufen hinunter, die aus hartem Beton bestanden. Der Keller kam in sein Sichtfeld. Je weiter er nach unten kam, desto heimischer fühlte er sich. Denn der Keller dieses Hauses war sein *Zuhause*, wenn er, anstatt oben zu sein, nur hier unten sein durfte.

»Hallo«, rief er, um einen alten Freund zu begrüßen. In den Händen trug ein Tablett. Heute gab es richtiges Essen, für diesen Freund, der für ihn so viel mehr war als das.

»Heute gibt es Eintopf«, sagte Brandon, als er unten ankam. Schwerlastregale, drei an der Zahl, nebeneinandergestellt, trennten die beiden Bereiche des Kellers. Da gab es den Bereich an der Treppe, den Brandon nun durchquerte, um in den Bereich des Freundes zu gelangen. Trat auf die Decken, sieben an der Zahl, die den Boden weich machten, die hier und da mit Blut, Urin und Kot getränkt und benetzt waren, weil der Freund manchmal rebellierte.

Der Freund selbst saß in der Ecke, mitten im Stroh, das auf den Decken lag. Es sollte ein Lager für ein Tier darstellen. Aber der Freund war eigentlich kein Tier. Doch in der Wut und Verzweiflung eines anderen Menschen, musste es eben so kommen, dass er zu einem Tier gemacht worden war.

»Lasst mich das Pferd sein.«

Diese verdammte Maske.

Sarah und du.

Irgendwann hatte Brandon entschieden, dass er sie nie wieder loswerden sollte.

Hooray.

Brandon stellte den Teller ab. Eine Kette klirrte. Der Klang ihrer Glieder auf dem Boden wurde durch die Decken gedämpft.

Das Tier, das Brandon erschaffen hatte, kam zur Fütterung. Vor seinen Füßen ging es auf alle Viere, presste den Kopf auf den Teller, das Gummi der Pferdemaske wurde vom Tellerrand seitlich weggedrückt, sodass das Tier seinen Mund ans Essen halten konnte. Aber das Tier musste saugen, um etwas in den Mund zu bekommen, konnte so nur das Dünne des Eintopfs genießen. Die Fleischklößchen, die darin schwammen, würde er nicht in den Mund bekommen. Und das lag nicht nur an der Maske …

Es gab nichts Gutes mehr für das Tier, weil es sich einst geweigert hatte, das Gute zu akzeptieren und zufrieden zu sein, mit dem, was es hatte.

Brandon stellte sich an die Wand und beobachtete ihn.

Es dauerte nur Sekunden und der Teller, die Decke darunter und das Tier selbst hatten sich während eines verzweifelten Versuches, Nahrung aufzunehmen, in ein Schlachtfeld verwandelt.

Püriertes Gemüse mischte sich mit altem, krustigem Blut am Hals des Tieres, mit Dreck und den klebenden Insekten, die das Tier belagerten, wenn es schlief. Im Wald gab es schließlich viel Viehzeug, das seinen Weg schon in das alte Gemäuer fand, wenn es das wollte.

Irgendwann gab das Tier auf, saß vor dem Teller, und Brandon erkannte das Zucken seiner Schultern, was bedeutete, dass das Tier verzweifelt schluchzte. Leise und einsam. Es hatte Hunger, es hatte schon so lange nichts Richtiges mehr gefressen. Es konnte schließlich auch nicht fressen.

Dafür hatte Brandon gesorgt.

Es gehörte zur Strafe.

Er betrachtete die Hufe des Tieres, die Hände, die in Leinen steckten, zu Fäusten geballt und zwischen Zeige- und Mittelfinger mit einem Holzfaserband abgebunden, sodass die Form der Hufe entstanden war.

Die Hände hatten die Leinen blutgetränkt, so oft hatte das Tier versucht, sich zu wehren, gegen die Qualen, den Schmerz, die Folter.

»Ich wechsle gleich noch das Wasser in deinem Trog«, sagte Brandon und ignorierte das Schluchzen des Pferdes. Er nahm den Teller mit, der aussah, als hätte ein Tier darauf rumgewühlt. Nun ja, das war ja auch so.

Aus dem Augenwinkel sah er, dass das Tier zurück in die Ecke kroch.

Hatte er Mitleid mit dem Pferd?

Brandon blieb an den Regalen stehen und betrachtete den Freund. »Ich bin gleich wieder da, Mitch.«

Kapitel 8

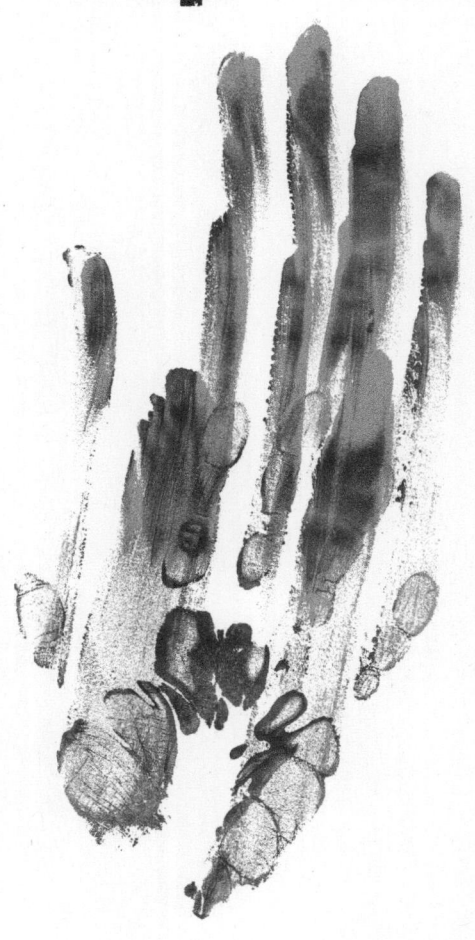

1

SWALL PINES WAY, THIBODAUX, LOUISIANA
Dezember 2018

Er hatte sie in das Bett oben gelegt, in das Zimmer mit dem kleinen Fenster, das für sie wie ein Verlies war, aus dem sie nicht entkommen konnte. Er wusste, wie sehr sie ihn hasste. Doch sie wusste nicht, wie wichtig sie für ihn war und was sie für ihn bedeutete.

»Warum hast du das getan?«, fragte er sie, während er zwei Handtücher unter ihren Körper legte, eine Stehlampe in Position rückte, die Ärmel hochkrempelte und die Gerätschaften in dem kleinen Koffer begutachtete. Die Schnitte waren zwar tief, aber er glaubte, sie hatte keine lebensnotwendigen Adern getroffen, was an ihrer Hemmschwelle gelegen haben musste. Dennoch bluteten die Wunden stark, und er hatte handeln müssen.

Sie zitterte, den Grund dafür kannte er nicht, schließlich war er kein Arzt. »Ich hatte gehofft, du bringst mich in ein Krankenhaus.«

»Zsss«, machte er. Er legte ihre Füße in Ketten, damit sie ihn während der Operation nicht treten konnte. Er wusste schließlich nicht, wie gut die Betäubung wirken würde. »Hast du das wirklich geglaubt? Auch, wenn du dich ins Jenseits katapultiert hättest, Sarah, ich würde dich verschwinden lassen.«

Voller Angst starrte sie auf das Tuch, auf das er den Ether schüttete. »Was hast du vor?«

Er ignorierte ihre Worte. »Niemand in dieser Stadt kennt dich, keiner weiß, wer du bist oder wo du herkommst. Wer soll dich vermissen, wenn du weg bist?«

Sarah rüttelte an den Ketten und zog die Beine an, was ihn sauer machte. Schließlich hatte er alles so schön vorbereitet. Sie zog damit das Handtuch zusammen, alles verrutschte, und aus ihren Wunden trat noch immer Blut. In der nächsten Sekunde war das Laken rot.

Er schlug ihr ins Gesicht, wollte, dass sie Ruhe gab. Ihr Kopf schoss zur Seite, und sie verharrte.

»STILL!«, schrie er sie an und zögerte dann nicht mehr, ihr das Tuch mit dem Ether auf Nase und Mund zu drücken. Reflexartig atmete sie es ein, konnte sich kaum gegen seinen kräftigen Griff wehren, und schon bald wurden ihre Augen kleiner und sie schlief ein.

Brandon griff nach Nadel und Faden und nähte die Haut zusammen, die sie sich vorher aufgeschnitten hatte.

Als die Wochen vergingen, heilten Sarahs Wunden, und zwischen ihnen entstand tatsächlich eine Art »Beziehung«. Aber nicht wie die Beziehung zwischen einem Mann und einer Frau, die sich liebten und einander nahe sein wollten, nein, es war bei ihnen wie zwischen Bruder und Schwester.

Anfangs rebellierte sie gegen ihr neues Leben in dem Gefängnis des Hauses im Wald, aber der Mensch war ein Gewöhnungstier. Sarah gewöhnte sich daran, dass sie das Eigentum von Brandon Petou war und so lebte, wie er es wollte.

Sie war seine Puppe, seine Marionette. Sein Spielzeug, wenn er spielen wollte.

Als sie aufhörte, ständig von Mitch zu reden und dass er kommen und sie retten würde, wurde es ruhiger zwischen ihnen.

Sie lebte in dem Haus, das frei von Waffen jeglicher Art war. Frei von Messern, schweren Gegenständen, spitzen Dingen, die sie als Waffe hätte einsetzen können, und war er bei ihr, konnte sie sich sogar frei bewegen. Konnte duschen, mit ihm essen, konnte auf dem Sofa neben ihm sitzen und manchmal sogar ein wenig allein im Garten spazieren gehen, während er auf der Veranda saß und ihr dabei zusah.

Ja, sie lebte das Leben an seiner Seite, und es dauerte nicht lange, vielleicht ein paar Wochen, da gab es keine Momente mehr, in denen sie sich über irgendetwas beschwerte.

Brandon glaubte, dass sie jetzt glücklich wäre.

Brandon glaubte so einiges.

Aber Brandon sah nicht das, was sie fühlte und was sie bereit wäre, zu geben, um von ihm wegzukommen.

»Du hattest es bei Barry B. viel schlechter«, hatte er einmal gesagt, als sie von einem Spaziergang durch den Wald zurückkamen. »Er hat dich geschlagen, vielleicht sogar vergewaltigt, nicht wahr?«

»Aber er hat mich nicht angekettet, wenn er nicht zu Hause war. Ich konnte einkaufen gehen, das Haus verlassen.«

»Findest du die Schmerzen, die er dir zugefügt hat, wirklich besser als das, was ich dir antue?«

Sie hatte ihn mit wässrigen Augen angesehen, und eine Träne hatte ihren Weg ihre Wange hinunter gesucht. »Er ist kein Psychopath.«

Dann hatte Brandon nichts mehr gesagt, bis auf das eine, das er sich nicht hatte verkneifen können: »Er *war* kein Psychopath.«

Es gab gute und schlechte Tage.

Die schlechten Tage gab es vor allem dann, wenn sie sich wieder »unwohl« fühlte. Ihr Magen rebellierte dann, doch Brandon tat es ab, weil er vermutete, dass sie einen Grund suchte, in ein Krankenhaus zu dürfen.

An solchen Tagen diskutierte sie mit ihm, schrie ihn an und weinte. Und jedes Mal, wenn sie einen Wutanfall hatte, den er entweder mit einem Schlag in ihr Gesicht ahndete oder mit einem Tag ohne Essen in ihrem Zimmer, beruhigte sie sich, und er ging nach oben und meinte, was für ein böses Mädchen sie doch wäre. Oft musste er ihr Erbrochenes, ihren Kot oder ihren Urin wegwischen, weil sie nicht auf den Eimer ging, den er ihr hingestellt hatte – aus Prinzip nicht, um ihn zu strafen. Einmal hatte sie ihn mit ihrer Scheiße beworfen, als er durch die Tür gekommen war. Als Folge hatte er sie bis zur Bewusstlosigkeit gewürgt.

Es waren Ausnahmen, aber sie kamen vor. Sarah war ein Mensch, der am Anfang ziemlich ruhig war, der aufblühte, wenn es ihm gut ging, und der ausbrach, wenn dieser Zustand sich änderte. Er hatte nicht gedacht, dass sie so rebellisch sein würde. Allerdings – was hatte Sarah, die vor der Zeit mit Brandon ja schon »gefangen« gewesen war, zu verlieren?

Es gab Nächte, in denen sie permanent schrie. Sie schrie so lange, bis sie heiser war, oder bis er es im anderen Schlafzimmer nicht mehr aushielt, mit einem Eimer kalten Wassers rüberging und ihn über ihr ausschüttete. Jedes Mal öffnete er dann weit das Fenster, um sie frieren zu lassen, denn wenn sie fror, konnte sie nicht schreien, weil das Klappern ihrer Zähne es verhinderte.

Am nächsten Morgen schrie sie ihn dann an, was für ein Monster er wäre, und er beteuerte, dass das alles nicht passiert wäre, hätte Mitch nicht den Plan gefasst, mit ihr abzuhauen.

An den schlimmsten Tagen kettete er sie im Keller an. Ohne Licht und nur in Unterwäsche. Es kam nämlich vor, dass sie ihn aus dem Hinterhalt angriff. Einmal packte sie ihn von hinten, sprang auf seinen Rücken und umklammerte ihn mit ihren Beinen, während sie den Stiel eines langen Kochlöffels gegen seine Kehle drückte. In dieser Situation war ihm schwarz vor Augen geworden, und es hätte nicht viel gefehlt und er wäre tatsächlich umgefallen. Doch es war ihm gelungen, sich mit ihr gegen die Theke in der Küche werfen. Sie hatte vor Schmerz aufgeschrien und ihn augenblicklich losgelassen.

Es hatte sie nicht davon abgehalten, ihn noch ein zweites Mal auf diese Weise anzuspringen. Dieses Mal, als er oben an der Treppe gestanden hatte. Beinahe hätte sie ihn hinunter gestoßen.

Wütend wie ein Tier schleifte er sie danach an den Haaren nach unten und zog sie aus, während er sie mit einer Rute aus Stroh auspeitschte. Dann kettete er sie an, und er war zufrieden, als er nach oben ging und sie dort unten allein ließ, zusammen mit der Leiche unter dem Fußboden.

Es gab aber auch gute Zeiten zwischen ihnen.

Die guten erkannte man daran, dass er mit Sarah ausging. Durch die Stadt lief, im Diner mit ihr zusammen lunchte, und als es noch nicht so kalt draußen war, fuhren sie sogar mit dem Boot über die Sümpfe. Natürlich musste er dabei immer höllisch aufpassen, dass sie nicht weglief, aber aus irgendeinem Grund war sie ruhiger geworden, bedachter und wehrte sich kaum noch gegen die Ketten, die er ihr auch an guten Tagen am Abend anlegte, damit sie in der Nacht nicht flüchten konnte, wenn er neben ihr fest schlief.

An den richtig guten Tagen kam Mitch zum Abendessen vorbei, die jedes Mal mit einem heftigen Streit endeten, bis Brandon irgendwann keinen Sinn mehr darin fand, diese Abende zu wiederholen.

Sarah wusste bald alles, denn Mitch achtete nicht mehr darauf, das Geheimnis um das Versteck zu vertuschen. Sarah wusste also von Trixie und davon, dass Brandon sie umgebracht hatte und dass Mitch es zugelassen hatte, sie im Keller zu verscharren.

Es war das Druckmittel gegen Mitch und der einzige Grund, warum Mitch keine Hoffnung sah, Brandon irgendwie loszuwerden. Oder dieses Haus. Und Sarah zu retten.

Mitch wusste, egal, was er tun würde, Brandon saß am längeren Hebel.

Brandon glaubte, dass er Sarah liebte. Bei Debbie war das anders. Sie sah er nicht so an. Brandon wusste nicht, ob es Beschützerinstinkt war, oder ob es daran lag, dass Sarah so verdammt hübsch war. Es gab ein Band zwischen ihnen, und obwohl Brandon es war, der sie damals von Barry B. weggeholt hatte, war es Mitch, der ihr Herz gewonnen hatte.

Brandon wusste, dass man Liebe nicht erzwingen konnte, und so ließ er es einfach. Ließ es, Mitch einzuladen, ließ es auch, bei der Band mitzuspielen, was ebenfalls für heftige Streitereien sorgte, und bald hatte er es sich auch mit Charles und Richard verscherzt.

Was blieb, war das Haus.

Das Haus im Wald.

Und eine Puppe, mit der er machen konnte, was er wollte.

An Weihnachten klagte sie über Bauchschmerzen und fühlte sich

»komisch«. Sie lag auf dem Sofa und weinte leise, die Hände auf den Bauch gelegt und den Kopf so gedreht, dass sie ihn nicht ansehen musste. Er kam mit einer Wärmflasche zu ihr, die sie ablehnte. »Sie wird helfen.«

»Ich glaube nicht.«

Er zuckte mit den Achseln und brachte das Ding in die Küche, und dann war es das erste Mal seit Wochen, dass sie wieder von Mitch redete. Er kippte das Wasser aus der Wärmflasche in die Spüle, als sie sagte: »Mitch hat dich in der Hand, genau wie ich. Du kannst doch gar nichts gegen uns tun.«

Er sah auf, ließ die Wärmflasche fallen und ging in Richtung Wohnbereich. »Was sagst du da?«

»Ich weiß doch, wer das Mädchen getötet hat, das warst du. Nicht er. Ich kann das erzählen, denkst du, man würde uns nicht glauben?«

»Wie kommst du jetzt darauf?« Und warum, zur Hölle, redete sie wieder von ihm?

Er hatte schon eine Weile nichts mehr von Mitch oder Josephine gehört. Es war, als wären sie momentan nicht in seinem Leben. Das belastete Brandon, und deswegen hatte er vor ein paar Tagen begonnen, sich nachts auf die Plantage zu schleichen und sie zu beobachten. Wie ein Geist betrat er das Haus, schließlich hatte er einmal einen Schlüssel bekommen. In der Dunkelheit der Nacht schlich er in den Flügel, den Mitch bewohnte, legte das Ohr an die Tür, hinter der Mitch fernsah, telefonierte oder sich für das Bett fertigmachte. Sah dabei zu, wie er rauskam, über den Flur in anderes Zimmer ging, und fand, dass Sarah für sie beide nicht gut gewesen war.

Alles wäre gut, wäre sie nicht gewesen, und an dem Abend, als sie jene Worte zu ihm sagte, dachte er darüber nach, wie es weitergehen sollte. Wie er sie loswerden könnte und wie es ihm dann gehen würde, wenn sie nicht mehr da war.

»Drohst du mir?«, fragte er sie.

»Vielleicht«, antwortete sie matt.

Darüber musste er nachdenken, er wusste nicht, was es bedeutete. Mitch kam nicht mehr in das Haus, dafür hatte Brandon gesorgt.

Er hatte das Schloss ausgewechselt, und die Tür war immer verschlossen, auch, wenn sie tagsüber in Ketten lag. Die obere Tür war natürlich auch abgeschlossen. Sicher war sicher.

Ja, Brandon sorgte dafür, dass Mitch nicht alles bekam. Und an jenem Abend blickte er zu Sarah, die ihm tatsächlich drohte, und fragte sich zum ersten Mal, ob sie es wert war.

2

SWALL PINES WAY, THIBODAUX, LOUISIANA
September 2019

Es dämmerte, und wären die Dinge ein wenig anders gelaufen, würde sie jetzt am Flughafen stehen und einchecken.

Brandon stand in der Küche und machte Abendessen. Es sollte Pasta mit Bacon, Ei und Cheddar geben. Es roch auf jeden Fall gut, und Audrey konnte es kaum erwarten, etwas zu essen. Vorhin hatte er sie losgemacht, damit sie auf die Toilette hatte gehen können. Dort hatte sie sich nach einer Waffe umgesehen, nur um festzustellen, dass er gute Arbeit geleistet und sogar ihren Rasierer entfernt hatte.

»Liegt alles im Müll«, hatte er gesagt.

»Was hast du mit meinem Smartphone gemacht?«

»Müll.«

Ihr waren die Tränen gekommen, als sie auf dem Klo gesessen und an das Telefon gedacht hatte. Nicht einmal, weil sie das Gerät verloren hatte, mit dem sie einen Notruf hätte absetzen können, sondern wegen der Fotos von Travis und Ben und den abgespeicherten Textnachrichten. Für einen kurzen Moment war sie schwach und glaubte, sie würde die beiden nie wiedersehen. Da meinte sie, innerlich zu zerbrechen.

»Wo ist mein Laptop?«, wollte sie wissen, als er pfeifend in der Küche stand und mit einer Schürze um der Hüfte den Kochlöffel schwang und sie gefesselt auf dem Stuhl saß.

»Nicht hier.«

»Müll?«

»Nein.«

Sie betrachtete ihn. »Ich höre immer ein Geräusch unten im Keller«, sagte sie laut, damit sie das Brutzeln des Schinkens in der Pfanne übertönte. »Was ist das?«

»Nichts.«

»Doch. Es kommt von unten. Von dem Ort, den man durch die Tür in der Abstellkammer erreichen kann oder wenn man um das Haus und durch die Tür in der Hauswand geht.«

»Du stellst zu viele Fragen. Du weißt doch schon alles.«

Sie gab nicht auf. Ihre Fesseln waren ziemlich straff gebunden, ihre Handgelenke schmerzten und brannten, ihre Knochen und Gelenke drückten, ihre Muskeln fühlten sich taub an, weil sie seit fast 24 Stunden auf diesem Stuhl saß. »Ich weiß von Sarah und dass du sie gefangen gehalten hast. Was ist mit Mitch passiert?«

Sie wollte es von *ihm* wissen. Hatte ihm nichts davon gesagt, dass sie Mitch gesehen hatte. Sie wollte aus seinem Mund erfahren, was er mit ihm getan hatte, um zu erkennen, was die Worte über seine eigenen Taten in ihm bewirkten.

»Das weißt du schon«, erwiderte Brandon. »Er ist weggelaufen und hat Sarah sich selbst überlassen.« Er platzierte sein Werk auf einem großen Teller und trug ihn rüber zum Tisch. Dann band er Audreys Fesseln von der Hand los und gab ihr eine Gabel, setzte ihr einen Teller vor und füllte Nudeln darauf. Er selbst setzte sich ihr gegenüber.

Sie aß zu hastig, verschluckte sich zweimal. Es schmeckte viel zu salzig, doch ihr Hunger war so unglaublich groß, dass sie es nicht unterdrücken konnte. Dann wurde ihr schlecht, das Essen widerte sie an, was aber auch an seiner Gesellschaft liegen mochte. Als sie ihn anschaute, konnte sie nicht mehr essen, weil sich sein Anblick mit dem mischte, was sie gesehen hatte.

»Und das Versteck? Warum, Brandon? Warum sie, warum ich? Warum dieses Haus?«

»Liebst du es nicht auch? Dieses Haus, diesen Ort?« Sorgfältig tupfte er sich mit der Serviette den Mund ab. »Ich hatte das Gefühl,

309

dass er mir gehört, dieser Ort. Und dass das Haus, das Einzige war, was mir gehört. Es wurde zu einem Versteck, weil ich Dinge besaß, von denen ich nicht wollte, dass sie mir ein anderer wegnimmt. So ist es doch im Leben, nicht wahr? Willst du etwas unbedingt behalten, musst du es verstecken, von jenen, die es auch haben wollen. Will man mir die Freundin nehmen, verstecke ich sie, vor dem, der sie auch haben will. Sie steht ihm nicht zu, sie gehört mir. So einfach ist das.«

»Also versteckst und quälst du sie …«

»Das ist nicht immer beabsichtigt. Es ist in mir drin. Irgendwas … legt dann den Schalter um, ein Impuls im Gehirn, der mich reagieren lässt. Diese Reaktion fällt dann unterschiedlich aus, manchmal ist sie harmlos, manchmal brutal. Ich kann das nicht steuern.«

Sie runzelte die Stirn. Die Dinge, die er sagte, hörten sich fast auswendig gelernt an, als wäre er nicht selbst darauf gekommen. »Du weißt also, dass du schlimme Sachen tust?«

»Ja, natürlich«, kam es wie selbstverständlich. »Aber … sie hat einen Fehler gemacht. So wie du. Warum bist du mit einem wildfremden Mann in den Wald gefahren?«

Das weiß ich auch nicht. Es war der größte Fehler meines Lebens.

Sie schloss die Augen. War müde und erschöpft. Hatte nicht geschlafen und wahrscheinlich würde jetzt gerade ihr Flieger starten. Unendliche Traurigkeit überfiel Audrey, als sie sich bewegte und spürte, wie das Seil sich in ihre Haut schnitt und ihr damit bewies: *Du bist noch hier. Und wer weiß, ob du hier jemals rauskommst.*

Und Brandon? Der aß seine Nudeln, als wäre alles völlig normal.

Sie verstand das nicht. »Was ist dir passiert, dass du so ein Monster sein kannst?«

Er ließ sein Besteck fallen. »Wage es nicht, mich so zu nennen.«

»Warum denn nicht? Es ist doch nur die Wahrheit. Wie oft hat Sarah dich so genannt?«

Brandon antwortete nicht.

Audrey hatte keine Angst. Ihre Trauer darüber, nicht im Flieger zu sitzen und nach Hause zu fliegen, überwog viel zu sehr, sodass sie diesen Moment ausnutzte. »Wie kannst du jemandem wehtun, den du liebst? Wie geht das?«

»Ich habe ihr nur das gegeben, was sie verdient hat. Es ist nicht meine Schuld, dass sie fliehen wollte.«

»Also ist es in Ordnung, was du getan hast?«

Er schlug mit der Hand auf den Tisch. Das Geschirr klirrte. »Wärst du geblieben, hättest du nicht die Absicht gehabt, diese alte Frau aufzusuchen, wärst du nicht in dieser Lage.« Drohend hob er den Zeigefinger. »Ihr seid verdammt noch mal selbst schuld. Ihr alle!«

Dann herrschte Stille.

»Mein Flug geht heute«, sagte sie und starrte nach draußen. Es würde bald zu regnen beginnen. »Ich habe ihn vorverlegt. Und Travis wird sich fragen, wo ich bleibe.«

Er ließ sich nicht beirren und trank einen Schluck Wein. »Dazu hättest du ihm aber erzählen müssen, dass du früher kommst.«

Sie wurde nervös. »Er weiß es.«

Er lächelte. »Weiß er nicht. Schließlich hast du es ihm nicht erzählt.«

»Woher willst du das wissen?«

Er faltete die Hände. »Ich weiß alles über dich.«

Audrey lachte leise. »Glückwunsch. Dann weißt du mehr über mich als ich selbst.«

»Bist du nicht deswegen hier? Um dich selbst zu finden, weil du dich in deinem normalen Leben längst verloren hast?«

»Denkst du das?«

»Es hat doch einen Grund, warum du tust, was du tust.«

Sie schluckte und sah ihm in die Augen.

»Die Person, die ich damals in New York kennengelernt habe, die in einem Haus mit einer Autobahn im Rücken wohnt, die zufrieden ist – das bist du nicht. Du bist die Frau, die furchtbare Geschichten schreibt, die keine Angst hat, allein in das abgelegenste Haus zu ziehen.« Er schob seine Hand zu ihr rüber. »Scheust dich nicht, zu einer wildfremden Frau zu gehen und sie zu fragen, was mit dem Psychopathen Brandon Petou los ist und wen er umgebracht hat.«

Seine Hand streichelte ihre, und für einen Moment dachte sie daran, die Gabel zu nehmen und sie ihm ins Auge zu rammen.

»Vielleicht hast du genauso eine kranke Seele wie ich, Audrey.« Er grinste. »Und mit krank meine ich nicht im Sinne von, mit dir stimmt etwas nicht, sondern dass du die Gefahr nicht scheust, neugierig bist und dir nimmst, was du willst.« Er beugte sich vor, sodass seine Lippen ihren ziemlich nahe waren, während ihre Finger sich um die Gabel wickelten und sie festdrückten. »Vielleicht hast du nur einfach nicht den Mann an deiner Seite, mit dem du es ausleben kannst. Der dich nicht dazu bringt, vernünftig zu sein und perfekt, sondern die zu sein, die du sein willst.«

Es war ihr Moment. Sie nahm all ihren Mut zusammen und stach in der nächsten Sekunde Brandon die Gabel ins Gesicht. Sie sah erst, was sie getan hatte, als sie mit dem Stuhl nach hinten rückte, dabei den Teller mit sich zog und er vor ihren Füßen auf den Boden landete. Ihr Herz drohte zu explodieren, als sie sah, dass Brandon nach seinem Gesicht griff, die Hände davorlegte und Blut zwischen seinen Fingern hervorquoll. Sie reagierte blitzschnell, beugte sich nach unten und löste die Fesseln, mit denen ihre Knöchel am Stuhlbein befestigt waren. Er griff mit einer Hand nach ihr, während er schrie und mit der anderen Hand an der Gabel zog, die in seiner Wange steckte.

Audrey rannte zur Eingangstür und rüttelte ein paar Mal daran, ein Reflex, völlig sinnlos. Dann drehte sie sich um, während Brandon am Tisch entlangstolperte, und rannte an ihm vorbei zurück zur Küche. Dort suchte sie nach dem Messer, mit dem er den Schinken und den Cheddar geschnitten hatte, und fand es nicht.

Was sie fand, war sein Handy. Sie griff danach, öffnete sein SMS-Programm und schrieb an die erstbeste Nummer das Wort HILFE. Es kam automatisch, nachdem sie H und I eingegeben hatte. Sie schloss die App und rannte aus der Küche, als Brandon sich ihr näherte. Sie stürmte ins Ankleidezimmer, schloss die Tür, und zu ihrem Glück gab es einen Schlüssel, den sie rasch drehte und erst mal in Sicherheit war.

Sie ging von der Tür weg, suchte nach dem Lichtschalter, fand ihn und atmete schnell. Das Adrenalin schoss durch ihren Körper, und sie ging zu Boden, während sie ihn an die Tür hämmern hörte.

»Mach die scheiß Tür auf!«

Sie begann zu weinen, dachte an die SMS und dass auch er hier kein Mobilnetz hatte, dachte daran, dass derjenige, dem sie geschrieben hatte, wohl kaum wusste, wer und wo sie in Gefahr war.

»Wie du willst, dann bleib halt da. Aber wenn du rauskommst, bist du tot, Süße. Ich hoffe, das ist dir klar.«

Tränen fielen zu Boden, sie war so verdammt erledigt. Das Essen schoss ihre Kehle hoch, schmeckte sauer und widerlich. Sie begann zu würgen und warf sich zur Seite, weil sie so schluchzen musste und Angst hatte, an ihrem Erbrochenen zu ersticken.

Hoffnung?

Stärke?

Überlebenswillen?

Verdammt ja, aber hier und jetzt war es ausweglos. Kam sie nicht raus, käme er irgendwann rein und dann endete sie vielleicht so wie Sarah auf dem Bild. Gefesselt, geknebelt, gefoltert und irgendwann getötet, weil es einen Zeitpunkt gab, an dem der Körper keine Qual mehr aushielt.

Sie richtete sich auf, das Schluchzen erstickte, eine unendliche Hoffnungslosigkeit übermannte sie, in der sie an nichts anderes denken konnte als an Travis und Ben.

In diesem Moment hörte Brandon auf, an die Tür zu hämmern.

Audrey starrte zur Tür.

Es war still, bis sie das Geräusch eines Wagens hörte. Einen Motor, ganz leise, aber es war da.

»Wer ist das?«, fragte sie wild, rannte ungestüm zur Tür und begann, um ihr Leben zu schreien.

3

SWALL PINES WAY, THIBODAUX, LOUISIANA
Januar 2019

Sarah konnte nicht mehr genau sagen, wann es begonnen hatte. Vor Wochen, Tagen, Stunden? Wann hatte das Gefühl eingesetzt, lieber sterben zu wollen, als weiter in dieser Hölle zu leben?

»Du hast es doch gut.«

Immer, wenn er das sagte, glaubte sie, explodieren zu müssen. Vor Wut und Hass und Verzweiflung. Was bedeutete es, es gut zu haben? In einem Raum zu leben, der keine zehn Quadratmeter groß war, angekettet in der Nacht, mindestens an einem Fuß, sodass sie jedes Mal, wenn sie sich drehte, aufschreckte, weil sich die Kette immer kalt an der Haut anfühlte und einfach nicht warm wurde. Hunger zu haben oder Durst, und diese Bedürfnisse niemals selbst stillen zu können. Und die Schmerzen, jede Sekunde, bei Bewegung, bei Ruhe, in jedem einzelnen Muskel ihres Körpers, weil er sie geschlagen, gepeinigt oder einfach nur über Stunden in derselben Position hatte verharren lassen.

In den vergangenen Monaten hatte sie sich insgesamt elf Mal eingemacht, während sie auf einem Stuhl gesessen oder angekettet gewesen war, nach ihm gerufen hatte, und er es ignoriert oder nicht gehört hatte. Sie hatte sich ja irgendwann an diesen Eimer gewöhnt, aber es kam vor, dass er ihn ihr nicht hinstellte, und ging dann etwas daneben, war es ihre Schuld.

Es war immer Sarahs Schuld.

Egal, was passierte, egal, was er verlangte und sie nicht erfüllen konnte – Sarah war immer selbst schuld an der Situation, in der sie sich befand.

Es war eine stürmische Nacht im Januar, als sie beschloss, zu fliehen. Entweder sie würde es schaffen oder aber sie würde dabei sterben. Aber so oder so – sie würde der Hölle entkommen, in der er sie gebracht hatte.

Sie lag auf dem Rücken in ihrem Zimmer, gegen die Scheiben trafen die Äste des nächsten Baumes, der Wind zog um das Haus, die Wolken verdeckten Mond und Sterne. Sicherlich war es frisch draußen und wenn der Wind durch die Ritzen im Holz zog, konnte es sich im Haus gruselig anhören, aber vor so etwas hatte Sarah keine Angst.

Angst hatte sie vor ihm.

Vor Brandon Petou. Nicht davor, dass er sie töten könnte, aber davor, wie er es tun könnte.

Sie legte die Hand auf den Bauch, schloss die Augen und stellte sich seit einer Stunde immer wieder dieselbe Frage: Soll ich es tun oder soll ich es lassen? Und in den meisten Fällen siegte der Willen, endlich hier rauszukommen.

Sie setzte sich also auf und lauschte. Hörte sein leises Schnarchen aus dem Zimmer nebenan. Er schlief nicht in ihrem Zimmer, das hatte er noch nie getan, und oft fragte sie sich, was ihn überhaupt an ihr interessierte.

Obwohl die Antwort für sie klar war …

Sarah schaute zu ihren Füßen. Nur einer davon, der rechte, steckte in einem Ring, von dem aus die Kette zu einem der Bettpfosten ging und dort mehrere Male umgebunden und mit einem kleinen Schloss versehen war. Sie konnte aufstehen, konnte sich, wenn sie wollte, vor dem Bett im Kreis drehen, mehr Spielraum hatte sie nicht.

Immer wieder schien der Mond zwischen den Wolken durchs Fenster und spendete ihr Licht. Zeigte ihr dann aber nur, wie ausweglos ihre Situation war.

Schnarchen.

Wieder glitt die Hand zu ihrem Bauch. Noch konnte sie sich einfach zurück ins Bett legen und die Dinge geschehen lassen.

»Ich komme dich holen«, hatte Mitch vor ein paar Tagen zu ihr gesagt. Er hatte eine Leiter an die Wand gestellt und war nach oben geklettert. Die Leiter war jedoch zu kurz gewesen. Er hatte nach oben gerufen, und sie hatte lediglich das Fenster ein paar Zentimeter öffnen können. Für mehr hätte die Kette länger sein müssen.

Vehement hatte sie den Kopf geschüttelt, obwohl Mitch das nicht hatte sehen können. »Er bringt dich um!«

»Davor habe ich keine Angst!«

Aber ich. Ich habe Angst, wie er uns umbringt.

Sie wollte Mitch nicht in Gefahr bringen, obwohl sie wusste, dass er alles tun würde, um sie zu retten. Sie glaubte nicht, dass er etwas mit dem Tod dieser Trixie zu tun hatte. Sie hatte schon immer daran gedacht, ihn zu verteidigen, für ihn auszusagen, falls sie es irgendwann einmal hier raus schaffen würde.

So oft hatte sie unten, als sie allein war, Trommeln und Hämmern gehört, was aufhörte, sobald Brandon nach Hause kam. Zahlreiche Versuche hatte Mitch schon unternommen, sie zu befreien. Doch Brandon hatte das Versteck zu einer Festung ausgebaut.

Jetzt aber hatte sie genug.

Denn zum ersten Mal, seit er sie hier eingesperrt hatte, sah sie eine Chance, ihm zu entkommen. Am Vormittag hatte Brandon an einer der Wände im Badezimmer herumgewerkelt, in der es ein Stabstahlgeflecht gab. Dazu hatte er einen Bolzenschneider gebraucht. Da er nicht ganz fertig geworden war, hatte er Bolzenschneider, Hammer, Zangen und weiteren Kleinkram in einen Karton gepackt und den in den Schrank in ihrem Zimmer gestellt. Eine Handlung, die von diesem übervorsichtigen Mann unüberlegt war, doch vielleicht hatte er sich nicht genug Gedanken gemacht oder die Länge der Kette nicht richtig berechnet. Sie musste nun nur noch an den Karton kommen.

Sie starrte auf die Kette an ihrem Fuß.

Wenn es ihr gelänge, an den Bolzenschneider zu kommen und die Kette zu durchtrennen, könnte sie mit seinem Wagen fliehen, denn die Autoschlüssel lagen immer auf der Anrichte neben der Tür.

Die einzige Hürde, die Sarah vorher noch überwinden müsste, wäre die Haustür, deren Schlüssel er immer irgendwo anders versteckte. Ihn zu suchen würde der Sache mit der Nadel im Heuhaufen gleichen und zu viel Zeit in Anspruch nehmen.

Sie musste also einen Weg durch die Tür ohne einen Schlüssel finden.

Aber zunächst musste sie von der Kette loskommen.

Eine vorbeiziehende Wolke spendete Licht.

Sarah atmete tief durch. Wäre ihre Hand angekettet, würde sie einfach den Daumen brechen, um ihre Hand aus dem Ring zu ziehen. Dann wäre sie schon längst geflohen, mit einem gebrochenen Fuß aber konnte sie nicht rennen.

Also blieb nur der Versuch, aufzustehen und sich zu strecken, so sehr, dass sie an den Karton mit dem Werkzeug kam. Sie stand aus dem Bett auf, beugte sich nach vorn und erreichte so den Schrank. Sie öffnete die Tür und entdeckte den Karton unten in der Ecke. Sie langte danach, die Kette spannte, Sarah hing halb in der Luft, es fehlten nur wenige Zentimeter. Angestrengt biss sie die Zähne zusammen, ihre Fingerspitzen vibrierten.

Es gelang ihr nicht.

Doch heute würde sie nicht aufgeben, sie wollte hier raus!

Sie krallte sich an der Schranktür fest, spannte ihren Körper an und beugte sich weiter vor, als der Spannungsbogen der Kette es zulassen konnte. Sarah ignorierte den Schmerz in ihrem angeketteten Fuß und erreichte den Karton. Sie zog ihn heraus, ließ ihn stehen und widmete sich ihrem Fuß in der Kette, der durch ihre Aktion halb ausgerenkt war.

Tränen schossen ihr in die Augen, weil der Schmerz so widerlich war, und aus Angst, sie könnte ihn nun nicht mehr belasten. Und schon wieder übermannte sie die Panik.

Du kommst hier nie wieder raus.

Brandon hat recht, keiner wird nach dir suchen.

Sie atmete flach, legte ihre zitternden Hände an ihren Fuß, der in dem Ring steckte, versuchte, ihn zu bewegen, was möglich war, ihr aber furchtbare Schmerzen bereitete.

Nun zum Werkzeug.

Sie setzte sich auf den Boden, langte nach hinten, zog den Karton zu sich und war überglücklich, tatsächlich den Bolzenschneider darin zu sehen. Sie holte das lange, schwere Werkzeug aus dem Karton, legte es an die Kette und drückte zu.

Es funktionierte, ohne dass sie Kraft anwenden musste.

Sarah war frei.

Sie konnte es kaum glauben, Tränen der Freude verschleierten ihre Augen, als sie das Werkzeug beiseitelegte und sich am Bett hochzog, um aufzustehen.

Ihr Herz schlug so laut, dass sie es hören konnte. Sie biss die Zähne zusammen, der Schmerz war höllisch, doch alles gut, sie konnte gehen. Sie konnte gehen! Sie hangelte sich zur Tür, öffnete sie und lauschte.

Brandon schnarchte.

Weiter!

Ihr Kreislauf rebellierte, ihr Puls war schwach, selbst zum Schreien würde es nicht mehr reichen.

Sie humpelte die Treppe hinunter und tapste hinüber zur Anrichte, um den Schlüssel für Brandons Truck zu suchen.

Sie fand ihn und konnte das Glücksgefühl nicht beschreiben, das ihren Körper durchströmte, und hielt ihn in ihrer Hand fest. Dann suchte sie verzweifelt nach einem Weg, aus dem Haus zu kommen.

Die Haustür war verschlossen.

Natürlich.

Blieben die Fenster. Sprossenfenster. Sie drehte sich im Kreis, suchte nach Alternativen, denn sie würde nicht zwischen die Sprossen passen.

Blieb die Haustür selbst. Die obere Hälfte der massiven Holztür bestand aus dickem Glas, ungefähr 50 mal 50 Zentimeter groß. Das Glas war schwer, und die Öffnung, wenn sie sie eingeschlagen bekäme, wahrscheinlich wirklich gerade mal groß genug, um hindurch zu klettern.

Sie fand ein Handtuch, das sie sich um den Bauch band. Dann hob sie den Hocker an, der vor dem Sofa stand.

Sie verlor das Gleichgewicht und rappelte sich wieder auf.

Sarah positionierte sich vor der Tür, ignorierte die Schmerzen in ihrem Fuß und hatte nur ein Ziel vor Augen: den Truck.

Jetzt würde sie einen höllischen Lärm verursachen, und Brandon würde aufwachen. Er würde runterrennen, und in dieser Zeit musste sie durch das Fenster entwischt sein.

Sie atmete schnell, wartete auf den Moment, in dem sie den Mut hatte, es zu tun. Und irgendwann war er da: Sie schrie laut auf und stieß die Holzfüße des Hockers mit aller Kraft gegen das Fenster in der Tür. Nichts passierte, bis auf ein Knacken. Ein Riss war entstanden.

Die Schmerzen lähmten sie, doch das Adrenalin und die Angst siegten. Noch einmal stieß sie mit aller Kraft zu. Das Glas zersprang, klirrend und unwahrscheinlich laut. Sie schlug die restlichen Scherben aus dem Rahmen, beeilte sich, verfehlte sie oft, weshalb das Glas ihr in die Unterarme schnitt, aber nur so hatte die Chance, weitgehend unverletzt dadurch zu kommen.

Sie stellte den Hocker vor die Tür, agierte automatisiert, verzog das Gesicht, als sie sich darauf hievte und sich durch das Loch im Fenster beugte. Frische Luft zog an ihrer Nase vorbei, der herrliche Geruch des Waldes und der Freiheit.

Dann hörte sie ein Geräusch von oben.

Schnell!

Sarah warf sich durch das Fenster. Da sie schlank, beweglich und zierlich war, funktionierte das auch gut, streifte aber dennoch etliche Scherben, die noch in der Öffnung steckten und sich jetzt in ihre Haut und das Fleisch bohrten.

Sie schrie, als sie auf der anderen Seite zu Boden fiel. Blut spritzte auf die Verandadielen. So viel Blut! Woher kam das ganze Blut? Panisch versuchte sie, aufzustehen, obwohl sie sah, dass auch ihr gesunder Fuß komisch verdreht war.

Dann vernahm sie polternde Geräusche aus dem Inneren des Hauses.

Renne!

Tränen überfluteten ihr Gesicht, während sie immer wieder versuchte, sich zu erheben. Irgendwas war mit dem Fuß. War er gebrochen? Beim Sturz aus der Tür? Wieder und wieder brach sie zusammen, vor Schmerz, weil ihr schwarz vor Augen wurde.

Keuchend und weinend rappelte sie sich auf, kam aber noch immer nicht auf die Füße, konnte sich nie lange genug auf nur einem Bein halten. Weil das Handtuch abgefallen war, klaffte eine Wunde an ihrem Bauch, sie presste die Hand darauf, kroch in Todesangst die Stufen hinunter und krabbelte zum Truck, während sie Brandon schon an der Haustür hörte.

Noch drei Meter.

Ich schaffe es!

Sie brach kurz vor dem Wagen zusammen, ihr ganzer Körper schmerzte, noch viel mehr aber dieser idiotische Gedanke, dass sie geglaubt hatte, ihm entkommen zu können. Dennoch rappelte sie sich erneut auf und öffnete die Fahrertür. Auf den Knien kroch sie in den Truck und zog sich am Lenkrad hoch. Als sie sich setzte, bohrten sich Scherben, von denen sie noch gar nichts gemerkt hatte, von unten in ihren Oberschenkel. Augenblicklich und ohne, dass sie es wollte, hob sie den Po, um den Schmerzen zu entkommen, verlagerte dabei das Gewicht auf ihren verletzten Fuß, und als sie auf sich herunter sah, entdeckte sie im matten Licht des Wagens Hunderte Scherben und Glassplitter, Zeugen ihrer unüberlegten Tat, und etliche Wunden, aus denen Blut austrat.

Noch ehe sie den Schlüssel ins Zündschloss stecken konnte, war Brandon beim Auto.

Sie gab auf.

Sie schaute ihn nicht an, weil sie ihn hasste, weil er ein Monster war und sie ihm nicht mehr als den Tod wünschte. Zum Teufel, dass sie ihn nicht mit dem Bolzenschneider erschlagen hatte, im Schlaf, denn bei Gott, das wäre die bessere Möglichkeit gewesen und eine, die ihr erst jetzt in den Sinn kam.

Ja, sie hätte diesen Menschen getötet, dieses Monster, denn er hatte nichts anderes verdient.

»Du böses Mädchen«, sagte er nun, stellte sich vor sie und grinste.

4

Er war so verdammt wütend auf sie.

»WO HÄTTEST DU DENN HINGEWOLLT?«, schrie er Sarah an und wusste nicht, ob sie noch antworten konnte.

Er hatte in seiner Wut oben im Schlafzimmer das Bett ganz in die Ecke geschoben, sodass in dem Raum mehr Platz entstanden war. Dann hatte er einen Stuhl von unten geholt, sie dort draufgesetzt, mit all den Scherben, die noch in ihrem Körper steckten. Er hatte sie gefesselt, straff und eng, so, wie sie es verdient hatte. Mehrmals war sie dabei weggetreten, und immer hatte er sie mit eiskaltem Wasser aus der Leitung wieder zurückgeholt.

Alles war voller Blut.

Sarahs Körper, ihre Haare, der Boden, der Stuhl und die Fesseln. Es gab nichts in diesem Raum, und an ihnen beiden, dass nicht so aussah, als würde gleich jemand zu Tode kommen.

Es war Ort des Horrors, der Folter und der Qual.

Da er die Antwort auf seine Frage, die sie nicht beantworten würde, selbst wusste, wollte er nichts mehr, außer sie zu quälen.

»Du wolltest zu *ihm*. Er will dich retten.« Brandon nahm das Messer, beugte sich vor und hob mit der Spitze ihr Kinn an. Ihre Augen hielt sie geschlossen, aus ihrem Mund floss Speichel, mischte sich mit Blut. Obwohl sie so demoliert aussah, war sie immer noch schön. Trug wieder die rote Unterwäsche, und nicht mehr als diese, weil Brandon sie an ihr perfekt fand und ihr nur etwas zum Überziehen gab, wenn sie sich frei bewegen durfte. Doch das war jetzt vorbei.

»Ihr wolltet zusammen weggehen, nicht wahr? Mal wieder.« Brandon zeigte mit dem Messer zur Tür. »War er hier? War er bei dir? Hattet ihr einen Plan ausgeheckt, mit dem ihr mich überlisten wolltet?«

Sarah öffnete die Augen und bespuckte ihn mit Blut. Gebündelt zwischen dickflüssigen Schleim aus ihrem Rachen landete es vor seinen Füßen.

»Ich habe dich so gut behandelt«, meinte Brandon unbeeindruckt. »Du hattest nicht mehr zu tun, als hier zu sein und dich von ihm fernzuhalten. Anfangs hatten wir unsere Schwierigkeiten, aber … das ist doch vorüber, warum hast du wieder damit angefangen, Sarah?«

Sie antwortete nicht. Es machte ihn schier wahnsinnig, dass sie nie antwortete. Er betrachtete ihren Körper, der übersät war mit winzigen Einschnitten, in denen zum Teil noch Scherben steckten. Er hatte die Scherben nicht aus ihrem Körper gezogen. Vielleicht würde sie daran verbluten oder die Fremdkörper würden ihre Wunden entzünden.

Sie würde sterben, ohne sein Zutun, und das hätte sie sich verdammt noch mal selbst eingebrockt.

Matt leuchtete eine Lampe in dem kleinen Zimmer, in dem er sie schon so lange versteckt hielt und in dem er sie quälte, wenn er es wollte.

Er drehte sich von ihr weg, als Dr. Meyers Stimme durch seinen Kopf hallte: »Sie haben diese Gedanken. Es kommt von tief unten, wie in einem Vulkan. Und dann können Sie es nicht aufhalten, nicht wahr? Auslöser dafür gibt es genug, aber dennoch sind Sie der Vulkan, der schließlich ausbricht.«

Trixie hatte gemeint, dass er pervers wäre, aber das stimmte nicht!

Verdammt, hätte er Sarah damals nur nicht kennengelernt. Oder wäre wenigstens Mitch nicht zum Wagen gekommen, mit dieser dämlichen Maske, die im Keller lag, das Pferdegesicht. Dann wäre alles noch normal. Er würde das Haus und seine Bewohner beobachten, er würde auf der Plantage wohnen und hier im Keller.

Weil es sein Haus war.

Sein Versteck.

Brandon ging in die Hocke und versuchte, ihren Blick zu erhaschen. Sie sah gar nicht gut aus. Um ehrlich zu sein, sah sie so aus, als würde sie nicht mehr lange leben. »Dadurch, dass es dich gibt«, sagte er, »gibt es Mitch und mich nicht mehr. Meinen besten Freund. Und ich hatte darüber nachgedacht, ob es nicht besser wäre, dich verschwinden zu lassen.«

Ihr Körper zuckte. Es sah aus, als würde sie zittern.

Sie hatte sehr viel Blut verloren.

»Wenn du nicht mehr da bist, was würde Mitch tun? Könnte er dich vergessen? Würde er auf die Suche nach dir gehen?« Brandon starrte auf den Boden, auf den ihr Blut tropfte. »So wie es war, war alles in Ordnung.« Sein Blick fiel auf ihre Füße. Einer davon schien gebrochen zu sein. »Mein Gott, wie konntest du dir so was selbst zufügen? Aus dem Fenster springen? Und das alles für ... ihn?«

»Nicht für ihn ... nicht nur für ihn.«

Brandon richtete sich auf und lachte kurz auf. »Du bist ganz schön taff. Du imponierst mir. Du bist mutig, stark, aber nicht ganz so clever, wie ich anfangs dachte. Du hättest doch wissen müssen, was passiert. Denkst du, ich lasse dich gehen? Zu ihm? Denkst du, ich lasse euch gemeinsam gehen?«

Sie hob den Blick, einander sahen sie sich in die Augen. Das rechte Auge war blutunterlaufen, zusammen mit dem verschmierten Mund sah sie aus wie ein Zombie.

Brandon verzog die Lippen zu einem breiten Grinsen. Da bespuckte sie ihn erneut, traf dieses Mal aber genau sein Gesicht. Er presste die Lider zusammen und wischte angewidert darüber. Schwer fiel Sarahs Körper samt Stuhl gegen ihn und warf ihn zu Boden. Ehe er sich aufrappeln und nach ihr greifen konnte, kroch Sarah schon mit dem sperrigen Stuhl, an den sie mit den Armen und Händen gefesselt war, zur Tür.

»DU DUMMES STÜCK!«, fluchte er, sprang auf und bekam sie schließlich zu fassen, als sie gerade die Treppe erreicht hatte.

Brandon packte sie an den Trägern des roten BHs, wuchtete sie zu sich herum und starrte ihr in die Augen: »JETZT WIRST DU BEZAHLEN!«

Er hatte die ganze Packung Salz in einen halben Eimer Wasser gegeben und wusste, dass sie an den Schmerzen krepieren würde.

Und es war ihm egal. Wer nicht hören wollte, musste fühlen.

Pfeifend ging er mit dem Wassereimer nach oben. Dunkelheit lag über dem Haus, noch immer war es finstere Nacht. Nur ein schwaches Licht war aus dem kleinen Schlafzimmer zu sehen, es schimmerte durch den Spalt.

Die Tür knarrte, als er sie öffnete, ein freudiges Lächeln glitt über sein Gesicht, als er sie dort auf ihrem Stuhl hocken sah. Sie war mittlerweile so schwach, dass er sie kaum noch festbinden musste. Nicht einmal ihren Arm konnte sie heben, der ebenfalls mit kleinen Verletzungen übersät war, die dem Glas geschuldet waren, durch das sie sich gezwängt hatte.

Das Blut an ihrem Körper war getrocknet, doch immer wieder begannen die Schnitte, mit dicker roter Haut ummantelt, wie ein Vulkan neu auszubrechen.

Vulkan.

Brandon zog die Brauen hoch, ging auf sie zu, fuhr mit den Fingerkuppen über das feine, hellrote Blut, das sich über die Reste des alten setzte, sodass sie mit einem abenteuerlichen Muster vor ihm saß, unter dem man die rote Unterwäsche kaum noch erahnte.

Er ging einen Schritt zurück, holte hinter seinem Rücken die Polaroidkamera hervor und schoss ein Foto. Es wurde gedruckt, er hielt es in der Hand, langsam zeichnete sich das Bild darauf ab.

Wie schön sie doch aussah.

Als er die Kamera weglegte, hob er gleich darauf den Eimer. »Du musst dringend saubergemacht werden«, sagte er, ließ das Wasser im Eimer rotieren, bevor er ihn zur Hälfte über ihren Körper ausschüttete. Er war richtig gespannt auf das Theater, das sie veranstalten würde, und seine Vorfreude war berechtigt: Sobald sich das Salz-Wasser-Gemisch auf ihrer Haut ausbreitete, schoss ihr Kopf in die Höhe, Augen und Mund wurden aufgerissen, Hände wurden zu Klauen geformt, an denen die Knochen weiß hervorstachen. Ihr Körper bäumte sich auf, um dem Schmerz zu entkommen, eine Reaktion, die ihr nichts nützen würde.

Sarah schrie, so laut, wie er sie noch nie hatte schreien hören, und er fand es großartig.

Sie hatte es verdient.

Sie hatte fliehen wollen.

Mit *ihm.*

Er sah, wie das Wasser eine Menge Blut abwusch, und erkannte erst jetzt, wie viele Scherben noch in ihrem Körper steckten. Oh, es würde sich entzünden, sie würde sterben und dann war alles vorbei. Sie könnten wieder in Ruhe leben.

Erneut ließ er das Wasser rotieren und machte sich gerade für die zweite Runde bereit, als sie zu weinen begann. Anders als sonst. Er hielt inne, während er sich fragte, was das zu bedeuten hatte, und sogleich machte sich ein Gefühl in seiner Brust breit, das er vorher noch nie empfunden hatte. Er wusste nicht, woher es kam oder was es zu bedeuten hatte. Es war eine Ahnung, die ihn beschlich.

Er wollte dieses Gefühl nicht, er setzte den Eimer an, wollte, dass sie Ruhe gab, denn dieses Gefühl war für ihn zu viel.

»Du musst aufhören«, sagte sie in einem hellen Ton, ebenso anders als sonst.

Brandon ließ den Eimer neben sich stehen, stürzte sich auf sie, umfasste in ihr Gesicht mit beiden Händen. Er tat das nicht zärtlich, sondern wütend. Darüber, dass sie ihm so ein Gefühl gab, und darüber, dass sie ihn gestört hatte.

»Was denn?«, fragte er hektisch, sein Herz schlug immer schneller. Sie wand sich aus seinem Griff, was ihn noch rasender machte, und beißend wie ein Tier schlug er ihr ins Gesicht, mehrmals, bis Blut in dicken Tropfen aus ihrem Mund und ihrer Nase geschleudert wurde.

Er wollte wieder ansetzen, sie wieder schlagen, stand schon mit erhobener Hand vor ihr, als er es nicht konnte. Es war, als erstarrte er in dem, was er tat. Die Hand zitterte, aber er konnte nicht zuschlagen. Dieses Gefühl hielt ihn davon ab. Diese Ahnung, dass er damit aufhören *musste*.

Brandon hielt mit der linken Hand seine Rechte fest, zwang sich, ein Stück von ihr wegzugehen, um ihr Raum und Zeit zu geben, um zu erklären, was los war. Er blieb einen Meter vor ihr stehen und starrte sie an, während ihr Anblick sich mit dem von Barry B. in seinem Hirn zu mischen begann und sich für die Ewigkeit einbrannte.

Das hast du getan.

»Brandon ... hör auf ... weil ...« Sie erbrach irgendetwas, lange widerliche schleimige Fäden bahnten sich den Weg von ihrem Mund runter zum Boden.

Er sah dabei zu, und dieses Gefühl, diese Ahnung bekam ein Bild, wie aus dem Nichts, und sie bestätigte es sogleich: »Weil du sonst auch dein Baby tötest.«

Er rannte raus. Draußen hatte es zu regnen begonnen. Eine heile Welt. Natur, in der es Frieden, Ruhe und den Regen gab.

In der die Tiere des Waldes zur Ruhe gekehrt waren. Nur der Regen war zu hören und wie er auf das Dach des Hauses traf. Modrig und voller Matsch war der Bereich vor den Stufen der Veranda, die er hinunterlief und wild atmend davor stehen blieb.

Seine Gedanken waren durcheinander, es war nichts mehr an ihm, was ihn an den Jungen von damals erinnerte.

Was bist du?

Er hob die Hände, die voller Blut waren, weil sie sie geschlagen, gefoltert und fast getötet hatte. Der Regen wusch es ab.

Was hast du getan?

Trixie.

Barry B.

Und fast auch Sarah.

Was bist du für ein Mensch?

Er fiel auf die Knie, weil ihm bewusst wurde, dass es einen Menschen gab, der ihm diese Frage schon vor einer Weile beantwortet hatte – Mitch.

Brandon hob die Hände. Und noch immer waren sie voller Blut. Zwar hatte der Regen sie längst gereinigt, doch für ihn war das Blut noch da. Er würde sich nie ändern, denn das Monster, das er war, würde niemals aufhören, für das zu kämpfen, was ihm gehörte.

5

WINSTON PLANTAGE, THIBODAUX, LOUISIANA
September 2019

Was ich absolut nicht leiden kann, ist, wenn man mir nachspioniert.« Mit erhobenem Zeigefinger marschierte er in den Salon, wo Josephine in einem mit grünem Samt bezogenen Sessel vor dem Kamin saß. Es brannte kein Feuer, eine Tischlampe spendete Licht und beleuchtete den Salon mit den teuren Echtholzmöbeln mit wenigstens ein bisschen Helligkeit.

Unbeeindruckt blieb sie sitzen, die Beine übereinandergeschlagen, den Kopf auf ihre Hand, den Ellenbogen auf der Armlehne abgestützt. »Was hast du da im Gesicht?«

»Das geht dich nichts an, so wie dich einfach alles überhaupt nicht zu interessieren hat!« Brandon ließ die Tür ins Schloss fallen, griff mit der Hand an sein Gesicht, ärgerte sich über Audrey und dass sie ihm die Gabel fast ins Auge gestochen hatte, und schaute sich um. Er wollte sichergehen, dass es keine Zuhörer gab. »Wenn du es noch einmal wagst, deinen Privatdetektiv zu dem Haus im Wald zu schicken, Josephine, ich sage dir …«

»… was denn, Brandon?«

Brandon nahm den Finger runter, in seinem Inneren brodelte es so sehr, dass er sie hätte greifen und ihr mit dem Kaminbesteck eins überziehen können. Das Auto, das vorgefahren war, nachdem Audrey sich im Ankleidezimmer versteckt hatte. Ein Detektiv, der für Josephine arbeitete und nach Mitch suchte. Er hatte ihn schon einmal vor dem Haus in der Lexington Street gesehen.

»Ich weiß, dass du bei Laura warst«, sagte sie trocken.

Er hob die Brauen, war überrascht. »Wirklich?«

»Ich weiß alles, Brandon.« Josephine stand auf, das Kinn war gereckt. »Die Luft wird eng für dich.«

Es ließ ihn kalt. Er könnte sie auf der Stelle umbringen, es würde ihn nicht jucken. »Du redest so gleichgültig. Hat sie dich rumgekriegt, ja?«

»Wenn du ihr jetzt etwas antun willst, kommst du zu spät. Sie hatte einen Anfall und liegt im Krankenhaus.«

»Pfff, die kommt wieder raus, und ich werde ihr erster Besucher zu Hause sein.« Er stemmte die Hände in die Hüften. »Sie weiß gar nichts, also kann sie dir nichts erzählt haben.«

Josephines Miene hatte sich verändert. Sie wirkte müde, aber nicht kraftlos, vielleicht sogar ein bisschen verärgert. Aber nicht mehr wie die gebrochene Frau, die ihrem Sohn hinterhertrauerte. »Hast du nachgeschaut, ob das Foto wieder in der Box im Schacht liegt?«

Das hatte er das nicht getan, weil er dafür keine Zeit gehabt hatte.

»Mach dir keine Mühe, es ist in sicheren Händen, und wenn du es wagst, ihr etwas anzutun, ist es bei der Polizei.« Josephines Stimme geriet dann doch in Wanken. »Ich habe dich als meinen Sohn gesehen, Brandon. Ich habe dich genau so geliebt wie Mitch. Ich habe dir vertraut, und du wurdest für mich … fast schon mehr als ein Sohn. Ein Freund, ein Vertrauter. Und Mitch hat mir nur das Beste über dich gesagt, und du warst so … charismatisch, du hattest nicht eine schlechte Eigenschaft an dir. Und dennoch hatte ich dieses Gefühl, dass etwas nicht stimmt.«

»Es ist alles in Ordnung, Josephine, du lässt dir nur ständig irgendeinen Blödsinn einreden, weil jeder irgendetwas gesehen haben will …«

Die Luft wird eng.

»Brandon«, unterbrach sie ihn und tippte sich auf die Brust. »Ich habe es gesehen. Ich habe *sie* gesehen. Becky Harris. Und ich wollte es nicht wahrhaben, Wochen später, als ein Foto des Mädchens veröffentlicht wurde, dessen Leiche man in den Sümpfen gefunden hat. Ich wollte nicht wahrhaben, dass das Mädchen dasselbe ist, das ich gesehen habe, Brandon. Beim Haus im Wald. Ich … ich wollte es nicht glauben, dass du etwas damit zu tun haben könntest.«

Er atmete tief durch. »Ich habe nichts mit ihrem Mord zu tun.« Er ging näher auf sie zu und streichelte ihren Arm.

Die Luft wird eng.

Sie zog den Arm zurück. »Fass mich nicht an!«

»Josephine, wir hatten so eine tolle Zeit miteinander … Ich weiß, was du für mich fühlst …«

Barsch schubste sie ihn von sich weg. »Wer glaubst du eigentlich, bist du, Brandon Petou?«

Er suchte nach Halt, griff an den Kaminsims, starrte sie an. Warum hatte sie sich so verändert? Warum hatte Laura seine Warnung nicht ernst genommen? Verdammte Scheiße, er hätte sie ausschalten sollen, aber das hätte nicht funktioniert, denn er war von der Pflegerin Barbara und dem Ehemann gesehen worden, verfluchter Mist!

»Sie hat mich angerufen und genau das erzählt, was sie immer erzählt. Sie redete schlecht über dich, und ich habe sie ignoriert. Aber dann tat sie etwas, was sie noch nie getan hatte: Sie hat geweint und mich angefleht, mir selbst ein Bild zu machen. Sie meinte, dass sie vielleicht sterben würde, durch deine Hand, doch das wäre ihr egal. Es war eine junge Frau bei Laura, die ihr aufgezeigt hat, dass sie den Tod von Becky Harris vielleicht verhindert hätte können.«

Die Luft wird eng.

»So ein Unsinn!«, schrie Brandon.

»Es ist kein Unsinn. Laura will nicht noch eine junge Frau auf dem Gewissen haben. Sie hat ihr Leben gelebt. Sie ist alt und krank. Aber die jungen Frauen, die du in dein Versteck führst, haben das ganze Leben noch vor sich.«

Brandon griff sich an den Kopf. »NEIN! NEIN!« Schmerzen machten sich in seinem ganzen Körper breit.

»Was hast du nur getan, Brandon?«

»Nichts, gar nichts …« *Denk nach, Brandon!* Er fuhr sich durchs Haar, Tränen schossen ihm in die Augen, die er ihr unbedingt zeigen musste, weil es keinen anderen Weg mehr gab. »Ich habe nur noch dich. Du musst mir glauben, ich habe … Sarah nichts angetan, ich habe … Becky nicht getötet … Wie kommt ihr nur darauf?«

Josephine schüttelte den Kopf. »Weil du gebrochen bist, weil du dich selbst nicht erkennst und nicht weißt, wozu du fähig bist und was du getan hast! Ich habe immer an dich geglaubt, aber die Zeichen stehen schlecht für dich. Laura hat ein Foto, auf dem Sarah gefesselt auf einem Stuhl sitzt und ganz offensichtlich schwer misshandelt wurde! Eindeutig hat meine Schwester im Hintergrund das kleine Schlafzimmer des Hauses im Wald erkannt, da haben wir als Kinder die Sommer verbracht!«

Das durfte nicht wahr sein. Hass überkam ihn, nicht auf Josephine oder Laura, sondern auf Audrey.

»Wer sollte so ein intimes Foto von deiner Freundin machen? Und das andere Mädchen im Wald, Brandon! Sie ist geflüchtet! Vor dir, nicht wahr? Das war Becky Harris, die man zwei Wochen später in den Sümpfen gefunden hat, tot!«

Brandon hob beide Hände. »Nein, nein, nein! Hör auf, damit!« Er wollte ihren Namen nicht mehr hören, starrte auf das Kaminbesteck neben sich.

»Audrey Leester«, sagte Josephine. »Autorin aus New Jersey. Sie hat im Schacht in dem kleinen Schlafzimmer eine Box mit Fotos gefunden. Darunter das von Sarah. Ich dachte, du hättest sie geliebt.«

»Sie wollte gehen«, brüllte er wild. »Sie wollte mich verlassen!«

»Und du tust ihr so was an? Nur weil sie gehen will? Was hat das mit Liebe zu tun?«

Hatte er sie geliebt?

Der Schmerz in seinem Kopf wurde immer schlimmer.

»Was bist du für ein Monster?«, fragte Josephine und verengte die Augen.

»Ich bin kein Monster.« Brandon nahm die Hand vom Kaminsims und starrte darauf.

Sie schluchzte und wischte sich ein paar Tränen weg. »Ich will, dass du mir eine einzige Frage beantwortest, Brandon.«

Er wusste nicht, was er fühlen sollte. Da waren Hass, Schmerz und Verzweiflung. Laura und Josephine wussten von Audrey, und wenn ihr Mann sie vermissen würde, war es vorbei.

Die Luft wird eng.

Wäre Audrey doch niemals an dieses verdammte Foto geraten.

Hätte er es doch nur besser versteckt.

Unten bei Mitch.

Mitch.

»Meine Frage lautet: Wo ist mein Sohn?«

Brandon konnte sie nicht ansehen.

Josephine kam auf ihn zu und hämmerte gegen seine Brust. »Wenn du ihn versteckt hast, Gott bewahre, Brandon, ich werde nicht zulassen, dass du lebend aus diesem Haus kommst.«

»Ich weiß es nicht, verdammt!«

»WO IST MITCH?« Sie hatte eine Kraft, die er niemals an ihr vermutet hätte. Sie zwang ihn zu Boden, er wollte rückwärts hinter dem Sessel kriechen, als sie ihm ins Gesicht schlug. »Du glaubst, ich habe dich geliebt?«, schrie sie wütend. »Was denkst du von dir selbst? Du bist nichts weiter als ein bemitleidenswertes, gebeuteltes Kind, das Liebe und Anerkennung bei Menschen sucht, die dir gehören sollen, damit sie dich nicht verlassen!«

»Halt den Mund!«

Sie setzte sich auf ihn, und ihre Hände glitten zu seinem Hals. »Ich hasse dich so sehr, Brandon! Ich hasse dich! Wo ist mein Sohn, wo hast du ihn versteckt? Hast du ihn umgebracht?«

Er rappelte sich auf, packte sie, zog sie nach oben und legte beide Hände um ihren Hals. »Du wirst mir nicht zur Gefahr, hast du verstanden?«

Zeigefinger und Daumen beider Hände schnürten ihr immer mehr die Luft ab. Ihre Gesichtsfarbe veränderte sich. Brandon hatte die Augen aufgerissen, spürte so viel Kraft, dass er sie locker hätte umbringen können.

Doch er tat es nicht, sondern ließ sie los, als sie bewusstlos war, ließ sie fallen, weil er nichts von ihr haben wollte. Sie war egal, doch was nicht egal war, war das, was sie haben wollte: ihren Sohn.

Brandon wischte sich übers Gesicht und wusste, dass er verlieren würde, wenn er sich jetzt nicht etwas Gutes einfallen ließ.

Die Luft wird eng.

Er ließ Josephine einfach dort liegen und wollte aus dem Salon rennen, als ihm ihr Mobiltelefon auf dem Tisch in den Blick fiel. Er traute ihr zu, dass sie ihr Gespräch aufgenommen hatte, nahm es an sich und schaute nach. Keine Aufnahme lief, doch das SMS-Programm war geöffnet. Seine Stirn zog sich zusammen, als er die SMS entdeckte, die er angeblich selbst vor einer halben Stunde an Josephine geschrieben haben sollte: HILFE.

»Audrey«, entfuhr es ihm, als er Josephines Röcheln hörte. Er fuhr herum, die ältere Dame lag auf dem Boden und krächzte. Sie hatte die SMS gelesen und wusste, was Sache war.

Auch wenn ihr Detektiv vorhin wieder gefahren war, würde sie die Polizei spätestens nach seinem Besuch jetzt zum Haus schicken.

Die Luft wird eng.

Er musste sich etwas einfallen lassen. Nur eines kam ihm in den Sinn: Er musste hier weg. So schnell es ging. Musste Audrey verschwinden lassen und fliehen. Mit Mitch.

Doch er brauchte Zeit. Und Josephine sollte diejenige sein, die ihm diese Zeit geben würde.

Sein Mund verzog sich zu einem Grinsen, als er vor Josephine in die Hocke ging. »Du wirst nicht Polizei rufen, verstanden? Du wirst nichts tun, verstanden? Nur hier sitzen, nach Luft ringen und dankbar dafür sein, dass du noch am Leben bist.«

»Wieso ... sollte ich?«

»Ganz einfach«, antwortete er überlegen. »Wenn du es nicht tust, werde ich deinen geliebten Sohn umbringen.«

Sie riss die Augen auf und wimmerte. Er warf ihr Handy in den Kamin und verließ dem Salon. Als er dem Hausmädchen begegnete, sagte er ihr, dass Josephine schliefe, es ihr nicht gut ginge und sie deshalb Ruhe bräuchte. Das Mädchen nickte verständig und trat den Rückzug an, natürlich, sie alle in diesem Haus kannten und schätzen Brandon. Sie vertrauten ihm.

Er verließ das Haus und schaute kein einziges Mal zurück, während er an Josephines Worte dachte.

Er war kein Monster.

Er war auch nicht gebrochen.

Dann starrte er auf seine Hände, mit denen er ihren Hals zusammengedrückt hatte, als wäre er ein Handtuch, das er hatte auswringen wollen.

Was bist du für ein Mensch?

Er verwarf den Gedanken, denn er hatte keine Zeit zu verlieren. Irgendwann würde Josephine die Polizei rufen, um ihr Kind zu beschützen.

Ihr *Kind*.

Brandon begann zu rennen. Es galt, das zu verstecken, was ihm am meisten bedeutete. Und die Zeit lief gegen ihn.

6

SWALL PINES WAY, THIBODAUX, LOUISIANA

Audrey hatte die ganze Zeit versucht, die verdammte Tür aufzube-
kommen. Hatte sich gegen sie geworfen, mehrere Male von links
und rechts, und mittlerweile schmerzten ihre Schultern und Arme
wie die Hölle. Weinend hockte sie am Boden, mit dem Rücken zur
Tür.

Sie hatte ihn angebrüllt, als sie gehört hatte, wie er von draußen
Sachen vor die Tür geschoben hatte, und hatte gewusst, dass er sie
einsperren wollte, weil er gehen musste, nachdem er den Wagen
gehört hatte. Sie hatte keine Ahnung gehabt, wer das war, niemand
war daraufhin ins Haus gekommen.

Nachdem er gegangen war, hatte sie die Tür aufgeschlossen und
sie zu öffnen versucht – vergebens. Sie hatte sich einen Zentimeter
bewegt, nicht weiter, und während sie nun voller Schmerzen auf
dem Boden hockte, begann sie, den Keim der Hoffnung, hier lebend
rauszukommen, zu ersticken.

Das Fenster.

Sie wischte sich die Tränen aus dem Gesicht. Das Fenster. Doch
sie würde niemals zwischen die Sprossen passen. Niemals.

Audrey schlug mit der Faust auf den Boden, woraufhin sie von
einer Welle des Schmerzens durchzuckt wurde. Wenn er wiederkam,
könnte sie die Tür wieder verschließen, doch es würde nur eine Frage
der Zeit sein, bis er sich Zugang zu diesem Raum verschaffte. Oder
er würde sie hier drin einfach verdursten lassen.

Sie war ihm egal. Das wusste sie. Er hatte einen Grund, warum er
das alles tat, aber es hatte nichts mit ihr zu tun.

Aber Audrey selbst würde kämpfen, würde sich diesem Psychopathen nicht einfach so ergeben. Es musste einen Weg geben, hier rauszukommen, und wenn nicht, würde sie diese Hölle überleben und ihn irgendwann überlisten.

Sie war müde, erschöpft und hatte Sehnsucht. Nach Ben, nach Travis, nach ihrem alten Leben, das sie so schlecht gemacht hatte.

Als Audrey vor Erschöpfung die Augen zufielen, hörte sie es.

Krrr.

Das Geräusch, das sie schon so oft gehört hatte.

Das Geräusch, das aus dem Keller kam. Zumindest hatte sie das immer gedacht. Aber es kam nicht aus dem Keller. Sie sprang auf und starrte auf die Zimmermitte. Das Geräusch war nahe, sie konnte es nur schwer lokalisieren. Und dann bewegte sich der Teppich, wurde von einer Klappe weggedrückt, die sich nun öffnete.

Audrey bewegte sich keinen Zentimeter, wie erstarrt schaute sie zu, was im Ankleidezimmer vor sich ging, ehe sie sich dann doch zur Raummitte lief, und unterhalb der Klappe Mitch entdeckte.

Vorhin, als sie am Stuhl gefesselt war, hatte er sie nicht befreien können, weil Mitch mit seinen Händen das Seil nicht lösen, geschweige denn, ein Messer greifen konnte. Er war verschwunden, so schnell, wie er gekommen war.

Jetzt steckte er den Kopf durch eine Bodenluke, die gerade so groß war, dass ein Mensch dadurch passen konnte. Dann duckte er sich wieder und kletterte an Holzkisten nach unten zurück in den Keller. Die Luke blieb offen.

Er lädt dich ein.

Audrey lauschte und versuchte, auszumachen, ob Brandon zurückkam. Dann schloss sie eilig die Tür ab und kletterte ebenfalls durch die Luke und an den Holzkisten entlang nach unten. Als sie die letzte Kiste hinuntersprang, gab das Holz nach und ein Geräusch entstand.

Krrr.

Modrig-süßer Geruch empfing sie in einem Keller, der aufgeräumt und riesig war. Zwei Bereiche, getrennt durch Schwerlastregalen. Der eine Bereich war mit einem Bett, einer Lampe, einer Kiste, Bildern und Zeitungsartikeln ausgestattet.

Sie ahnte, dass dieser Bereich Brandon gehörte. Hier »wohnte« er. Hier hatte er übernachtet, jedes Mal, wenn sie geglaubt hatte, er würde nach Hause gehen. Hier war sein Zuhause, hier war das »*Überall und nirgends*«.

Audrey ging näher und verengte die Augen. Direkt neben diesem Bereich führte die Treppe nach oben, wahrscheinlich zu der Tür in der Abstellkammer. Eine weitere Tür gab es weiter links, zur Rückseite des Hauses.

Sie betrachtete Brandons Reich genauer. Das Bett war ordentlich gemacht, darüber hingen Artikel, die aus Zeitungen ausgeschnitten oder aus dem Internet ausgedruckt worden waren. Sie stellte fest, dass sie einige davon schon von ihren Recherchen kannte, es aber auch Meldungen gab, die ihr neu waren.

»*Grausamer Mord auf dem Halloween-Festival in New Orleans*«, lautete der Titel eines Artikels. Ein Mann namens Barry B. Jackson war Opfer eines brutalen Totschlags geworden.

Ein anderer Artikel stammte auch aus einer Zeitung aus New Orleans. Ein Mann wurde seit Wochen vermisst, ein Allgemeinmediziner, der vom einen auf den anderen Moment mitten in der Nacht verschwunden war.

Sie sah noch einen Artikel über die Leiche im Sumpf und einen aus einer Zeitung aus Georgia. Über eine Vermisste, die nie gefunden worden war, Trixie Bennet.

Schließlich ein Auszug über den tödlichen Unfall, bei dem eine Frau und ihr ungeborenes Baby getötet worden waren, und dass der Fahrer des zweiten Wagens, Mitch Winston, Fahrerflucht begangen hatte.

Audrey wandte sich von den Artikeln ab und schritt auf Mitch zu, der mit der Pferdemaske und den Händen und Füßen, die zu Hufen geformt war, auf heruntergetrampeltem Stroh hockte. Er trug noch die Kette um den Hals, und sie sah, dass in der Wand ein Loch prangte, wahrscheinlich von der Kette.

Hatte er sie herausgerissen?

Irgendwo neben ihm stand ein Bottich, der mit Wasser gefüllt war. Das Ding erinnerte sie an die Tröge von Pferden auf der Weide. Das Stroh war verschmutzt und wahrscheinlich sehr alt. Es stank nach Urin, ein Eimer mit einem Deckel stand an der Wand, Fliegen zogen darüber ihre Kreise.

Mitch hockte auf dem Stroh und sagte keinen Ton.

»Kannst du reden?«, fragte sie.

Er sah fürchterlich aus.

RENNE.

Sie erinnerte sich an den Zettel, die unleserliche Schrift. Mit wie viel Mühe musste er das wohl geschrieben haben. Audrey konnte ihren Blick nicht von den Fäusten lösen, die Hufe der Kreatur, die Brandon aus ihm gemacht hatte. Abermals stieg Ekel in ihr hoch.

»Kann ich dir die Maske abnehmen?« Audreys Herz schlug wie wild. Er hätte sie sich wahrscheinlich schon längst abgenommen, hätte es nicht einen Grund gegeben, der dagegen sprach. »Kann ich?«

Er nickte, aber es kam unsicher.

Sie atmete tief durch, musste kurz würgen, weil der Gestank bestialisch war, und legte alle zehn Finger an die Maske. Sie versuchte, sie abzuziehen, doch das funktionierte nicht.

»Das habe ich befürchtet«, raunte sie und dachte nach. »Sie ist festgemacht, nicht wahr?«

Nicken.

»Abschneiden …« Sie stand auf und suchte in Brandons Bereich nach einer Schere. Es musste eine geben, schließlich hatte er Zeitungsartikel ausgeschnitten. Sie riss die Schubladen von seinem Nachtschrank auf, öffnete die Holzkiste.

Nichts.

»Ich gehe hoch und hole …« Sie begriff, dass sie nicht aus dem Ankleidezimmer kam. »Verdammt!« Als sie die Kette klirren hörte, wandte sie sich zu Mitch und sah, dass er ihr bedeutete, sie sollte irgendwas ziehen.

Audrey dachte angestrengt nach, während sie zurück zu ihm ging. »Ziehen?«

Nicken.

Sie blieb vor dem Strohbett stehen und ließ die Arme hängen. »Nein ... das kann ich nicht.«

Starkes Nicken, er kroch näher, die Kette schleifte über das Stroh, seine Hufe legten sich an ihre Arme. Er machte unverständliche Laute, irgendwas musste in seinem Mund stecken. Ihr wurde schlecht, so richtig schlecht.

Einen Moment wandte sie sich von ihm ab und hielt sich an der Mauer fest.

Du musst ihm helfen. Dann kann er vielleicht dir helfen.

Audrey nahm all ihren Mut zusammen und drehte sich wieder zu ihm um. Mitch stank, sein Körper war malträtiert und blutverkrustet, neues, frisches Blut bahnte sich den Weg an seinem Hals herunter. Der Anblick, der sie unter der Maske erwarten würde, wäre grauenhaft – das wusste sie.

Die Laute, die er machte, hörten sich flehentlich an, sie konnte sich kaum vorstellen, wie verzweifelt und hoffnungslos dieser Mensch sein musste. Sie holte tief Luft, um einen klaren Kopf zu bewahren, und sagte: »Okay, ich tue es.«

Er ging vor ihr auf die Knie und streckte seinen Hals. Dieses Bild war unglaublich erniedrigend und furchtbar, und an allem war Brandon schuld. Mitch tat Audrey so verdammt leid, vor allem dann, als sie sah, dass sie Maske einmal rund um sein Gesicht angetackert worden war. Wenn sie sie abreißen würde, würde das höllische Schmerzen für ihn bedeuten.

Audreys Herz schlug ihr bis zum Hals, als sie die Finger an den Rand der Maske legte. »Oh mein Gott«, sagte sie wimmernd. »Du wirst solche Schmerzen haben!«

Er schüttelte den Kopf und gab Laute von sich. Das Bild war so abstrus. Wie mit einem Tier stand sie in einem Stall, auf einem Bett aus Stroh.

Was war Brandon nur selbst für ein Tier?!

»Bereit?«, fragte sie, wartete nicht auf Mitchs Antwort, sondern zog mit aller Kraft an dem Gummi. Sie spürte, dass einige Nadeln abgerissen wurden, doch noch immer hing sie zur Hälfte an seinem Gesicht.

Audrey hörte sofort auf, zu ziehen, als sie sein Brummen hörte, laut und gequält, und sie zitterte, wollte weg, einfach nur weg.

Doch Mitch hielt ihr abermals seinen Kopf hin, einen Teil der Maske hatten sie schon geschafft.

Audrey nahm all ihre Kraft zusammen und zog ein zweites Mal, indem sie ihre Finger unter das Gummi schob und es nach oben riss.

Die Maske fiel zu Boden, Mitch ließ sich nach hinten fallen, Audrey schlug die Hände vors Gesicht.

Ihr ganzer Körper zitterte, das Geräusch von reißender Haut hatte sich widerlich angehört und war etwas, was sich für immer in ihr Gehirn brennen würde.

Sie übergab sich im Stroh, Erbrochenes mischte sich mit ihren Tränen, und sie streckte die Hand aus, um ihm zu verstehen zu geben, dass sie ihn nicht ansehen konnte.

Und dann herrschte Ruhe. Der Sturm war vorüber, die Emotionen legten sich, die Panik.

Sein Wimmern erstarb, er winselte und brummte nicht mehr, weshalb sie die Zähne aufeinanderbiss und sich umdrehte. Der Anblick war schlimmer, als sie es befürchtet hatte: Sein Gesicht war voller Narben, Schnitte und Wunden. Tackernadeln hingen rund um sein Gesicht, verletzte blutige Hautlappen lugten an jeder Stelle seines Gesichtes hervor.

Doch das Schlimmste war: Brandon hatte ihm den Mund zugenäht. Drei lange Nähe waren über seinen Lippen zu sehen, braune, fast schwarze Blutkrusten klebten daran.

Er zeigte sich ihr, gab ihr Zeit, den Anblick zu ertragen, und Audrey fragte sich, wie Mitch diese Qualen nur aushalten konnte.

Sie fasste sich ein Herz und stellte sich ihm gegenüber, während der Schmerz in ihrem Körper nachließ, beim Anblick dessen, was dieser Mensch ertragen musste.

Tränen rollten aus seinen Augen, während er sie ansah. Dieser schöne Mann, der er einmal gewesen musste. Der gute Freund, der nichts verbrochen hatte.

Audrey streckte ihre Hand aus und legte sie unter sein Kinn, um ihm zu zeigen, dass sie da war. Sie wollte Brandon für das bestrafen, was er getan hatte, und schwor sich in diesem Moment, dass sie das Haus nicht eher verlassen würde, ehe er nicht dafür bezahlt hatte.

Kapitel 9

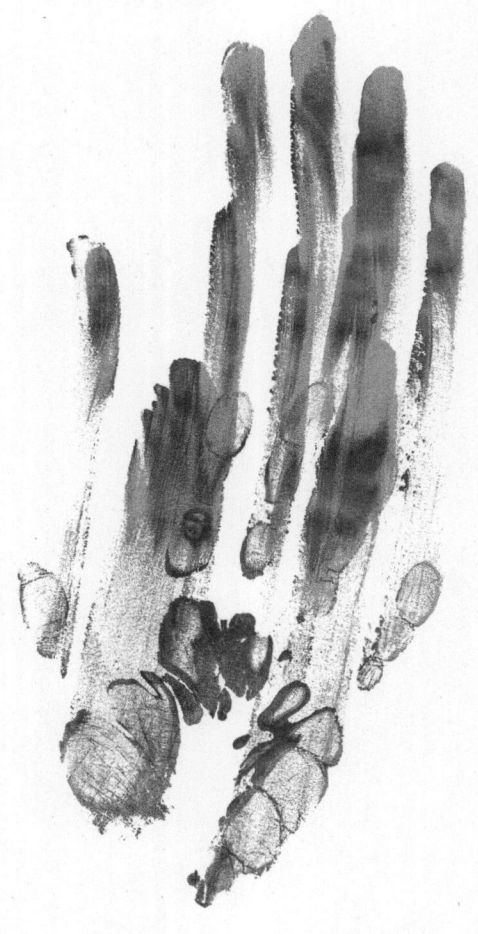

Kapitel 9

1

SWALL PINES WAY, THIBODAUX, LOUISIANA
Januar 2019

Ein Baby.

Ein kleines Wesen, entstanden aus ihren und seinen Genen, ein Stück von ihr, ein Stück von ihm, vollendet in einem Bündel Mensch.

Als sie ihm davon erzählt hatte, hatte es etwas in ihm ausgelöst. Einen Wunsch, eine Hoffnung, tief verborgen in seinem Inneren. Ein Kind, für das er Sorge tragen musste. Dass es ihm gut ging, dass es in Glück und Zufriedenheit aufwuchs und ein Mensch wurde, auf den er stolz war. Ein Kind, das nicht so wurde wie er, das nicht das durchmachen musste, was ihm widerfahren war, das einfach frei und glücklich war.

Er wusste, dass es ein Junge werden würde, sobald Sarah ihm von ihrer Schwangerschaft erzählt hatte.

»Du bist dir sicher?«

»Natürlich bin ich mir sicher. Ich war schon mal schwanger und hab' es verloren. Ich weiß, wie es sich anfühlt.«

Er hatte ihr jedes Wort geglaubt.

Und er wusste, wenn er Sarah nicht gut behandeln würde, würde es das Baby gefährden, sein Kind, sein Streben danach, alles noch einmal besser zu machen. Denn das Kind war das Beste, was ihm in seinem Leben je widerfahren war. Auch, weil er glaubte, mit diesem Kind etwas wiedergutmachen zu können, was er im Leben falsch gemacht hatte.

345

Er hatte eine Stunde damit verbracht, jede einzelne Scherbe aus ihrer Haut zu entfernen, während Sarah ohnmächtig geworden war und Fieber bekam. Er wusste, wenn er jetzt nichts tat, würde sie sterben.

»Es ist vielleicht schon tot«, hatte sie gesagt, kurz bevor sie ganz weggetreten war.

»Nein, sag das nicht«, hatte er gesagt und ihr einen Kuss auf die Lippen gegeben, obwohl ihre widerlich schmeckten. »Er lebt, daran musst du glauben! Spürst du ihn?«

Als er seine Hand auf ihren Unterbauch legte, durchfloss ihn ein eigenartig warmes Gefühl, wohl und angenehm. Noch nie da gewesen.

Beschützen. Lieben.

Ja, das war es. Dieses Gefühl. *Liebe.*

»Dafür ist es noch zu früh ... aber ...«. Dann hatte sie weinen müssen, ihre Zähne klapperten, obwohl sie glühte, jede Sekunde plagten sie Tausende Schmerzen. »Ich ... kann nicht mehr lange ...«

Er hatte sie betrachtet. Wie furchtbar sie aussah. Was er getan hatte. Mit ihr. Und seinem Sohn.

Er hatte die Hände gehoben, sie angesehen, wie sie vibrierten und wie das Blut unaufhörlich an ihnen herunterfloss.

Wenn sie stirbt, stirbt auch das Baby. Und dann hast du nicht nur zwei weitere Menschen umgebracht, sondern darunter auch dein eigenes Kind.

Deshalb durfte Sarah nicht sterben. Oder zumindest das Kind nicht, doch ihm wurde selbst schnell klar, dass es in diesem Stadium viel zu unterentwickelt war, um außerhalb des Mutterleibs überleben zu können.

Als die gröbsten Scherben und der Ring mit der durchtrennten Kette an ihrem Fuß entfernt waren, warf er ihr einen Bademantel um und wuchtete sie hoch. Er schleppte Sarah die Treppe hinunter und dann nach draußen, wo der Regen immer stärker wurde. Im Truck legte er sie auf die Rückbank, bedeckte sie mit einem Laken, mit dem er auf dem Bau Steine abgedeckt hatte.

Er fuhr in einem rasanten Tempo durch die Dunkelheit, achtete darauf, so wenige Schlaglöcher wie möglich mitzunehmen, und kam morgens gegen drei Uhr in New Orleans an. Der Ort, an den er wollte, war nicht ungefährlich, aber der einzige Ort, an den er gehen konnte, ohne aufzufallen.

Die Brücken in dem Teil von New Orleans gehörten zu den Orten, die Touristen nicht kannten. Nur selten verlief sich jemand hierher und kehrte in dem Fall dann sofort wieder um. Es war ein Ort, an dem es Kriminalität, Obdachlosigkeit und Prostitution gab, Drogen- und Waffenhandel.

Brandon hatte hier ein paar Jahre nach dem Heim verbracht, und er hatte Menschen kennengelernt, die er bis heute nicht vergessen hatte. Er parkte den Truck oben an den Gleisen, aus der Ferne war ein Zug zu hören, der bald die Eisenbahnbrücke über den Mississippi überqueren würde.

Er schloss den Truck ab und sah sich nach dem »Medizinmann« um. Damals war es Cliff Rogester gewesen. Brandon ging zwischen Pennern hindurch, die ihre Lager neben brennenden Mülltonnen aufgeschlagen hatten, und fasste sich willkürlich an seinen rechten Oberarm. Schussverletzung, da war er gerade aus dem Heim gekommen. Ein Streit mit anschließender Prügelei und Schießerei, weil ihm damals die Hierarchie auf der Straße noch nicht bewusst gewesen war. Rogester hatte ihm die Kugel rausoperiert. Dafür war er da. Ein korrupter Doktor, damals relativ frisch von der Uni. Jemand, der sich keine Sorgen um Studiengebühren machen musste.

»Rogester.« Brandon packte einen der schlafenden Penner am Kragen. Ein alter Mann, Mütze auf dem Kopf, grauer Bart und stark alkoholisiert, der ihn schlaftrunken aus seinen glasigen Augen glotzte. »Rogester, ist der noch hier?« Es waren seitdem dreizehn Jahre vergangen.

»Der ist schon lange nicht mehr hier … hat vor Jahren eine Praxis aufgemacht.«

Scheiße. Praxis bedeutete Vernunft und Zeugen. »Wo?«

»Silberling Village. Ecke Countypark.«

Brandon ließ ihn los, machte kehrt und fuhr mit dem Truck in Richtung Stadt. Immer wieder drehte er sich zu Sarah um, die bewusstlos auf der Rückbank lag. Nervös knabberte er an seinen Fingernägeln, machte sich nebenbei Gedanken, wie er das alles regeln konnte. Rogester war unglaublich teuer. Damals hatte Brandon bei einem Raub mitgemacht, um die Schulden zu begleichen. Für einen Raub war heute keine Zeit.

Die Praxis lag in einer ruhigen Nebenstraße, ruhig für die Verhältnisse von New Orleans. Viele Häuser drum herum, nicht praktisch, aber er musste tun, was er tun musste, um das Baby zu retten. So parkte er auf dem Hof vor der Garage, stieg aus und nahm seine Nummernschilder ab. Sicher war sicher. Er klingelte am Wohnhaus, das der Praxis angeschlossen war, und es dauerte eine Weile, bis Cliff Rogester die Tür im Bademantel öffnete.

Eine Weile starrten sie einander an. »Petou?«

»Hi.« Brandon zog den Mann an seinem Bademantel heraus auf die Veranda, drückte ihn dort, wo die Sicht der Nachbarn durch einen hohen Busch blockiert war, zu Boden. »Hör zu, keine Fragen, du bekommst keine Antworten. Ich will, dass du etwas für mich erledigst.« Er wies mit einer Kopfbewegung in Richtung Einfahrt. »Hinten steht mein Truck. Meine Freundin liegt da drin. Ihr geht's nicht gut.«

»Brandon …«

»Sie ist durch eine Fensterscheibe gefallen.«

Rogester verengte die Augen. »Was …?«

»Sie ist schwanger. Wir bekommen ein Kind. Kannst du dir mich als Daddy vorstellen?« Brandon grinste. »Los jetzt, bekomm das in Ordnung!«

»Sie muss in ein Krankenhaus!«

»Verdammt, meinst du nicht, dass ich schon längst dort wäre, wäre es für mich nicht unmöglich, da hinzugehen!«, fauchte er. »Hör zu, Mann, du bist meine einzige Chance.«

»Ich mach das nicht mehr! Schon ewig nicht mehr!« Rogester rückte seine Brille gerade. »Ich bin raus der Nummer, ich bin verheiratet, Mann! Ich … hab' nichts mehr damit zu tun!«

»Ich bin nicht umsonst so lange mit einer Halbtoten unterwegs!« Brandon stand auf und zog ihn nach oben. »Los!«

Er stellte sich hinter den Mann. Zusammen gingen sie die Stufen der Veranda hinunter, um das Haus herum und zum Eingang der Praxis. Jetzt konnte Brandon auch lesen, was auf dem Schild stand: *Dr. Cliff Rogester, Allgemeinmedizin.*

Er rollte die Augen, öffnete die Rückbank und erntete den entsetzten Blick des einstigen Medizinmannes. »Scheiße, Mann! Was hast du getan?«

»Los, pack mit an!« Zusammen trugen sie Sarah in die Praxis und legten sie auf die Liege. Rogester sah sich Sarahs Wunden an, während Brandon penibel darauf achtete, dass niemand einen Blick durch die Lamellen am Fenster werfen konnte. Doch zu seinem Glück war es in der Nachbarschaft in dieser Nacht vollkommen still.

Rogester zog Handschuhe an, prüfte ihre Füße und berührte vorsichtig ein paar Stellen an ihrem Körper, an denen die Haut von Scherben zerschnitten war. »Grundgütiger.«

»Und, was sagst du?«

Rogester hob beide Hände. »Sie muss in ein Krankenhaus. Sie braucht Antibiotika und eine Bluttransfusion. Sie hat viel zu viel Blut verloren. Sie ist … Ich kann ihr nicht helfen, es ist zu komplex, sieh dir doch mal diesen Fuß an. Könnte gebrochen sein … Sie … Brandon, sie wird an einer Sepsis sterben, wenn du sie nicht sofort ins Krankenhaus fährst!«

»Wir werden bleiben, deine Schränke sind voller Medizinkram und Geräte. Du hast einem Mann das Bein amputiert, nachdem es unter einem Wagen zerquetscht wurde, und du hast unter einer Brücke ohne Gerätschaften akkurate Wundversorgung betrieben! Tu nicht so, als würde ein gebrochener Fuß eine Herausforderung für dich darstellen!«

»Verdammt, Brandon, ich mach das nicht mehr! Ich behandle Husten und Schnupfen, leg mal einen Verband an … Wenn du nicht bald mit ihr ins Krankenhaus fährst, dann … »Er winkte ab, drehte sich zur anderen Seite des Raumes, zog die Handschuhe ab und wusch sich die Hände.

»Ich bezahle dich gut! Du bekommst das Geld. Jede Summe, die du haben willst, gleich morgen.« Josephine würde es richten.

Rogester schüttelte den Kopf. »Ich kann das nicht, Brandon. Du hast diesem Mädchen etwas sehr Schlimmes angetan, und ich mach da nicht mit.«

»Ich habe ihr nichts getan, sie ist durch ein Fenster gefallen!«

»Und das Salz?« Rogester schüttelte verächtlich den Kopf. »Lüg mich nicht an, verdammt, ich mach das nicht!«

Brandon ballte die Hände zu Fäusten. Sah zu Sarah, die auf der Liege lag, ihr rotes, verschwitztes Gesicht, das Blut auf ihrer Haut. »Du wirst es tun!«

Rogester lachte. »Nein. Selbst, wenn ich etwas für sie tun könnte. Nein.«

Das Baby.

Brandon griff nach einer Schere, stürzte sich auf den Mann am Waschbecken, hielt seinen Kopf in seiner Armbeuge und das Messer an die Kehle. »Ich bring dich um, wenn du ihr nicht hilfst.«

»Brandon …«

Ein sauberer, kurzer Schnitt, Blut trat in schnellen, langen Tropfen hervor.

Rogester schrie und wandte sich aus seinem Griff. Brandon hob die Schere, mit einem Lächeln auf dem Gesicht. Dann ging er wieder zum Fenster und lugte zwischen den Lamellen durch. »Wann machst du heute auf?«

Rogester presste ein Wundtuch gegen seinen Hals. »Acht Uhr.«

Brandon schaute auf die Uhr. »Dann hast du vier Stunden.«

Als sie die Augen öffnete, war er bei ihr. Ohne das Blut sah sie besser aus. Ihre Haare klebten noch, doch das Gesicht war gewaschen, glühend rot vor Hitze. Es war das Fieber, und es hatte ihr zugesetzt. »Du hast wilde Träume gehabt«, sagte er zu ihr, als sie blinzelte. »Er sagt, das Fieber wird anhalten, aber wir bekämpfen es mit diesem

Tropf voller toller Dinge für dich.« Er zeigte auf die Infusion, die Rogester ihm für sie mitgegeben hatte. Auf dem Fensterbrett stand ein Korb mit zwei weiteren Beutel.

Sarah verengte die Augen, als erfasste sie die Umgebung. Langsam drehte sie den Kopf erst in die eine, dann in die andere Richtung.

»Ganz ruhig, du bist zu Hause.« Brandon gab ihr einen Kuss auf die heiße Stirn. Kurz darauf verzog sie das Gesicht.

»Ich weiß, du hast Schmerzen, unsagbare Schmerzen. Aber du hast Mittel dagegen bekommen, die du nehmen kannst und die dem Baby nicht schaden werden.« Er betrachtete ihren Fuß, der oberhalb der Decke auf drei Kissen lag. »Weißt du, wenn ein Mensch Angst um sein Leben hat, vollbringt er Taten, zu denen er dachte, nicht fähig zu sein. Rogester ist Allgemeinmediziner, aber im Notfall kann er ein Held sein …« Brandon lachte leise. »Na ja, konnte. Er hat ziemlich viel Widerstand geleistet. Vor allem zum Ende hin, aber das habe ich gelöst. Wichtig ist, dass du gesund wirst. Und noch besser ist … hier …«

Brandon zog ein Ultraschallfoto hervor und legte es vor sie auf die Decke. Weiße Wäsche war über das Bett gezogen, alles in dem Zimmer roch sauber und rein.

Sarah versuchte, sich das Foto anzusehen.

»Rogester meinte, er könne kein Ultraschall machen, aber das war eine Lüge. Ich habe es dann selbst gemacht. Ich habe das erste Foto unseres Sohnes gemacht. Ist das nicht toll? Sieh mal, da ist der Kopf. Und da sind die Beine und die Hände … Siehst du es?« Er fühlte Wärme. Und … Liebe.

Sein Kind.

Das war Liebe. Stark und unerbittlich. Vom ersten Augenblick an. Immer wieder stellte er sich vor, wie sie alle drei zusammen wären. Wie sie ihm beibrachten, Klarinette oder Banjo zu spielen. Ihn genauso furchtlos und stark werden zu lassen, wie sie es waren.

Brandon legte das Foto wieder weg und seufzte. »Es wird vorerst leider das letzte Foto sein, das wir von ihm bekommen. Leider war Rogester sehr unkooperativ.«

Sie starrte ihn an, ohne ein Wort zu sagen.

»Na ja, er wollte Geld. Sofort. Mehrere tausend Dollar, und er ließ sich nicht damit abspeisen, dass ich am nächsten Tag wiederkomme. Er wollte direkt nach der Behandlung das Geld, und als Druckmittel hatte er doch tatsächlich den Hörer in der Hand.«

Sie schloss die Augen.

»Was sollte ich tun? Ich konnte nicht zulassen, dass ich nicht für dich sorgen kann. Ich musste dich heimbringen, ich hatte keine Zeit für solche Spielchen.« Brandon lehnte sich zurück. »Zum Glück hatten wir schon alles saubergemacht. Den Boden gewischt, die Gerätschaften desinfiziert … Ja, und dann kam das Unschöne an der Sache. Er wollte Geld oder die Polizei anrufen. Du tätest ihm so leid. Ich meinte, dass es doch gar nicht um dich geht, sondern vielmehr um das Baby. Mein Baby. Und dass ich nicht zulassen würde, dass man uns trennt. Dann fing er an, so wie Dr. Meyer zu reden. Er ging mir so verdammt auf die Nerven! Es war so verführerisch, dieses frisch desinfizierte Skalpell zu nehmen …«

Sie öffnete die Augen wieder und blinzelte mehrmals. Brandon stand auf und streckte sich. »Ich habe solche Rückenschmerzen! Dich und ihn in den Wagen zu schleppen, hat äußerst viel Kraft in Anspruch genommen.«

»Was hast du getan?«, fragte sie.

Brandon drehte sich zu ihr, legte den Kopf schräg und zog das Skalpell aus der Hosentasche. »Ich habe ihm die Kehle durchgeschnitten. Ihn weggeschafft, sodass um Punkt acht Uhr die Praxis zwar öffnen konnte, aber der Arzt nicht anwesend war.«

2

SWALL PINES WAY, THIBODAUX, LOUISIANA
September 2019

Audrey hatte einen Kugelschreiber in Brandons Bereich im Keller gefunden und ihn durch die Nähte an Mitchs Lippen gesteckt. Mitch lehnte mit dem Rücken an der kalten Betonwand. Nervös war er, und sein Körper vibrierte.

»Du darfst dich nicht bewegen«, sagte sie mit neuem Mut, weil sie nun nicht mehr allein war. Sie legte ihre linke Hand auf seine Stirn, brauchte Halt, und außerdem durfte sein Kopf nicht nach vorn springen, wenn sie den Kugelschreiber ruckartig bewegen würde. »Fertig?«

Schwach nickte Mitch, und Audrey fasste den Kugelschreiber fester, der horizontal hinter den vertikalen Nähten lag. »Drei … zwei …«

Mitch kniff die Augen zusammen, und Audrey riss. Trotz ihres Griffes sprang sein Kopf durch den heftigen Ruck nach vorn. Mitch brüllte. Brüllte vor Schmerz, fiel an ihr vorbei auf die Knie, zog die Arme vors Gesicht und rollte sich auf dem Boden herum, während ihr sein Jammern und schließlich das Schreien durch Mark und Bein ging.

Sie ließ ihn in Ruhe und schaute weg, weil er Blut und irgendeinen Schleim ausspuckte. Aber dann verstummte er und drehte sich zu ihr um.

Da wusste sie, dass er zufrieden war. Er konnte schreien, hatte es so lange schon nicht mehr getan. Die Nähte waren nicht mehr da, dafür lief frisches Blut an seinem Mund herunter, abgerissene Haut hing daran herab.

Er sah aus wie ein Monster.

»Danke …«, stammelte er, musste sich erst wieder daran gewöhnen, zu sprechen. Er brach in Tränen aus, vor Schmerz, Verzweiflung und vielleicht auch der Gewissheit, dass es noch Hoffnung gab.

Sie ging auf ihn zu, hockte sich hin und nahm ihn in die Arme. Es war so viel wert, nicht allein zu sein und einander helfen zu können, im Versuch, einem perfiden Spiel zu entkommen, das eine kranke Seele sich ausgedacht hatte.

Mitch fand eine Dose Pfirsiche und dann sahen sie sich zusammen nach einer Gerätschaft um, mit der sie sich öffnen ließ.

»Warum bist du nicht rausgekommen? An irgendeinem Tag, an dem er nicht hier war?«, wollte sie wissen. »Ich hätte dir helfen können. Oder in der Nacht. Ich hätte jemanden anrufen können …«

Mitch suchte in den Regalen, schob mit den Hufen die anderen Konserven hin und her. »Hast du jemals versucht, mit dem Telefon den Notruf zu wählen oder irgendeine andere verdammte Nummer?«

»Nein«, gab Audrey zu. Sie hatte einmal Josephine anrufen wollen, hatte es dann aber gelassen.

»Es gibt zwei Nummern. Seine und die von deinem Mann. Mehr kannst du nicht anrufen, dafür hat er gesorgt.«

»Aber ich hätte Travis um Hilfe bitten können …«

»Er hört alles, was du sagst. Er hört dich ab. Ehe du ihm etwas hättest sagen können, wäre die Leitung auf magische Weise tot gewesen.« Mitch spuckte wieder Blut aus. Die Blutung in seinem Mund wollte nicht versiegen.

Sie dachte nach. Und verstand. *»Dazu hättest du ihm aber erzählen müssen, dass du früher kommst.«* Audrey suchte nach Halt und stützte sich an der Betonwand ab. »Oh mein Gott …«

»Ich hätte den Weg bis in die Stadt niemals bewältigen können. Eher wäre ich irgendwo im Wald krepiert oder er wäre mir auf die Schliche gekommen und hätte noch Schlimmeres mit mir angestellt.«

»Du meinst, er hätte dich gefunden.«

»Brandon findet einen immer. Er lässt niemals zu, dass jemand ihm wegläuft.«

Aber sie würde hier rauskommen! Irgendwie.

»Ich kann froh sein, dass er die Bodenluke nicht kennt. Dass er dieses Geheimnis nicht gelüftet hatte, obwohl es doch *sein Haus* ist.«

Audrey fuhr sich übers Gesicht. »Hast du eine Idee, wie wir ihn überwältigen können?«

Mitch schüttelte den Kopf. »Brandon ist krank. Und du weißt nichts über ihn. Du weißt nicht, wozu er fähig ist, weil ...«

»Weil?«

»Weil er es selbst nicht weiß. Er hat vieles in seinem Leben ignoriert, und ihm ist nicht klar, was für ein Monster er wirklich ist.«

Sie starrte auf seine Hufe. »Was hat er damit getan?«

Mitch senkte den Blick. »Wir bräuchten eine Zange, oder besser einen Akkuschrauber.«

»Was?«

»Ich sage dir doch ... es gab nicht einen Tag, an dem ich mir nicht gewünscht habe, ich würde einfach nicht mehr aufwachen. Aber dann denke ich daran, dass er zahlen muss. Für all das, was er getan hat.« Er lächelte schwach. »Es gibt Tage, da kann ich mich kaum bewegen. Sieh mich doch an, ich habe kaum noch Muskeln, verkrüppelte Hände und Füße. Ich kann nicht essen. Ich kann nur die Flüssigkeit aus den Suppen schlürfen, die er mir gibt. Manchmal ist er so nett und reicht mir einen Strohhalm. Doch manchmal wache ich auf und kann mich kaum bewegen, weil mein ganzer Körper schmerzt. Die Schmerzen lähmen mich, und ich kann nichts anderes tun, als mich nach dem Schlaf zu sehnen, in dem ich ... nichts spüre.« Er sah zu dem Kistenstapel. »Wenn ich es dann mal geschafft habe, hochzukriechen, reicht meine Sehkraft durch die winzigen Schlitze kaum dafür, geeignete Plätze für versteckte Botschaften zu finden.«

»Wie hast du das geschafft?«, fragte sie, nahm ihm die Konserve ab und ging damit zu dem Loch in der Wand. Die Verankerung der Kette lag auf dem Stroh.

»Das war Becky«, antwortete Mitch. »Sie hat mir geholfen. Sie wollte mir helfen, so wie du. Becky ist jetzt tot, drüben hängt der Artikel. Ich habe ihn gelesen.«

»Wir kommen hier raus, Mitch«, versprach sie. »Was gibt es noch, was ich über Brandon Petou wissen muss? Wenn du glaubst, dass wir ihn nicht überwältigen können, muss es einen Weg geben, ihn zu verstehen und ihn mit seinen eigenen Waffen zu schlagen.« Sie nahm die Konserve in die rechte Hand, richtete die Verankerung der Kette, scharfkantig und aus Stahl, vor sich aus und schlug die Konserve mit aller Kraft darauf. Das Metall sprang auf, sie wiederholte den Vorgang zweimal, Pfirsichsaft schoss aus der Ritze. Sie ließ die Verankerung fallen, legte ihre Finger in die Öffnung der gespaltenen Konserve und öffnete den Deckel. Dann hielt sie Mitch die Dose hin.

Mitch grinste und sah dabei aus wie Joker, nur misshandelt und halbtot. »Was möchtest du wissen? Hat er dir gesagt, dass Sarah schwanger war?«

»Ja.«

Er nahm ihr die Dose aus der Hand. »Hat er dir auch gesagt, dass es nicht sein Baby war?«

Audrey hob die Brauen. »Was?«

»Hilfst du mir?« Mitchs Lippen bebten.

Hastig steckte Audrey ihre Finger in die Dose, zog ein gequetschtes, durch den scharfen Rand zerschnittenes Stück Obst heraus und steckte es ihm in den Mund, während er die Augen schloss und jeden Bissen genoss.

»Es war nicht Brandons Baby?«

Mitch schluckte das Obst hinunter. »Weißt du, wie sich dieser Unfall wirklich zugetragen hat?«

Audrey schüttelte den Kopf. Sie wusste, dass sie nun die ganze Wahrheit erfahren würde. Dabei stellte sie sich in die Nähe des Holzkistenstapels. Sobald sie im Haus etwas hören würde, würde sie nach oben klettern und sich etwas einfallen lassen müssen, wie sie sich befreien konnten.

Doch zunächst wollte sie wissen, was Brandon getan hatte.

»Ich habe sie geliebt«, begann Mitch. »Ich kann dir nicht sagen, was sie mit mir gemacht hat. Aber ich … ich habe Sarah geliebt …«

3

SWALL PINES WAY, THIBODAUX, LOUISIANA
Februar 2019

Sie hatte sich das Foto in jeder Stunde ein Dutzend Mal angeschaut und glaubte, es in- und auswendig zu kennen. Jedes Mal fuhr sie mit dem Finger darüber, jedes Mal empfand sie unbändige Liebe für dieses Kind, wollte es beschützen, behüten und ihm vor allem ein Zuhause bieten, wenn es auf die Welt kam. Ein Zuhause, das nicht dieses Haus war.

Sie war sich sicher, es verloren zu haben. Als sie mit den schlimmsten Schmerzen, die sie sich vorstellen konnte, in Brandons Truck nach New Orleans gefahren worden war und bei der örtlichen Betäubung mitbekommen hatte, was der Arzt mit ihrem Körper anstellte, hatte sie nicht daran geglaubt, dass das Ungeborene in ihrem Bauch ihren Blutverlust überleben würde. Sie hatte neben den Qualen bereits die Trauer zu bewältigen versucht, weil die Flucht schiefgegangen und sie ihr Mädchen nicht hatte retten können.

Ja, sie wusste, dass es ein Mädchen werden würde.

Ihr kleines Mädchen.

Und nun saß sie hier, in dem frisch gemachten Bett, vollgepumpt mit fragwürdigen Medikamenten, die ihm vielleicht doch schaden könnten, und dankte Gott und wen auch immer dafür, dass sie dieses eine Foto von dem Baby hatte, das aus Liebe entstanden war. Sie legte ihre Hand auf den Bauch, der bereits eine winzige Wölbung aufwies.

Ich liebe dich.

Und ich werde hier rauskommen.

Sie war nicht angekettet und hatte Wasser, Tee und Kekse neben sich. Vorhin hatte Brandon ihr durchgebratenen Lachs mit Reis und Spinat gebracht. Doch er hatte weggemusst, um sich eine neue Baustelle anzusehen. Er hatte sich tausendfach vergewissert, dass das Fenster geschlossen war.

»Ich kann nicht laufen«, hatte sie gesagt. Sie konnte wirklich nicht viel laufen. Zumindest hatte sie dazu noch keinen Anlass gesehen, selbst, wenn sie sich allein im Haus befand, was selten genug vorkam. Der Schock über das, was hinter ihr lag, steckte noch viel zu tief in ihr. »Warum verschwendest du Zeit?«

»Du kannst vielleicht nicht raus, aber ich muss sichergehen, dass auch niemand rein kann.«

Mitch.

Sie hatte ihn schon so lange nicht mehr gesehen. Gestern Nacht, als sie das erste Mal ein Flattern in ihrem Bauch gespürt und gewusst hatte, dass es die erste Bewegung des Kindes gewesen war, hatte sie zu Gott gebetet, er würde nicht zurück zu Debbie gehen und sie vergessen.

Traurigkeit und Angst hatten ihren Körper durchströmt. »Meinst du nicht, dass er einen Weg finden wird, wenn er unbedingt rein will?« Irgendwann würde er kommen.

»Deswegen geh ich auf Nummer sicher.« Er hatte seine Arbeitsschuhe angezogen. »Allerdings würde ich mir an deiner Stelle nicht so viele Hoffnungen machen. Er will doch ein sorgenfreies Leben führen. Und seine Jahre nicht im Knast verbringen. Er hat viel zu viel Angst, dass ich die Leiche anspreche, die in seinem Keller liegt.«

»Sie werden wissen, dass es *deine* Leiche ist«, hatte sie gesagt. »Wieso solltest du sonst von ihr wissen, wenn sie im Beton eingelassen ist?«

Brandon hatte zornig die Stirn gerunzelt. »Schlaf lieber, anstatt dir Gedanken darüber zu machen. Ich habe dir gesagt, dass du für immer bei mir bleiben wirst. Du und der Kleine. Übrigens habe ich gestern so einen Kindersitz besorgt. Ein richtig gutes Modell, hat 'ne Stange Geld gekostet aber für unser Baby bezahle ich alles!«

Sie hatte nicht antworten können, so entsetzt war sie. Das Bild war furchtbar. Brandon, das Baby und sie. Nein, so sollte es nicht sein, er gehörte nicht in dieses Bild!

Wut hatte sich in ihrem Inneren zusammengeballt, als er das Zimmer verlassen und sie ihn die Treppe hatte hinuntergehen hören.

Jetzt lag sie in ihrem Zimmer, das ihr wie ein Kerker vorkam.

Klopf, klopf.

Sie drehte den Kopf zur Tür.

Klopf, klopf.

Sie rappelte sich auf, ihre Glieder waren schwer und matt. Um den Fuß trug sie einen provisorischen Gips. Sie hielt sich am Bettpfosten fest und humpelte zur Zimmertür, öffnete sie.

KLOPF, KLOPF, KLOPF.

»Hier!«, schrie sie, während das Herz ihr fast aus der Brust hüpfte. »Ich bin hier!«

Eine Schmerzwelle durchströmte ihren Körper, als sie sich zur Treppe schleppte. Dort setzte sie sich oben auf den Absatz und beugte sich vor, um ins Untergeschoss sehen zu können. Dann sah sie Mitch.

»MITCH!«

Mitch schlug mit etwas gegen das Glas in der Tür, das Brandon gleich nach ihrer Rückkehr repariert hatte.

Sarah fühlte sich an ihre Flucht erinnert und presste kurz die Hände an die Ohren. Dann griff sie jedoch nach dem Geländer und rutschte auf dem Hintern Stufe um Stufe die Treppe hinunter.

Mitch zerschmetterte das Glas. Offenbar mit einem Spaten. Dann ging er dazu über, die Scherben säuberlich vom Rahmen zu entfernen.

Tränen schossen ihr in die Augen, vor Schmerz, vor Hoffnung, vor Freude. »Mitch«, flüsterte sie schluchzend. Die Schmerzen wurden stärker, und als sie endlich unten ankam, war er inzwischen durch das Fenster geklettert.

Eine Welle des Glücks durchströmte ihren Körper, als er zu ihr kam und sie in die Arme nahm. Sie hielt ihn fest, so fest sie konnte, hoffte, nicht ohnmächtig zu werden, um diesen Moment auskosten und ihn sich einprägen zu können.

Was hatte Sarah durchmachen müssen!

Wie viel Schmerz, wie viel Qual konnte eine Frau ertragen?

»Ich träume«, flüsterte sie. Die Tränen, die über ihre Wangen flossen, fühlten sich heiß an. Er küsste sie weg. Sie spürte seinen schnellen Atem, sein schlagendes Herz und wusste: Sie träumte nicht.

Eilig zog sie die Hose über den kurzen Schlafanzug, Mitch schnitt das enge Hosenbein ab, damit der Fuß hindurch passte. Dann packte er ein paar Sachen in die Tasche, die er mitgebracht hatte. Sie redeten nicht viel, aber eine Frage brannte ihr auf der Seele: »Warum jetzt?«

Er hielt inne, nahm ihr Kinn zwischen Daumen und Zeigefinger und sah sie voller Liebe an. »Glaub nicht, dass ich nur wegen dem Baby komme ...«

Sie war glücklich. »Er hat es dir erzählt?«

»Ja, und da wusste ich, dass ich keine Zeit verlieren darf. Es war ... ohnehin schon zu spät.«

»Aber was ist mit dem Keller ... mit dem Versteck?« Sie hatte Angst, er würde zurückrudern oder sie hier zurücklassen, doch sie musste diese Frage stellen.

»Und wenn ich in den Knast komme, Sarah, es ist mir egal«, sagte er ernst. »Ich kann nicht mehr. Dich hier bei ihm zu wissen, war eine Qual, und jede Woche war zu viel.«

Sie sackte zusammen, teils, weil sie so schwach war, teils, weil sie schon ewig nicht so viel Mut und Zuversicht gehabt hatte und das alles gar nicht verarbeiten konnte. Er hielt sie fest, und sie legte ihr Gesicht gegen seine Brust. »Es tut mir so leid, dass ich nicht eher gekommen bin. Aber ich musste mir erst etwas einfallen lassen, wo wir hinkönnen. Ich habe eine Hütte in Mexiko gefunden. Von der ahnt er nichts.«

Sie küssten sich flüchtig auf den Mund, denn sie hatten es eilig. Mitch nahm die Tasche in die eine Hand, mit dem anderen Arm stützte er Sarah. Er kletterte durch das zerschlagende Fenster in der Tür und half dann Sarah hindurch. Als sie auf der Veranda standen, sahen sie die Scheinwerfer eines Wagens. Erschrocken starrten sie zum Waldweg. Bereits an der Fahrweise erkannten sie, dass es sich um Brandon handelte.

»Scheiße!«, fluchte Mitch und packte Sarah etwas unsanfter an, was sie mit einem Schmerzensschrei quittierte. Doch nahm sie es ihm nicht übel, die Zeit drängte.

Sie ließ sich von ihm auf den Beifahrersitz eines Wagens wuchten, den sie nicht kannte. Ein altes, dreckiges Auto.

»Ich brauchte eins, das er nicht kennt«, erklärte Mitch, schwang sich mit der Tasche, die er auf den Rücksitz warf, hinter das Lenkrad und ließ den Motor an. Wütend schlug er auf das Leder, als der Motor zwar aufheulte, der Wagen jedoch nicht losfuhr. »SCHEISSE!«

Mittlerweile war Brandon aus dem Truck gesprungen, hechtete zu dem Auto und klopfte gegen die Fensterscheibe. »Das tust du nicht!«, brüllte er hinter der Scheibe.

Sarah hielt sich mit beiden Händen am Armaturenbrett fest und beobachtete, wie Mitch mit den Gängen hantierte, wie er gestresst und panisch versuchte, den Wagen in Gang zu setzen. Die Räder hatten sich jedoch festgefahren und drehten durch.

»Tu doch was!«, schrie Sarah, während die Todesangst sie selbst, Mitch und das Baby einschloss, als sie Brandon beobachtete, wie er um den Wagen herumging und vor ihrer Scheibe stand. Sie tastete nach dem Haltegriff, und obwohl sie wusste, dass die Tür verschlossen war, hielt sie den Griff fest.

Brandon legte die Hände an die Scheibe und steckte sein Gesicht dazwischen.

»Du wirst mein Baby nicht entführen«, hörte sie ihn sagen.

Verzweifelt schaute sie zu Mitch, dem es noch immer nicht gelang, den Wagen aus dem Matsch zu fahren. Sarah schloss die Augen und wartete auf den Moment, in dem der Wagen einen Sprung nach vorn machte. Als das endlich passierte, war sie es, die die Hände an die Scheibe legte und Brandon zum Abschied zurief: »Wieso glaubst du eigentlich, dass es deines ist? Wir haben niemals miteinander geschlafen, Brandon! Nie! Es ist Mitchs Baby.«

Und dann fuhren sie davon.

4

Illusion.

Fiktion.

Lüge.

Und Wahrheit.

Er hatte sie gesehen, in dieser roten Unterwäsche, in der Nacht, in der sie Sarah zum Versteck gebracht hatten. Er hatte ihren Körper angesehen, den schönsten weiblichen Körper, den er je betrachtet hatte, und hatte Lust empfunden.

Er hatte mit ihr geschlafen, er hatte sie befriedigt, er hatte sie auf sich sitzen gespürt, während er ihre Brüste massiert hatte. Bei Gott, er hatte mit ihr geschlafen! Sarah hatte gelogen!

»Es gibt Menschen, die erschaffen sich eine Welt. Das tun sie in ihren Köpfen. Je nach Schweregrad der psychischen Krankheit ist diese Welt für sie so real, dass sie fest daran glauben, dass das, was sie sich einbilden, wirklich passiert ist«, hörte er die Stimme von Dr. Meyer.

Dr. Meyer.

»Es ist ein Prozess, der sehr viel Zeit und sehr viel Arbeit in Anspruch nimmt, herauszufinden, was wirklich passiert ist und was Sie sich einbilden.«

Brandons Körper war eine Hülle, die funktionierte, als er mit seinem Truck den beiden hinterherfuhr.

»Wir haben niemals miteinander geschlafen. Es ist Mitchs Baby.«

Immerzu hallten diese Worte in ihm wider. Er war so sicher gewesen. Es war sein Baby, und immer wieder hatte er vor seinem inneren Auge dieses Bild gesehen, wie das Baby zu einem kleinen Jungen heranwuchs. Wie er, Mitch, Sarah und der Junge das Leben mit all seinen Facetten genossen, wie sie glücklich waren und Brandon das Kind zu dem werden ließ, was er selbst niemals gewesen war: ein gesunder, wunderbarer Mensch.

Und nun war Sarah dabei, schon wieder alles zu zerstören.

Als er an diesem Morgen zu der Baustelle aufgebrochen war, war ihm am Rand der Stadt dieses Auto aufgefallen. Etwas demoliert, dreckig und der Fahrer ziemlich rasant unterwegs gewesen. Der Fahrer war Mitch gewesen, das hatte Brandon selbst auf die Entfernung erkannt. Er hatte sofort gewusst, was Mitch vorhatte, und seine Wut auf Sarah hatte sich ins Unermessliche gesteigert. Er hatte sich ausgemalt, wie er sie dafür bestrafen konnte. Sie hatte keine Berechtigung, ihm sein Kind zu nehmen.

Niemals.

Während er Mitch und Sarah folgte, war Brandon ruhig, konnte nicht einmal sagen, dass sein Puls raste oder er nervös war.

Sie hatte einen Fehler begangen.

Und er würde ihn ausbügeln.

Mal wieder.

Mitch und Sarah fuhren in Richtung Houma und dann weiter nach Dulac, also Richtung Süden gen Küste. Den Sinn darin konnte Brandon nicht verstehen. Im Wagen vor ihm drehte Sarah sich immer wieder um.

Da saßen sie nun, diese kleine Familie. Vater, Mutter, Kind. Es war wie immer: Mitch hatte alles, Brandon hatte nichts.

Es ist nicht dein Baby.

Du verfluchte Hure.

Sie hatten ihn hintergangen. Und sie hatte gelogen. Er hatte gewusst, dass er Sarah nie wirklich geliebt hatte, und der einzige Grund, warum sie noch lebte, war das Baby.

Doch das Baby war ihm jetzt egal …

Als sie eine Landstraße erreichten, auf deren rechter Seite sich ein breiter Graben auftat, trat er aufs Gaspedal. Dann rammte er mit seiner Stoßstange das gestohlene Auto.

Lächelte.

Sie sollten Angst haben. Angst vor dem Tod. Und sie sollten wissen, dass er da war. Sie nicht gehen lassen würde.

Liebe.

Liebe für eine Frau, Liebe für ein Baby. Liebe für etwas, was vergangen war. Eine Zeit, die niemals wiederkommen würde. Doch manchmal war der Wunsch, dass eine Erinnerung nicht nur eine Erinnerung blieb, sondern etwas, was man wiedererleben konnte, so groß, dass der menschliche Verstand dafür Unvorstellbares tat.

So wie damals.

Es sollte doch einfach nur wieder so sein wie damals.

Der Hafen.

Die Band.

Das Team.

Das Gefühl, niemals allein zu sein.

Für immer zusammen.

So wie damals.

Wieder rammte er den Wagen, Mitch geriet ins Schleudern.

Wieso wollte nur er es? Wieso war er mit diesem Gedanken allein?

Vor ihnen taten sich weite Felder, hier und da ein Sperrgebiet eines Industriegebäudes auf, weite Gräben, wasserüberflutete Flussarme zeichneten sich malerisch neben den Straßen eines Gebietes unweit der Küste ab. Hierher kam selten jemand. Bis auf jene, die sich umbringen oder von der Bildfläche verschwinden wollten.

Ein Gebiet, in das niemand so schnell kommen würde ...

Der gestohlene Wagen bog auf eine nicht befestigte Straße ab, kleine Steine trafen auf Brandons Windschutzscheibe, er fluchte laut. Mitch drehte das Tempo auf, Brandon folgte ihm ohne Mühe. Als er ein Stück weiter vorne die Brücke entdeckte, wusste er, dass es nun so weit war, Abschied zu nehmen.

Von einer Illusion.

Einer Lüge.

Als er die Wahrheit begriffen hatte, hatte er auch verstanden, was im Leben für ihn selbst am wichtigsten war. Wer am wichtigsten war. *Schon immer.*

Die Brücke war breit, eine einfache Holzbrücke, wie es sie in der Gegend oft gab. Etwa eine halbe Meile vorher gab Brandon Gas, fuhr an Mitchs Seite und rammte den Wagen mit voller Wucht.

Das Auto geriet ins Schleudern, kam von der Fahrbahn ab und rutschte auf das nasse Gras neben der Strecke, schlidderte darauf entlang.

Was Brandon nicht gesehen hatte, waren die Steine, die sich in dem hohen Gras versteckten. Das alles hier war einst Marschland gewesen, und man hatte Steine aufgeschüttet, um es trocken zu legen.

Als Mitch gegen einen der Steine fuhr, wurde sein Wagen in die Luft gerissen, überschlug sich und landete, anders, als Brandon es gewollt hatte, nicht im Wasser unterhalb der Brücke, sondern auf weiteren Steinen. Das Auto kam mit dem Dach zuerst auf, drehte sich noch ein paar Mal und blieb dann so liegen.

Brandon trat mit Volldampf auf die Bremse, stieg aus und lief zum Wagen. Zufrieden und erleichtert stellte er fest, dass Mitch am Leben war. Auch wenn er Blut spuckte, er war bei Bewusstsein. Brandon gelang es, ihn aus dem Wagen zu ziehen und auf die Ladefläche seines Trucks zu hieven. Mitch gab röchelnde Geräusche von sich, legte den Kopf zur Seite und war dann still. Offenbar hatte er das Bewusstsein verloren.

Aber er lebt!

Sarah hatte es deutlich schlimmer getroffen. Sie war nicht angeschnallt gewesen und hatte daher mit Kopf und Oberkörper die Windschutzscheibe durchschlagen. Jetzt klemmte sie zwischen Boden und Motorhaube fest.

Sie hatte die Augen geöffnet, Blut lief ihr übers Gesicht.

Brandon steckte die Hände in die Taschen seiner Jeans, legte den Kopf schräg und empfand nichts. Nichts für sie und nichts für das Baby. Denn es war ja nicht seins.

Sie krächzte, ohne den Kopf zu bewegen, und er meinte, eine Träne liefe ihr über die Wange.

»Er ...«, begann sie.

Brandon legte die flache Hand an sein Ohr und ging in die Hocke, tat das so emotionslos und locker, als wäre er ein Mensch, der keine Seele hätte. Doch sehnte er sich nicht gerade danach? Liebe, Schutz und Empathie?

Was war er für ein Mensch?

»Er ... hat es mir ... erzählt ...«, kam es leise, fast so leise, dass er es nicht verstand.

»Was hat er dir erzählt?«

Ihre Augen schlossen sich, ein ganz kleines bisschen bewegte sich ihr Mund zum letzten Mal zu einem abfälligen Grinsen. »Das, was du ... dein Leben lang ... ignoriert hast ...«

Er richtete sich auf und sah dabei zu, wie sie starb. Dann schaute er sich um. In weiter Ferne gab es Strommasten, noch weiter dahinter entdeckte er Türme eines Industriegebäudes. Weißer Rauch stieg daraus auf.

Als er sich sicher war, dass Sarah tot war, ging Brandon ein Liedchen pfeifend zurück zu seinem Truck. Er legte eine Plane über den verletzten Körper seines Freundes und würde ihn nun *nach Hause* bringen.

Dahin, wo er hingehörte.

In das Versteck im Wald.

Denn eines hatte er verstanden: Es hatte keinen Sinn, Menschen zu verstecken, die eine Gefahr dafür darstellten, sie könnten ihm seinen Hafen nehmen. Es hatte keinen Sinn gehabt, Sarah zu verstecken, damit sie ihn ihm nicht wegnehmen konnte. Es hatte keinen Sinn, zu glauben, dass irgendwer jemals den Menschen ersetzen könnte, der nicht ersetzbar war.

Es hatte keinen Sinn mehr, zu hoffen, dass es irgendwann auf natürlichem Wege wieder so wäre wie früher.

Brandon grinste, als er den Truck durch die einsame Landschaft zurück nach Hause lenkte.

Zufrieden und glücklich.

Auch wenn ihm Sarahs Worte keine Ruhe ließen: »*Das, was du ... dein Leben lang ... ignoriert hast ...*«

Zwei Stunden später parkte ein Wagen der Winstons neben der Unfallstelle. Das Auto sah mit seinen Dellen und Kratzern aus, als wäre es in den Unfall verwickelt gewesen. Ein Mann stieg aus, ging über das Gras und blieb ein paar Meter vor dem verunglückten Fahrzeug stehen. Er zog ein Ultraschallbild aus seiner Hosentasche und zündete es an. Eine Flamme kokelte den Rand weg, bis die wichtigsten Informationen verschwunden waren. Dann löschte er die Flamme und warf das Bild ins Gras.

Anschließend werkelte der Mann am Unfallwagen herum. Als er sich davon entfernte, stieg Rauch aus dem Motor auf.

Zufrieden war der Mann, als er zurück zum Wagen der Winston ging und die Fahrertür weit geöffnet ließ.

Eine flüchtende Frau, ein eifersüchtiger Freund des Mannes, mit dem sie ein Baby erwartete. Ein Unfall. Ein Fahrer, der Panik bekam und den Unfallort verließ, um nicht im Gefängnis zu landen, und eine Tote. Das Leben schrieb Geschichten, und manchmal war es eben umgekehrt.

Ja, Brandon, der Mann, hinter dem die Flammen nun hochschossen, während er sich von diesem Ort wegbewegte, war zufrieden.

Und nun musste er heim.

Denn nun hatte Brandon alles, und Mitch hatte nichts. Doch halt, er hatte Brandon. Sein Leben lang.

5

SWALL PINES WAY, THIBODAUX, LOUISIANA
September 2019

Es ging um Mitch.

Als Audrey das realisierte, saß sie befangen auf dem Stroh, ihre Augen starrten ins Leere, während sie Mitchs Worten zugehört hatte.

Es war niemals um jemand anderen gegangen.

Es war immer nur um Mitch gegangen.

Im Kopf eines kranken Menschen, der Angst davor hatte, verlassen zu werden, von dem einen Freund, der seine Familie, sein Universum war.

Als sie ein Geräusch hörte, das vermuten ließ, dass Brandon zurückkam, stand Audrey auf und lenkte ihre Gedanken auf die vor ihr liegende Situation. Sie kletterte durch die Luke zurück ins Ankleidezimmer, schloss sie und schob einen Hocker drüber. Dann stellte sie sich ans Fenster und wartete, bis er die Tür öffnete.

Sie hörte, wie schwere Möbel von der Tür weggerückt wurden und das Hantieren eines Gegenstandes im Schloss.

Sie könnte ihn mit der verrosteten Schraube angreifen, die sie unten gefunden hatte. Oder sie hätte eine Konserve von unten mitnehmen und sie ihm an den Kopf werfen können, aber all das tat sie nicht.

Sogar ein schmerzvolles Lächeln setzte sie auf, als er Zugang zu diesem Raum gefunden hatte. Er blieb an der Tür stehen, hatte die Brauen hochgezogen. »Was ist hier los?«, wollte er wissen, denn sie war keine Schauspielerin. Konnte nicht verhindern, dass sie sich anders verhielt.

»Nichts«, entgegnete sie und war dabei so voller Gedanken, dass sie nicht wusste, was sie empfinden sollte. »Ich … kann dich verstehen. Es ist unglaublich, aber ich kann dich verstehen.«

Er sah sie an, als wäre sie ein Alien. »Was?«

»Auch, wenn ich nicht damit einverstanden bin, was du tust, auch, wenn ich es nicht gutheißen kann, wenn es unentschuldbar ist, kann ich dich verstehen.«

Wusste er, was sie meinte? Konnte er ihr ansehen, dass sie mehr über ihn erfahren hatte?

Sie wischte eine Träne aus dem Gesicht und sah den Mann an, in den sie sich fast verliebt hätte. Der erwachsene, gestandene Mann, ein Psychopath mit kranker Seele, der durch den Verlust seiner Mutter an einen Freund gebunden war, der ihm mehr gab als nur Halt und Beistand.

Dass sie Verständnis empfand – nicht für das, was er getan hatte, sondern dafür, wie es dazu gekommen war –, machte sie nervös und ließ sie von sich selbst denken, sie müsste verrückt sein. »Wie gehen wir vor?«, fragte sie, in einem Ton, der ihn glauben lassen sollte, sie wäre auf seiner Seite.

»Wir haben ein Problem«, sagte er und tat, als wäre sie sein Gegenstück, seine Partnerin. Er ging auf sie zu, ergriff ihre Hand und zog sie aus dem Raum. »Wir müssen hier weg. Und das so schnell es geht. Warst du schon mal in Mexiko?«

»Wovon redest du?«

»Es könnte sein, dass es hier zu gefährlich wird.« Er war aufgewühlt und nervös, das spürte sie an seinen kalten Händen und daran, dass alles, was er sagte, hektisch klang. Nicht wissend, was er zuerst machen sollte, suchte er nach ein paar wichtigen Dingen, steckte sie in eine Tasche und fuhr sich mit beiden Händen durchs Haar.

»Du wirst dir die Vorderbank mit jemanden teilen müssen, im Truck ist nicht viel Platz. Außerdem müssen wir uns einen anderen Wagen besorgen, sie wird danach suchen lassen und …«

»Brandon«, sagte sie sanft und legte eine Hand auf seinen Arm. »Was ist passiert?«

Er entriss sich ihr, wischte sich den Schweiß von der Stirn. »Jemand ist uns dazwischengekommen. Und ich versuche, eine Lösung für uns zu finden …«

»Oh. Okay, dann packe ich lieber auch ein paar Sachen«, sagte Audrey, als würden ihr nicht gerade Tausende von Gedanken durch den Kopf schießen.

Er nickte, wandte sich ab, hatte verstanden, dass sie sein Spiel mitspielte. Machte sich keine Gedanken, was sie vorhatte.

Mexiko. Ein anderes Land. In einem gestohlenen Wagen. Travis. Ben, ihr Sohn, den sie vielleicht nie wiedersehen würde.

Sie beobachtete Brandon dabei, wie er sich bückte, um irgendetwas aufzuheben, und entdeckte dabei die Waffe, die seitlich in seinem hinteren Hosenbund steckte.

Ihr durfte kein Fehler unterlaufen, sonst würde sie bitter dafür bezahlen.

Ein kranker Psychopath. Und ihr blieben nur wenige Minuten, um zu verhindern, in ein anderes Land verschleppt zu werden.

»Brandon?«

Ein Knurren kam zurück, weil er in Eile war.

»Wir fahren nicht allein, nicht wahr?« Sie behielt die Waffe im Blick, da sie wusste, dass sie ihn allein mit Worten nicht würde überwältigen können. Wie sollte das auch gehen?

Er sah auf.

»Ich meine ja nur … Du hast gesagt, im Auto würde es eng werden.« Sie rang sich ein Lächeln ab. So machte man das doch bei Entführungen, oder? Genau das war es, wovon sie in ihren Büchern schrieb.

Das wahre Leben war jedoch unberechenbar und verlief nicht in einem Muster, für dessen Verhaltensweisen es einen Ratgeber gab.

»Das stimmt.« Er ließ alles stehen und liegen. »Weißt du von ihm?«

Was sollte sie antworten?

»Ich weiß, dass du eine Sehnsucht hast, die ich nicht erfüllen kann.« Sie sprach die Wahrheit, weil sie glaubte, es wäre das Einzige, was sie, wenn überhaupt, retten könnte. »Eine Sehnsucht danach, dass alles so sein sollte, wie es einmal war. Aber das geht nicht, weil das Leben dazwischenkam und alles, was passiert ist, wird hinderlich sein.«

Er verengte die Augen.

»Deine Mom ist passiert. Und dann Trixie. Sarah und ich. Und die Wahrheit ist: Es ging niemals um sie. Du hast sie nie geliebt.«

»Was sagst du da?«

»Du hast sie seinetwegen geliebt. Hast es dir selbst vorgemacht. Hast versucht, jemand anderes zu lieben, doch es hat nicht funktioniert. Du hast dich an Sarah gebunden, damit sie sich nicht an Mitch bindet. Denn die Gefahr war zu groß, dass sie ihn dir wegnimmt.«

»Nein …«

»Als du eingesehen hast, dass diese beiden Menschen zusammengehören, und sie weggehen wollten, hast du sie versteckt. Aber nicht, weil es dir um Sarah ging, sondern weil du Angst hattest, sie würde dir Mitch wegnehmen.«

»Nein … sie …«

»Und das Baby … Du hast es zusammen mit Mitch gesehen, ein Junge, klein und … Brandon, du hast gedacht, er könnte das erleben, was du erlebt hast. New Orleans, die Musik … das Leben, als alles noch in Ordnung war …«

Brandon hob beide Hände. »SEI STILL!«

»Es war keine Liebe. Nicht für Sarah, und es ist keine Liebe für mich. Du liebst Mitch, nicht in sexueller Hinsicht, aber du brauchst ihn. Für dich. Für dein Leben.«

»Ich habe jahrelang ohne ihn gelebt.«

»Weil du dazu gezwungen warst. Ich weiß, dass du länger in diesem ›Heim‹ warst, als du es gemusst hättest. Du konntest ihn in dieser Zeit nicht sehen. Und danach hast du nicht versucht, ihn zu finden?«

Brandon legte die Hände an den Bund seiner Jeans.

Audrey ignorierte das eisern und hielt sich am Tisch fest.

»Was soll das?«, fragte er. »Warum tust du das?«

»Um zu retten, was ich retten kann«, antwortete sie ehrlich. »Lass mich gehen. Ich bin es nicht, die du brauchst. Es ist Mitch.«

»Aber ich kann dich nicht hierlassen! Wie stellst du dir das vor?«

Audrey schwankte. »Nun …«

»Du kennst es.« Brandon kam immer näher. »Du kennst das Versteck. Du hast es selbst gesagt: Wenn ich dich nicht liebe, wie kann ich mir sicher sein, dass du mich nicht verrätst?«

»Indem du mir *vertraust*.«

»Das hat Becky auch gesagt!« Er schnaubte. »Nein, ich vertraue dir nicht. Ich vertraue niemandem …«

»Außer Mitch.«

Und da reichte es ihm. »SEI ENDLICH STILL!«, schrie er, als sie im selben Moment ein Hämmern hörten. Laut, dumpf und schwer.

Mit einem Satz war Brandon neben ihr, nahm ihren Kopf in seinen Ellenbogen und ging mit ihr in den Flur. Sie wusste, dass es Mitch war. Offenbar warf er sich gegen die Tür zum Keller. Brandons Griff war fest, sie versuchte, sich dagegen zu wehren, erreichte damit aber nur, dass Brandon noch fester zudrückte.

Er zerrte sie durch die Vorratskammer, wobei sie einige Dosen herunterrissen. Das Scheppern übertönte sogar Mitchs Hämmern.

Was blieb, war seine Stimme. »Hör auf!«, hörten sie Mitch schreien. »Hör endlich auf, Brandon!«

Brandon legte die linke Hand um Audreys Hals, mit der rechten Hand zog er einen Schlüssel aus der Hosentasche und öffnete die Tür. Vor ihnen stand Mitch, samt Pferdemaske, die er sich locker übergestreift hatte. Mit den zu Hufen geformten Händen stand er an der Wand, neben ihm die Stufen.

»Was zur Hölle …?« Brandon verlagerte das Gewicht und legte nun beide Hände um Audreys Hals. »Was hast du getan?«

Sie sah den Wahnsinn in seinen Augen, konnte nicht antworten, nur darum beten, dass etwas geschehen würde, was sie rettete.

»Tu es nicht!«, schrie Mitch. »Brandon, nicht schon wieder!«

Brandon drückte fester zu. Audrey rang nach Luft, noch nie hatte sie mehr Angst gehabt, noch nie diese furchtbare Panik gespürt, nicht mehr atmen zu können.

»Sieh auf deine Hände!«, brüllte Mitch. »Sieh auf deine Hände, Brandon!«

»SEI STILL!«

»Sieh auf deine Hände, verdammt!«

Audrey blinzelte nur noch, starrte Brandon an, der innerlich toben musste, und endlich – endlich schienen Mitchs Worte zu ihm durchzudringen. Sein Griff lockerte sich, Audrey sank zu Boden und rang nach Luft.

Brandon starrte auf seine Hände.

Mitch war völlig außer Atem, die Treppen und das Hämmern hatten ihn geschafft. Fassungslos schüttelte er den Kopf. »Erinnere dich! Erinnere dich, was du getan hast! Mach nicht so weiter!«

Brandons Hände bebten.

»Sieh mich an!«, befahl Mitch. »Du weißt, was du getan hast, und es muss beendet werden!«

»Ich habe nichts getan!«

Mitch schlug mit seiner Hand gegen den Beton, verzog vor Schmerz das Gesicht und brüllte: »Und deine Mutter? War sie schuld?«

»Sie ist gegangen!«

Mitch stürzte sich auf ihn und trommelte mit den Hufen gegen seine Brust. Brandon ließ es zu, stieß gegen das Regal an der Wand, ein Farbeimer fiel hinunter. »Verdammt! Nicht sie ist gegangen! Wann verstehst du das endlich? Erinnere dich an das, was ich dir gesagt habe, als du mich wie ein Tier eingesperrt hast, nachdem es diesen Unfall gab! Was habe ich dir da gesagt, Brandon? Was ist wirklich passiert?«

Brandon schüttelte den Kopf. »Nein …«

Audreys Körper vibrierte, sie konnte sich nicht bewegen, ihr Fuß steckte zwischen irgendwelchen Platten und Müll fest.

»Denk nach.« Mitch sprach jetzt ruhig. »Was für ein Mensch bist du?«

6

SWALL PINES WAY, THIBODAUX, LOUISIANA
Februar 2019

Er hatte keine Ahnung gehabt, wie sehr Brandon den Keller verändert hatte. Da gab es den Bereich, der aussah, als gehörte er zu einem Kinderzimmer – mit einem Bett, bezogen mit Wäsche, auf der Raumfahrzeuge und Galaxien aufgedruckt waren, und auf einem Tischchen daneben eine kleine Lampe.

Und es gab das Viehlager, auf dem er sich befand, auf der anderen Seite des Kellers.

Es herrschte Stille.

Natürlich hatte er gewusst, dass Brandon nicht an der Adresse wohnte, die er angab. Er passte nicht in diese Gegend, und er wusste, dass Brandon nicht allein sein konnte. An einem völlig fremden Ort. Einem Ort, an dem es nichts und niemanden gab, der ihm vertraut war.

Brandon war ein Mann, der sich schwer auf etwas Neues einlassen konnte, der den Rückhalt eines Menschen brauchte, auf den er sich verlassen konnte. Und das war Mitch.

Oder zumindest jemand oder etwas, der damit zu tun hatte.

Das Haus. Josephine.

Verdammt, Mitch war doch kein Idiot.

Er hatte Brandon seit der Sache mit dessen Mom niemals wiedersehen wollen. Er hatte gute Gründe dafür gehabt. Doch das Schicksal hatte es anders gewollt. Mitch war zu gut, um ihn von sich wegzustoßen. Verdammt, er war kein Unmensch, und schließlich war Brandon auch einmal für ihn ein so wichtiger Mensch gewesen, dass er es nicht übers Herz brachte, ihn im Stich zu lassen.

Dann war das mit Trixie passiert, und seitdem hing Mitch in der Sache mit drin.

Jetzt, als er aufwachte und sich im Keller seines eigenen Ferienhauses wiederfand, empfand er für Brandon nur noch Verachtung und Hass.

Als die Erinnerungen an den »Unfall« zurückkehrten, verstärkte sich sein Wunsch nach Rache.

Denn Brandon hatte nicht nur Sarah, sondern auch das Baby getötet.

Mitch sah sich um. Unter ihm lag Stroh, er trug nur eine Unterhose, weshalb ihm wahrscheinlich auch so bitterkalt war. Sein Hals und seine Hände steckten in Ketten, die an einer Wand verankert waren. Er hatte Schmerzen im Bauchraum, vielleicht eine innere Verletzung, denn er hatte blutigen Schleim im Mund.

Wie auch immer. Er musste hier raus.

Doch viel Zeit nachzudenken gab es nicht. Es öffnete sich eine Tür, die Tür neben dem Bett, die nach draußen und hinter das Haus führte. Zum Vorschein kam Brandon. In seiner Hand baumelte die Pferdemaske.

Brandon schloss die Tür hinter sich ab und ging hinüber zu Mitch.

»Tut mir leid für dich«, murmelte er.

»Das kann nicht dein Ernst sein.« Mitch wies auf die Ketten. »Warum, Brandon?«

Brandon stemmte die Hände in die Hüften und wandte genervt den Blick von ihm ab. »Es ist sicherer, Mitch! Du kannst bei mir sein. So wie früher.« Er lächelte. »Willst du nicht auch, dass es so ist wie früher? Wir brauchen doch niemand anderen. Wir brauchten deinen Onkel nicht, wir brauchten Mom nicht. Wenn wir zusammen waren ...«

»Weißt du eigentlich, was du da sagst?«, unterbrach Mitch ihn fassungslos. »Was hast du vor? Willst du mich hier festhalten wie ein ...?«

Brandon hob die Maske. »Du hast es dir ausgesucht. Du wolltest ein Pferd sein. Erinnerst du dich? Hooray.«

»Einen Scheiß erinnere ich mich!«, schrie Mitch verzweifelt. »Los, lass mich raus!«

»Ich konnte sie nicht wegwerfen«, meinte Brandon und drehte die Maske in den Händen hin und her. »Sie erinnert mich an diesen Abend. Und an Sarah. Aber wenn du etwas anderes sein willst, du kannst sein, was du willst. Aber du bleibst bei mir.«

Mitch rüttelte an den Ketten. »LASS MICH HIER RAUS!«

Brandon ging in die Hocke. »Tut mir leid, du wolltest es so! Du kamst und hast Sarah geholt …«

»Weil du ein kranker Psychopath bist, Brandon!« Mitch war außer sich. »Verdammt, sieh dir an, was du getan hast! Ich hänge an einer Kette, halbnackt in einem Keller! Was für ein Mensch bist du, Brandon! Wieso tust du das schon wieder?«

Brandon legte die Hand an die Stirn. »Schon wieder …«

»Ja, verdammt! Denk nach! Du hast es dein Leben lang getan und weißt es nicht! Was ist der Grund, weshalb ich dich nie wiedersehen wollte?«

Brandon stand auf, legte den Kopf schräg und verengte die Augen. »Du wolltest mich nie wiedersehen?«

»Ich wollte, dass du zur Hölle fährst, Mann! Ich … ich habe mich dafür gehasst, als wir uns in Thibodaux wiedergesehen und ich dir meine Hilfe angeboten habe. Verdammt, es war ein Fehler!«

Brandon ballte die Hände zu Fäusten, ging vor Mitch hin und her. »Wie kannst du so was sagen?«

»Weil du ein krankes Arschloch bist, verflucht!« Er hatte das nicht sagen, ihn nicht noch mehr provozieren wollen, doch dann war es schon zu spät. Mit einem Satz war Brandon bei ihm und schlug ihm ins Gesicht. Mitch stürzte nach hinten, Brandon entfernte sich von ihm. Und als Mitch sich auf dem Stroh rollte und in seine Richtung sah, entdeckte er den Werkzeugkoffer in Brandons Hand.

»Scheiße, Mann, was hast du vor?«

Brandon hob die Schultern. »Ich wollte es nicht, aber du lässt mir keine Wahl. Ich habe verdammt noch mal versucht, dir ein guter Freund zu sein.«

»Du hast genommen! Immer nur genommen! Nie gegeben! Das nennst du Freundschaft?« *Sei still*, mahnte er sich selbst, denn Brandons Zorn wuchs immer weiter. Sein Gesicht wurde feuerrot, als er den Werkzeugkasten öffnete und nach zwei Schrauben suchte. Eine steckte er sich zwischen die Lippen, die andere behielt er in der linken Hand.

Mitch wurde unruhig, krabbelte in die kalte Ecke. Unter ihm, das wusste er, waren Trixies Überreste einbetoniert. Er suchte nach irgendetwas, mit dem er sich zur Wehr setzen konnte, gegen Brandon, der jetzt nach der Bohrmaschine griff und sie aufheulen ließ.

»NEIN!« Mitch bekam Panik, als Brandon über das Stroh zu ihm ging. Er schlug nach ihm, doch die Kette war im Weg. Er nahm seine Füße zur Hilfe und trat nach Brandon, doch der riss an der Kette, sodass Mitch zu Boden fiel. Dann setzte er sich halb auf ihn, ergriff Mitchs rechte Hand und knickte Mittel-, Ring- und den kleinen Finger zur Handfläche um. Er setzte die Schraube auf den Mittelfinger, während seine Füße den tobenden Mitch in Zaum hielten. Brandon platzierte den Akkuschrauber auf den Schraubenkopf und startete die Maschine.

Mitch hörte seine eigenen Knochen bersten, Blut spritzte in sein Gesicht und auf seinen nackten Oberkörper. Offenes Fleisch kam zum Vorschein.

Er schrie.

Es hatte keinen Sinn, sich gegen Brandon zu wehren. Der Schmerz der Schraube, die sich durch seinen Finger bohrte, brachte ihn zum Würgen. Dann wurde ihm schwarz vor Augen, als wollte sein Körper mit einer hauseigenen Narkose den Schmerz überstehen.

Der Akkuschrauber verstummte, genauso wie Mitchs Geschrei. Beides setzte wieder ein, als Brandon auch Zeigefinger und Daumen aneinanderschraubte.

Mitch spürte seine Hand nicht mehr und betete dafür, Brandon würde sie ihm einfach abschneiden. Er schmeckte Blut und wusste nicht, ob er es sich nur einbildete, als er seinen Kopf fallen ließ und seine malträtierte Hand neben sich im Stroh sah. In aller Ruhe pfeifend stand Brandon auf und tat das, was er mit der rechten Hand getan hatte, nun mit Mitchs linker Hand.

Mitch konnte nicht mehr schreien.

Überall war Blut.

Sein Blick glitt durch den Raum, als er merkte, dass Brandon sich nun seinen Füßen zuwandte. Eine Kammer des Todes, der Folter, eine Hölle, grauenvoll und einem Verlies gleichend, aus dem er nie wieder entkommen würde.

Weil er *ihm* nicht entkommen konnte.

Seinem besten Freund.

»Warum tust du mir … das an?«, fragte Mitch und wusste, dass er bald wegtreten würde. »Was … was hab' ich dir getan, dass du mir das antust?«

»Du wolltest mich verlassen. Und das ist deine Strafe.« Brandon setzte den Bohrer an Mitchs rechtem Fuß an. Eine Schmerzwelle nach der anderen jagte durch seinen Körper, und als der Akku des Schraubers versagte, griff Brandon nach einem Tacker und der Maske, beugte sich über Mitch und begann ohne Vorwarnung, die Maske am Rand seines Gesichtes zu befestigen.

Mitch wimmerte. Jeder Nadelstich feuerte eine Explosion zu seinem Gehirn, und er wünschte sich eine Ohnmacht herbei. Tränen schossen aus seinen Augen, als Brandon die Maske an seiner Wange neben dem Ohr tackerte und sich immer weiter nach oben in Richtung Stirn bewegte.

Mitch wollte sich wehren, doch jede Bewegung erinnerte ihn daran, dass seine Hände aus Schmerz bestanden.

»Bring mich um«, flehte er Brandon an. »Bitte, bitte bring mich um!«

»Nein, du wolltest ein Pferd sein, nun bist du ein Pferd.«

»Ich wollte auch nach New York«, winselte Mitch unter Tränen. »Aber manchmal … kommt es anders.«

Brandon wischte das Blut von seinen Händen. Es war frisch und hellrot. Und überall.

»Es wird nicht weggehen«, bemerkte Mitch.

Brandon runzelte die Stirn. »Wie meinst du das?«

»Das Blut, es wird niemals von deinen Händen verschwinden.«

»Wieso nicht?«

Mitch schluckte, irgendetwas kroch ihm die Kehle hoch. »Du hast es immer noch nicht verstanden, oder?«

Brandon tackerte weiter. »Du solltest aufhören zu reden!«

»Vielleicht musst du es noch mal hören!« Die halbe Maske hing an seinem Gesicht. Jede einzelne Nadel spürte er kalt, eng und beißend an seiner Haut und an seinem Fleisch. »Vielleicht musst du noch mal hören, was du wirklich getan hast ...«

Brandon riss die Augen auf. »Wovon redest du?«

Mitch schrie vor Schmerz. »Davon, dass du es warst ... und niemals die anderen ...«

Brandon rannte raus.

In den Sommerregen, der ihn empfing, als wäre er ein alter Freund, der ihn wärmte. Der versuchte, das Blut abzuwaschen, das Blut seines besten Freundes Mitch.

Banjo und Klarinette.

Ach, all das gab es nicht mehr.

Sieh auf deine Hände!

Brandon hob die Hände, verzweifelte innerlich, weil der Regen es nicht schaffte, all das Blut von ihnen zu waschen, das in den vergangenen Jahren daran kleben geblieben war.

Er stürzte zu Boden, landete auf den Knien und stützte sich mit jenen Händen auf dem matschigen Boden vor dem Haus im Wald ab.

Sieh auf deine Hände!

Er schrie. Schrie, weil er nicht anders konnte, weil er als Monster geboren war, ein Mensch, der von inneren Stimmen und Gedanken getrieben wurde, sodass daraus Taten folgten, die unentschuldbar waren.

Dieser Mensch war krank.

Krank im Kopf.

Und krank in der Seele.

Nur verstehen musste er es noch.

Dabei war die Wahrheit so einfach. Dabei lag es doch alles auf *deiner Hand*, Brandon Petou …

Erinnerungen an damals mischten sich in seinem Kopf mit dem, was Mitch gesagt hatte, als Brandon zu Nadel und Faden gegriffen hatte. Um ihn für immer zum Schweigen zu bringen, damit er sie nicht noch einmal hören musste. Die Wahrheit.

Sieh auf deine Hände!

Er tat es. Sah auf ihnen außer dem Matsch das viele Blut von so vielen Menschen, von so vielen Taten.

Brandon Petou.

Der damals, vor vielen, vielen Jahren immer allein gewesen war. Allein mit dem Ball auf der Straße, allein mit seinem Banjo bei Sonnenuntergang.

»Vielleicht musst du noch mal hören, was du wirklich getan hast …«

Brandon schloss die Augen, Regen traf auf seine Lider, während er hier draußen im Matsch vor dem Haus lag. Allein. Weil er immer allein gewesen war.

Allein auf dem Weg zur Schule und zurück. Keine Freunde. Kein Spaß. Kein Lachen, keine Streiche, kein ins Bett fallen abends, weil so viel getobt worden war.

Tränen. Traurigkeit. Verloren.

Einsam.

Immer allein, wenn Mom nachts wieder weggemusst hatte.

Dunkelheit. Angst.

Allein, wenn sie am Tag schlief und wenig Zeit für ihn hatte. Allein mit ihren Launen, mit ihrer Wut, wenn sie nichts hatte, was sie befriedigte, allein mit dem Gedanken, was das für eine Welt war, in der sie lebten.

Allein.

Immer allein.

Das war das Leben von Brandon Petou.

»Erinnerst du dich, als wir uns kennengelernt haben?«, hatte Mitch gefragt, als Brandon die Pferdemaske an die Haut seines Freundes getackert hatte. »An diesen Tag erinnere ich mich, als wäre es gestern gewesen. Es regnete. Du wurdest verprügelt. Alle Kinder gingen am Ende der Pause rein, bis auf die, die es auf dich abgesehen hatten. Du warst der Junge der Drogenmutter. Du warst gebrochen, weil sie es war. Weil du nicht gelernt hast, *heil* zu sein. Du warst ein leichtes Opfer, wurdest geschlagen, getreten, gehänselt und ausgelacht. Mit offenen Augen hast du an der Mauer gelegen, zu weit weg, um von einem Lehrer gesehen zu werden.«

Brandon drehte sich auf dem Bauch und schlug mit der Faust in den Matsch. Dreck spritzte ihm ins Gesicht, und er kniff die Augen zusammen.

»Ich habe dir die Hand gereicht und dir einen Regenschirm angeboten. Ich habe dir zum ersten Mal ein Dach gegeben, unter dem du nicht nass werden solltest, eine Hand, die dich begleiten und dir Halt geben sollte. Und als du sie genommen hast, war ein Band entstanden. Für immer. Gemeinsam schaffen wir alles. Und besonders das Leben selbst.«

Brandon weinte und schrie, wälzte sich im Matsch. Erinnerte sich daran, wie es gewesen war, damals, als er Mitch kennengelernt hatte. Wo zuvor Einsamkeit gewesen war, war nun ein Licht. Das Licht eines Freundes, in jeder Lebenslage.

»Deine Mom hat immer gesagt, wir wären wie Huckleberry Finn und Tom Sawyer. Es gab dann nur noch uns beide. Du kamst zu mir, wenn du deine Mom gehasst hast, weil du es verabscheut hast, was sie getan hat. Dabei wollte sie nicht mehr tun, als dir irgendwann ein gutes Leben zu ermöglichen ...«

Mom.

Brandon japste nach Luft, drehte sich auf den Rücken und ließ den Regen auf sein Gesicht prasseln.

»Ich ging bei euch ein und aus. Deine Mom schenkte mir Liebe, Liebe, die ich nie bekommen hatte, und das war okay für dich, weil du nur das Beste für mich wolltest, weil ich immer nur das Beste für dich wollte. Wir kannten Dinge wie Neid oder Eifersucht nicht. Aber eines Tages da ... wurdest du wütend ...«

Brandon schloss die Augen.

Jener Abend.

»You are my sunshine ...«

In seinen Gedanken verschwand der Regen, alles wurde klar, blau war der Himmel, die Sonne schien, er spürte sogar den Wind auf seiner Nase. Mit geschlossenen Augen erinnerte er sich an seine Mutter, die auf den Stufen der Veranda saß, damals vor ihrem alten Haus im Railway Parc, und an Mitch, der neben ihr hockte.

»... my only sunshine ...«

Das Bild hatte sich für immer in sein Gedächtnis gebrannt. Der Arm seiner Mutter, der sich um die Schultern des Jungen legte, der nicht *ihr* Kind war.

Was hatte sie vor?

Mit Mitch?

Er gehörte ihr nicht!

Brandon blinzelte. Der Regen wurde stärker.

»Du hast sie geschlagen, weil sie mir vorgesungen hat. Du hast es nicht ertragen können. Es war das erste Mal, dass du geglaubt hast, jemand könnte mich dir wegnehmen. Dabei hast du nicht verstanden, dass mich dein Verhalten eher noch von dir weggetrieben hat.«

Nein, das hatte Brandon nicht verstanden. Eine kranke Seele verstand nur schwer Dinge, gegen die er sich mit jeder Faser seines Körpers wehrte. Weil er nicht verstehen *wollte*.

»Du brauchtest dieses Zeug. Ich weiß nicht einmal mehr den Namen. Du wolltest es für deine Mutter, weil ihr Dealer es nicht mehr hatte. Ich besorgte es auf der Straße, weil ich durch meinen Onkel daran kam. Ich wusste nicht, was du vorhattest. Ich hatte sogar geglaubt, du bräuchtest es für dich, weil du gemerkt hast, was für ein Mensch du im Inneren bist. Und doch konnte ich nicht gehen, weil du mir zu wichtig warst.«

Sieh auf deine Hände!

Brandon hob seine Hände, Regen und Blut lief daran herunter und tropfte auf sein Gesicht.

»Es geschah, was geschehen musste. Es waren deine Hände, die deiner Mutter das Zeug ins Glas gemischt haben. Ein Mittel, das zusammen mit Heroin so was wie eine Herzexplosion im Körper auslöst.«

Brandon schrie. Schrie in den Regen hinein, während er auf seine Hände starrte.

Seine Kehle brannte, Tränen schossen ihm in die Augen.

Mom.

Es tut mir so leid, Mom.

»Du hast deine Mutter getötet, Brandon. Dein Verstand will es nur einfach nicht begreifen.«

Was bist du für ein Mensch, Brandon Petou?

Ein Mensch, der in einer Scheinwelt lebte. Er hatte sich eine Welt gebaut, in der alles so war, wie er es haben musste, um zurechtzukommen und nicht zu zerbrechen.

»Warum hast du ihr wohl an genau diesem Tag den Vogel gekauft? Weil du wusstest, was in dieser Nacht passieren würde!«

Frei wie ein Vogel.

»Als ich begriffen habe, was du getan hast, hatte ich Panik. Was passiert mit mir, wenn jemand rausfindet, dass du das Zeug von mir und meinem Onkel hattest? Ich hatte Angst. Ich hatte auch Angst vor dir. Aber gleichzeitig sagte mir mein kindlicher Glaube, dass schon alles wieder gut werden würde. Wir müssten nur die Leiche entsorgen, und das taten wir. Und wir wurden erwischt.«

Brandons Herz schmerzte so sehr, als er an diese Nacht dachte, in der er alles verloren hatte.

»Ich habe es ihnen gesagt. Der Polizei. Ich habe ihnen gesagt, dass du deine Mutter umgebracht hast. Ich konnte nicht anders. Du saßt auf der Brücke, deine Hand streckte sich zum Wasser aus. Und du hast ignoriert, dass du es warst, der sie getötet hat! Ich hatte Angst, weil ich nicht glauben konnte, was du getan hattest. Und dann wurden wir getrennt. Hast du dich nie gefragt, *warum* wir getrennt wurden?«

Getrennt.

Das Schlimmste, was passieren konnte, ist eingetreten, weil du ein Monster bist.

»Ich war kein Mörder. Aber du. Sie mussten uns trennen, weil ich in ein Heim kam, du aber nicht. Erinnerst du dich an die Gitter vor deinem Fenster in dem Gebäude, in dem du warst? An die Kinder, die geschrien, getobt und ausgerastet sind? Weißt du überhaupt, wo du warst, Brandon?«

Brandon starrte auf das beleuchtete Haus, das in der Dunkelheit des Waldes lag.

Dachte zurück an den Ort, zu dem er gebracht wurde, nach dieser grauenvollen Nacht. Er erinnerte sich an Gitter vor jedem Fenster und an den hohen Zaun.

»Du warst über zehn Jahre dort!«

Jugendknast.

385

Gestörte Freunde, Trixie war eine davon. Ihre Freundin, Selbstmord-Anna.

»Trixie hat ihren Vater umgebracht. Sie muss dir eine wilde Geschichte erzählt haben, oder du kanntest die Wahrheit und hast sie verzerrt. Ich weiß nicht, was dein Kopf mit dir macht.«

Er schloss die Augen.

»Und deine Lehrerin … Was hast du ihr angetan, Brandon?« Mitch hatte geschrien, als Brandon genug gehabt und mit voller Wucht mehr und mehr Tackernadeln in seinen Kopf gerammt hatte. »Sieh auf deine Hände!«

Brandon öffnete die Augen und hob die Hände. »Ich habe sie fast umgebracht.«

Die Besenkammer, der muffige Geruch des Wischmopps, den er genommen und ihr um den Hals gelegt hatte. Ihr Krächzen, ihre Panik, die hervortretenden Augen.

Und dann die Einzelhaft. Ein halbes Jahr nicht mehr als eine Zelle, winzig und ohne Fenster.

»Ich wollte dich nie wiedersehen. Und es funktionierte gut, denn ich habe nichts von dir gehört. Darüber war ich so glücklich. Aber dann hast du mich gefunden. Du standest dort allein auf dem *Thibodaux Firemen's Flair* …«

»Nicht allein, Bruce war dabei.«

»Niemand war dabei, verdammt, du warst allein! Bruce gibt es nicht! Du hast nach mir gesucht und mich gefunden! Dein Kopf bildet sich ein, dass wieder jemand anderes verantwortlich war, aber da war niemand! Und dann … dann waren wir wieder zusammen. Ich konnte nicht so unhöflich sein, doch bei Gott, ich hätte am liebsten gesagt, du solltest aus meinem Leben verschwinden. Aber du hast dich sofort wieder an mich gebunden. Mit einer Leiche im Keller.«

Brandon legte beide Hände um seinen Kopf. Diese Schmerzen, diese Erinnerungen …

»Er ist Ihr Hafen.« Die Stimme seines Psychologen hallte ihn ihm wider. »Bei einem Sturm wissen Sie genau, wo Sie sicher sind. Er war der einzige Mensch in Ihrem Leben, der Ihnen Halt gegeben hat. Das war nicht Ihre Mutter, denn sie lebte ein kontroverses Leben ohne Regeln, und Sie wussten früh, dass sie jederzeit zerbrechen konnte. Aber Mitch nicht. Er hat die Zügel in der Hand gehabt, hat sich aus jeder schwierigen Lebenslage winden können. Und er hat Sie mitgenommen und an der Hand gehalten. Sie empfinden keine Liebe für diesen Mann, aber Sie brauchen ihn, um nicht selbst zu zerbrechen.«

Du bist mein Hafen.

»Und alles ging wieder von vorne los«, hörte er Mitchs Worte.

»Was wünschen Sie sich?«, hatte Dr. Meyer gefragt.

Brandon setzte sich auf. Mitten im Matsch. Dr. Meyer, ja, natürlich. Der Psychologe. Er hatte ihm damals bei der Entlassung geholfen und eine Weile danach betreut. Dr. Meyer. Von ihm hatte er die Pillen bekommen. Er war gut, er war immer auf seiner Seite. Er mochte Dr. Meyer. »Für die Zukunft, meine ich, Brandon.«

»Ein Zuhause.«

»Und dieses Zuhause, wie soll es sein?«

Brandon starrte zum Haus. Ein Blitz beleuchtete es für einen winzigen Moment. Ein Donnern erschütterte den Boden.

»Es soll meins sein. Es soll mir gehören. Ein Ort, an dem ich vergessen kann. Ein Ort, mit dem ich verbinden kann, was ich wirklich bin.«

»Was sind Sie denn, Brandon?«

Er hatte den Mann angestarrt und keine Antwort gewusst. Genau wie jetzt. Er stand auf, stellte sich vor das Haus, in dem er bis vor wenigen Minuten noch seinem besten Freund eine Maske ans Gesicht getackert hatte.

»Was sind Sie für ein Mensch, Brandon?«

»Ein Niemand«, antwortete er jetzt. Jahre später.

»Dein Zuhause ist das Versteck«, erinnerte er sich an Mitchs Worte. »Du hast einen Ort gesucht, der dich mit mir verbindet, und hier hast du ihn gefunden. Du kannst verstecken, was du verstecken willst, du kannst dich hier verkriechen, wenn du nicht gesehen werden willst. Denn das ist es, was du willst, Brandon: Verstecken, wozu du fähig bist und was du getan hast.«

Brandon atmete tief durch.

Da er verhindern musste, dass Mitch noch mehr redete, hatte er das Garn durch die Nadel gezogen und Mitchs Lippen zugenäht. Weil er die Wahrheit nicht noch einmal hören wollte.

Nie wieder.

Mitch war auf den Boden gesunken, war bewusstlos vor Schmerz, während Brandon seine Tat vollendet hatte. Er hatte den Rest der Maske befestigt, war aufgestanden und hatte das Pferd betrachtet, das vor ihm lag.

Bilder waren ihm durch den Kopf geschossen, von damals bis heute. Alles. Dann hatte er auf seine Hände gesehen, die voller Blut waren, und war nach draußen gerannt.

Und jetzt, nachdem auch der Regen nicht all das Blut hatte abwaschen können, nahm er sein Mobiltelefon, um Dr. Meyer anzurufen. Er brauchte Pillen, die Schmerzen in seinem Kopf waren unerträglich. Er suchte im Kontaktverzeichnis seine Nummer, scrollte, suchte und fand sie nicht.

»Nein!«, schluchzte Brandon. Dr. Meyers Stimme war doch in seinem Kopf! »Nein!«

Er griff nach der Pillendose in seiner Hosentasche und holte sie hervor. Als ein weiterer Blitz über den Himmel zuckte, konnte er das Etikett lesen: Traubenzucker.

Er warf sie weg, nahm abermals das Telefon zur Hand, suchte nach einer SMS seines Arztes, nach Telefonanrufen. Kein Eintrag. Kein Dr. Meyer. Kein Mensch, der ihm jetzt, nach allem, was er Sarah und Mitch angetan hatte, Halt geben würde.

Es sein denn …

Er blickte auf das Haus. Alles, was er hatte, war das Haus.

Sein Versteck.

Und er würde nicht damit aufhören, etwas zu verstecken.

Wie schön es doch war.

Brandon schloss die Augen. Ein weiterer Blitz schlug irgendwo ein.

Und wie schön wäre es, dachte er, würde wieder jemand dort einziehen …

Kapitel 10

Kapitel 10

SWALL PINES WAY, THIBODAUX, LOUISIANA
September 2019

Sieh auf deine Hände!

Die Worte prasselten wie ein unangekündigter Hurrikan auf ihn ein. Noch einmal wiederholte Mitch all das, was er Brandon schon vor Monaten gesagt hatte.

Du hast deine Mutter getötet.

Du hast Trixie umgebracht.

Du hast Sarah und das Baby in einen tödlichen Unfall verwickelt und so getan, als wäre es meine Schuld. Du hast mich in dein Versteck gebracht, damit ich es nie wieder verlassen kann.

Du hast das getan!

Du bist ein Monster!

Brandon taumelte.

Du hast das alles mit deinen Händen getan.

»Soll ich dir noch mal erzählen, was du getan hast, Brandon?«

Brandon wurde schwindelig, in seinem Kopf drehte sich alles. Er suchte Halt an den Regalen in der Vorratskammer, fand ihn nicht.

Irgendwo mittendrin hockte Audrey und versuchte krampfhaft, ihren Fuß zwischen dem Müll, den Kabeln, den Boxen und Säcken herauszuziehen.

»Ich kann es dir gern noch ein drittes Mal erzählen, bis du es verstehst.«

»Sei ruhig!«, schrie Brandon und hielt sich an einem Rohr fest, das in den Keller führte, während sein Blick auf Mitch haftete, der auf dem oberen Absatz der Treppe stand. Erst jetzt fiel Brandon das auf. »Wie zur Hölle bist du hier raufgekommen?« Mit einem Satz war er bei Mitch und griff nach der Kette. Die Verankerung lag ein paar Stufen unter ihm. »WER WAR DAS?« Er fuhr zu Audrey herum.

Mitch umklammerte Brandons Arm, als der sich auf Audrey stürzen wollte. »Das war Becky. Du erinnerst dich an Becky, oder?«

Natürlich erinnerte er sich an Becky.

»Sie war eine Touristin, hatte die Stadtvilla gemietet, die sie niemals betreten hat, weil du sie hierhergebracht hast. Sie wollte ungestört ihre Doktorarbeit schreiben und fand diesen Ort so ... seltsam. Sie ist auf Suche gegangen und hat mit einer Nadel das Schloss geknackt.« Mitch deutete auf die Tür neben sich. »Du erinnerst dich doch an sie, nicht wahr?«

Brandon hielt inne, seine Brust hob und senkte sich rasch.

Becky.

»Dann kam sie die Treppen runter, weil sie wissen wollte, was hier vor sich ging, und dann fand sie mich.«

Brandon schüttelte wild den Kopf. »Nein ... sie ...«

»Ich hatte an diesem Tag den Wunsch, dich zu verlassen, Brandon.« Mitch ließ den Kopf hängen. »Ich wollte dir wehtun, ich wollte dich verletzen und selbst endlich nicht mehr solche Schmerzen haben! Ich habe ...« Immer wieder wurde er von Schluchzen unterbrochen. »Ich wollte dir verdammt noch mal so richtig wehtun! Ich wollte, dass du kämpfen musst, dafür, jeden einzelnen Tag wieder aufzustehen und weiterzumachen! Ich wollte, dass dein Herz vor Schmerz erfüllt ist, denn mir war klar, dass, solange ich lebe und du mich gefangen hältst, du niemals Schmerz empfinden würdest! Und ich ... ich nahm die Kette und wickelte mich in ihr ein. Sie nahm mir die Luft zum Atmen und ... ich sah immer dieses Bild vor mir, wie du in den scheiß verdammten Keller kommst und ich nicht mehr am Leben bin. Und als es fast so weit war, kam Becky!«

Brandon runzelte die Stirn.

»Becky hatte auch eine schwere Zeit in ihrem Leben durchgemacht und war so verdammt mutig. Sie hat Werkzeug geholt und die Verankerung aus dem Zement geschlagen. Sie hat mir das Leben gerettet und ihres verloren, weil sie losgelaufen ist, um Hilfe holen und sich in Sicherheit bringen wollte. Du hast sie gesehen und bist ihr nachgerannt, weil du wusstest, was sie vorhatte.«

»Ich musste sie umbringen«, verteidigte Brandon sich. »Sie hat dich gesehen. Und das Versteck.« Dann kniff er die Augen zusammen und tippte sich gegen die Brust. »Ich hätte sie nicht umgebracht, wenn ...«

»Wenn was, Brandon? Was hättest du mit ihr getan, wenn ...? Was wolltest du mit Audrey tun?« Beide blickten sie auf Audrey hinunter. »Was hast du vor, Brandon?«

In seinem Kopf verschwamm alles miteinander. Mitchs Worte, die Erinnerungen an damals.

Sieh auf deine Hände!

Dann reichte es ihm. Er stürzte auf Mitch zu, doch der wich ihm aus, sodass Brandon kurz vor der Treppe ins Straucheln geriet. Mitch umklammerte ihn mit beiden Armen, mobilisierte all seine Kräfte und stieß ihn mit voller Wucht gegen das Regal.

Brandon stürzte, versuchte, gleich wieder aufzustehen, doch in diesem Moment gelang es Audrey, ihren Fuß zu befreien. Sie sprang auf und riss das nächstgelegenste Regal um, und all der Kram, der darauf stand, fiel auf Brandon. Schüsseln, Kartons, Eimer und Dosen, Werkzeug, Nähzeug, zwei Flaschen mit Ether und Öl. Irgendwas traf seinen Kopf, kurz wurde alles schwarz, bevor er wieder bei Sinnen war und sie beide nicht mehr in der Vorratskammer sah.

Wütend rappelte Brandon sich auf, wischte sich das Öl von seinem Mund, oder war es Benzin, er wusste es nicht. Dann rannte er aus der kleinen Kammer. Der Flur war leer, er hatte keine Ahnung, wo Audrey war, hörte aber Mitch, der sich die Treppe nach oben schleppte.

Brandon biss die Zähne aufeinander, fühlte kurz, ob seine Waffe noch in seiner Hose steckte und griff nach dem Geländer der Treppe.

Doch er wusste selbst, dass er die Waffe niemals auf ihn richten würde. In seinem Kopf war immer noch das Bild, das er so mochte: Zwei Kinder zwischen bunten Lichtern an einem warmen Sommerabend auf einer Straße in New Orleans. Untermalt von den Klängen eines Banjos und einer Klarinette.

Oben war die Tür zu Audreys Schlafzimmer geschlossen. Er wusste, dass Mitch sich dahinter befand. Ein Schmerz jagte durch seinen Kopf.

Eine Stimme der Vernunft, irgendjemand, der ihm immer die Wahrheit sagte, aber der gar nicht existierte, sagte ihm, dass es jetzt vorbei wäre.

Er stützte die Hände auf die Knie.

Vorbei?

Nein, es war nicht vorbei. Er konnte noch immer seine Taschen nehmen und mit ihm abhauen. Ein neues Versteck suchen und vielleicht, ja vielleicht, würde er dann irgendwann in der Zukunft wieder glücklich mit ihm sein können.

Doch, Brandon, wie soll diese Zukunft denn aussehen?

Und wieder hörte er die Stimme, und ihm war klar, es war die seines Psychologen, mit Worten, die er nie gesprochen hatte, weil er nie existiert hatte. Es war lediglich ein Halt im Kopf eines gebrochenen Mannes mit einer kranken Seele. »Wie stellen Sie sich das vor? Sehen Sie nicht, was Sie ihm angetan haben?«

»Doch, ich sehe es«, sagte Brandon laut und legte die Hand auf den Knauf. »Aber … war das wirklich ich? Ich habe doch nur versucht …«

»Sehen Sie in die Zukunft, Brandon. Was sehen Sie?«

Er schloss die Augen. Es wurde hell in seinen Gedanken. Schön. Und warm. »Ich sehe mich. Ich sitze auf einem Baumstamm. Es ist heiß. Ich spiele Banjo. Wir spielen ›*You are my sunshine*‹. Und ich höre ihn. Ich höre Mitch. Er kommt dazu und spielt Klarinette.«

»Sehen Sie ihn an! Wie sieht er aus?«

Blut.

Die Hände und Füße verstümmelt, sodass er kaum laufen konnte. Und auch nicht Klarinette spielen.

Brandon öffnete die Augen und starrte auf seine Hand, die auf dem Knauf lag, während die Stimme verhallte.

Es wird nie wieder so sein wie früher.

Als er die Tür öffnete, sah er Mitch, wie er vor dem großen, bodentiefen Fenster stand, das geöffnet war, sodass die Vorhänge vom sanften Wind aufgebauscht wurden.

Mitch hatte die Maske abgenommen und starrte ihn an, und Brandon verstand.

Es ist vorbei.

»Tu das nicht«, flehte Brandon und stürzte zu Boden, denn er konnte jetzt sehen, was er getan hatte: Er hatte seinen Freund verstümmelt, verletzt und gequält. »Es tut mir leid, bitte, Mitch, du musst mir glauben, es tut mir so leid!« Er sah jede Wunde, jeden Schnitt, jeden Schlag auf seinem Gesicht und seinem Körper. Gekrümmt stand der Mann, dieser junge, attraktive, wunderbare Mensch, vor dem Fenster, während der Schein des Mondes jede malträtierte Stelle seines Körpers noch deutlicher machte und offenbarte, was Brandon ihm angetan hatte.

Mitch ging einen Schritt rückwärts, sein Gesicht sah gequält aus und traurig.

Sieh, was du mir angetan hast!

»Es tut mir so leid«, schrie Brandon verzweifelt und sackte zusammen, weil er wusste, dass Mitch vorhatte, zu gehen, um ihn für das bezahlen zu lassen, was er getan hatte.

Denn für Brandon Petou konnte nichts Schlimmeres passieren, als dass sein bester Freund starb.

Seine Hände lagen auf den Dielen, fanden keinen Halt. »Bitte, tu das nicht!«

»Es hat eine Weile gedauert«, Mitchs Worte klangen brüchig, »bis ich verstanden habe, was dich stoppen kann. Was dich daran hindern kann, all dieses Elend anzurichten, und bei Gott, ich wünschte, es gäbe eine Alternative, aber … Ich hoffe, dass du jeden verdammten Tag leiden wirst, Brandon!«

Brandon erhob sich auf die Knie und kroch vorwärts, doch mit jedem Meter, den er sich nach vorn bewegte, ging Mitch einen Schritt weiter Richtung Abgrund.

»Weißt du noch, was deine Mom gesagt hat? Dass sie frei sein möchte? Endlich frei sein?«

Brandon hielt inne und presste seine Hände an die Ohren. »Nicht Mom! Nicht Mom, verdammt!«

»Doch, du wirst es dir anhören müssen!«, brüllte Mitch. »Sie hat gesagt, wenn sie frei ist, dass du dann nicht traurig sein musst, denn du hast ja immer noch mich, verdammt! Und wir beide wissen, wie verdammt recht sie damit haben sollte.«

»Ich verspreche dir, ich lasse dich gehen«, sagte Brandon und faltete die Hände. »Audrey und dich ... ihr könnt einfach gehen!«

»Und dann? Glaubst du im Ernst, dass du aufhören würdest, nach mir zu suchen?«

»Es war nicht meine Schuld«, beteuerte Brandon, während der Schmerz und die Angst um Mitch ihn zu zerreißen drohten. Die Kopfschmerzen, die sein Leben prägten, setzten ein. Immer, wenn es schwierig wurde, immer, wenn er zu viel nachdenken musste, immer, wenn er nicht ganz er selbst war.

Mitch lachte auf. »Sieh mich an, Brandon. Und dann sieh auf deine Hände! Du hast es immer noch nicht verstanden ...«

Brandons Herz wurde schwer. So unfassbar schwer. Er wusste, dass er nichts tun konnte. Mitch würde springen. Dann er wäre allein. Für immer.

»Komm doch einfach mit.« Mitch streckte Brandon die Hand entgegen. »Nimm meine Hand. Und wir sind frei. Zusammen. Wir beide.«

Brandon starrte auf die Hand, die wie der Huf eines Pferdes aussah. Weil es das war, was Brandon daraus gemacht hatte. Ein Teil eines Tieres.

»Wir gehen zusammen«, sagte Mitch, als Brandon aufstand und näher kam. »Wir gehen zusammen in den Himmel. Zu ... Mom.«

Brandon hielt inne. Tränen liefen über seine Wangen.

»Es wird wie früher«, meinte Mitch. »Nur, dass es diesmal für immer so sein wird.«

»Aber was ist, wenn es nicht der Himmel ist, der auf mich wartet, sondern die Hölle?«

Dann sah er die Scheinwerfer eines Wagens, der sich dem Haus näherte. Als er vor dem Haus hielt, erkannten Mitch und Brandon ihn. »Mom!«, rief Mitch. Seine Hand, die sich soeben noch zu Brandon gestreckt hatte, fiel an seinen Körper herab, er drehte sich zum Fenster um, als würde Brandon nicht mehr existieren.

Und Brandon begriff, als er dabei den Blick in Mitchs Augen sah: Hoffnung. Alles, was er gesagt hatte, dass sie dann *zusammen* wären, *du und ich für immer*, würde es niemals geben.

Denn selbst im Himmel oder in der Hölle würdest du nicht mir allein gehören.

Als Brandon auf ihn zuging und nach ihm greifen wollte, um ihn zurück ins Haus zu holen, wich Mitch ihm aus und ließ sich fallen.

Brandon erstarrte, seine Hände hangelten nach dem Freund, der in diesem Moment eine Entscheidung getroffen hatte: Mitch wollte gehen, und zwar ohne Brandon.

»NEEEEEEEIN!«, brüllte Brandon, stürzte vor dem Fenster zu Boden, brach innerlich wie äußerlich zusammen, krümmte sich schreiend, um den Schmerz auszuhalten, alles verloren zu haben.

Denn, ja, Brandon hatte nie etwas gehabt, aber er hatte Mitch.

Nun hatte das Haus, dass ein Teil der Familie Winston war, keine Bedeutung mehr. Denn gab es Mitch nicht, gab es auch Brandon nicht mehr.

Er tobte und fasste sich ans Herz, das in diesem Moment in tausend Scherben zerbrach.

Es schmerzte, genau so, wie Mitch es prophezeit hatte, und Brandon wusste, dass es nichts geben würde, was diesen Schmerz lindern könnte.

Die Erinnerungen und die Gedanken an eine ebensolche Zukunft zersprangen lautstark in seinem Gehirn, als er hörte, wie die Tür eines Wagens aufgestoßen wurde und eine Mutter sich weinend auf ihr Kind stürzte.

»WAS HAST DU GETAN?«, schrie sie nach oben, und der Wind sorgte dafür, dass ihre Worte denjenigen trafen, der ihn umgebracht hatte.

Nicht heute. Sondern schon vor einer langen Zeit, an einem verregneten Februartag.

Sieh auf deine Hände!

Josephine beugte sich über Mitch, der in einer abstrusen Pose am Boden vor dem Haus im Wald lag. Es war kein Selbstmord, sondern ein Tod, um denjenigen zu treffen, der am Schmerz krepieren würde.

Doch so weit wollte Brandon es nicht kommen lassen. Vielleicht gab es ja doch eine Zukunft für sie beide. Im Himmel, obwohl er ahnte, dass für ihn dort kein Platz reserviert worden war. Weder von Mom noch von den Frauen, die aber Mitch mit offenen Armen begrüßen würden.

Mom.

Der Gedanke, dass sie vereint waren, während Brandon selbst allein bliebe, schmerzte fast noch mehr, als allein auf der Welt zu sein.

Allein.

Es ist vorbei.

»Sie können allein leben, Brandon. Sie haben es schon einmal geschafft«, hörte er erneut die Stimme von Dr. Meyer.

»Aber Sie wissen nicht«, antwortete Brandon laut, »wie sehr es mich gequält hat.«

Nie wieder wollte er allein sein.

»Doch, das weiß ich. Und deswegen erfinden Sie Dinge. Oder Menschen.«

NEIN! NEIN!

»Aber«, ertönte die Stimme des Doktors, »wenn Sie tief in sich hineinschauen, ins Innerste Ihres Herzens, was sehen Sie? Was spüren Sie? *Welche* Hand streckt sich nach Ihnen aus?«

Brandon starrte aus dem Fenster nach unten. Sah eine Mutter. Und ihr Kind. Sah diese Liebe, die stärker war als jedes andere Band auf dieser Welt.

»Wissen Sie, was ich glaube?«

Es ist vorbei.

Es musste so sein, denn dieses Bild, Mutter und Sohn, brannte sich in sein Gehirn und zeigte etwas auf, was er schon längst vergessen haben wollte.

Wieso hatte er seinem besten Freund das angetan? Diese Schmerzen und Qualen?

Er legte die Hände an seinen Kopf, der sich anfühlte, als würde er wie eine Wassermelone auseinanderplatzen, weil die Antwort auf der Hand lag.

Mitch hatte alles.

Sogar eine liebende Mutter.

Brandon hatte nichts.

Er war dazu verdammt, ein Monster zu sein, das niemals von jemandem geliebt werden würde.

Brandon griff in seinen Hosenbund und stellte erschrocken fest, dass die Waffe nicht mehr darin steckte. Er sah zur Tür und entdeckte Audrey.

Sie stand an der Tür, beide Hände ausgestreckt, dazwischen seine Pistole.

Für eine Weile herrschte Stille zwischen ihnen, ein Moment der absoluten Ruhe. Abgesehen von Josephines bitterlichen Weinen, das von unten zu ihm drang.

»Na los«, sagte er matt, ohne jede Emotion, und hob ergeben die Hände.

Es ist vorbei.

»Du musst nur abdrücken. Es ist gar nicht schwer. Du musst kein schlechtes Gewissen haben. Ich hätte es selbst getan ... nur ...« Er war erschöpft. So müde. So erledigt. Und dachte die ganze Zeit an Mom. »Was, wenn alles anders gekommen wäre? Was, wenn sie mich nie ... verlassen hätte?«

Audrey sagte nichts, ging weiter in das Zimmer.

Brandon hockte vor dem Fenster, sah hinauf zum Mond, der sein Gesicht beleuchtete. Er schloss die Lider, während vor seinem inneren Auge ein Bild entstand, vor dem dichter Nebel lag. »Was, wenn sie ... gesund geworden wäre?«

401

Dann lichtete sich der Nebel.

»Wenn Sie tief in sich hineinschauen, ins Innerste Ihres Herzens, was sehen Sie? Welche Hand streckt sich nach Ihnen aus?«

Er sah seine Mutter, fröhlich, gesund, ohne die tiefen Ringe unter den Augen, ohne das Zeug in ihrer Hand. Sah, wie sie lachte, wie sie die Arme ausbreitete, um ihn darin einzuschließen.

Spürte die Liebe.

Er war *ihr* Hafen.

»Würde sie um mich weinen?«, fragte er Audrey und machte eine Schulterbewegung zum Fenster. »So wie Josephine?«

Sie ließ die Waffe ein Stück sinken, ging auf ihn zu, behielt den Finger aber am Abzug. »Natürlich würde sie das.«

Er wischte sich übers Gesicht und zog den rechten Mundwinkel nach oben. »Weißt du das sicher? Würdest du deinem Sohn verzeihen? Wenn du wüsstest, was er getan hat?«

»Vielleicht hättest du es nicht getan, wenn du damals nicht einen falschen Gedanken gehabt hättest. Mitchs Halt war real, während deine Mutter nicht stark genug war, um dir diesen Halt geben zu können. Allein warst du zu schwach.«

Allein.

»Ich habe sie umgebracht. Ich werde die Antwort niemals bekommen.« Brandon erhob sich und breitete die Arme aus. »Und nun tu es endlich.«

Unendlich langsam hob sie die Hände, während er darauf wartete, getroffen zu werden, sodass er abschließen konnte. Mit dem Leben, mit allem. Auch wenn es niemanden geben würde, der um ihn weinte.

Du bist ein Monster.

»Bevor es vorbei ist«, Audrey zielte auf ihn, schien davor keine Angst zu haben, »will ich dir aber deine Frage beantworten.«

Er runzelte die Stirn, verstand sie nicht.

»Du hast mich gefragt, ob ich meinem Sohn verzeihen könnte.«

Brandon schaute ihr in die Augen. »Könntest du?«

»Ich weiß es nicht«, sagte sie, während sich ihre Augen mit Tränen füllten. »Aber ich bin nicht deine Mutter und du bist nicht mein

Sohn. Es stellt sich also die Frage, ob ich, Audrey, dir, Brandon, verzeihen kann, was du all den Menschen angetan hast.«

Er wurde nervös und wünschte sich, sie würde einfach schießen.

»Erwartest du Mitleid, Brandon Petou? Ist die Psyche deiner Mutter eine Entschuldigung dafür, dass du Menschen getötet und andere gefoltert und gequält hast?«

»Audrey …« Zorn ballte sich in ihm zusammen. Sie war dabei, die Stimmung umschlagen zu lassen. Wollte sie ihm all das auf dem Weg zur Hölle mitgeben?

»Was hast du erwartet?«, fragte sie kühl. »Du wolltest mich mitnehmen, irgendwohin, wo ich meinen Sohn nie wiedergesehen hätte. Und hätte ich mich gewehrt oder irgendeinen Fehler gemacht, hättest du mich getötet, so wie die anderen.«

»Ich …«

»Was für ein Mensch bist du, Brandon?«

Sie alle redeten. Diese Kopfschmerzen. »Halt den Mund!«

»Du hast mich einmal gefragt, wie mein Buch endet«, sagte sie nach einer kurzen Pause, und ihre Stimme vibrierte. Nicht vor Angst, sondern vor Entschlossenheit. »Die Wahrheit ist, ich habe alles gelöscht, denn das, was ich geschrieben habe, war im Gegensatz zu dem, was ich erlebt habe, der reinste Witz. Eine Farce. Das, was das Leben schreibt, was *dein* Leben schreibt, kann sich kein Mensch ausdenken.«

»Was hast du vor?«, fragte er vorsichtig und bekam eine Ahnung davon, was dieser Ort und er selbst, *seine Geschichte* mit ihr gemacht hatten.

»Ich habe mir die Frage gestellt«, sagte sie. »Was verdient ein Mensch, der so viel Blut an seinen Händen kleben hat?«

Und Brandon verstand.

»Ich schreibe Psychothriller. Ich schreibe über Rache, Hass, Mord und Totschlag. Ich nehme kein Blatt vor dem Mund. Irgendwoher muss das ja alles kommen. Vielleicht bin ich gar nicht der Mensch, der ich zu sein glaube.«

Als er ihr Grinsen sah, in dem Moment, als sie schoss und er getroffen wurde, wusste er, dass es nicht vorbei war, denn diese Entscheidung würde er selbst nicht treffen dürfen.

Der Schuss war so laut, dass er einen langgezogenen Piepton in seinen Ohren auslöste, während er die Augen aufriss und zu Boden stürzte. »Schei…ße«, entfuhr es ihm, als er unsanft auf dem Boden landete, zur Tür sah und hinter ihr den Korb entdeckte: Ether, Tücher, Nadel und Faden und die Pferdemaske.

Dann starrte er Audrey in die Augen und erkannte darin jenen Blick, den er schon einmal gesehen hatte – als er in den Spiegel geschaut hatte.

»Keine Sorge«, sagte sie, hockte sich vor ihn und ihr Grinsen wollte nicht verschwinden. *»Du wirst mich nicht verlassen.«*

Epilog

Epilog

NEW YORK CITY
Februar 2020

Auf der Tafel vor dem Buchladen stand ihr Name in großen, schwarzen Buchstaben. Direkt darunter stand der Titel ihres Buches: »Das Versteck«.

Das Cover zeigte ein Haus in einem Wald, eine riesige Eiche mit Spanischem Moos behangen stand davor, die Farben waren düster gehalten, wirkten spannend und schaurig.

Es war nun schon ihre vierte Lesung in New York, denn das Buch hatte hohe Wellen geschlagen. Bei der *New York Times* war es nach den ersten zwei Wochen auf den ersten Platz geschossen.

Audrey war stolz.

Noch mehr war es ihr Mann, der ihr nicht von der Seite wich. Er stand im Publikum, ganz weit hinten, und das Grinsen wollte nicht von seinem Gesicht weichen. Immer, wenn sie einen Halt suchte, fand sie ihn bei ihm.

Mein Hafen.

Sie klappte das Buch zu, die Leute applaudierten und die Inhaberin des Ladens kündigte die Signierstunde an, die nach einer kleinen Pause erfolgen würde. Ein Tisch war dafür vorbereitet, links und rechts gesäumt von mehreren Stapeln Büchern.

Es würde eine lange Schlange geben. Man würde ihr sagen, wie spannend die Geschichte wäre, und sie würden sich alle über ein signiertes Buch der Autorin freuen.

Audrey stand von dem roten Sessel auf und zupfte ihr Kleid zurecht. Melissa vom Verlag war heute nicht dabei, musste sie auch nicht, denn Travis war hier. Sie ging zu ihm rüber und küsste ihn auf den Mund, während er seine Hände um ihre Taille legte. In diesem Moment klingelte sein Mobiltelefon. Er zog es aus der Manteltasche und starrte auf das Display. »Das ist der Makler. Hast du dir Gedanken über das Haus in Harrington gemacht?«

Ein großes Haus mit sechs Zimmern und einem 2.000 Quadratmeter großen Grundstück. Sehr kostspielig, aber genau das, wovon sie einmal träumte.

»Sag ab«, meinte sie mit einem Lächeln und blickte zu einer Leserin, die ihr unbedingt eine Frage stellen wollte.

»Wirklich?«, vergewisserte sich Travis, und sie wusste, dass er überall mit ihr hingezogen wäre. Nur, um seine Frau ein einziges Mal wirklich glücklich zu machen.

»Ja«, stimmte sie aber zu. »Wir bleiben zu Hause. Es ist unser Zuhause. Ich würde die Smiths wahrscheinlich zu sehr vermissen.«

Travis lachte und ging ans Telefon, während Audrey sich der Dame zuwandte, die hinter ihr lauerte. »Mrs. Leester«, sagte sie aufgeregt, »ich bin so begeistert von Brandons Geschichte!«

»Vielen Dank.« Audrey war geschmeichelt und schrieb eine Notiz auf die Schmutzseite im Buch der Leserin.

»Wie schaffen Sie das nur?«, wollte die Frau wissen.

Audrey sah auf. »Was meinen Sie?«

»Ich meine … wie können Sie so schreiben? Ich fühlte mich beim Lesen, als wäre ich selbst in diesem Keller angekettet! Mir war kalt, ich hatte Schmerzen von den Tackernadeln der Maske … Ich konnte nicht einmal meine Finger bewegen, weil es sich anfühlte, als wären sie zusammengeschraubt. Wie machen Sie das?« Sie war völlig hin und weg. »Und Brandon … wissen Sie, ich hatte das Gefühl, ihn zu kennen. So gut haben Sie seine Rolle beschrieben.«

Nur war er keine Rolle. Sondern real.

»Bei allem, was er getan hat«, flüsterte die Dame dann, »ich weiß, es klingt idiotisch, aber, ich meine, dass ich ihn irgendwie verstehen kann.«

Audrey sah ihr in die Augen und wusste, dass diese Frau nicht nachempfinden konnte, wie es war, angekettet zu sein oder einem Brandon Petou gegenüberzustehen.

Verständnis?

»Es ehrt mich sehr«, sagte sie jedoch und bedankte sich erneut bei der Leserin.

Dann ging sie in den Hinterraum. Sie öffnete eine Flasche, füllte Wasser in ein Glas und trank hastig, bevor sie auf die Uhr schaute. Kurz nach ein Uhr am Nachmittag. Um zwei Uhr war sie hier fertig. Anschließend mussten sie schnell nach Hause, weil Ben um fünf Uhr ein Fußballspiel hatte, bei dem Travis unbedingt dabei sein wollte.

»Kommst du nicht mit?«, hatte er Audrey vorhin im Auto gefragt.

»Nein, fahr bitte allein. Heute ist der zweite Freitag im Monat.«

Es brauchte nicht mehr, um ihm verstehen zu geben, dass sie dieses Wochenende frei hatte. Zeit für sich, so, wie sie es verabredet hatten. Jedes zweite Wochenende im Monat und zusätzlich jeden zweiten Tag in jeder Woche für ein paar Stunden.

Zum Arbeiten. Zum Runterkommen. Zur Flucht vor der quälenden Enge des Alltags als Hausfrau und Mutter.

Das war in Ordnung für ihn. Es war ein Kompromiss. Eine Einigung. Seitdem sie sie getroffen hatten, war ihre Ehe wieder so, wie sie es früher einmal gewesen war, oder vielleicht sogar noch besser.

Jetzt stellte Audrey sich an die Tür und schaute in den Buchladen. Er war voller Menschen, und die meisten von ihnen hatten ihr Buch in der Hand. Es war *ihr* Tag.

Sie setzte ein Grinsen auf und erinnerte sich noch genau daran, wie sie den Text ihres zweites Buches vollständig gelöscht hatte, um eine ganz neue Geschichte zu schreiben. Eine Geschichte, die sie sich nicht ausgedacht, sondern nur ausgeschmückt hatte. Doch der Kern der »Geschichte« war nicht erfunden. Es gab ihn wirklich.

Audrey konnte nicht verhindern, die ganze Zeit nach einem Mann mit einer Visitenkarte in der Hand Ausschau zu halten. Einen Mann, der damals gemeint hatte, er wäre wegen seiner Freundin hier. Sarah, die New York so geliebt hatte, aber nicht mehr hatte herkommen können. Ein Traum, den nicht sie gehabt hatte, sondern Mitch Winston, der niemals im Madison Square Garden hatte auftreten können, so wie es sein Wunsch gewesen war.

Ja, Audrey hielt Ausschau. Ausschau nach Brandon Petou, obwohl sie wusste, dass er niemals kommen würde …

Es war Abend. Die Luft roch nach Frühling, auch wenn sie sich das vielleicht nur einbildete.

Sie saß in ihrem Wagen auf der Fahrt in Richtung Greensboro. Das war nicht allzu weit weg von ihrem Haus und eignete sich perfekt dafür, *ihr* Ort zu sein.

Auf dem Beifahrersitz lag ihre Laptoptasche. Oben drauf eine Mappe, in der sie Zeitungsartikel und Notizen aufbewahrte. Auf den Notizen hatte sie einen Zeitstrahl gekritzelt, Figurenpläne und ihren Plot. Das Interessante aber waren die Artikel, die sie aus dem Internet ausgedruckt oder aus der Zeitung ausgeschnitten hatte.

»Mitch Winston nach monatelanger Misshandlung tödlich verunglückt.«

»Josephine Winston verkauft Haus des Grauens in einem Wald bei Thibodaux.«

»Liste der Opfer wächst: Mit Leichenfund im Keller fünftes Opfer von Brandon Petou als Trixie Bennet aus Georgia identifiziert.«

Der Artikel ganz oben auf dem Stapel der Nachrichten, die wie ein unaufhaltbarer Starkregen auf den Ort im Lafourche Parish geprasselt waren, lautete: *»Brandon Petou nach fünf Monaten noch immer verschwunden.«*

Niemand hatte ihn gefunden.

Seit jener Nacht, in der Mitch Winston den Freitod gewählt hatte, um Brandon Petou zu bestrafen, suchte die Polizei nach ihm. Er war angeschossen worden, Audrey Leester hatte den Schuss mit seiner Waffe abgefeuert und ihn laut ihrer Aussage auch getroffen. Was sein Blut auf dem Boden im Schlafzimmer bewies.

Doch dann war er geflohen.

In die Tiefen des Waldes. Hatte sein Versteck verlassen, um vielleicht irgendwo ein neues zu finden, und war seitdem der meist gesuchte Mörder in Louisiana.

Er konnte überall sein.

Audrey erreichte ihr Ziel. In Greensboro gab es ein Wäldchen mit hübschen Häusern und einer schmalen Straße, die zwischen ihnen hindurch führte. Es war ein Ort, an dem man im Sommer die Vögel zwitschern hörte, Kinder auf Fahrrädern fuhren und Leute mit ihren Hunden spazieren gingen. In der kalten Jahreszeit war hier nichts los. Nachts war keine Menschenseele auf den Straßen unterwegs.

Das Haus, das sie als Arbeits- und Rückzugsort gekauft hatte, war das letzte der Straße. Umringt von hohen Bäumen, die im Sommer viel Laub tragen würden, ein ganzes Stück weg von der Straße, umgeben von grasgrünem Rasen. Es war nicht groß und nicht sehr neu, dafür günstig und als Ferienhaus bestens geeignet.

Es hatte nur ein Schlafzimmer und verfügte über eine wunderschöne vordere Veranda, an dessen Dach sie eine bunte Lichterkette gehängt hatte, um in den Abendstunden eine gemütliche Atmosphäre zu schaffen, wenn sie an Buch Nummer drei arbeitete.

Sie stieg aus dem Wagen, nahm den Korb mit der Dosensuppe, ein paar Äpfeln und Keksen, etwas zu trinken und ihre Laptoptasche mit zum Haus. Die Dielen der Veranda knarrten. Als sie die Haustür öffnete, empfing sie der modrige Geruch eines Hauses, das nicht permanent benutzt wurde.

Sie ließ ihre Sachen fallen, zog den Mantel aus und streckte sich.

»Ich bin wieder da!«

Keine Antwort.

Audrey schaltete die Lichter im Haus an, während sie ein Lied vor sich hin summte: *»You are my sunshine, my only sunshine.«*

Sie wusch sich die Hände, öffnete die Dose mit der Erbensuppe und füllte diese in einen Topf, stellte den Herd an und sah in den Spiegel an der Wand, um ihre Haare zu richten.

Und konnte nicht verhindern, dass sie lächelte.

Die ganze Zeit.

Dann ging die Autorin des Psychothrillers »Das Versteck« zur Kellertür und öffnete sie. Die Scharniere quietschten. Mattes Licht kam ihr von unten entgegen.

Ihr Herzschlag war normal, ihr Puls raste nicht. Sie war ausgeglichen und ruhig, würde sich, wenn sie wieder oben war, einen Wein öffnen und ihn auf der Veranda genießen, während sie die nächste Geschichte zu Papier brachte.

Sie stieg die Treppen in den winzigen Keller hinunter, der mehr einem Loch als allem anderen glich. Oh, sie erinnerte sich noch genau, wie wichtig es ihr gewesen war, dass das Haus, das sie kaufen wollte, einen kleinen Keller besaß, mit so wenig Platz wie möglich.

Denn mehr hatte es nicht verdient.

Sie blieb auf der letzten Stufe stehen, ihre Hand lag noch auf dem Geländer, und betrachtete das Pferd.

Es hockte in der Ecke.

Es bewegte sich nur wenig, es hatte Hunger und Durst, schließlich hatte es das letzte Mal vor zwei Tagen etwas bekommen, als sie hergefahren war.

Aber zum Überleben würde es reichen.

»Guten Abend, Brandon«, sagte sie zu dem Pferd. »Heute ist ein so wunderschöner Tag. Ich war in New York. Und es lief wunderbar.«

Sie rümpfte die Nase. Der Eimer, in dem das Pferd machen sollte, war umgestoßen. Es war aber auch wirklich ungeschickt. Kam überhaupt nicht zurecht mit den zusammengebohrten Fingern und Zehen.

»Du sagst ja gar nichts.« Sie ging über das ausgebreitete Stroh und wunderte sich nicht über die Fliegen, die über seinen Exkrementen ihre Kreise zogen. An der Wand stand noch die Suppe von Mittwoch, der Teller sah aus, als hätte ein Pferd darin gewühlt. Aber ja, es war ja auch ein Pferd, dieser Mensch, den sie hier unten wie ein Tier hausen ließ.

Audrey ging darauf zu, dann in die Hocke, blickte ihm durch die winzigen Löcher in der Maske in die Augen. »Heute gibt es Erbsen. Du liebst Erbsen.«

Stöhnen.

Die Kette klirrte.

Das Pferd hob die Hufen, die Kette hinderte ihn daran, weiter als einen Meter an sie heranzukommen. Dann beobachtete sie, wie er auf den Knien sitzend den Rücken krümmte, an dem getrocknetes Blut klebte, das unter der Maske hervor getropft war. Er beugte sich vor und legte den Kopf vor sie, und sie wusste, was er wollte.

Nicht mehr als sonst in seinem Leben.

Er wollte Liebe. Von dem einzigen Menschen, den er noch hatte.

Audrey schloss die Augen.

Laute ertönten, die sie nicht verstand und auch nicht verstehen wollte. Laute, auf die Schluchzen und Jammern folgte, weil er solche Schmerzen hatte.

Sie streckte die Hand aus, war gewillt, ihn über den Rücken zu streicheln, weil es das Einzige war, was er noch von ihr bekommen würde.

Doch, halt.

Ihre Hand schwebte in der Luft.

Was hatte die Leserin vorhin noch gesagt? *»Bei allem, was er getan hat … ich weiß, es klingt idiotisch, aber, ich meine, dass ich ihn irgendwie verstehen kann.«*

Trixie, Sarah, Becky … sie. Was hätte er wohl mit Audrey angestellt? Wo und in welchem Zustand wäre ihre Leiche gefunden worden?

Sie zog die Hand zurück.

Verständnis?

Nein, niemals.

Sie stand auf und sah auf ihn herab. Das war alles, was Brandon Petou noch von ihr erwarten konnte.

»Die Suppe ist gleich fertig«, sagte sie entschlossen und ging wieder nach oben.

Die Kette klirrte laut, er gab tobende Laute von sich, weil er nicht wollte, dass sie ging. Doch sie tat es. Weil er leiden sollte. Damit, allein zu sein. Weil es das war, was er nicht konnte.

Sie kam oben an, während ihr Atem nun doch schneller ging, und hielt sich mit beiden Händen an der Theke fest.

War es richtig, was sie getan hatte?

War es richtig, Brandon Petou festzuhalten und zu quälen, so, wie er es den anderen angetan hatte?

Sie goss sich den Wein ein, während die Suppe auf dem Herd zu köcheln begann. Doch er konnte warten. Und wenn er verhungerte – wen kümmerte es schon?

Audrey ging mit ihrem Glas Wein nach draußen, die Luft war so herrlich klar. Sie setzte sich in die Schaukel und dachte darüber nach, was für ein Mensch sie selbst war.

Sie war nach Thibodaux gefahren, um ein Buch zu schreiben und etwas über sich selbst herauszufinden. Brandon Petou hatte ihr bei beidem geholfen: Sie hatte eine Geschichte gefunden, die sie so überzeugend hatte schreiben können, weil sie ein Teil davon gewesen war. Das erdachte Ende des Buches »Das Versteck« lautete, dass Brandon von der Protagonistin erschossen wurde. Das nannte man dichterische Freiheit, Fiktion oder wie auch immer.

Sie nahm einen Schluck Wein. Das wahre Ende seiner Geschichte aber hatte mit ihr selbst zu tun: Sie war keine Mörderin. Sie folterte keine Menschen. Sie sorgte einfach nur für Gerechtigkeit.

Ja, Audrey Leester war ein Mensch, der für Gerechtigkeit sorgen wollte, weil sie glaubte, dass Brandon ein Leben im Gefängnis nicht verdient hatte.

»Auf dich, Sarah«, sagte sie leise, trank auf Sarah und ihre Geschichte.

Dann stand sie auf, ging die Stufen hinunter und flanierte über den Rasen, den sie vor ein paar Tagen zum ersten Mal gemäht hatte, während Ben hier Fußball gespielt hatte. Natürlich konnte er sie hier besuchen, nur durfte er niemals in den Keller gehen.

Doch er hatte auch nie danach gefragt.

Audrey drehte sich um und betrachtete das kleine Haus, *ihr* kleines Haus im Wald. Mit einem Geheimnis darin, das viel über sie aussagte. Irgendwann würde Brandon seinen Verletzungen, die sie ihm zugefügt hatte, erliegen oder verhungern, verdursten, oder sich selbst das Leben nehmen. Dann würde sie ein Versteck für seine Leiche finden müssen.

Welches das war, wusste sie heute noch nicht.

Musste sie auch nicht. Was heute wichtig war, war der verdammt gute Wein.

Es wurde dunkel, die bunten Lichter auf der Veranda sprangen an und hüllten das Häuschen in ein wunderschönes Licht.

Ja, mehr brauchte Audrey nicht, um glücklich zu sein. Nur einen Ort, an dem sie das tun konnte, was sie wollte. Allein sein, schreiben, Zeit für sich haben.

Und das zu verstecken, was es zu verstecken gab.

Sie lachte. Zufrieden. Angekommen. Und glücklich.

Sie ging auf das Haus zu und wusste genau: Ja, das ist er. Das hier ist mein Ort, das ist … mein *Versteck*.

DIR HAT DAS BUCH GEFALLEN?

Ich freue mich sehr, dass du mein Buch bis zu dieser Stelle gelesen hast. Wenn es dir gefallen hat, wäre es toll, wenn du ihm bei dem Online-Shop eine Bewertung gibst, bei dem du bestellt hast. Oder du schreibst bei einem deiner Lieblings-Buchportale eine Rezension.

Es ist nicht nur sehr schön, Meinungen zu meinem Buch zu lesen. Außerdem hilft es mir auch dabei, weitere Geschichten zu schreiben und neue Leser für meine Bücher zu finden.

KAMPENWAND
VERLAG

Verdorbene Brut
Andrea Reinhardt

Stell dir vor, du hast die Wahl dein Leben zu retten, oder das eines zwölfjährigen Mädchens. Wie würdest du dich entscheiden? Lena Hader findet die junge Marie, blutverschmiert und abgelegt in einem Feld. Sie rettet das Leben des Kindes, ohne zu wissen, dass damit ihr ganz persönlicher Albtraum beginnt.

Softcover, 516 Seiten, 12,85 €
ISBN 978-3947738359

Mehr unter: www.kampenwand-verlag.de

Gefährliche Angst

Andrea Reinhardt

„Dein Albtraum wird wahr."
Um ihre bösen Träume loszuwerden, lassen sich vier Menschen
auf eine neue Methode ein und begeben sich dafür freiwillig in ein
Schlaflabor. Doch sie wissen nicht, dass der vermeintliche Forscher
ihre Ängste für einen grausamen Plan benötigt, der aus Rache, Wut,
Verzweiflung und Liebe entstand.

Softcover, 384 Seiten, 12,85 €
ISBN 978-3947738212

Mehr unter: www.kampenwand-verlag.de